国家社科十五规划项目优秀成果

中国俄苏文学研究史论

陈建华 主编

重庆出版集团　重庆出版社

Проект в области социальных наук в рамках госпрограммы

история исследования русской и советской литературы в Китае

Главный редактор:

Чэнь Цзяньхуа

Издательская группа Чонь Цинь

Издательство Чунцин

National Project under the "Tenth Five-year" Plan for Social Science

The Critical History of Russian-Soviet Literature Studies in China

Edited by Chen Jianhua

Chongqing Publishing Group

Chongqing Publishing House

谨以此书献给
2006 中国"俄罗斯年"和 2007 俄罗斯"中国年"

Книга посвящена
Году России в Китае в 2006 году
и Году Китая в России в 2007 году

This book is dedicated to :
the "Russian Year" in China in 2006
& the "Chinese Year" in Russia in 2007

中国俄苏文学研究史论

Истopия исследования
русской и советской
литературы в Китае

卷二

目 录

1

第四编　中国对俄苏文论的研究(下)

第三编

中国对俄苏文论的研究（上）

第十二章
别林斯基、车尔尼雪夫斯基、
杜勃罗留波夫研究在中国

别林斯基、车尔尼雪夫斯基、杜勃罗留波夫(下文简称别车杜)是 19 世纪俄国的革命民主主义批评家,对于俄国文学产生过持久而深远的影响,对中国的文艺批评和文艺运动也曾经产生过巨大的影响。因此,探求他们在中国文学发展中的历史作用,探求中国学者在研究他们的过程中经历的迷误和取得的成功,是非常必要的。

一、早期的别车杜研究

别车杜的名字很早就被介绍到中国。1902 年梁启超主办的《新小说》杂志创刊号上刊载了罗普(羽衣女士)的小说《东欧女豪杰》,其中三次提到了车尔尼雪夫斯基。1903 年,《大陆》杂志第七号上载有《俄罗斯虚无党三杰传》,其中介绍了赫尔岑、车尔尼雪夫斯基、巴枯宁。1904 年,金一(金松岑)著《自由血》问世,内中有《赫辰传》一文,再次介绍赫尔岑、果戈理、别林斯基、屠格涅夫等人,提到他们与"国粹党"(斯拉夫派)的斗争。

1921 年 9 月,《小说月报》十二卷号外为"俄国文学研究"专刊。其中有郭绍虞的《俄国美论与其文艺》,是为中国第一篇论述别车杜等人文艺思想的论文。文中不仅称"裴林斯基为俄国批评界的嚆矢",甚至认为,"当时俄国的文艺差不多随其思想为转移。自他死后的数年俄国文艺界即陷于黑暗时代。此虽另有其他原因,而失去强有力的指导亦未必不有关系"。

郭绍虞把别林斯基的思想发展分为三个阶段:"最初是鲜霖哲学的思想,次为黑格尔哲学的思想,最后为黑格尔哲学左派的思想。其前二时期都为纯艺术的主张,最后始有人生的倾向。"应该说这种划分是相当准确的。郭绍虞在文中进一步分析说:"裴林斯基在墨斯科大学之时,完全为鲜霖哲学思想所支配,所以他对于艺术的观念,以为在描写自然的生活而使再现之,欲于森罗万象之中以发见一元的'绝对'，其主张遂偏于纯艺术的倾向。"与此同时，作者又谈到别林斯基关于"艺术上国民性的问题"议论，要求文艺表现"全人类生活中的特种情况"。文章把别林斯基的早期美论归纳为两种"主要性质"："1. 诗的目的在包括永久观念于艺术符号之中。2. 诗人所表现的观念应符合于其生存的时代而描写国民性的隐曲。"并且认为，当时的俄国文学也"由模拟以进于国民文学"。在别林斯基思想发展的第二阶段，他由于受黑格尔"一切现实皆合理"思想的影响，"对于艺术的观念，不偏重于理想，而以为艺术家于其所表彰的想，与包此想的形之间应使有亲密的关系。废想则形以丧，无形则想亦亡，想须透彻于形，形须体现其想，这是他艺术理想上的想形一致论；但他同时又赞美现实而趋于保守，所以以为艺术只是自然界调和沈静无关心的再现。"1839 年后，别林斯基受赫尔岑影响接受了黑格尔左派的思想，"而使其审美观渐趋于写实，弃其纯粹的理想主义而考察现实世界的需要，遂由纯艺术的赞美者一变而为写实主义的宣传者了"。郭绍虞指出："此时他排斥重形轻想的古典主义，又不取尊形弃轻想的浪漫思想，其艺术观念比较的近于醇正。"而所谓的醇正，首先是"倾向于人生"，"这一种功利的见解与纯理哲学的美论未免冲突，但以俄国的社会情形反映在思想之中，自然有使此二种见解调和融合的倾向，而俄国文学亦成为理想的写实派的文学。"①

郭绍虞对于车尔尼雪夫斯基也有较为详细的介绍评价，但已包含着较多的批评。他说："至一八五五年时采尔涅夫斯基(Nicolas Tchernicheffsky)现于文坛，而使审美思想复演于俄国，以其哲学上的学说，至引起文学美术上的极端的写实主义。对于裴林斯基理想派的纯艺术观适趋于反对的方向。这种反动于十年后更达极点，甚至全然蔑视艺术，这又成为虚无主义文学的起源了。"郭绍虞译述了车尔尼雪夫斯基关于美的定义："美是生命。生物于其生活状态觉适意之时始为美；即以无生物表现生命使吾人想起生命之时亦为美。"作者批评了车尔尼雪夫斯基的美论：它奠基在写实的基础上，但"这种美论的结果，便把自然美的位置抬高于艺术美之上。……以为艺术的任务只在再现实际的生活，只不过使自然与人生足以想起于吾人的心中——即求其足以助记忆则艺术的能事已尽。吾人有曾经沧海的经验，则对于再现沧海景象的绘画，由于想象力

---

① 郭绍虞：《俄国美论与其文艺》，《小说月报》，1921 年 9 月十二卷号外"俄国文学研究"。下引郭绍虞的观点均据此文。

的活动即再引起感觉而觉愉快,此说固似稍偏——使艺术只和目录日记一样起作用——但他更有进一步的说明。"郭绍虞认为,车尔尼雪夫斯基"于艺术上虽不拒绝美的需要而却提出社会的生活之兴味,且要求表现时代精神的艺术;于是艺术批评的任务不必论其艺术的作品有合于美学的理论与否,只须视其描写人生是真实与否。批评家应排斥不真实的描写,不必顾其技巧上的成功。这种的批评主义,于其末流,甚至完全否定艺术美的问题,所以他的思想是排斥以前抽象哲学的思想,而使变为科学的实证的世界观。这一种的审美态度遂成为近世俄国文学的中心主张。"

郭绍虞还简单评介了杜勃罗留波夫的现实批评,称赞他的主张始终一贯。继承了车尔尼雪夫斯基的美学,"多蒲乐留博夫以为文艺并无自身独立的价值,而以社会生活为目的,艺术品只不过表明自己社会的思想之方便罢了。标榜此种主张,卒至成为艺术破坏者——文艺否定者,而其主张之最趋极端者又为毕莎莱夫。"

车尔尼雪夫斯基的美论固然是虚无主义(否定艺术)的源头,但郭绍虞把它形成的背景归结为亚历山大二世的开明政治和科学社会主义取代空想社会主义,则显得简单,不得要领。郭绍虞认为,从车尔尼雪夫斯基、杜勃罗留波夫和亚历山大二世开始,俄国文学而富于社会色彩:"俄国文学至今常鼓吹公民的思想与权利义务的观念,以引起国民生活及社会生活的改革,都在此时期脱离精神方面而倾向于现实方面的动机。自此时起而文学者的地位遂成为社会改革者,未来的预言者,将来文明的宣传者。"从这里也许可以看出,郭氏译介别车杜的文论或美论,其用意也不在于文艺本身,而是在于社会问题和政治问题。

1920—1930 年代,中国学界陆续翻译了别车杜的一些论著以及他人研究别车杜的文章。瞿秋白(屈维它)、鲁迅、冯雪峰、程鹤西、周扬、王凡西等人参与这一历史进程,而周扬贡献尤多。

1937 年 3 月 10 日,《希望》杂志创刊号发表周扬的文章《艺术与人生——车尔芮雪夫斯基的〈艺术与现实之美学的关系〉》。文章比较具体地评述了车氏的美学名著,称车尔尼雪夫斯基为"战斗的民主主义者",继承并"大大发展了"别林斯基的艺术再现现实生活的革命民主主义美学的"基本法则":"人生高于艺术,艺术家的任务是不粉饰,不歪曲,如实地描写人生。"周扬特别赞赏车尔尼雪夫斯基关于艺术不仅要"再现人生",而且还要"说明人生",成为"人生教科书"的思想,并且把它与当时正在大力倡导的社会主义现实主义联系起来。周扬强调车氏"对艺术教育意义的理解,就构成社会主义现实主义的一个重要理论的源泉",这种评价是确切的。

1942年,周扬译的《艺术对现实的审美关系》由延安新华书店出版社出版,书名改为《生活与美学》,书后附有周扬写的《关于车尔尼雪夫斯基和他的美学》。此前,该文曾以《唯物主义的美学——介绍车尔尼雪夫斯基的美学》为题发表在《解放日报》(1942年4月16日)。文章认为,车氏的著作"把唯物主义的结论应用到艺术的特殊领域。这是一个具有尖锐的、战斗的、论辩特色的著作,它是对唯心主义美学的一个大胆的挑战,是建立唯物主义美学的第一个光辉贡献。"周扬总结说:"坚持艺术必须和现实密切地结合,艺术必须为人民的利益服务,这就是车尔尼雪夫斯基美学的最高原则。"[1]

二、别车杜研究的时代色彩

1949年以后,俄国革命民主主义者的美学思想成为中国美学界和批评界宝贵的精神财富,对他们的介绍力度加大了。国内不仅先后翻译出版了他们的著作,还翻译出版了不少苏联学者的研究别车杜的著作。同时,中国学者的研究性论著也开始出现。这种热情一直持续到1960年代初。鉴于马克思、恩格斯、列宁、斯大林都没有系统的文艺学著作,别车杜就暂时获得了"准马列"的地位,成为当时文艺论战时进攻的矛和自卫的盾[2]。从这里也可以看出,在当时的文化生活中,别车杜所处的"中心"地位也仅仅是相对于西方的理论家而言的,他们仅仅是作为马列主义文论的补充而显示其价值的。换句话说,只有在论述某些问题而马列又没有著作可供引用时,人们才想到别车杜,套用车尔尼雪夫斯基对于艺术的作用的说法,就是"代用品"。在50年代的报刊上,讨论最多的是社会主义现实主义理论和毛泽东的文艺思想,而研究别车杜的学术论文总共不过20来篇。

50年代的研究成果具有鲜明的时代色彩。1958年,《别林斯基的美学观点》[3]一文在介绍别林斯基的革命民主主义美学时,称赞别林斯基"正确阐明了艺术与政治之间辩证的统一关系","坚持和捍卫了文学的人民性原则"。"在

---

① 《周扬文集》,第1卷,人民文学出版社1984年版。

② 舒芜:《对论敌也要公平——读〈车尔尼雪夫斯基论文学〉上卷札记》,《新港》,1956年第6期;辛未艾:《车尔尼雪夫斯基和宽容——驳右派分子舒芜"对论敌也要公平"》,《文汇报》,1957年9月17日。

③ 刘宁:《别林斯基的美学观点》,《北京师范大学学报》,1958年第3期。

中国俄苏文学研究史论
История исследования русской и
советской литературы в Китае

别林斯基的美学中,人民性原则是与现实主义结合在一起的。他在争取为人民服务的文学的斗争中,坚持和捍卫了以果戈理为首的'自然派'作家所遵循的批判现实主义方向,建立了完整的现实主义理论。"以此为出发点,作者从艺术与政治的关系、世界观与创作方法的关系等方面,批判了现代修正主义和种种反现实主义的"纯艺术论":"今天,在我国文艺战线上,马克思主义文艺路线与修正主义文艺路线正在进行着尖锐的斗争,革命民主主义者的美学观点,就更具有它的现实意义。现代修正主义者,在文艺领域内,往往以'现实主义'的代表和保护人自居。他们强调十九世纪的现实主义,以此来贬低和污蔑社会主义现实主义。实际上,他们不但反对文学中的社会主义倾向,而且根本歪曲和否定现实主义。他们继承的并不是十九世纪现实主义文学的优良传统,而正是反对这一传统的'纯艺术'论者的衣钵。"

《论车尔尼雪夫斯基对黑格尔艺术哲学的批判》[①]是这个时期颇有分量的一篇论文。作者从美的定义、艺术美与自然美、悲剧理论、艺术的社会意义等四个方面,分析了车尔尼雪夫斯基的美学观,他对黑格尔美学的超越以及他不如黑格尔深刻的地方。汝信批判了苏联学者拔高车尔尼雪夫斯基的做法,明确提出车氏美学的哲学基础就是费尔巴哈的人本主义哲学,但承认"车尔尼雪夫斯基的美学思想是马克思主义以前的唯物主义美学的最高成就"。

作者首先分析车尔尼雪夫斯基的关于美的定义,认为他的"定义与费尔巴哈的人本主义哲学有着明显的内在联系":"这个著名的定义就是:'美是生活',具体地说:'某件事物,只要我们在其中看到按照我们的概念应当如此的生活,那它就是美的;某个对象,只要它在自身中显示出生活或使我们想起生活,那它也就是美的。'"作者认为,车尔尼雪夫斯基的美学定义在摧毁黑格尔美学体系上起了伟大作用,但"这个定义中包含着作者本人无法解决的矛盾,这是许多研究者所忽略的"。矛盾是:"一方面,现实中的美是客观的,它自身就是美的;但在另一方面,则只有符合我们关于'美好生活'的概念、只有我们在其中看到'按照我们的概念应当如此的生活'的东西,才是美的;换句话说,一个对象之所以美又不是由于它自身。"这种疑问暴露了作者本人对车尔尼雪夫斯基的美的定义理解不深(参看下文朱光潜对此定义的分析)。

在自然美与艺术美的关系上,车尔尼雪夫斯基对黑格尔的批判是激烈的,

---

① 汝信:《论车尔尼雪夫斯基对黑格尔艺术哲学的批判》,《哲学研究》,1958 年第 1 期。

但同样暴露了自己的矛盾。作者把车氏对黑格尔的批判归纳为以下四点：第一，我们在自然中看到的不是目的，而是结果。第二，现实中的美不是太少，而是很多。第三，现实中的美确实是转瞬即逝的、不固定的，但这却并不稍减其美。第四，美不是绝对。然后，汝信评论说：

> 于是，在我们面前就放着两条根本对立的路线：在黑格尔，艺术美高于自然美，"直接现实中的缺陷把我们不可避免地驱向艺术美的思想"；而在车尔尼雪夫斯基，则自然美高于艺术美，现实生活中的美的丰富才使我们想在艺术中再现这种美；但艺术美却只是自然美的苍白的拷贝，而艺术对现实的关系则正如部分对全体的关系。

但是，既然艺术作品有自然美的全部缺陷，而又"不能比原物更美"，人为什么还需要艺术、还喜爱艺术美呢？车尔尼雪夫斯基提出了代用品的理论。汝信认为车氏的代用品理论是错误的，而"当他论及音乐时特别地暴露了他的错误"：

> 车尔尼雪夫斯基关于自然美与艺术美的理论的根本缺陷是在于他在考察这两种不同的美时抛弃了辩证法。他不能辩证地解决主体与客体、个别与普遍、形式与内容、精神性与自然性之间的统一关系。艺术品不是纯客观性的东西，它不能停留于消极地反映客体，它必须是主、客观的统一。主体在艺术品中不仅反映客体，而且也反映他自己，亦即是在再现的客体中表现他自己的本质。艺术品诚然是以个别性呈现在我们面前的，但同时也在个别性中体现了普遍性。这些都是黑格尔美学的基本原理，而车尔尼雪夫斯基在批判这些原理时抛弃了这些原理中的许多深刻的真理。

作者认为，黑格尔对艺术美的理解比车尔尼雪夫斯基的更为深刻，后者"没有重视黑格尔关于艺术美和自然美的本质区别的思想"，但这并不意味着车氏的批判没有深刻意义，因为"黑格尔是从他的客观唯心主义立场坚持艺术美高于自然美的"，是更具有根本性的错误，而车尔尼雪夫斯基把现实美当作艺术美的唯一源泉却是完全正确的。

至于黑格尔,那么他在这个问题上只被车尔尼雪夫斯基驳倒了一半,
另一半天才思想是这位唯物主义者所无法理解和驳倒的。……自然美是
理念的不自觉的体现,这是荒谬的;但艺术美是理念的自觉的体现,则包含
着深刻的真理,问题是在于把"理念"作唯物主义的根本改造,使它从头脚
倒置的状态中解放出来。

车尔尼雪夫斯基在批判黑格尔的悲剧理论时,同样陷入了矛盾。黑格尔认
为悲剧的本质是不同伦理观念之间的冲突。起来反抗旧的伦理观念的伟大人
物的悲剧结局是必然的,因为矛盾冲突的双方都有一定的合理性和片面性,他
们毁灭的原因就在于他们本身的片面性,悲剧的结局是全面性对片面性的克
服,是永恒正义的胜利。车尔尼雪夫斯基提出了自己的理论:"第一,悲剧没有
必然性,仅仅偶然性就足够构成悲剧;第二,悲剧人物自身不是他们的悲剧性毁
灭的原因;第三,悲剧的结果全然不是绝对公正的胜利;第四,伟大人物的命运
是否是悲剧的应取决于各种情况。"作者认为,车氏"责备黑格尔把悲剧看作理
性的胜利是完全正确的","但可惜的是,车尔尼雪夫斯基在批判黑格尔的悲剧
论时又抛弃了这位德国哲学家的辩证发展思想。……车尔尼雪夫斯基本人提
出的悲剧定义:'悲剧就是人的生活中的可怕的事'是完全不能令人满意的,他
过于一般化和不具体,它既不能解释悲剧的实质,也没有揭示出历史现实中的
矛盾冲突的全部深度。"

从辩证唯物主义的观点看来,黑格尔关于悲剧中的必然性的思想是深
刻的,但他关于这种必然性的解释却是完全错误的。在他看来,悲剧中的
必然性首先是由于悲剧人物的片面性,这一点车尔尼雪夫斯基已经作了详
细的批判;第二,这种片面性本身就需要解释,而黑格尔本人由于他的唯心
主义体系的重负,是不可能作出任何令人满意的解释来的。

接着,汝信引证安娜·卡列尼娜等人的悲剧,批判了黑格尔和车尔尼雪夫
斯基双方的"片面性",要求"到社会环境里去寻找对悲剧中的必然性的解释"。
作者认为车尔尼雪夫斯基关于艺术的社会意义的认识同样充满了矛盾,他
反问说:既然艺术的意义不仅仅是再现生活,而还要积极地去解释生活并对他
所描绘的生活现象作出判决词,"那么怎么能说艺术低于现实、艺术只是现实的

代用品呢?"而哲学体系方面的缺点,作者认为,是他的"解释生活"和"对生活作出判决词"还不是意味着"去干预生活",车氏唯物主义哲学还处于"解释世界"的阶段,没有达到马克思主义的"改造世界"的阶段。

汝信对于车尔尼雪夫斯基及其与黑格尔关系的评论,在很多地方是深刻的,有见地的,基本上是历史唯物主义的。他不断地帮助车尔尼雪夫斯基一起揭露黑格尔美学的根本错误及其悲剧理论的"破产",暴露了他本人对黑格尔和车尔尼雪夫斯基都有一些误解。例如,他在分析车尔尼雪夫斯基关于艺术的社会意义时有这样一段话:

> 车尔尼雪夫斯基往往把生活的再现理解成既有生活的再现,把艺术美理解成既有的现实中的美的再现。但这样就发生了一个他所无法解决的矛盾:在阶级社会里,压迫阶级与被压迫阶级对生活的看法有所不同,这是车尔尼雪夫斯基承认的;但被压迫阶级认为"应当如此"的生活却恰恰是现实中不存在的生活,而既有的生活则正是他们认为不"应当如此"的生活;难道被压迫阶级的艺术只应再现不"应当如此"的生活吗?车尔尼雪夫斯基没有回答这个问题。显然,被压迫阶级的艺术是不能满足于反映现实的,它必须还要按照自己的理想来改造现实,因此我们常常能在革命时代的艺术作品中看到现实主义与理想主义的结合。

所谓"应当如此"正是显示了车尔尼雪夫斯基美学理论的精髓——艺术的阶级性和美的阶级性。而文学艺术反映既有的生活,正是堵塞了种种粉饰现实的虚假的浪漫主义,为现实主义(自然派)鸣锣开道。这是车氏把文艺应用于人民解放事业的革命民主主义思想的必然表现。而且"解释生活"和"对生活作出判决词"正可以使作家艺术家在再现既有的生活时一样表达自己的理想。如果我们承认现实主义艺术理论的历史合理性,那么,车尔尼雪夫斯基的错误不在于强调艺术再现生活(哪怕是既有的生活),而仅仅在于把艺术品当成现实的苍白的代用品。相反,我们从汝信对理想主义的景仰中看到了1958年中国社会特殊的文化氛围:在大跃进的狂潮中,现实主义已经成了绊脚石,所谓"革命现实主义和革命浪漫主义相结合的创作方法"已经呼之欲出。

60年代发表的相关专著有陈之骅编写的《车尔尼雪夫斯基》(商务印书馆,1962)和《别林斯基》(商务印书馆,1963),但它们实际上是介绍性的小册子。

中国俄苏文学研究史论
История исследования русской и
советской литературы в Китае

真正具有高度分析力的是朱光潜的《西方美学史》(1963—1964)。

朱光潜的《西方美学史》(上下卷)①编写于60年代初,于1963至1964年分别出版了上下两卷,下卷第十六章和第十七章分别论述了别林斯基和车尔尼雪夫斯基的美学思想。

在分析别林斯基与黑格尔哲学的关系时,朱光潜引用车尔尼雪夫斯基的《果戈理时期俄国文学概观》的论述作了说明。由于别林斯基时代正是黑格尔哲学"支配着俄国的文学界",在黑格尔"凡是现实的都是理性的,凡是理性的都是现实的"这个公式的影响下,别林斯基经历了"跟现实妥协"的时期,"到了四十年代,他经过了转变,对黑格尔哲学表示过反感"。很多人都认为别林斯基已经转变到了唯物主义的立场上,但朱光潜对此提出了不同意见。他说:

> 对他这种转变,车尔尼雪夫斯基曾经在《果戈理时期俄国文学概观》第六篇结尾时作了简赅的评价,说在1840年以后,在他的文章中"带着抽象观点的议论是越来越少了;生活所表现的因素越来越坚定地占着优势了"。他的转变是否就是从唯心主义到唯物主义的彻底转变呢?知道他最清楚的车尔尼雪夫斯基并不曾这样提,我们在下文还要看到,资料的证据也不容许人这样提。别林斯基到了晚期虽基本上转到唯物主义,却也并没有完全摆脱掉黑格尔的影响。(517页)

朱光潜把别林斯基的思想分为前后两个时期,前期的黑格尔影响占上风时期和成熟期——现实主义占上风时期。他列举了关于别林斯基思想转变的两种对立的观点。

普列汉诺夫把别林斯基寻找到的艺术的客观规律总结为五条:1)诗用形象来思维,应显示而不应论证;2)诗以真理为对象,它的最高美在真实与单纯,不美化生活;3)艺术所显示的理念应该是具体的理念,应具有整一性;4)理念与形式应互相融合;5)艺术作品的各部分应组成一个和谐的整体。在转变以后,别林斯基逐渐放了黑格尔的"绝对理念"而转到黑格尔的辩证观点;但是他在早期所定卜来的五条客观规律却基本未变,只是对理念的具体性的理解有了重要

---

① 朱光潜:《西方美学史》,第517页,人民文学出版社1979年版。下引朱光潜观点均据此书(括弧中注明页码)。

的改变。别林斯基最明显的转变当然是从坚信纯艺术观转到坚决反对纯艺术观，不过，普列汉诺夫认为别林斯基反对纯艺术观的论证没有说服力。（521页）

苏联学者拉弗列茨基却认为"别林斯基始终是一个现实主义者，不过在前期他是在唯心主义的基础上建立现实主义，在后期他是在唯物主义的基础上建立现实主义。"他甚至认为别林斯基早期的美学观点"只是在形式上而不是在内容上是唯心主义的"，"别林斯基克服唯心主义，从他开始建立美学时就已开始，自从始终存在于他的美学中的现实主义倾向得到发展时就已开始，从此扩张，后来他就在全部世界观里克服了唯心主义"，在"从社会实践去找主观世界和客观世界之间的桥梁"这一点上，他是朝着马克思主义的方向走，不过由于当时俄国现实的历史局限，他还不能"完全达到马克思主义"。（522页）

朱光潜认为，上述两种观点都是偏颇的，"别林斯基在他的思想发展中始终是一个现实主义者，也始终没有完全摆脱黑格尔的影响"。也就是说，普列汉诺夫没有看到别林斯基早期思想中的现实主义，也没有看到别林斯基晚期思想中在批判纯艺术观。反之，"拉弗列茨基企图尽量洗刷别林斯基早期的唯心主义，论证他晚期的唯物主义思想和辩证观点，从而证明他的思想发展是前后融贯的"。（522—523页）但是："他的早期客观唯心主义思想并不'只在形式上'，不只是一种'外壳'，而是他的艺术本质观，典型观以及美的本质观的哲学基础，他的这些美学观点都是黑格尔的'理念的感性显现'一个公式的发挥。这些观点在四十年代以后，由于俄国解放运动形势的发展以及作者本来的现实主义倾向的加强，确实得到了一些改变，但是并没有完全达到唯物主义，更不消说'没有完全达到马克思主义'。"（523页）

朱光潜从"艺术的本质和目的"、"主观与客观的关系和情致说"、"典型说"以及"内容和形式与美"等方面分析了别林斯基的美学思想，阐述了他的思想转变的复杂历程和他的现实主义美学的意义。早在《文学的幻想》中，别林斯基未来美学思想的几个方面就已经萌芽了。"第一，他的出发点是黑格尔的'理念的感性显现说'；其次是与黑格尔无关而也是从西欧传来的纯艺术论（艺术无外在目的）；第三，研究自然和再现生活的现实主义信条也已出现了。"（525页）

别林斯基关于形象思维的直接性的论述"有三个用意：第一是说明理念体现于具体形象，其次是辩护纯艺术论，第三是强调艺术的客观性。"（526页）而强调艺术的客观性是别林斯基现实主义文艺理论的基石，也是他分别"现实的

中国俄苏文学研究史论
История исследования русской и
советской литературы в Китае

诗"和"理想的诗"的根据。朱光潜认为,"别林斯基早期所强调的客观性实际上是一种客观主义,所以他早期所理解的现实主义还不免带有片面性。"这种片面是由于面对严酷的解放斗争形势和病态感伤的浪漫主义"幻想"不得不"矫枉过正"。朱光潜进一步批评说:

> 他的矫枉过正表现于在片面强调艺术客观性之中,他否定了艺术创作的一些完全合法合理的因素。第一,他因为反对幻想而走到反对艺术虚构的极端。……其次,他因为反对感伤主义而走到否定艺术表现情感的极端。……第三,他因为反对"美化"而走到否定艺术表现生活理想的极端……第四,他因为反对作者表示主观态度而走到否定讽刺文学的极端。(533 页)

但别林斯基思想中有矛盾,后来对创作过程的认识加深了,就"越来越多地强调主观性的一面"。于是朱光潜得出结论:"随着俄国解放运动形势的发展,别林斯基就逐渐放弃早期偏重客观性的态度,转到渐重视主观性,他已认识到客观性与主观性统一的必要和可能,而且多少已认识到现实主义并不必然要排斥积极的浪漫主义。"(535 页)

如何达到主观性与客观性的统一? 朱光潜认为别林斯基继承和发展了黑格尔的"情致"说,以回答这个问题。别林斯基的情致说实际上达到了主观性与客观性的辩证统一,无意识性与自觉性的辩证统一。(539—540 页)

> 他的晚期思想体系都围绕着"情致"说,而"情致"说恰恰是从黑格尔那里继承来的。……别林斯基所用的名词($\pi o \theta \alpha \zeta$)和对这个名词所了解的意义基本上和黑格尔是一致的,但是他发挥了黑格尔的学说,因为他把它结合到俄国解放运动的具体现实,使"情致"具有一个崭新的涵义,即革命的热情和理想。
>
> "情致"这个崭新的涵义是否能证明别林斯基晚期思想已完全摆脱了黑格尔客观唯心主义的影响呢? ……我们认为:别林斯基早期所理解的"理念"仍然是黑格尔所理解的客观存在的先于感性现象的普遍的永恒的理念,他以这种理念为艺术的出发点,所以无疑是客观唯心主义的;他晚期所理解的"情致"虽然仍是黑格尔所理解的"一般世界情况"所决定的情致,但是他更明确地情致的根源在于现实社会生活,更清楚地认识到艺术

要从现实出发，在这个意义上，他已基本上由客观唯心主义转到唯物主义，而且在唯物主义的基础上认识到一般与特殊的统一，感性与理性的统一，内容与形式的统一以及客观与主观的统一。（541—542 页）

在内容与形式的关系上，朱光潜批评了别林斯基的矛盾和混乱。"依别林斯基自己的内容和形式一致的前提，能说诗和哲学在内容上一致而只在形式上才有区别吗？""不，在具体的内容上，不但诗和哲学不同，就是诗与诗之间也不能相同。"矛盾的根源在于割裂内容与形式：别林斯基早期把艺术的内容等同于理念，晚期把艺术的内容等同于社会生活本身，而形式属于诗人。从这种矛盾的观念出发，别林斯基肯定"生活永远高于艺术"，"现实永远高于理想的虚构"，尽管晚年的别林斯基也认识到"艺术中的自然完全不是现实中的自然"。（550—558 页）

朱光潜对别林斯基的分析批判是清醒的，当几乎全国文艺界都把别林斯基当成"准马列"尊崇的时候，批判他美学观念中的矛盾混乱和客观唯心主义成分是需要勇气和胆识的。但朱光潜的分析也显示出强烈的时代气息。他批评别林斯基的片面的客观性和分析其情致说时，发出了这样的一系列追问："在别林斯基的成熟思想中，文艺在近代是否只有现实主义的一条路，如他早期所坚持的呢？现实主义和浪漫主义是否处于不可调和的对立呢？革命的浪漫主义和革命的现实主义是否有结合的可能呢？"朱光潜认为"别林斯基在情致说里已足够明确地回答了这些问题"；"别林斯基早期片面强调现实主义，主要由于当时俄国解放运动的现实需要，他在晚年发展出带有革命浪漫主义色彩的美学思想，也主要是由于俄国解放运动的进一步发展和他本人对社会现实更密切的接触。"（541 页）别林斯基"建立了一套远比过去为完整的现实主义文艺的理论。这套理论否定了纯艺术论和自然主义，而且在晚期的情致说中也显示出现实主义与浪漫主义结合的可能。"（558 页）这种张扬浪漫主义，期望现实主义和浪漫主义相结合的信念是从哪里来的？我们知道，朱光潜写作《西方美学史》的时代正是大跃进的狂潮破灭之后，全国人民迫切需要踏踏实实地面对社会生活的残酷现实，严肃地批判革命浪漫主义的极端幻想时，为什么朱光潜作为一个比较清醒的理论家没有看出别林斯基强调客观性、反对虚构和幻想的重要意义呢？社会环境的原因是很明显的。大跃进的狂潮虽然破灭了，但指导大跃进的极"左"理论并没有得到清理，在大跃进的狂潮中诞生的"两结合"创作方法更没有随着"大跃进"和"新民歌运动"的破产而破产,却伴随着倡导者的权威,取代了社会主义现实主义而成为官方的艺术理论。甚至科学研究中也要现实主义和浪漫主义"两结合",更何况文艺美学。在这种情况下,任何一个希望公开发表自己著作的人,都不能不对"两结合"表示尊敬。但问题还有复杂的、主观的一面。朱光潜本人的美学思想是从克罗齐的唯心主义美学发展来的,主观性是他美学理论的基石。在 50 年代的思想改造之后,尽管朱光潜的哲学思想从唯心主义转到了唯物主义,但与别林斯基相似,"转变得并不彻底",他还是不能接受那种把美或艺术完全等同于社会生活本身的"纯粹客观"的"唯物主义美学",而是提出了"美在主客观结合"的美学思想。这种思想使他不能认同别林斯基"诗就是生活本身"的论调。相反,现实主义和浪漫主义的"两结合"倒与他的"主观与客观相结合"异曲同工。这一点在他分析车尔尼雪夫斯基时表现得更明显。如果说他与别林斯基由于思想转变的不彻底而多少有些"同病相怜"的话,那么,对于彻底的唯物主义者车尔尼雪夫斯基就可放开手脚批驳一番了。

朱光潜对车尔尼雪夫斯基美学的缺点有更多的认识。

车尔尼雪夫斯基在批判了黑格尔派的美学观念之后,提出了"美是生活"的唯物主义命题。朱光潜认为,车尔尼雪夫斯基在批判黑格尔美学时并非直接批判黑格尔本人的"美是理念的感性显现",而是把黑格尔左派门徒费肖尔当作批判对象。由于费肖尔在阐述黑格尔美学时不得要领,"所以在瞄准靶子时,车尔尼雪夫斯基就已经稍微射偏了一点"。车尔尼雪夫斯基把流行的美学观点即费肖尔所发挥的黑格尔的美学观点归结为三个命题:1) 艺术美弥补自然美的缺陷;2) 艺术起于人对美的渴望或本性要求;3) 艺术内容是美。车尔尼雪夫斯基逐个批判了这三个命题,提出现实美高于艺术美,艺术起源于人对生活的渴望,"诗的范围是全部的生活和自然",反对把艺术(诗)的内容"归入美及其各种因素的狭窄项目里去"。朱光潜认为,费肖尔在阐述黑格尔的思想、批判自然美时,"是肤浅的,烦琐的,只看浮面现象而没有抓住本质的,不完全符合黑格尔本意的,值不得用这大的力量去批判;因而车尔尼雪夫斯基的批判往往是跟着被批判的对象转,也流于肤浅烦琐。"朱光潜说:

应该指出,(1)黑格尔并不是把艺术美和自然美摆在同一个静止的平面上来看,说艺术美是用来弥补自然美的;而是从发展观点来看,说自然只是自在的而不是自为的（自觉的），就精神的发展来说，它所现出的美还是不完满的；等到精神发展到自在又自为的阶段，才能有艺术，所以艺术代表美的最高发展阶段，也正因为这个道理，艺术美高于现实美。（2）黑格尔从来没有说"艺术起于人对美的渴望"，他只说，艺术体现人类精神的一个发展阶段，而它具有美的特质。（3）黑格尔也不曾说"艺术内容是美"，而只说艺术内容是"理念"（普遍力量或人生理想），感性形象就是形式，而美则显现于内容与形式的统一体上。他倒有把艺术和美等同起来的毛病，因为"理念的感性显现"适用于美，也适用于艺术。（567—569 页）

看得出来，不仅车尔尼雪夫斯基的批判没有对准靶子，在朱光潜的天平上，黑格尔的美学理论显得深刻厚重，车尔尼雪夫斯基的理论则显得肤浅轻微。显然，是车尔尼雪夫斯基那平民知识分子的坚定粗野的美学理论惹恼了朱光潜对于精致优美的心仪。

朱光潜分析批判了车尔尼雪夫斯基对美的定义。车尔尼雪夫斯基的美的定义包括三个命题：1）"美是生活"；2）"任何事物，凡是我们在那里看得见依照我们的理解应当如此的生活，那就是美的"；3）"任何东西（原文亦可译为'对象'或'客体'），凡是显示出生活或使我们想起生活的，那就是美的"。朱光潜指出："第一个命题是总纲，'生活'包括人的生活和自然界的生活，第二个命题指符合人的理想的生活，第三个命题指自然界事物中能暗示人的生活的那种生活。这三个命题还都只涉及现实美。"朱光潜归纳说，定义肯定了现实本身美，而对生活的理解有根据"人类学原理"或生理学观点的一面；定义并不排除美的理想性，但没有对此加以发挥；定义表现出人本主义精神，并不把一般人所说的"自然美"摆在很高的地位，"在这一点上，他还是和黑格尔一致的"。朱光潜在引述了马克思关于蜜蜂和建筑师的名言之后，批判了车尔尼雪夫斯基的机械唯物主义，批评他看不到"单纯的自在"与"自在又自为"的分别。"这个分别是极重要的，对这个分别的理解会影响到对美的本质和艺术本质的看法。车尔尼雪夫斯基没有认识到这个分别的重要性。"（575—578 页）

在"艺术对现实的审美关系"上，朱光潜批判了车氏关于艺术只是现实的"替代品"理论，并从别林斯基认可的典型化的角度论证艺术源于现实又高于现实生活。在进行了这样一番"去伪存真"的工作之后，总结说："车尔尼雪夫斯基对黑格尔进行批判时，说他的基本原则大半正确而他的结论却往往错误，这句话恐怕也正好适用于车尔尼雪夫斯基自己。"（594 页）其实，车尔尼雪夫斯基的美学中对于现实美的推崇和对于虚构和幻想的病态的批判，对于朱光潜时代的中国来说几乎具有与车尔尼雪夫斯基的时代同样重要的意义。

1966 年，江青的《部队文艺工作座谈会纪要》判决别车杜为"俄国资产阶级文艺评论家"，表示"决不能把任何一个资产阶级革命家的思想，当成我们无产阶级思想运动、文艺运动的指导方针。"[1] 1970 年，在姚文元指使下炮制的《鼓吹资产阶级文艺就是复辟资本主义》，虽然批判的矛头是指向刘少奇及其"在文艺界的代理人周扬"等"四条汉子"，但受到周扬等推崇的车尔尼雪夫斯基也遭到池鱼之殃。文章说：

> 周扬……一再鼓吹俄国资产阶级作家车尔尼雪夫斯基在一本叫《怎么办？》的小说里，不但描绘了妙不可言的"社会主义社会的图画"，而且还创造了一群这种"新人"的典型。这群"新人"的人物之一，名叫薇拉。"新"在哪里呢？"新"就"新"在明明是丑恶的"利己主义"，却偏要虚伪地戴上一顶"合理的"帽子；明明是一个工场女资本家，却偏要假心假意地让工人都来做老板，搞所谓"文明剥削"。据薇拉的第一个丈夫说，这一套他早在"美国见过啦"。其实，周扬鼓吹的这种让工人都来当老板的"新人"，我们上海工人阶级在解放前就领教过了。他们那一套所谓的"文明剥削"，其实不过是大老板从残茶剩饭中拿出一点点来，收买工贼、欺骗工人的一种手段，同尼克松、勃列日涅夫所鼓吹的"福利国家"一样，都是为了巩固资本主义制度的。[2]

实事求是地说，别车杜当然不是无产阶级的思想家和文艺家，当然不可能塑造出"社会主义的新人"，不应该也不可能把他们的文艺思想当作无产阶级文艺运动的指导思想。因此，撇开江青、姚文元之流对历史和文艺的狂妄无知不论，他们的批判是有针对性的：中国当时还没有形成自己的权威的文艺理论，常常向别车杜借用文艺学概念。举例来说，在 60 年代初出版的两部文艺理论教科书：以群主编的《文学概论》和蔡仪主编的《文学概论》，都不厌其"繁"地引用

[1]《红旗》杂志，1967 年第 9 期。
[2]《红旗》杂志，1970 年第 4 期。

别车杜的理论,以补充马列缺乏系统的文艺学著作的不足。

三、对别车杜文艺思想和美学思想的关注

"文革"结束后的 1977—1980 年,开始出现了一些评介别车杜的文字,但基本上是为别车杜"恢复名誉"。汝信、程代熙、钱中文、李尚信、王秋荣、倪蕊琴等,都著文为别车杜平反,文章中都忘不了引用列宁,忘不了对"四人帮"的驳斥。

钱中文的《推倒诬蔑,还其光辉——批判"四人帮"诽谤俄国革命民主主义者的种种谬论》是一篇重要的翻案文章,文章的论点和驳论的手法都有强烈的时代特色。它从批判"四人帮"的"文艺黑线专政"论入手,为别车杜正名。首先证明 30 年代左翼文艺运动的指导思想是马列主义文论而不是别车杜的文论,其次是引用革命导师关于别车杜的论述驳斥"四人帮"的攻击,再次是论述无产阶级的批判地继承与"四人帮"的全盘否定之间的区别,从而阐明别车杜的革命民主主义美学的成就和贡献不容否定。钱中文在揭批"四人帮"对别车杜的诬蔑时,首先把别车杜的"全民文艺"与苏修的"三全文艺"(全民族、全民、全人类)区别开来:

> 他们捏造别林斯基等人提倡"三全文艺"路线,宣扬"丢弃阶级的一切偏见",标榜"颂扬剥削阶级现实生活"的所谓"再现现实"论,"真实"论,等等。十多年来,在这种令人难以置信的诽谤中,别林斯基等人的文艺思想,被骂得一无是处,简直是罪大恶极。

> 别林斯基等人真的宣扬过所谓"三全文艺"吗？说来真是令人啼笑皆非,就只因为在他们的著作里,不仅有"民族性"、"人民"一类字眼,而且还有"全人类"的说法,"四人帮"的"撤文"就判定别林斯基等人是在宣扬"全民族"、"全民"、"全人类"的"三全文艺"了。这样一来,俄国革命民主主义文学批评家几乎成了赫鲁晓夫修正主义的前驱了！但是,且慢,别林斯基等人所说的"全民族"、"全人类"到底是什么意思,这终究有其具体的历史内容,而不是能够随心所欲地解释的。至于说他们提出了什么"三全文艺",那更是"四人帮"式的天方夜谭而已。①

---

① 钱中文:《推倒诬蔑,还其光辉》,《文学评论》,1978 年第 1 期。

看得出,当时的文坛仍受到"反修"观念的影响,因为别车杜等革命民主主义者固然没有提倡"三全文艺",但并不意味着"三全文艺"就是完全错误的。

1986年出现了第一部研究别车杜的专著,马莹伯的《别车杜文艺思想论稿》①。80年代中后期出版的介绍西方美学的论著中,也往往为车尔尼雪夫斯基或别林斯基列专节。例如彭立勋《西方美学名著引论》(华中工学院出版社,1987),邹英编著《西方古典美学导论》(东北师范大学出版社,1989)等。

马莹伯的《别车杜文艺思想论稿》是迄今为止唯一的别车杜研究专著,分别论述了别林斯基、车尔尼雪夫斯基、杜勃罗留波夫的文艺思想。关于别林斯基,介绍了别林斯基的"情志说"②、他有关文学的真实性和典型性、文学的民族性和时代性的论述,以及别林斯基本人关于文艺批评的理论和实践。关于车尔尼雪夫斯基,则分别论述了车氏关于美的本质、艺术与现实的关系、其创作实践中的美学以及论述文艺批评的见解。关于杜勃罗留波夫,主要介绍其有关艺术创作的特点、文学的人民性和"现实的批评"的论述。

马莹伯关于题目的选择是合乎实际的,论述也是精当的。举例来说,在论述文学的人民性时,作者通过对比分析人民性(народность)和民族性(национальность)这两个词的区别,论述别车杜对于人民性的理解有很大的不同,从而澄清了长期以来有关人民性的某些误解。马莹伯说:

> 别车杜的著作中常常运用народность这个词,它兼有人民性和民族性两义(另有национальность一词专指民族性),在具体行文中究竟是什么含义,就要结合上下文,结合本人思想和俄国文学的发展来加以辨别。在别林斯基的著作中,这个词指的是民族性,而不是人民性。……而在杜勃罗留波夫的著作中,这个词指的就是人民性,因为他是以此来揭示人民的愿望和要求在文学中的表现的。这反映了时代的差别。……同时,这也反映了两人思想的差别。

从上述引证可以看出,马莹伯的著述是在对别车杜原著细读的基础上做出

---

① 马莹伯:《别车杜文艺思想论稿》"绪论",第12页,文化艺术出版社1986年版。下引马莹伯观点均据此书(括弧中注明页码)。
② 编者注:朱光潜、马莹伯等论者在论述中,分别表述为"情致说"和"情志说",系指同一概念。

的独立见解。但马莹伯是以积极的入世精神和强烈的"当代性"参与别车杜研究的,他的论述带有明显的时代烙印,带有时代赋予它的开放和保守、进步和落后的精神面貌。

在论述别林斯基的"情志说"时,马莹伯相当简捷地论述了"情志"中包含的主观与客观、感情与思想、创作个性与时代精神等方面的关系。既批判了"纯客观"的自然主义倾向,也批判了"纯主观"的"新的美学原则的崛起",并上纲上线到"主观唯心主义":

> 有人主张文艺是个人主观精神的表现,根本否定文艺与客观的社会生活的联系,以致从他们的作品中简直看不到现实生活的影子,甚至完全不知道他们写的是什么。有人说这是"新的美学原则的崛起",不对,应该说这是"旧的美学原则的泛起"。因为这并不是什么新东西,不过是步西方形形色色现代派文艺的后尘罢了。十九世纪末二十世纪初开始出现的西方现代派……片面地和抽象地发展了艺术创作的主观的能动的方面,沦为主观唯心主义。(14 页)

从历史发展的顺序来说,现代派的美学原则至少比别车杜的原则要"新"得多。更何况,80 年代初中国崛起的"新的美学原则",虽然强调主观,却并非西方现代派美学原则的泛起,而是对"四人帮"把思想(所谓"真理")强加于人、迫使所有的诗人按照同一音调歌舞的做法的反叛,是争取创作自由的手段。在论述作家的创作个性与时代精神时,作者引证对比了当时流行的《何必为年龄发愁》和意大利未来主义诗人帕拉采斯基的《我是谁》,以证明前者的高明和后者的腐朽。其实,前者所宣扬的盲目的乐观主义和后者的不知自己为谁的思考,尤其暴露了前者的肤浅和后者的深沉。我们也可以问一问,在史无前例的"文革"中,又有多少人能知道自己到底是蝴蝶还是庄周呢? 谁又能知道春天的后面一定是夏天而不是秋天甚至严冬呢?

关于民族化与世界化和现代化的关系,作者的论述一方面显示了清醒的唯物辩证法,另一方面也暴露了某些保守的思想。作者说:

> 我认为,所谓"现代化",最根本的,就是要正确反映我们这个继往开来、为社会主义现代化建设开创新局面的伟大时代,就是要充分表现我们

中国俄苏文学研究史论
История исследования русской и
советской литературы в Китае

党和人民积极进取、奋发图强的时代精神(顺便说一句,"时代精神"决不是
什么各个阶级的思想意识的"汇合",而是与历史进程相一致的精神),就是
要集中体现我们社会主义时代的审美需要与审美理想。这样的"现代化"
与"民族化"是可以而且应该统一起来的。民族化和现代化合成则美,离则
两伤。离开了现代化,民族化就会变成抱残守缺的国粹主义;离开了民族
化,现代化也会流于全盘洋化的世界主义。有的同志把"现代化"与西方文
学中的"现代派"硬拉扯在一起,……我们决不能同意这种对于"现代化"
的曲解。(76—77 页)

应该说,作者对于民族化与现代化的关系的分析是符合辩证唯物主义和历
史事实的,对于有人把现代化与西方现代派硬拉扯在一起的做法的批评也是适
当的。不过,所谓"现代化"并没有什么普遍的客观的标准,对于后发国家来说,
现代化必然伴随着自身的民族特性的部分消失,消融在世界化(现代化)的浪潮
之中,这并非是贬义的"世界主义"。此外,作者对所谓的"时代精神汇合论"的
抨击出现在中央为"黑八论"平反之后,这种做法显然不妥。

马莹伯认为,别林斯基在文艺批评中强调原则性,"对于我们今天来说,很
有现实意义",这是完全正确的。他说:

　　长期以来,特别是在十年浩劫中,文艺学成了"气象学",文学批评不是
去研究形象,看真,看善,看美,以作品固有的价值为准;而是去研究"气
象",看风头,看来头,看势头,以"风"为准。今天这样说,明天那样说,转如
飞蓬,好无特操。这就无怪人们一提起文学批评,就往往产生一种厌恶的
情绪。能否说这种"风派"的批评风气今天已经绝迹了呢? 恐怕还不能这
样说。就医治这方面的毛病而言,别林斯基关于文学批评的理论和实践,
不失为一剂良药。(106 页)

别林斯基的批评与中国的"气象学"批评当然是截然对立的,他的批评的确
是中国批评家学习的榜样,但把他的批评理论和批评实践当作医治中国文艺批
评"风病"的良药,却是一个过分天真的想法。"风派"批评的原因不在于批评
本身,而在于批评以外的社会现实。在别林斯基时代的俄国,虽然沙皇实行极
权专制和新闻审查制度,但政府并未掌握文艺批评的主导权,别林斯基完全能

够发表自己对于文学的看法，用不着跟风。而十年浩劫中"气象学"批评之所以盛行，根源于权力对真理的践踏，批评家由于丧失了坚持真理的自主权，随时都有可能被打成"现行反革命"，不得不"跟风"。同时，一些别有用心的小丑文痞，则随风起舞，因为其丑陋的灵魂找到了暴露出来施展一番的舞台。在风病盛行的时代，别林斯基的批评理论本身也经历着起伏兴衰，风雨飘摇。从这个角度看，文学批评的确是一种政治活动，"文学气象学"是一个值得当代学者研究的一个重要题目。

马莹伯认为车尔尼雪夫斯基"建立了作为现实主义文学的理论基础的唯物主义美学体系，达到了马克思主义以前美学理论的最高水平"（113 页），这也是苏联和中国流行的、多数中国学者的普遍看法。但他在分析车尔尼雪夫斯基关于美的本质的三个命题和艺术与现实的审美关系的论述时，很多观点是很精到的。例如，坚持"美是客观"的美学家蔡仪在《论车尔尼雪夫斯基的美学思想》一文中，批评车氏的美学命题中"按我们的理解"、"应当如此"等说法是"唯物主义的不彻底性转变为唯心主义"，马莹伯用大量文化史和美学史的资料反驳了蔡仪的说法：

> 离开了人类社会，事物就无所谓美与丑；正象离开了人类社会，事物就无所谓善与恶、益与害一样。美的客观性主要在于它的社会性。……因此，承认美的客观性同认为美不能离开人类社会而存在，这并不矛盾，而是完全一致的。车尔尼雪夫斯基注意从人类的社会生活中探求美的根源，试图揭开事物的使用价值和审美价值之间的关系，这种看法比起那种把美归结为与人无关的自然属性的美学观点来要合理得多。这决不象有的同志所说的是"由唯物主义的不彻底性转变为唯心主义"，恰恰相反，它正是在一定程度上避免了机械唯物主义，接近（虽然还不是达到）了历史唯物主义。（132—133 页）

这种分析和批评是有力的。马莹伯还赞赏车氏关于艺术的对象不仅仅是美，而是宽广的社会生活的观点，同时批评了车氏贬低艺术想象的思想，并引用车氏本人的创作反驳了车尔尼雪夫斯基的理论。这种批评当然也是强有力的。但在论述车尔尼雪夫斯基的创作特别是新人形象的创造时，又被"两结合"的时代病感染了。

他说,在《怎么办?》中,对现实的描绘和对理想的讴歌是结合在一起的。
"凭心而论,车尔尼雪夫斯基的小说的动人之处与其说是它的严格的现实主义,
不如说是它的革命的理想主义。它提出了新的生活理想,教导人们应当走什么
样的生活道路,它比单纯再现现实的作品对读者有更强的吸引力和感染力。"并
且进一步断言,"描写我们今天这样一个弥漫着强烈的英雄主义精神的不能单
用现实主义的手法,这里也需要浪漫主义。"(183—185 页)

很显然,作者是把表现理想跟浪漫主义划上了等号,进而引导到"两结合"
的道路上。当然,作者也看到"由于时代和阶级的局限,这种结合在车尔尼雪夫
斯基的作品身上还是有缺陷的"。但作者是怎样分析车尔尼雪夫斯基的"两结
合"的缺陷的呢? 不是从美学上分析"两结合"作为创作方法的缺陷,而是从政
治上批评"车尔尼雪夫斯基的理想是空想社会主义的理想"。与此同时,作者把
社会主义文艺等同于社会主义现实主义文艺或者"革命现实主义与革命浪漫主
义相结合"的文艺,还以此批判那些"片面夸大浪漫主义"、"忽视以致抛弃现实
主义"的极"左"倾向,证明"两结合""同粉饰和伪造生活是绝缘的"(185—188
页):"这同当时指导思想上的'左'的错误是分不开的。后来,在十年动乱中,
林彪、江青反革命集团更把这种对'两结合'的误解、曲解推向极端,抛出什么
'三突出'等彻头彻尾的主观唯心主义货色,把好端端的社会主义文艺糟蹋成了
'瞒'和'骗'的文艺。"(187 页)事实是,"两结合"创作方法的提出与当时中苏
关系趋于冷淡,文艺口号需要作出调整,以及文艺方针受极"左"思想的干扰是
分不开的。

杜勃罗留波夫在《黑暗的王国》中提出了"艺术家的世界观"问题:"艺术家
甚至在抽象的议论中流露出的观念,和他在艺术活动中所表现的观念,常常是
截然相反的,——因为这种观念或者是根据他所接受的信仰、或者是根据草率
的、纯属表面现象的错误的三段论法而形成的,他对于世界真正的看法,也就是
说明他的才能的关键,还得在他所创造的生动的形象中去寻找,艺术家的才能
与思想家的才能之间的根本区别,就在这里。"马莹伯发挥了这种观点,据此论
述了世界观的多重层次以及各层之间的关系,包括顶层的总的人生信条和底层
的对于生活事件的实际观感和具体看法。以此为据,作者较好地解决了通常所
谓"世界观与创作的矛盾"。他说:"历来争论不休的所谓世界观与创作的矛盾,
实际上就是艺术家世界观中抽象原则与具体看法的矛盾。"(229—231 页)

这种论述是机智的,也是相当深刻的。所谓世界观的变化"往往从具体看

法开始"，是符合一般的生活实践的。不过，也有相反的情况需要关注。人由于接受了某种理论或某种"主义"的灌输，就会使他带上有色眼镜来观察社会，观察现实。一个传统作家（如曹雪芹）眼中的世界，跟一个接受了阶级斗争理论的现代作家眼中的世界是根本不同的，包括具体生活现象也是不同的。焦大在贾府里不仅以有功之臣自居，还多少以主人翁的姿态多嘴多舌，鲁迅则一眼就看出来焦大不会爱林妹妹，嘲笑他不知道自己的奴才身份。

杜勃罗留波夫的理想是要求作家在创作中，"把最高尚的思维自由的转化为生动的形象，同时，在人生的一切最个别、最偶然的事实中，充分认识它的崇高而普遍的意义——这就是一种到目前为止还没有什么人能够达到的、使科学与诗完全交融在一起的理想"。马莹伯认为，掌握了马克思列宁主义、毛泽东思想的科学世界观的作家，由于达到了抽象原则与具体看法（具体观感）的统一，"可以而且应当"实现杜勃罗留波夫提出的"使科学与诗完全交融在一起的理想"。(233—234 页) 从理论上讲，抽象原则与具体看法的矛盾会永远存在，因为社会生活在不断发展，科学世界观本身也应该不断发展，以适应变化了的社会实践。这就决定了，如果我们的世界观（哪怕是科学的世界观）是根据自己所接受的信仰形成的，而不是自己从生活实践中总结出来的，我们就永远也不能达到那种"使科学与诗完全交融在一起的理想"。

四、退出中心后的审视

90 年代，别车杜退出了中国文艺学研究的中心，沦落为"边缘作家"，研究他们的论文急剧减少。但这并不意味着对他们的研究停滞了，表面的退隐只是暂时遮蔽了他们的光辉，其中潜藏着进一步深入的趋势。事实是，研究在进一步深入，研究的范围也扩大了，内容也更具体了。人们不再简单地介绍或论述别车杜的文艺思想和美学思想，而是以专业论文的形式具体论述他们的某一个文艺思想，包括他们与中国文论的关系，与西方美学的关系，与宗教的关系，也包括他们的文学批评的文体特征，都得到了相当具体的研究。值得注意的是1999 年几乎同时出版了几部重要的批评史和美学史，都对别车杜有详细的介绍。它们是胡日佳的《俄国文学与西方》（学林出版社），刘宁主编的《俄国文学批评史》（上海译文出版社），以及蒋孔阳、朱立元主编的《西方美学通史》第五卷（上海文艺出版社）。

下面我们按年代先后分别介绍这些著作和文章的内容。

夏中义的《别林斯基、车尔尼雪夫斯基、杜勃罗留波夫与中国》①是一篇论述别车杜与中国当代文论的关系的文章,它不是梳理中国学者研究别车杜的历程,而是从接受美学的角度阐明了他们对当代中国文论的影响,具有强烈的当代性。夏中义认为,别车杜对中国的"亲和性"可用一句话来表述:"在一国范围内使自然派文学服务于民族解放运动。正是这块美学磁石牢牢吸住了我国文坛。这吸附力来自两极:一极为政治即革命民主主义倾向,一极为艺术即现实主义方法。"革命家兼文艺家正在寻找"连接革命与艺术的美学桥梁。这桥梁便是现实主义。……在他们看来,革命的使命既然在于唤醒民众认识并改造世界,那么,现实主义文学便是宣传、激励民众憎恨旧时代、欢呼新纪元的最佳号角。因为以批判的眼光来审视现实的现实主义具有很高的社会认识功能。这就与别车杜想到一块去了。植根于十九世纪自然派土壤的别车杜当时也面临俄国革命民主主义激流。……整个西方美学史,能在政治与艺术两方面皆投中国文坛所好者,非别车杜莫属。"

夏中义认为,中国文坛在 1956 年正式发觉别车杜的巨大价值。因为当时"双百"方针颁布,人们反思建国后的文坛状况时,发现"公式化、概念化已成通病,失却了现实主义精髓",于是"匆忙注射别车杜美学来壮阳补气"。夏中义认为,这次"注射"的"实质是要酝酿一次不大不小的文艺政策调整,亦即在坚持毛泽东文艺方向的前提下作局部的美学修正"。(311 页) 以群主编的《文学的基本原理》巧妙地把别车杜的文论与毛主席和马列的教导糅合在一起,"加速了别车杜美学的中国化进程,使之真正融化为当代流行文论系统的重要组成部分和重大来源之一"。夏中义的上述分析是有趣的,但他对别车杜本人的美学思想分析则失之简单化。他说:"别车杜在合力构筑自然派美学大厦过程中是有分工的:假如说别氏率先提供了观念框架,车氏随后奠定了方法基石,那么,杜氏的应用性批评则像瓷砖装饰了墙体。"(315—316 页)

然后作者论述了别林斯基与车氏、杜氏的区别,同时说明他们在中国的变形。例如,他在分析别林斯基时指出:

尽管理念论在根本上与自然派美学相悖,尽管别氏最终也告别了黑格

---

① 夏中义:《别林斯基、车尔尼雪夫斯基、杜勃罗留波夫与中国》,载《俄国文学与中国》,华东师范大学出版社 1991 年版。下引夏中义观点均据此书(括弧中注明页码)。

尔，然而诱发这一哲学诀别的原动力却并非来自逻辑验证，而是来自他的道德责任良心。……在别氏心中，表现理念与"再现现实"实为同一意思的两种表达式，是换汤不换药。……所以我说，从绝对理念出发似也可通向自然派美学；或者倒过来，别氏的现实主义胚胎本就是在黑格尔框架中发生或孕育的。一个自然派美学之父在哲学上竟是唯心的。一个勇猛呼唤文学应无情解剖生活的批评家在总体态度上却曾是同现状妥协的。这确实令人费解，同时也使人大开眼界。它告诫我们：人不是清一色的。他那活生生的原型远比人们所设想的要复杂。（316—317页）

但"中国教材作者都是带着红色镜片来仰望别氏的，结果别氏就遍体闪烁着车尔尼雪夫斯基式的光焰"。（317页）"中国教材作者"也同样是戴着有色镜片来看车氏的，记住了他美学的唯物主义，同时忽略了他"对文学本不缺乏情趣盎然的微妙美感"。（322页）因为在"中国教材作者"的心目中："唯心 = 反动，唯物 = 革命，已成为约定俗成的方程式。还自以为这就是马列主义。把马列主义挂在嘴边的人往往很少马列主义。因为他们偏偏忘了列宁说过的精致的唯心论比粗俗唯物论更接近辩证唯物论。就创作论而言或许更为典型：注重内省的唯心论者历来能比拘泥实物的机械论者掘出更多的艺术心理奥秘。黑格尔赋予别氏的那份思维弹性和美学智慧也远远超过了费尔巴哈对车氏的馈赠。"（320页）

夏中义认为，大力张扬别车杜的美学，伴随着现实主义在中国的神化，同时也伴随着现实主义的蜕化，蜕化为"半现实主义"。"在题材上它退向了古典主义……在情调上它倒向了浪漫主义"，从而失却了"经典现实主义对世界的那种批判勇气或清醒智趣"。但别车杜出于革命民主主义的需要神化了现实主义，却没有导致俄国自然派的精髓失落。为什么呢？"要害在于，19世纪中叶的俄国正处于农奴制改革前夜，革命民主主义美学家与进步的自然派作家同仇敌忾，是站在一条战线的文化同盟军，虽在如何争取民族解放问题上的政见不一。当时别车杜仅仅是以杂志撰稿人的身份来充当革命民主派的喉舌的，故即使他们在艺术与政治的关系方面言论偏颇，也不足以扰乱自然派的创作心境。"（329—330页）这实际上已指明了导致别车杜在中国变形和现实主义在中国蜕化的原因。

中国俄苏文学研究史论
История исследования русской и
советской литературы в Китае

胡日佳的《俄国文学与西方》①一书有相当的篇幅用来论述别林斯基和车尔尼雪夫斯基的文艺思想,特别是它们与西方文艺美学的关系,而且不少论述颇有见地。但有些论述尚欠深入。

在论述别林斯基的文学批评时,胡日佳比较明确地阐述了别林斯基的文学批评对法国批评与德国批评的继承和革新,以此为基础阐述别林斯基对俄国文学批评的贡献,展示了比较开阔的文化视野。书中说,在别林斯基活动的年代,"法国和德国的文学批评在俄国相当流行,俄国批评家以仿效其中某一国的批评为时髦",于是,对此不满的别林斯基,尝试把这两种批评的优点结合起来,创造真正属于俄国的批评。

> 他在自己批评活动的初期就指出:"在批评之国的德国,批评是理想的,思辨的;在法国,批评是实证的,历史的……我们的批评应该是携带社会的家庭教师,用简单的语言讲述高深的道理。它在原理方面应该是德国式的,在叙述方法方面应该是法国式的。德国式的理论和法国式的叙述方法——这便是使它变得深刻而易于为大众理解的唯一方法。"在这里,年轻的批评家已将法、德批评的特点和俄国批评所肩负的使命明白点出。(90页)

接着,胡日佳分析了别林斯基的文学批评与法国式叙述和德国式辩证的关系。所谓法国式叙述,是指别林斯基继承了雨果、司汤达等法国浪漫主义作家的批评思想,从历史主义和人道主义的立场考察文艺现象,在文学与时代、文学与自然的关系上,以及文学的民族性和真实性等方面,别林斯基的论述方法都与他们完全一致。但别林斯基认识到司汤达和雨果"都侧重于从精神现象的角度论证文艺现象,或者简直是从文艺论证文艺,所以其批评仍然是经验性、实证性的",因此,别林斯基借鉴德国哲学主要是黑格尔的哲学,试图"从哲学上确定诗人在道路上同处在历史运动中的人类相遇的地点的经纬度",(98页)这就是所谓德国式辩证。确切地说,"一方面,他像法国作家那样,强调表现个人是新艺术的标志;另一方面,他又不把个人从群体、社会和人类中抽象出来作孤立的

---

① 胡日佳:《俄国文学与西方》,学林出版社 1999 年版。下引胡日佳观点均据此书(括弧中注明页码)。

考察。"（102 页）也就是强调个人精神与"一般生活的概念"的联系。应该说，胡日佳的分析是清楚明白，也是颇有见地的。但对别林斯基的批评的分析并没有自然而然地导向对别林斯基的批评文体的分析。事实上，别林斯基的努力，一方面融合了法国式叙述和德国式思辨的优点，使得比较深刻的批评能够走进大众的文化生活，但同时，别林斯基的批评又同时失去了法国式批评的轻灵奔放和德国式批评的清晰严密，而使自己的批评文章显得臃肿繁冗，在拖沓冗长的论辩中，不时爆发出幽默轻松的转述和深刻的思辨的火花，但整个文章本身却缺乏深入的挖掘，而且不断重复说过的话。读者只看到一个年轻的批评家在迫不及待地吐露自己的感受，文章中更多的是宣言和判断，更少的是细致的分析和清晰严密的逻辑。这些，是胡日佳没注意到的。

在阐述车尔尼雪夫斯基的美学时，一般人总是强调车尔尼雪夫斯基与费尔巴哈哲学的关系，强调车尔尼雪夫斯基对黑格尔美学的批判，胡日佳强调车尔尼雪夫斯基与黑格尔美学的批判继承关系，这也是颇有见地的。我们认为，从"影响—接受"的角度看，车尔尼雪夫斯基美学与黑格尔美学的关系，是一种"反影响"关系。由于车氏处处要与黑格尔美学作对，也就不得不经常被黑格尔的思想引领着向前跑，从而受到黑格尔美学的强烈影响。何况车氏的导师费尔巴哈也是黑格尔的门徒。作者套用车尔尼雪夫斯基评价亚里士多德的话来评价车氏本人，称"车尔尼雪夫斯基是'第一个以独立体系阐明美学概念的人'，他的概念迄今仍有强大的生命力"。（110 页）显示了作者论述时的大胆，但从具体分析来看，他的论述过程还不能给这个大胆结论以有力的支撑。

蒋孔阳、朱立元主编的《西方美学通史》第五卷《十九世纪美学》①（张玉能等著）在第八章、第九章和第十章分别论述了别林斯基、车尔尼雪夫斯基和杜勃罗留波夫等人的美学思想。

关于别林斯基，该书着重介绍了他关于艺术的本质、关于文学批评、关于形象思维、关于文学的典型性和真实性、关于悲剧和喜剧等多方面的观点，分析都是颇有见地的。

在论述别林斯基的批评是"运动的美学"的观点时，书中介绍了别林斯基提出这一观点的背景，并且分析说道："别林斯基的'运动的美学'概念规定了批评

---

① 张玉能等：《西方美学通史》第五卷，上海文艺出版社 1999 年版。下引观点均据此书（括弧中注明页码）。

中国俄苏文学研究史论
История исследования русской и
советской литературы в Китае

的性质一是'应用的美学'(把理论应用到实际上去),二是'变化的美学'(不断
进展、前进,为美学收集新素材、新资料);批评既要忠实于美学理论的一般法
则,又要以具体的、不同的、丰富多彩的方式来证实和发展这些普遍的美学原
理。别林斯基的这一观点,不仅是他思想发展前期的思索成果,而且也是他脱
离了德国唯心主义思想影响以后依然坚持的深思熟虑的观点。"(318 页)

作者从三个方面评价别林斯基的"运动的美学",认为这种观点显示了"他
作为杰出美学家和批评家的双重才能"。首先,"他提出了将德国式理论与法国
式叙述结合起来的批评模式";其次,"他认为批评应该上升到哲学高度";第三,
"他强调了把美学批评与历史批评结合起来的主张"。(319—321 页)关于批评
模式问题,作者说:

> 他提出了将德国式理论与法国式叙述结合起来的批评模式。……"我
> 们的批评应该对于社会起家庭教师的作用,用简单的语言讲述高深的道
> 理。它在原理方面应该是德国式的,在叙述方法方面应该是法国式的。德
> 国式的理论和法国式的叙述方法——这便是使它变得深刻而易于为大众
> 理解的唯一方法。"他的意思是,在批评中应以"德国式的理论"即以黑格尔
> 为代表的德国古典美学为指导,应用于文学批评实践中去;而批评的叙述
> 语言则应摆脱德国古典美学的艰深晦涩,而采用法国式的简单明了的叙述
> 方法,这样就能达到深入浅出,"易于为大众了解",起到社会"家庭教师"
> 的作用。由此,我们可以看到别林斯基力图通过批评实践使德国美学通俗
> 化、俄国化的意向和尝试。(320 页)

作者还试图"澄清"长期以来对于别林斯基的"双重误解和扭曲":"他以文
学批评为革命工具的一面被极大限度地夸张了,而他重视艺术的审美本质的一
面却被视为他文学批评观点的早期缺陷。"认为,"别林斯基为了更好地发挥文
学和文学批评作为革命工具的作用,一直是非常重视文学和艺术的审美本质
的"。(322 页)

作者还认为,别林斯基"首创并一以贯之地阐述了'形象思维'的思想",而
且他的描述已经"超越了传统美学中对想象功能的界定"。在引述了别林斯基
自 1838 年到 1848 年有关形象思维的论述之后,作者把别林斯基的形象思维理
论概括为六点:"第一,艺术创造有不同于一般的思维方式,这就是形象思维的

方式。第二,形象思维的基本方式就是不凭概念,而单单用感性、直观的形象进行思维。第三,形象思维伴随着强烈的情感活动,或者说,由情感活动所驱动。第四,形象思维是不同于哲学、科学思维的人类的另一种独立的思维方式。……第五,形象思维在构成上包含思想、情感、想象三大要素及三要素在形象中的统一。第六,艺术作品的艺术性或审美特质就寓于形象思维之中,没有形象思维就没有艺术性和艺术美,也就没有艺术作品。"(325—328 页) 然后作出结论说:"别林斯基的形象思维论在美学理论上是一个伟大的创造,它深刻地揭示了艺术的审美特质及其内在根由,也拓展了对人类思维研究的空间,无疑是西方美学史和俄国美学史上浓墨重彩的一笔,对后来俄苏和西方美学发生了重大、深远的影响,值得我们予以特别的关注。"(328 页)

　　这种评价多少有些拔高了别林斯基的形象思维学说,基本上没有注意到别林斯基形象思维理论的缺陷。首先,别林斯基在早年所说的"诗歌是表现在形象中的思维",或者"诗人用形象思索;他不证明真理,却显示真理"等,实际上是黑格尔美学概念"美(艺术)是理念的感性显现"的翻版,所谓"思维""真理"云云,就是黑格尔的"理念"或"绝对精神"。其次,别林斯基晚年仍然未能把诗(艺术)与哲学真正区别开来。他在《一八四七年俄国文学一瞥》中说:"人们看到,艺术和科学不是同一种东西,却没有看到,它们的不同,根本不在内容,而在处理这一内容的方法。哲学家通过三段论法,诗人通过形象和图画而发言,可是他们所说的都是同一件事。……这一个**证明**,另一个**显示**,同样都是**说服**,只是一个通过逻辑的论证,另一个通过图画。"(326—327 页) 这是明显地把艺术的内容与哲学科学的内容视为同等的东西。因为艺术不仅仅是社会生活的再现,甚至可以说艺术的使命基本上不是再现(显示)社会生活,而是对社会生活作审美判断,抒发理想,传递感情,这就使艺术的内容大大不同于"证明"真理的科学(哲学)。当然,从"后现代"的观点看,所谓"自然科学"探讨的也决不是客观的真理,而是作者(科学家)在特定历史条件下对自然现象的主观评价和主观判断,这种判断也可以说是意识形态,并且在某种程度上也是审美的判断,更不要提哲学了。这样的话,倒可以说艺术与科学(哲学)的内容是同样的。不过,别林斯基在阐述形象思维理论时,并没有也不可能想到这点。

　　车尔尼雪夫斯基也得到了专章介绍,而且其中有不少论战性的文字值得我们分析讨论。

　　首先,作者不同意朱光潜对于车尔尼雪夫斯基的某些批评,认为车氏对黑

中国俄苏文学研究史论
История исследования русской и
советской литературы в Китае

格尔派美学的转述是"符合黑格尔哲学和美学的体系的实质的"。

在学位论文中,车尔尼雪夫斯基对于当时流行的黑格尔的关于美的概念作了这么几种转述:(1)这个把观念完全显现在个别事物中的、本身包含着真实的外观,就是美。(2)从这方面说,个别的对象就叫形象。这样,美就是观念与形象之完全的吻合,完全的一致。(3)"那个完全表现出这种事物的观念的事物,就是美的"——翻译成普通话,就是说,"那种出类拔萃的东西,在同类中无与伦比的东西,就是美的"。

在黑格尔那里,世界的本原是理念(观念),世界的一切都是这个理念的自我生展、自我运动、自我显现的结果,因此,美是理念的感性显现,而真正的美是心灵创造的艺术之美,这种美的程度当然就以它显现或符合那个本原的理念(观念)的程度为依据。这样,当车尔尼雪夫斯基把黑格尔的美的概念转述为"这个把观念完全显现在个别事物中的、本身包含着真实的外观"以及"那个完全表现出这种事物的观念的事物"时,他是从本体论的意义上说出了"美是理念的感性显现",而当他把美的概念转述为"观念与形象之完全的吻合,完全的一致"时,他是从认识论的意义上说出了"美是理念的感性显现"。因此,车尔尼雪夫斯基是在哲学观念从本体论向认识论转型的确定时期(这个转型从笛卡儿开始至康德完成),不仅从本体论上,而且从认识论上,全面地批判(考察和判别)了黑格尔的唯心主义客观论的美的概念。这样,他的批判不仅上升到了哲学("形而上学的体系")的高度,而且也在哲学的本体论和认识论的两个方面达到了批判的周延和严密。(346—347 页)

关于艺术对现实的审美关系,张玉能等也多少拔高了车尔尼雪夫斯基。车氏在其学位论文中,集中探讨了艺术对现实的审美关系,并非全面讨论美学问题,而张玉能等却认为车氏规定了美学的研究对象是"美和艺术",而艺术则是"中心对象",进而发挥说:

那么,美学的研究对象——美和艺术,在学科内又应如何关联起来呢?这正是车尔尼雪夫斯基用"艺术对现实的审美关系"来作为他的学位论文——美学论文(论述美学基本问题)的标题的缘由。美学的基本(中心)

对象是艺术，但又必须与美联系起来，这就必然要提出"艺术对现实的审美关系"这么一个基本问题。尽管车尔尼雪夫斯基自己没有明白地说，我们也似乎可以把握住这个内在逻辑脉络，进而似乎可以推论他关于美学的学科定位：美学是从**人的对现实**的审美关系出发研究美和艺术的科学，因此，美学是一种人文科学，艺术是美学的中心研究对象。（350页）

这一系列推论中包含着许多富有预见性的睿智，同时也包含着不少妄加猜测的成分。论述"艺术对现实的审美关系"是从审美的角度探讨艺术对现实的关系，而非探讨"人对现实"的审美关系。所谓审美关系，即非功利关系，不是单纯的认识关系或实践关系，而是在社会实践的基础上形成的非功利的情感关系。这决定了美的客观性实际上是社会性，只有从社会实践的角度才能阐明美的意义，当然也可以说美学是一种人文科学。车尔尼雪夫斯基并没有上升到社会实践的高度，我们的推论并非车尔尼雪夫斯基本人作出的结论。

作者全面评价了车氏的崇高观。车尔尼雪夫斯基批判了黑格尔美学关于崇高的唯心主义观点，提出了自己的定义："一件事物较之与它相比的一切事物要巨大得多，那便是崇高"；将崇高与美完全分割开来，甚至提出要用"伟大"（das grosse）来代替"崇高"（das erahabene）。对此，张玉能一方面赞赏他把崇高与"无限"的观念分离开，使崇高离开想象而独立，坚持了事物的崇高客观存在于事物身上的唯物主义观点，同时又从辩证唯物主义的立场提出了批判：

车尔尼雪夫斯基企图以"伟大"代替"崇高"，似乎已经显示出了他的崇高论的直观唯物主义和静观机械论的特点。他没有看到，崇高是在人类社会实践过程中对于人类未来必定实现的自由的肯定，因而崇高是冲突的美、激荡的美，而不仅仅是数量和力量上与他物相比较的"巨大"。（375页）

关于杜勃罗留波夫，作者也给予较高的评价。称赞他"继承和发展了别林斯基和车尔尼雪夫斯基的现实主义美学原则"，并具体运用到批评实践之中。

这种批评对于俄罗斯美学的发展，对于俄罗斯文学批评的深化，都起了极其巨大的作用。批评家本人的艺术感受力和入木三分的洞察力，尤其

中国俄苏文学研究史论
История исследования русской и
советской литературы в Китае

是他对作品的细读和富于美感的论述,都是西方美学史上和西方文学批评
史上罕见的,尽管他的某些观点潜在着过激主义和绝对化的倾向,但是他
本人的美学和批评并未走向极端。(397 页)

新世纪即将到来的时候,人们试图从新的视角研究别车杜的美学思想和文
艺批评实践,给他们以新的评价。评论的重心当然还是作为批评家的别林斯
基。黄书泉、王利辉、周兴华等撰文称赞别林斯基对批评文体的贡献,任光宣则
分析了别林斯基与果戈理的分歧,傅璇则从女性主义的角度分析了别林斯基对
妇女的评价。

黄书泉认为,别林斯基并不是个只写"时文"的批评家,而且是个思想家,他
的"时文"对今天的我们仍有启发意义,"尤其是在片面强调文学理论学术规范
化、专业化,许多人对思潮、主义、话语、体系趋之若鹜的今日",别林斯基体现了
另一种学术典范。①

王利辉称赞别林斯基把文学批评与文化批评交织互渗,使体裁的多样性与
内容的广泛性紧密地融合在一起。他完成了一系列批评体裁的创造和革新,不
仅丰富了批评的样式,而且扩充了批评的内容。他的具有多样化的批评形式和
丰富批评内容的批评文章,对整个文学批评界的影响也是很大的。②

周兴华认为,别林斯基的文学批评至今仍能引起人们的阅读兴趣,除了见
解的深刻性以外,文体的魅力也不可忽视。史、论、评融会贯通的构架,诗性与
理性和谐统一的批评语言,不仅使其批评具有了雄视的气魄,而且还在诗意盎
然的描绘中,引导读者走入胜境去体会文学的内在精神。在别林斯基的批评文
体中,体裁的丰富多样、构架的气势恢宏使其批评具有了雄视的气魄,而语言的
抒情意味和睿智机锋,又在技巧的灵活运用中自然地形成了诗意盎然又切中肯
綮的独特面貌。这些特点不仅使别林斯基的批评走向了一个理想的境界,而且
还在流传当中完成了民族与历史间的跨越。③

任光宣认为,别林斯基与果戈理的冲突,首先是无神论者与东正教徒的冲
突。其次是激进的西欧派(革命民主主义者)与温和斯拉夫派之间的冲突,第三
是对于俄国地主、贵族和沙皇的不同认识和评价,第四是他们对作家和文学的

① 黄书泉:《不朽的"时文":重读别林斯基》,《文艺争鸣》,2000 年第 2 期。
② 王利辉:《试论别林斯基批评的体裁与内容》,《北方论丛》,2000 年第 6 期。
③ 周兴华:《简论别林斯基的批评文体特征》,《文艺理论研究》,2001 年第 3 期。

使命有不同的认识。而这几个方面是交织在一起的。任光宣根据文学史的事实重新评价了别林斯基与果戈理的争论，改变了长期以来我国和苏联文艺界一直偏向别林斯基甚至站在别林斯基的立场批判果戈理的做法。①

傅璇从女性主义的角度分析评价了别林斯基的文学批评。别林斯基在评论普希金的《叶甫盖尼·奥涅金》时，把俄国社会与西欧社会作了对比，指出俄国的女人从属于男性，不是欧洲意义上的女人，只是待嫁的姑娘和已嫁的妇女，至于少女们只是未婚妻而已。文章评论说："俄国女性的集体'失语'状态，她们作为'他者'独立、完整人格的缺失以及在男性主导社会中附属地位的确定，始于这个社会施加于女性的社会化过程，亦即源自所谓性别角色的合法性。在全面观察19世纪俄国女性生存状况之后，别林斯基将批判矛头直指男性主导的社会，对俄国社会男权制文明给予了颠覆；这一公开批判的深刻性和精确性在19世纪俄国女权主义思想发展中具有典范意义。"作者认为，在19世纪俄国思想界，别林斯基对男性主导社会的批判是空前的，这一论题与他俄国社会批判的整体论域是一致的。但别林斯基基于性别角色给定而展开的男权批判在历史文化资源的逻辑论证方面较为薄弱，并且存在有误读的情形。比如别林斯基在指认西欧女性拥有女性权利时出现了误读，因为，女性地位是东西方历史共同面临的问题，也是西欧社会存在和发展难以超越的障碍，这也是世界妇女史研究的一个共识问题②。

今天，西方的种种现代的和后现代的理论风行于中国，别车杜等革命民主主义批评家已从文学文化中心暂时退入边缘，但正是这种退隐使我们有可能更加全面地审视他们在中国文学批评史上的地位，考察他们对于中国文学批评乃至整个中国文学的影响。从另外一个角度看问题，直到今天也只是少数人在评析别林斯基等人的片面，对于多数人而言，别林斯基等仍然是批评家的楷模和榜样，是俄罗斯文学的一道亮丽的风景线，一些对批评的现状不满的人甚至"但愿别林斯基的崇高精神与宝贵遗产能成为我们今日文学批评事业的一剂良药。"③这段话本身固然算不上深刻，但它却可以说明：别林斯基等俄国革命民主

----

① 任光宣：《分歧由何而来——评别林斯基与果戈理就〈与友人书简选〉一书的论争》，《俄罗斯文艺》，2001年第3期。

② 傅璇：《性别角色的被给定和男性主导——维·格·别林斯基女性主义思想解读》，《俄罗斯文艺》，2004年第2期。

③ 仵从巨：《别林斯基：俄罗斯文学的一道风景线》，《教书育人》，2004年第3期。

中国俄苏文学研究史论
История исследования русской и
советской литературы в Китае

主义者的文学活动仍是与当今中国文坛相关的一个重要的文学现象。

自20世纪20年代开始,特别是40年代以来,中国对别车杜的介绍日益增多和深入,他们的理论逐渐成为构建中国现代文艺理论的重要的思想资源。1949年以后,更进而以革命民主主义英雄的身份被尊奉在神殿。别车杜关于文学反映现实生活、关于文学是"生活的教科书"的理论,对于建构中国的现实主义文艺理论起了至关重要的作用,他们关于形象、形象思维、典型、文学的人民性和文学的战斗精神等问题的论述,成为中国新文学长期遵循的真理和长期追求的目标,甚至一度被"升格"为公式和教条。这个过程持续到60年代中期。"文革"时期他们一度遭到冷遇,甚至被作为"资产阶级的文艺家"受到批判,但"文革"刚结束就在倡导"恢复现实主义精神"的口号下恢复了名誉,进而恢复了自己的权威。到了80年代,别车杜迎来了他们在中国文艺理论界的最后辉煌,成为人们研究最多的外国理论家之一,并且保持了"准马列"的权威地位。然而,别车杜很快成为昨夜星辰。80年代后期,对教条主义的清算终于导致了对于别车杜的理论本身的清算。有人先是追溯到别车杜的师祖康德、黑格尔和费尔巴哈,证明不论就思想的深刻广博和视野的开阔性而言,还是就思想体系本身的完整性而言,学生不如乃师乃祖远甚,他们关于文学艺术的见解实在不足为训。接着"发现"康德、黑格尔之流还有其他一些更富有叛逆性的后继者,如叔本华、尼采、萨特等,他们更合乎新时代的胃口。于是,一些趋新的人们从这些叛逆者那里找到了更向往的道路。鉴于别车杜已被当初的理论界定格为革命现实主义的理论家,社会主义现实主义的先驱,对于粉饰现实深恶痛绝的现代作家和理论家们,终于从叔本华的悲观主义看清了生活的面貌,从尼采的酒神精神看到了生命力的涌动,从萨特的"介入政治"中领会了文学艺术的使命。单纯从艺术理论自身的角度看,别车杜关于文艺反映生活、是生活的教科书的论述,在20世纪80年代已显得比较粗糙,而弗洛伊德和荣格的精神分析学、柏格森的生命哲学,能从中国人未触及过的角度深入人类心灵的深处,解释为什么社会历史环境等能够影响文艺创作;皮亚杰的发生学分析生命体(从儿童到作家等)与外部世界"交往"时心理图式同化和顺应等过程,从而为阐明外部环境如何影响不同作家的文学创作提供了准确的心理阐释的可能性。这些哲学的、美学的、精神分析学和心理学的概念再加上此时勃兴的系统论、控制论和信息论的"科学"优势,迅速占据了新时代文艺学的中心。于是,别车杜与他们的祖国一起被边缘化了。然而,所谓边缘化不过是他们作为批评家被请出了神殿,他们的批评精神以及他们所创造的批评术语,如现实主义、形象、典型、人民性等,虽然使用的频率大大降低了,但在一般的教科书中,在大量的批评实践中,它们的地位仍然是不可动摇的。毋庸置疑,别车杜在今后的中国文坛的命运还会随着时代的变迁而发生变化,但是他们与中国文坛曾经有过的千丝万缕的联系是难以被轻易割断的,被请出了神殿的批评家将在新时代的中国文坛找到自己应有的位置。

[相关研究成果要目]

别林斯基

1. 君实:《俄罗斯文学之过去及将来》,《东方杂志》16 卷 4 期(1919)。

2. 田汉:《俄罗斯文学思潮之一瞥》,《民铎》第 6、7 期(1919)。

3. 郭绍虞:《俄国美论与其文艺》,《小说月报》12 卷号外(1921)。

4. 列斯:《纪念伯林斯基》,《光明》1/4(1936)。

5. 满涛:《关于别林斯基思想的一些理解》,《人民日报》1953 年 6 月 7 日。

6. 满涛:《别林斯基选集·译后记》,见 1953 年时代版该书。

7. 戈宝权:《俄国伟大的文艺批评家别林斯基在银幕上》,《大众电影》1954 年第 4 期。

8. 癸盛:《伟大的俄国文学批评家——别林斯基(影片〈别林斯基〉观后)》,《人民日报》1955 年 3 月 5 日。

9. 羊羣:《别林斯基的生平和时代》,《长江日报》1955 年 3 月 16 日。

10. 任涛:《向别林斯基学习些什么》,《新民晚报》1955 年 7 月 28 日。

11. 刘宁:《别林斯基的美学观点》,《北京师范大学学报》,1958 年第 3 期。

12. 马家骏:《别林斯基的斗争生活和文艺思想》,《西安晚报》1961 年 6 月 13 日。

13. 樊可:《略谈别林斯基的思想和作品》,《文汇报》1961 年 5 月 28 日。

14. 曾玲先:《略谈别林斯基对作家作品的评论》,《衡阳师专学报》(增刊,外国文学专刊),1977 年第 6 期。

15. 杨荫隆:《别林斯基的"形象思维"论》,《长春》,1978 年第 10—11 期(第一期)。

16. 程代熙:《略论别林斯基的文学民族化思想》,《社会科学战线》,1978 年第 2 期。

17. 李尚信:《谈俄国革命民主主义者美学》,《理论学习》,1978 年第 4 期。

18. 杨汉池:《创作心理与文学的形象性——谈谈别林斯基、高尔基、法捷耶夫的形象思维论》,《文艺论丛》第五辑,1979 年第 5 期。

19. 郭灵声:《别林斯基读过马克思的著作》,《上海文学》,1979 年第 2 期。

20. 罗岭:《别林斯基和俄罗斯戏剧》,《上海戏剧》,1980 年第 2 期。

21. 李尚信:《别林斯基与自然派》,《吉林大学社会科学学报》,1980 年第 3 期。

22. 良海:《别林斯基和果戈理的一场论战》,《作品与争鸣》,1981 年第 1 期。

23. 万健:《试谈别林斯基的美学观》,《锦州师范学院学报》,1981 年第 2 期。

24. 马莹伯:《别林斯基的文学批评精神》,《文艺研究》,1981 年第 5 期。

25. 罗苏:《探索真理的伟大战士——别林斯基》,《文艺报》1981 年第 8 期。

26. 陈朝红:《战友与诤友——从别林斯基与果戈理的关系谈起》,《湘江文艺》,1981 年第 12 期。

27. 吴元迈《"首创权总是属于他的"——关于〈别林斯基选集〉的前三卷》,《文艺报》,1981 年第 15 期。

28. 曾镇南:《别林斯基论创作过程中的思维和想象——兼评形象思维概念》,《北京大学学报》,1982 年第 4 期。

29. 冯和:《浅谈别林斯基美学观点中的几个矛盾问题》,《郑州师专学报》,1982 年第 4 期。

30. 张春吉:《别林斯基论现实主义》,《文艺论丛》第 16 辑(1982)。

31. 任文锁:《别林斯基慧眼识诗人》,《滇池》,1982 年第 12 期。

32. 王寿兰:《俄国革命民主运动的宣言书——试谈别林斯基〈给果戈里的一封信〉》,《聊城师范学院学报》,1983 年第 2 期。

33. 马莹伯:《别林斯基的"情志"说》,《文艺理论研究》,1983 年第 2 期。

34. 李燃青:《别林斯基的现实主义文学思想》,《宁波师专学报》,1983 年第 3 期。

35. 姚中岫:《谈屠格涅夫与别林斯基的关系》,《牡丹江师院学报》,1983 年第 3 期。

36. 傅希春:《浅说俄国"自然派"形成的条件》,《电大文科园地》,1983 年 5

期。

37. 张学仁:《俄国革命民主主义者的批评作风》,《延河》,1983 年第 11 期。

38. 顾莉莉:《试谈别林斯基对果戈里创作的研究》,《安徽大学学报》(哲社版),1984 年第 1 期。

39. 韦苇:《别林斯基——进步儿童文学理论的奠基人》,《吉林师范学院学报》,1984 年第 1 期。

40. 张春吉:《别林斯基论文学和现实的关系》,《厦门大学学报》(哲社版),1984 年第 2 期。

41. 孙振华:《从别林斯基的批评失误谈起》,《海鸥》,1984 年第 3 期。

42. 藏原惟人:《从别林斯基到普列汉诺夫:俄国近代文艺批评简史》,林焕平译,《文艺理论研究》,1984 年第 4 期。

43. 李尚信:《别林斯基的文学批评思想》,《吉林大学社会科学学报》,1984 年第 4 期。

44. 刘绪源:《由别林斯基的话说开去:兼谈樊发稼同志的〈也谈《祭蛇》〉》,《作品与争鸣》,1984 年第 6 期。

45. 吴元迈:《别林斯基论现实主义和人民性》,《春风译丛》,1985 年第 1 期。

46. 张春吉:《试谈别林斯基"不自觉而又自觉"的创作法则》,《文学评论丛刊》第 24 辑(1985)。

47. 张学仁:《试论俄国革命民主主义文学批评》,《文学评论丛刊》第 24 辑(1985)。

48. 张春吉:《"一种不断运动的美学"——学习别林斯基有关文艺批评的论述》,《文艺论丛》第 21 辑(1985)。

49. 向云驹、周国茂:《别林斯基文学民族性思想试探》,《民族文学研究》,1985 年第 2 期。

50. 顾莉莉:《别林斯基戏剧理论浅释》,《徐州师院学报》,1985 年第 4 期。

51. 章珊:《作家对于批评家的"依恋":别林斯基和屠格涅夫之二》,《作品与争鸣》,1985 年第 8 期。

52. 张春吉:《别林斯基的文学民族化理论》,《厦门大学学报》(哲社版),1986 年第 1 期。

53. 武兴元:《别林斯基现实主义文学批评理论之我见:对朱光潜〈西方美学

中国俄苏文学研究史论
История исследования русской и
советской литературы в Китае

史〉指责别林斯基的一点看法》,《延安大学学报》(社科版),1986 年第 3 期。

54. 吕焕斌:《别林斯基的艺术理想与社会现实的矛盾》,《湖南师大社会科学学报》,1986 年第 4 期。

55. 陆学明:《对别林斯基典型学说的再认识》,《吉林师范学院学报》(哲社版),1987 年第 1 期。

56. 俎小武:《斗士、桥梁、奠基人:浅论别林斯基对俄国批判现实主义文学的贡献》,《宝鸡师院学报》(哲社版),1987 年第 1 期。

57. 张春吉:《别林斯基的典型观》,《天津师大学报》,1987 年第 1 期。

58. 张春吉:《别林斯基论创作方法》,《娄底师专学报》(社科版),1987 年第 1 期。

59. 叶纪彬:《再论艺术内容的特殊性:兼评黑格尔、别林斯基关于艺术内容的观点》,《辽宁师范大学学报》(社科版),1987 年第 4 期。

60. 李燃青:《刘勰和别林斯基的情志说:中西比较诗学札记》,《宁波师院学报》,1988 年第 5 期。

61. 顾永芝:《别林斯基文艺思想探微》,《江海学刊》,1990 年第 3 期。

62. 李玉皓:《从悲剧论看黑格尔与别林斯基的继承关系》,《西安政治学院学报》,1990 年第 5 期。

63. 叶纪彬:《别林斯基论艺术典型化》,《辽宁师范大学学报》(社科版),1992 年第 2 期。

64. 蔡正非:《熟悉与陌生的辩证运动——别林斯基形象理论新议》,《云南师范大学学报》,1994 年第 1 期。

65. 周志宏、周德芳:《想起了别林斯基和果戈理》,《民主与科学》,1996 年第 1 期。

66. 段楚英:《别林斯基的创作方法理论》,《外国文学研究》,1996 年第 4 期;《别林斯基美学哲学基础的内在矛盾》,《延安大学学报》(哲学社会科学版),1996 年第 4 期。

67. 冯玉芝:《别林斯基早期的思想"迷误"》,《俄罗斯文艺》,1997 年第 3 期。

68. 李凌泽:《社会性·思想深度与创作个性:浅论别林斯基的创作个性论》,《汉中师范学院学报》(社科版),1999 年第 2 期。

69. 黄书泉:《不朽的"时文":重读别林斯基》,《文艺争鸣》,2000 年第 2 期。

70. 王利辉:《试论别林斯基批评的体裁与内容》,《北方论丛》,2000 年第 6 期。

71. 杨名中:《"道路的长短不能用斗量":简论别林斯基批评观》,《成都教育学院学报》,2001 年第 2 期。

72. 周兴华:《简论别林斯基的批评文体特征》,《文艺理论研究》,2001 年第 3 期。

73. 任光宣:《分歧由何而来——评别林斯基与果戈理就〈与友人书简选〉一书的论争》,《俄罗斯文艺》,2001 年第 3 期。

74. 周杰:《熟悉的陌生人——别林斯基与金圣叹典型理论的比较》,《沈阳师范学院学报》(社会科学版),2002 年第 2 期。

车尔尼雪夫斯基

75. 周扬:《艺术与人生——车尔内雪夫斯基艺术与现实之审美关系》,《希望》1/1(1937)。

76. 洪道:《论车尔尼雪夫斯基》,《中苏文化》6/6(1940)。

77. 周扬:《唯物主义的美学——介绍车尔尼雪夫斯基的〈美学〉》,《解放日报》1942 年 4 月 16 日。

78. 辛未艾:《纪念车尔尼雪夫斯基》,《文汇报》1954 年 10 月 20 日。

79. 方隼:《坚强的战士和不朽的作品》,《解放日报》1954 年 10 月 29 日。

80. 汝信:《车尔尼雪夫斯基的社会政治观点》,《文史哲》,1956 年第 1 期。

81. 辛未艾:《〈车尔尼雪夫斯基论文学〉译后记》,新文艺出版社 1956 版。

82. 凌柯:《丰富的遗产——介绍〈车尔尼雪夫斯基论文学〉上卷》,《文艺书刊介绍》,1956 年第 5 期。

83. 舒芜:《对论敌也要公平——读〈车尔尼雪夫斯基论文学〉上卷札记》,《新港》,1956 年第 6 期。

84. 付大工:《战斗的文学观——读〈车尔尼雪夫斯基论文学〉上卷》,《光明日报》1956 年 11 月 1 日。

85. 辛未艾:《车尔尼雪夫斯基和宽容——驳右派分子舒芜"对论敌也要公平"》,《文汇报》1957 年 9 月 17 日。

86. 汝信:《论车尔尼雪夫斯基对黑格尔艺术哲学的批判》,《哲学研究》,1958 年第 1 期。

87. 蒋寿强:《战士——作家》,《浙江日报》1959 年 10 月 25 日。

88. 苗力田:《关于车尔尼雪夫斯基的人本学原理》,《哲学研究》,1959 年第 3 期。

89. 冯增义:《略谈车尔尼雪夫斯基的美学思想》,《文汇报》1961 年 8 月 13 日。

90. 余绍裔:《什么是美? ——介绍车尔尼雪夫斯基关于美学的学说》,《南京大学学报》,1962 年第 1 期。

91. 陈之骅编:《车尔尼雪夫斯基》,商务印书馆 1962 年版。

92. 马白:《正确估计车尔尼雪夫斯基的美学遗产——与朱式蓉同志商榷》,《江海学刊》,1962 年第 12 期。

93. 程代熙:《还车尔尼雪夫斯基应有的历史地位》,《光明日报》1978 年 1 月 14 日。

94. 汝信:《列宁是怎样评价车尔尼雪夫斯基的?》,《红旗》,1978 年第 1 期。

95. 钱中文:《推倒诬蔑,还其光辉——批判"四人帮"诽谤俄国革命民主主义者的种种谬论》,《文学评论》,1978 年第 1 期。

96. 魏玲:《列宁论车尔尼雪夫斯基》,《北京大学学报》,1978 年第 2 期。

97. 戚廷贵:《俄国伟大学者和批评家——学习革命导师对车尔尼雪夫斯基的论述》,《吉林师大学报》,1978 年第 2 期。

98. 王秋荣:《推倒"四人帮"强加给车尔尼雪夫斯基的罪名》,《解放日报》1978 年 4 月 29 日。

99. 王微、唐修哲:《在牢房里写成的生活教科书〈怎么办?〉——纪念车尔尼雪夫斯基诞生一百五十周年》,《人民日报》1978 年 7 月 22 日。

100. 陈超南:《"美是生活"的历史功绩——纪念车尔尼雪夫斯基诞生一百五十周年》,《文汇报》1978 年 7 月 25 日。

101. 倪蕊琴:《车尔尼雪夫斯基和托尔斯泰是资产阶级文艺家吗?》,《外国文学研究》,1979 年第 2 期。

102. 向叙典:《车尔尼雪夫斯基的哲学思想》,《甘肃师大学报》,1979 年第 2 期。

103. 龚毅华:《车尔尼雪夫斯基的"假死刑"》,《社会科学战线》,1979 年第 4 期。

104. 程代熙:《车尔尼雪夫斯基论美》,《文艺问题论稿》,1979 年版。

105. 程代熙:《"尊重现实生活,不信先验假设"——从重印车尔尼雪夫斯基的〈艺术与现实的审美关系〉谈起》，《读书》，1980 年第 1 期。

106. 张秋华：《试论车尔尼雪夫斯基与俄国农民》，《北京大学学报》，1980
年第 1 期。

107. 李必莹：《俄国文学史上的一颗明珠——关于车尔尼雪夫斯基夫人的
新材料》，《苏联文学》，1980 年第 3 期。

108. 钟林斌：《俄国思想界的普罗米修斯——车尔尼雪夫斯基》，《理论与实
践》，1980 年第 9 期。

109. 翟厚隆：《苏联车尔尼雪夫斯基研究近况》，《七十年代的苏联文学》
（1980）。

110. 万健：《车尔尼雪夫斯基论现实美》，《齐齐哈尔师范学院学报》，1981
年第 4 期。

111. 杨恩寰：《评车尔尼雪夫斯基的"美是生活"说——兼与蔡仪同志商
榷》，《河北师范大学学报》，1981 年第 4 期。

112. 李必莹：《车尔尼雪夫斯基的长篇小说〈序幕〉》，《读书》，1981 年第 12
期。

113. 贾明编译：《车尔尼雪夫斯基和他的著名长篇小说〈怎么办?〉》，《文化
译丛》，1982 年第 1 期。

114. 邵念诚：《为干革命轻离别，坚贞苦守到白头——车尔尼雪夫斯基和奥
尔卡的爱情故事》，《外国史知识》，1982 年第 2 期。

115. 向叙典：《车尔尼雪夫斯基美学思想述略》，《西北师院学报》，1982 年
第 2 期。

116. 王思敏：《车尔尼雪夫斯基的美学观与长篇小说〈怎么办?〉》，《艺谭》，
1982 年第 3 期。

117. 段炼；《车尔尼雪夫斯基和他的〈怎么办?〉》，《江西师范学院南昌分院
学报》，1982 年第 3 期。

118. 段炼：《车尔尼雪夫斯基美学思想拾零》，《江西师范学院南昌分院学
报》，1982 年第 3 期。

119. 许国良：《车尔尼雪夫斯基和生活美》，《工人创作》，1982 年第 4 期。

120. 曾繁仁：《由车尔尼雪夫斯基到毛泽东》，《文苑纵横谈》第 3 辑，山东人
民出版社 1982 年版。

121. 郭化民、徐尚祯：《关于车尔尼雪夫斯基的美的本质论——与蔡仪同志

商榷》,《求索》,1983 年第 1 期。

122.粟美娟:《马克思论车尔尼雪夫斯基》,《广西师范学院学报》,1983 年第 2 期。

123.马莹伯:《车尔尼雪夫斯基关于文艺批评的主张》,《文史哲》1983 年第 2 期。

124.夏中义:《费尔巴哈与车尔尼雪夫斯基美学》,《文艺论丛》第 18 集(1983)。

125.周扬:《关于车尔尼雪夫斯基和他的美学》,《延安文萃》(上),北京出版社 1984 年版。

126.任子峰:《托尔斯泰与车尔尼雪夫斯基》,1983 年年会论文选集,天津市外国文学学会编印(1984 年)。

127.黄岩:《车尔尼雪夫斯基文艺创作述评》,《咸宁师专学报》(哲社版),1984 年第 1 期。

128.庄其荣:《论车尔尼雪夫斯基美学中的生机观念》,《文科通讯》(淮阴教育学院),1984 年第 2 期。

129.立莎:《无产阶级革命导师与车尔尼雪夫斯基》,《安徽大学学报》(哲社版),1985 年第 1 期。

130.蒋世杰:《车尔尼雪夫斯基文学评论的预见性》,《云南民族学院学报》(哲社版),1985 年第 3 期。

131.景文山:《谈车尔尼雪夫斯基与俄罗斯民间文学》,《青海民族学院学报》(社科版),1991 年第 1 期。

132.杨育乔:《马雅可夫斯基与车尔尼雪夫斯基的创作》,《河南大学学报》(社科版),1991 年第 2 期。

133.胡日佳:《车尔尼雪夫斯基与黑格尔美学》,《贵州大学学报》,1991 年第 3 期。

134.池平清:《试探车尔尼雪夫斯基的爱情思想》,《吉安师专学报》,1993 年第 1 期。

135.赵秋长:《悲欢离合总关情:托尔斯泰和车尔尼雪夫斯基的爱情观》,《河北师范大学学报》(社科版),1993 年第 3 期。

136.景文山:《谈车尔尼雪夫斯基美学的几个特点》,《青海民族学院学报》(社科版),1993 年第 3 期。

137. 田忠辉、李淑霞:《车尔尼雪夫斯基〈艺术与现实的审美关系〉再评价》,《佳木斯师专学报》,1994 年第 2 期。

138. 李克:《车尔尼雪夫斯基美学与艺术理论管窥》,《暨南学报》(哲社版),1994 年第 4 期。

139. 周然毅:《莱辛、车尔尼雪夫斯基艺术与现实的美学关系论比较》,《临沂师专学报》,1994 年第 4 期。

140. 李克:《漫议车尔尼雪夫斯基的"美是生活"》,《学术探索》,1994 年第 5 期。

141. 刘文孝:《"美是生活"——为车尔尼雪夫斯基一辩》,《学术探索》,1997 年第 2 期。

142. 杨名中:《简论车尔尼雪夫斯基的崇高观》,《西北师大学报》(社会科学版),1998 年第 3 期。

143. 王建旗:《禁欲、苦行与信仰:再读车尔尼雪夫斯基的〈怎么办?〉》,《文论报》1999 年 11 月 18 日。

144. 苏晖:《车尔尼雪夫斯基对黑格尔喜剧美学思想的继承与突破》,《华中师范大学学报》(人文社科版),2000 年第 2 期。

145. 王维国:《从现实生活出发——车尔尼雪夫斯基认识论思想探析》,《廊坊师范学院学报》,2000 年第 3 期。

146. 黄金亮:《一脉相承与变异发展——周扬论艺术与现实的关系与车尔尼雪夫斯基之比较》,《萍乡高等专科学校学报》,2002 年第 1 期。

147. 刘杰辉:《浅探车尔尼雪夫斯基的美学思想》,《黑龙江省政法管理干部学院学报》,2002 年第 1 期。

148. 蔡同庆:《周扬与车尔尼雪夫斯基——〈艺术与现实的审美关系〉之影响研究》,《忻州师范学院学报》,2002 年第 3 期。

149. 蔡同庆:《车尔尼雪夫斯基与二十世纪中国美学》,《江淮论坛》,2003 年第 3 期。

杜勃罗留波夫

150. 辛未艾:《关于杜勃罗留波夫的生活与创作道路》,见选集第一卷(1954)。

151. 李琴龙:《天才的批评家杜勃罗留波夫》,《文汇报》1954 年 11 月 29 日。

中国俄苏文学研究史论
История исследования русской и
советской литературы в Китае

152. 辛未艾:《教人战斗的杜勃罗留波夫》,《文艺书刊介绍》,1954 年第 2
期。

153. 张挚:《读〈杜勃罗留波夫选集〉》,《文艺书刊介绍》,1954 年第 2 期。

154. 麦秀:《杜勃罗留波夫的几篇主要论文》,《文艺书刊介绍》,1954 年第 2
期。

155. 吴和:《〈杜勃罗留波夫选集〉第一卷》,《文艺报》1954 年第 8 期。

156. 廖立:《杜勃罗柳波夫美学思想的战斗唯物论精神》,《河南师院教学研
究汇集》1955/9。

157. 辛未艾:《略论杜勃罗留波夫的文学观》,《文艺报》1961 年第 11 期。

158. 陈奇祥:《杜勃罗留波夫的文艺观点》,《辽宁大学学报》,1981 年第 2
期。

159. 畅游:《批评家的勇气——话说杜勃罗留波夫和屠格涅夫的一场冲
突》,《青年作家》,1981 年第 11 期。

160. 张春吉:《试谈杜勃罗留波夫的现实主义批评原则》,《厦门大学学
报》,1982 年第 1 期。

161. 马莹伯:《论杜勃罗留波夫的"现实的批评"》,《南京大学学报》,1983
年第 2 期。

162. 曹一建:《杜勃罗留波夫及其历史观》,见《北京第二外国语学院校庆二
十周年论文集》。

163. 张春吉:《从〈黑暗的王国〉看杜勃罗留波夫的文艺批评观》,《天津社
会科学》,1985 年第 3 期。

164. 立早:《纪念杜勃罗留波夫诞辰 150 周年学术讨论会》,《外国文学研
究》,1986 年第 4 期。

165. 周振美:《人民性和真实性——浅谈杜勃罗留波夫的"现实批评"》,
《俄苏文学》(山东大学)总第 14 期(1987)。

166. 张春吉:《旧事重提:从杜勃罗留波夫和屠格涅夫的争论谈起》,《文艺
理论与批评》,1990 年第 6 期。

167. 刘晓文:《从〈黑暗王国的一线光明〉看杜勃罗留波夫的文学批评原
则》,《重庆三峡学院学报》,1998 年第 2 期。

168. 刘晓文:《从〈黑暗王国的一线光明〉看杜勃罗留波夫的文学批评原
则》,《渝州大学学报》(哲学社会科学版),1998 年第 3 期。

169. 崔宝国：《论杜勃罗留波夫文学批评的人道主义思想》,《宁夏大学学报》(哲社版),1999 年第 2 期。

170. 马家骏：《论杜勃罗留波夫的文学观》,《宝鸡文理学院学报》(社会科学版),2000 年第 2 期。

第十三章
中国对俄国早期马克思主义批评的研究

在俄国早期马克思主义批评家中,普列汉诺夫、卢那察尔斯基和沃罗夫斯基三人齐名,被并称为俄罗斯文学批评史上的"后三雄",与 19 世纪的"前三雄"别林斯基、车尔尼雪夫斯基和杜勃罗留波夫交相辉映。当然,他们三人在文学理论和批评实践领域,都有各自的建树和贡献。中国文学对他们的理论批评成果的摄取,他们对中国文学所产生的影响,也是各不相同的。

一、对普列汉诺夫文论的研究

格·瓦·普列汉诺夫(1856—1918)是俄罗斯第一个以马克思主义学说研究美学和文艺理论的思想家,又是第一个将马克思主义理论运用于文学批评实践的批评家。他在这两个方面的努力,为俄国马克思主义文艺学的建设和发展奠定了基础。

从目前我们所能见到的资料来看,普列汉诺夫的文艺思想被介绍到中国来,始于 1925 年。这一年 8 月,北京的北新书局首次出版了任国桢翻译的《苏俄的文艺论战》一书。书中除了收有反映十月革命后苏联文坛论争的三篇文章之外,还将瓦勒夫松所撰《蒲力汗诺夫与艺术问题》一文作为"附录"收在其中。瓦勒夫松的这篇文章,扼要地评介了普列汉诺夫以历史唯物主义研究原始艺术和阶级社会的艺术所形成的结论,还介绍了他的文学批评观和批评成就。鲁迅在为这本书写的"前记"中交代:"别有《蒲力汗诺夫与艺术问题》一篇,是用 Marxism 于文艺的研究的,因为可供读者连类的参考,也就一并附上了。"①这篇文章虽是苏联研究者所写,却经由任国桢的翻译,使中国读书界开始了解普列汉诺夫的文艺观。

----

① 鲁迅:《〈苏俄的文艺论战〉前记》,《鲁迅全集》,第 7 卷,第 267 页,人民文学出版社 1981 年版。

我国文学界迻译普列汉诺夫的文艺论著,是从 1929 年开始的。译者林柏由英文译本转译的普列汉诺夫的《艺术论》(作者被译为蒲列哈诺夫)一书,于这一年 4 月由上海南强书局出版。是我国普列汉诺夫文学—美学著作的第一个译本,内收《论艺术》、《论原始民族的艺术》和《再论原始民族的艺术》等三篇文章,也即普列汉诺夫的《没有地址的信》(1899—1900)中的三篇书信体论文。同年 8 月,冯雪峰翻译的普列汉诺夫的《艺术与社会生活》(1912—1913)由上海水沫书店出版。这本书是译者从日本学者藏原惟人的日译本转译的。它是普列汉诺夫晚年的一部重要文艺论著。冯雪峰的译本后经修订,多次再版,成为19 世纪 60 年代从俄文本直接翻译的汉译本出现以前我国读书界一直使用的读本,流传甚广。此外,冯雪峰在同一时期还从藏原惟人的日译文转译了普列汉诺夫的《论法兰西底悲剧与演剧》和《文学及艺术底意义——车勒芮绥夫司基底文学观》。其中,前者是普列汉诺夫的《从社会学观点论 18 世纪法国戏剧文学和法国绘画》(1905)一文的节译,译文连载于《朝花旬刊》1929 年第 1 卷第 7 至8 期;后者为普列汉诺夫的著作《尼·加·车尔尼雪夫斯基》(1909)的第 1 部第3 篇的第 1 章,刊登在《小说月报》1930 年第 21 卷第 2 号。另外,同年 7 月出刊的《现代文学》第 1 卷第 1 期,也发表了胡秋原翻译的《蒲力汗诺夫论艺术之本质》。

中国现代文学史上的巨人鲁迅,也是普列汉诺夫文艺论著的中译者。1930年 2 月,他翻译的普列汉诺夫的《〈车勒芮绥夫斯基的文学观〉第一章》(即《尼·加·车尔尼雪夫斯基》第 1 部第 3 篇的第 1 章的一部分),由《文艺研究》杂志第 2期刊出。同年 7 月,上海光华书局又出版了鲁迅从藏原惟人的日译本转译的普列汉诺夫的《艺术论》。这个译本所收的文章,除了林柏的译本中所收的三篇外,还附有普列汉诺夫的《论文集〈二十年间〉第三版序》。鲁迅为自己翻译的《艺术论》写了一篇序言,首先介绍了普列汉诺夫的生平、思想和主要著述,进而论及收入该书的几篇文章所体现的作者的文艺观。鲁迅指出:"蒲力汗诺夫也给马克斯主义艺术理论放下了基础。他的艺术论虽然还未能俨然成一个体系,但所遗留的含有方法和成果的著作,却不止作为后人研究的对象,也不愧称为建立马克斯主义艺术理论,社会学底美学的古典底文献的了。"①

《论文集〈二十年间〉第三版序》是鲁迅从藏原惟人所译的《阶级社会的艺术》一书中转译的,译文曾单独发表于 1929 年 7 月出版的《春潮》月刊第 1 卷第

---

① 鲁迅:《〈艺术论〉译本序》,《鲁迅全集》,第 4 卷,第 261 页,人民文学出版社 1981 年版。

中国俄苏文学研究史论
История исследования русской и
советской литературы в Китае

7 期。鲁迅在简短的"译者附记"中,对普列汉诺夫的这篇序文的内容作出了精辟的概括,认为该文"虽然长不到一万字,内容却充实而明白",且"简明切要,尤合于介绍给现在的中国的"。鲁迅还特别指出:普列汉诺夫的著作,被称为"科学底社会主义的宝库,无论为仇为友,读者很多。在治文艺的人尤当注意的,是他又是用马克斯主义的锄锹,掘通了文艺领域的第一个。"①

显然,鲁迅在他写的序言和译者附记中,都肯定了普列汉诺夫在马克思主义文艺理论发展史上的地位和贡献。鲁迅看到了普列汉诺夫的文艺论著译介到我国来以后所产生的影响。他认为,中国左翼作家联盟的成立就和这一译介很有关系,"因为这时已经输入了蒲力汗诺夫,卢那卡尔斯基等的理论,给大家能够互相切磋,更加坚实而有力"②。鲁迅还曾谈到普列汉诺夫的《艺术论》对自己的作用:

> 我有一件事要感谢创造社的,是他们"挤"我看了几种科学底文艺论,明白了先前的文学史家们说了一大堆,还是纠缠不清的疑问。并且因此译了一本蒲力汗诺夫的《艺术论》,以救正我——还因我而及于别人——的只信进化论的偏颇。③

普列汉诺夫的艺术观对鲁迅的影响是确实存在的,其中最重要的一点就是关于艺术的起源的看法。如在撰写《中国小说的历史的变迁》(1924)时,鲁迅还是认定"诗歌起于劳动和宗教"④的。但是,到发表《门外文谈》(1934)时,鲁迅的观点有了变化。他写道:"我们的祖先的原始人,原是连话也不会说的,为了共同劳作,必须发表意见,才渐渐的练出复杂的声音来,假如那时大家抬木头,都觉得吃力了,却想不到发表,其中有一个叫道'杭育杭育',那么这就是创作;大家也要佩服,应用的,这就等于出版;倘若用什么记号留存下来,这就是文学……"⑤在这里,鲁迅以形象的说法,生动地说明了艺术最初起源于劳动的道理。应当注意的是,鲁迅是在自己的以上两篇文章先后问世的 10 年时间跨度

① 鲁迅:《〈论文集《二十年间》第三版序〉译者附记》,《鲁迅全集》,第 10 卷,第 313 页,人民文学出版社 1981 年版。
② 鲁迅:《上海文艺之一瞥》,《鲁迅全集》,第 4 卷,第 299 页,人民文学出版社 1981 年版。
③ 鲁迅:《三闲集·序言》,《鲁迅全集》,第 4 卷,第 6 页,人民文学出版社 1981 年版。
④ 鲁迅:《中国小说的历史的变迁》,《鲁迅全集》,第 9 卷,第 302 页,人民文学出版社 1981 年版。
⑤ 鲁迅:《门外文谈》,《鲁迅全集》,第 6 卷,第 94 页,人民文学出版社 1981 年版。

之内,翻译了普列汉诺夫的《艺术论》,并撰写了有关普列汉诺夫的评介文章的。这正是鲁迅接受普列汉诺夫的思想、调整自己的观点的契机。

瞿秋白在 1932 年曾翻译过普列汉诺夫的一些文学理论和批评论著,如《易卜生的成功》、《别林斯基的百年纪念》、《法国的戏剧文学和法国的图画》和《唯物史观的艺术论》等。其中,《易卜生的成功》即普列汉诺夫的《亨利克·易卜生》(1906)一文的第 9 部分。《别林斯基的百年纪念》(1911)是普列汉诺夫应约为彼得堡五金工人工会机关报《我们的路》撰写的文章,首次刊登于该报 1911 年第 18 期。《法国的戏剧文学和法国的图画》(1905)是一份讲演提纲,它的内容和作者的长篇论文《从社会学观点论 18 世纪法国戏剧文学和法国绘画》有着明显的联系;但这个提纲所涉及的内容更多,如关于 17 世纪法国悲剧、关于"为艺术的艺术"的讨论,都是著者的长篇论文中所未论及的。《唯物史观的艺术论》也是一份讲演提纲,内容涉及普列汉诺夫在其重要美学著述《没有地址的信》、《艺术与社会生活》中论述的艺术的起源和本质等基本问题。

在进行上述译介的同时,瞿秋白还撰写了《文艺理论家的普列汉诺夫》一文,对普列汉诺夫的文艺思想展开了评述。文章作者承认,普列汉诺夫在马克思主义文艺理论的建设上功绩很大,这主要是因为:在俄国早期马克思主义文学批评家中,"他首先专门地研究了文化问题和文艺问题";但是作者又指出:普列汉诺夫"政治上的机会主义不会不影响到他的文艺理论。"[1]瞿秋白的这一看法,为他对普列汉诺夫文艺思想的整个评价,预设了基本框架和思路。

在自己的长篇论文中,瞿秋白首先强调:不应当把作为政治家和作为哲学家的普列汉诺夫分割开来,而艺术和哲学、艺术和政治也是不能分割的。他认为,借着文艺批评来反对布尔什维克、发挥机会主义的政治见解和哲学观点,这在普列汉诺夫那里是常有的事。瞿秋白举出的例证有二:其一,普列汉诺夫曾在易卜生的剧本《人民公敌》德文版的一段对话旁边做过记号,并且写上了列宁的名字,显然是要以此来反对列宁,说布尔什维克的文艺政策是"欺骗群众的手段";其二,普列汉诺夫在他评论另一挪威作家哈姆生的剧本《皇宫门前》(今译《国门》)的那篇文章《斯多克芒医生的儿子》中,曾在一条注释[2]里就明斯基、巴

---

① 瞿秋白:《文艺理论家的普列汉诺夫》,《瞿秋白文集》(文学编),第 4 卷,第 55 页,人民文学出版社 1986 年版。

② 普列汉诺夫:《斯多克芒医生的儿子》,《普列汉诺夫美学论文集》(Ⅱ),第 772 页注①,人民出版社 1983 年版。

中国俄苏文学研究史论
История исследования русской и
советской литературы в Китае

尔蒙特等俄国象征派诗人参与《新生活报》的编辑和撰稿一事,攻击布尔什维克在 1905 年革命后的文艺政策。瞿秋白由此而认定:普列汉诺夫在政治、哲学和文艺上有一个完整的宇宙观,其政治上的机会主义不能不影响他的艺术哲学。

接着,瞿秋白探讨了普列汉诺夫的美学理论和文艺思想的错误根源,指出他的错误来源于"非辩证法的"方法论和认识论。瞿秋白认为,普列汉诺夫接受了康德的美学观念,把审美活动看成是旁观的、直觉的、不关涉利害的,艺术行为是非功利主义的,具有"无所为而为"(即"无目的的合目的性")的特点。再者,在普列汉诺夫看来,艺术作品里的形象不过"相当于"实际生活里的情形,不过有实际生活的一些"痕迹",而并不能够反映活泼的、复杂的社会斗争,并不是阶级斗争的组成部分。瞿秋白指出:所有的艺术现象都是一定的历史条件、阶级斗争的反映,都反映着一定的阶级目的;"马列主义无条件地肯定艺术的阶级性,承认艺术的党派性,认为艺术是阶级斗争的锐利的武器。"[1]因此,普列汉诺夫的观点就离开辩证唯物论而回到康德哲学那里去了。

瞿秋白还发现了普列汉诺夫在看待艺术现象时"没有无产阶级的党派性"的"错误"。他指出,无论是在评论 18 世纪法国艺术、涉及"表现着下降的阶级的倾向"之艺术的作用时,还是在讨论易卜生的戏剧所反映的挪威小资产阶级及其和先进理想的关系时,普列汉诺夫都超越了"党派"关系,仿佛站到阶级斗争之外去了。瞿秋白特别不能理解的是,在《别林斯基的百年纪念》一文中,普列汉诺夫竟然"简直没有提起别林斯基和当时阶级斗争的关系",而"对于马克思主义者,最重要的是文艺批评家别林斯基在阶级斗争史里的地位和意义。"[2]凡此种种,在瞿秋白看来,都说明了普列汉诺夫艺术观的"客观主义"。

当然,瞿秋白并不认为普列汉诺夫的文艺思想是毫无价值的。他说:"普列汉诺夫的文艺理论的遗产是宝贵的,我们不应当抛弃这种遗产,而是应当注意地去研究,审查,采取普列汉诺夫美学之中的有用的材料。"[3]然而,由于种种原因,瞿秋白的目光都集中到揭示普列汉诺夫的"错误"上去了,对于他的文艺思想中的可以作为宝贵遗产去研究和继承下来的那些部分,瞿秋白始终未能论及。

----

[1] 瞿秋白:《文艺理论家的普列汉诺夫》,《瞿秋白文集》(文学编),第 4 卷,第 66 页,人民文学出版社 1986 年版。

[2] 瞿秋白:《文艺理论家的普列汉诺夫》,《瞿秋白文集》(文学编),第 4 卷,第 69 页,人民文学出版社 1986 年版。

[3] 瞿秋白:《文艺理论家的普列汉诺夫》,《瞿秋白文集》(文学编),第 4 卷,第 75 页,人民文学出版社 1986 年版。

这无论对于瞿秋白本人还是对于中国文学界，都是一种理论上和思想上的遗憾。

与瞿秋白翻译和评论普列汉诺夫几乎同时，苏联研究者论述普列汉诺夫文艺思想的著作，也被译介到中国来。1930 年，何畏翻译的耶考芜莱夫的专著《文学方法论者普列哈诺夫》，由上海春秋书店出版。这本书共有 9 章，作者对普列汉诺夫的文学艺术见解作了扼要的介绍和评论，而着重阐述的则是体现于普列汉诺夫的文学史观、文学批评观中的贯穿着辩证法精神的文学方法论。它对中国文学界把握普列汉诺夫的文学研究方法，了解苏联学术界对普列汉诺夫的评价，都有重要的参考价值。

中国研究者自己对普列汉诺夫的评价，较早的有冯宪章。在 1930 年上海神州国光社出版、冯乃超等多人合著的《文艺讲座》（第 1 册）中，就收有冯宪章写的《蒲列汉诺夫论》一文。1932 年，胡秋原编译的《唯物史观艺术论——朴列汉诺夫及其艺术理论之研究》一书，也同样由上海神州国光社出版。该书厚达 800 余页，含"绪言"、"艺术理论家朴列汉诺夫之性质"、"艺术之本质"、"艺术与经济"、"艺术之起源"、"艺术之进化与发展"、"文艺底个性与社会性之考察"、"朴列汉诺夫与艺术批评"、"俄国科学底美学及社会底文艺批评之先驱"、"朴列汉诺夫之方法论"等 10 章，对普列汉诺夫的文艺思想和文艺批评作了较为全面的评述。除以上内容外，此书还附有胡秋原从日文转译的《朴列汉诺夫传》以及和普列汉诺夫的文艺思想有关的文章 6 篇，如《艺术与无产阶级》、《政治底价值与艺术底价值》、《文艺起源论》和《革命文学问题》等。这些内容，对于中国读书界全面了解普列汉诺夫的文艺思想和批评成就，具有一定的参考价值。作为编译者，胡秋原指出：普列汉诺夫是"世界最初马克思主义艺术学的建设者"，"科学的美学的开山祖"。他联系 19—20 世纪西方文学理论与批评史来考察普列汉诺夫的意义，认为普列汉诺夫的唯物史观的艺术理论与弗洛伊德的精神分析学说"不独是并行不悖，而且是相辅而行的"。在胡秋原看来，弗洛伊德的精神分析批评和英国裴特的唯美主义批评，"是足以帮助朴列汉诺夫的理论更完成的"[①]。这类评说未必准确恰当，却可以启发人们进一步认识普列汉诺夫文艺思想的复杂性及其与别种理论批评流派的联系。不过，胡秋原在这本书的"前记"和"编校后记"中，曾宣扬了他的所谓"自由人"的文艺观，因此受到鲁

① 胡秋原：《唯物史观艺术论·前记》，见《唯物史观艺术论——朴列汗诺夫及其艺术理论之研究》，第 20、14 页，神州国光社 1932 年版。

迅、瞿秋白和周扬等人的批判。

1934 年,何畏和克己两位译者还联手翻译过《托尔斯泰论》(上海思潮出版社)一书,书中除了收有列宁论托尔斯泰的 4 篇论文之外,还收有普列汉诺夫的《"从这里到那里"》[①]、《概念的混乱(L. 托尔斯泰的教义)》、《加尔·马克思和莱夫·托尔斯泰》等 3 篇论托尔斯泰的论文。这几篇译文,连同上文所说的林柏、冯雪峰、鲁迅、瞿秋白等人的译作,构成中国现代文学发展进程中译介普列汉诺夫文学—美学论著的主要成果;而且,它们几乎全部集中出现于 1929—1934 年间。

1935 年以后到 20 世纪 50 年代前半期,我国对于普列汉诺夫著作的译介几乎处于停滞状态。其间,只有 1944 年出版的周扬编《马克思主义与文艺》一书中,收录了普列汉诺夫关于文学艺术的几段论述,具体包括:"论原始艺术与劳动之不可分离,劳动早于艺术"(2 段),"论艺术之形象的特质"(2 段),"论革命期资产阶级的艺术与政治斗争"(1 段)。这些内容,当然只是普列汉诺夫的文艺思想和文艺批评建树中的一小部分,但它却反映了当时的中国马克思主义批评家们对普列汉诺夫的接受范围。也就是说,只有这部分内容是被中国马克思主义批评所认可的。这种选择眼光和尺度,在一个很长时期内左右了中国文学界对普列汉诺夫的接纳。周扬本人在此后的文章、报告和讲话中,凡是援引、肯定普列汉诺夫的观点,也不外乎以上几个方面。周扬推崇普列汉诺夫的研究方法,如 1962 年,有一次在谈到美学研究应大量研究哲学史、美学史资料时,他曾提到"普列汉诺夫在这方面走的路很对,他是从古代艺术史搞起的"[②]。但是,这里恰恰是指普列汉诺夫在研究艺术起源问题时所使用的方法,仍然没有超出上述范围。这一现象,与长时期内苏联学术界对普列汉诺夫的评价密切相关。由于在政治上把普列汉诺夫看成是孟什维克的代表,苏联方面已难以对他的整个思想、理论建树和学术贡献作出客观的评价。政治判定代替了学理考量。这种错位现象在上述瞿秋白的评论中已初现端倪,随后则衍化为一种带有普遍性的认识。

直到 1956 年,我国文学界才恢复了对普列汉诺夫文艺论著的译介。由俄文翻译家陈冰夷翻译的《从社会学观点论 18 世纪法国戏剧文学和法国绘画》一

---

① 即《"如此而已"(一个政论家的札记)》。

② 周扬:《在长春市作者座谈会上的讲话》,《周扬文集》,第 4 卷,第 168 页,人民文学出版社 1991 年版。

文,即刊登在这一年 12 月号《译文》杂志上。它是普列汉诺夫的这篇长文在中国的第一次全译,而且是直接译自俄文。由此到"文革"前夕,陈冰夷陆续翻译的普列汉诺夫的文艺论著还有:《无产阶级运动和资产阶级艺术》(1905),译文发表于人民文学出版社出版的《文艺理论译丛》1957 年第 1 期;《艺术与社会生活》,译文连载于《世界文学》1960 年 2—4 月号;《俄国批评的命运——评伏伦斯基〈俄国批评家·文学概论〉》(1897),由《世界文学》1961 年 11 月号刊出。陈冰夷的译文,大都附有交代原文背景、概括文章基本观点并对其进行评述的"译后记",有助于读者了解原文的内容和意义。

1957 年,吕荧以俄文版普列汉诺夫《艺术与文学》(苏联国立文学出版社,1948 年版)一书的第 3 部分为底本,翻译了普列汉诺夫的《亨利克·易卜生》、《斯多克芒医生的儿子》等 5 篇论及西欧文学的论文,结为《论西欧文学》一书,由人民文学出版社出版。书中所收文章,除了《亨利克·易卜生》一文的第 9 部分曾由瞿秋白迻译过之外(译文名为《易卜生的成功》),其余 4 篇文章都是首次被译介到我国来。另外,吕荧还翻译了普列汉诺夫的《尼·加·车尔尼雪夫斯基的美学理论》(1897)一文,发表在《文艺理论译丛》1958 年第 1 期上。同一篇文章还曾由李甦译出,刊载于《哲学译丛》1957 年第 6 期。普列汉诺夫的某些著述的片断,也往往被选译为中文,刊登在 1966 年以前我国的一些文艺刊物上。苏联研究者福明娜的研究著作《普列汉诺夫的文学和艺术观》也曾被译成中文(张祺译),由新文艺出版社于 1958 年出版。

曹葆华是我国在迻译普列汉诺夫文学—美学著作方面贡献较大的一位著名翻译家。1957 年,他翻译的《没有地址的信》、《艺术与社会生活》(丰陈宝、杨民望译,曹葆华校)合为一本书,由人民文学出版社出版。《没有地址的信》共包括 4 封信和《具有概要或提纲性质的个别札记》、《〈没有地址的信〉的准备工作札记》等手稿。当年鲁迅和林柏分别从日译本和英译本转译《艺术论》时,曾译介过其中的前三封信。曹葆华的这个新译本,则将《没有地址的信》全文和一些相关的手稿,较完整地介绍给中国读者。1962 年,这个译本曾由人民文学出版社再版。人民出版社于 1964 年出版的 4 册 16 开大字本《论艺术(没有地址的信)》,是以曹葆华的上述译本为基础,根据俄文版《普列汉诺夫哲学著作选集》第 5 卷和《普列汉诺夫遗著》第 3 卷的原文,作了一些校订、补充和编排上的调整后,为了方便党的高级干部阅读而专门印行的。这个译本成为毛泽东开列的党的高级干部 30 本必读书之一。1973 年,生活·读书·新知三联书店曾依据人民出版社 1964 年的版本,重新编排和出版了《论艺术(没有地址的信)》的 32 开单行本。在那个书荒严重的特殊历史年代,这本书流传范围甚广,影响面较大。

1974 年,生活·读书·新知三联书店曾出版了《普列汉诺夫哲学著作选集》第 4 卷(汝信、刘若水等译),其中收有《尼·加·车尔尼雪夫斯基》(1909)等关于车尔尼雪夫斯基的著作 5 篇(部),《论别林斯基》(1910)等关于别林斯基的论著 4 篇(部),《亚·伊·赫尔岑的哲学观点》(1912)等关于赫尔岑的论著 3 篇(部),以及关于米·格尔申宗等人的四本著作的评论。收入本卷的 16 篇(部)论著,内容广泛,涉及哲学、历史、伦理学和社会政治等诸多方面,但大都和美学、文学理论与批评有一定的联系。在此之前,三联书店早在 1962 年就出版了《普列汉诺夫哲学著作选集》第 1—3 卷,其中收入了普列汉诺夫阐述辩证唯物主义和历史唯物主义、批判唯心主义和唯心史观以及哲学修正主义方面的著作。这些译著,都有助于我国读书界从整体上了解普列汉诺夫的思想和理论建树,从而进一步把握他的美学观和文艺观。

曹葆华翻译的《普列汉诺夫哲学著作选集》第 5 卷,直到 1983 年才由人民出版社出版。这本文集收集了普列汉诺夫自 1888 年至 1913 年间撰写的文学—美学论文 19 篇,可以说是作者在这一领域的主要成果的结集。译者从"文革"前就开始着手这项翻译工作。"文革"中,在遭受政治迫害、眼疾发作的困难条件下,他抓住一切可能利用的时间,夜以继日,抱病勤奋工作。直到 1978 年 9 月,他才在上海外语学院俄语组和亲属的帮助下,最后完成了全部校阅、注释、人名索引和定稿工作。1983 年,人民出版社出版的《普列汉诺夫美学论文集》(Ⅰ,Ⅱ),其实是《普列汉诺夫哲学著作选集》第 5 卷的另一种印行形式。对于国内文学界、美学界而言,后一种版本的影响显然要大得多。

同样是在 1983 年,陕西人民出版社还出版了一本由程代熙翻译的《普列汉诺夫美学论文选》。这个译本包括普列汉诺夫论别林斯基、车尔尼雪夫斯基、杜勃罗留波夫、奥斯特罗夫斯基、列·托尔斯泰和高尔基的文章共 7 篇。其中,有关托尔斯泰的两篇论文《概念的混乱——列·尼·托尔斯泰的学说》与《卡尔·马克思和列夫·托尔斯泰》,我国已有 1934 年何畏、克己从日译文转译的译本,但因为不是直接译自俄文的,且一般读者不易见到,所以程代熙的新译文是很有意义的。另外,《别林斯基与合理的现实》(1897)、《概念的混乱——列·尼·托尔斯泰的学说》(1910)这两篇文章,人民文学出版社出版的《普列汉诺夫美学论文集》（Ⅰ，Ⅱ）未予以收入，普通读者也难以读到，程代熙的译本恰好弥补了这一不足。

更重要的是，译者写了一篇有价值的"译后记"。译者写道："列宁以 1903 年为界，把普列汉诺夫的著述活动划为两个阶段。第一阶段，特别是上世纪（指 19 世纪——引者注）90 年代，是他硕果累累光辉灿烂的时期，而从 20 世纪初到 1917 年十月社会主义革命的胜利，是他政治思想上走下坡路的时期。"①在过去一个长时期内，我国学术界一般都是以列宁的这一划分来看待普列汉诺夫前后两个时期的著作的，往往认为他的后期著作可取之处不多，甚至基本予以否定。程代熙依据自己对普列汉诺夫著作的阅读理解，对这一习惯性的、机械的认识方式提出疑义，他认为："列宁的这个区分，也只是就大体而言，不是一刀切。事实也是这样，在他（指普列汉诺夫——引者注）前一阶段的论著里就露出了某些不健康的、非马克思主义的观点的端倪，而在后一个阶段，在他的某些文章、论著里，也还有着某种闪光的东西。收入本书的七篇论文，头三篇属于前一个阶段，后四篇则属于下一个阶段。就这七篇文章的主要立论来看，基本上却是应该给予肯定的。"②程代熙的看法，具有重新认识普列汉诺夫的文学—美学思想的意义，显示出把学术观点和政治见解分开的眼光，标志着我国文学界对普列汉诺夫的认识和理解的深刻变化。

还应提及的是作为"外国文学研究资料丛书"出版的一本书：《俄国作家批评家论列夫·托尔斯泰》（倪蕊琴编选，中国社会科学出版社，1982 年版）。该书收有普列汉诺夫论托尔斯泰的 5 篇文章（或文章片断），其中有两篇文章是首次译为中文，即《预兆性的错误》（1907）和《再论托尔斯泰》（1911）。这对于我国读者全面了解普列汉诺夫的文学批评遗产，无疑是有意义的。

我国学术界对于普列汉诺夫的文学—美学思想的研究，自 20 世纪 30 年代中期往后就一度陷于几乎停顿的状态。进入 20 世纪 50 年代后，报刊上零星出现一些研究论文，如杨永志的《普列汉诺夫著作简介之五：美学思想》（1957）、汝信的《普列汉诺夫论艺术与社会生活的关系》（1961）、吴元迈的《普列汉诺夫论艺术的内容与形式》（1962）、耿恭让的《试论普列汉诺夫的审美与功利关系的美

---

① 程代熙：《普列汉诺夫美学论文选·译后记》，见程代熙译《普列汉诺夫美学论文选》，第 337 页，陕西人民出版社 1983 年版。

② 程代熙：《普列汉诺夫美学论文选·译后记》，见程代熙译《普列汉诺夫美学论文选》，第 337 页，陕西人民出版社 1983 年版。

中国俄苏文学研究史论
История исследования русской и
советской литературы в Китае

学思想》(1963)、王子野的《评普列汉诺夫的〈没有地址的信〉和〈艺术与社会生活〉》(1963)等。直到上述几本译著出版前后,特别是从70年代末期起,这方面的研究论文才明显增多,如吴元迈的《普列汉诺夫与无产阶级文艺》(1979)、《普列汉诺夫论现实主义》(1980)、《普列汉诺夫文艺遗产中的几个问题》(1982),黄药眠的《试评普列汉诺夫的审美感的人性论》(1980),王又如的《试评普列汉诺夫关于功利主义艺术观的论述》(1981),印锡华的《普列汉诺夫论易卜生的思想和艺术》(1982)、陈复兴的《普列汉诺夫的托尔斯泰论》(1983)、吕德申的《普列汉诺夫文艺思想的几个重要方面》(1985),吴章胜的《普列汉诺夫文艺批评思想探析》(1985),刘锡诚的《普列汉诺夫的神话观初探》(1985),宋应离的《论普列汉诺夫的文艺真实观》(1986),徐达的《文艺研究中的两条基本规律——读普列汉诺夫文学论述札记》(1988),楼昔勇的《论普列汉诺夫与高尔基的交往》(1989),王秀芳的《评普列汉诺夫现代派艺术论的得与失》(1990)、《普列汉诺夫与马克思主义艺术论》(1990),陶东风的《论普列汉诺夫的文学史观》(1991),邝飞的《普列汉诺夫和列宁对托尔斯泰的评论》(1995)等。上述论文,或试图对普列汉诺夫文艺思想的要点作出概括,或探讨他的理论批评的某一重要侧面,在总体上反映出我国文学界对普列汉诺夫认识的深化。其中,一些论者对于普列汉诺夫的文学史观、文学批评观和神话观的研究,尤其能给人以启发。1995年以后,我国各类刊物上关于普列汉诺夫的文章明显减少。

同一时期我国出版的几种马克思主义文艺理论史著作,都对普列汉诺夫的文艺思想作了力求系统的论述,代表了我国普列汉诺夫文学—美学思想研究的基本水平。较早出现的是陈辽的《马克思主义文艺思想史稿》(1986)。该书共12章70余节,以一节篇幅讨论普列汉诺夫的马克思主义文艺思想,认为他在艺术的起源和本质、艺术与社会生活的关系等问题上,在美学思想和文艺批评等方面,都对马克思主义文艺思想的发展作出了贡献。书中同时指出:在文艺问题和美学问题上,普列汉诺夫"既犯有庸俗社会学的错误,又犯有倾向(于)唯心主义的错误",这主要是因为他"没有把辩证法贯彻到底"①。论者的态度是严肃的,但少有新材料和新观点。

另一本稍晚出现的高等学校文科教材,由吕德申主编、北京大学中文系文艺理论教研室成员参与编写的《马克思主义文艺理论发展史》(1990),则以一章

① 陈辽:《马克思主义文艺思想史稿》,第438—439页,四川文艺出版社1986年版。

的篇幅（全书共 4 编 22 章）评述普列汉诺夫的文艺思想。编者从文艺的起源、文艺的本质和社会功能、文艺的现实主义问题、文艺与无产阶级等角度，联系俄国和西方文论史、批评史考察普列汉诺夫的理论观点和批评实绩，力求揭示出他的独特贡献。从本书的体例上看，编者将普列汉诺夫和拉法格、梅林、蔡特金、卢森堡、李卜克内西等人一起放在第 3 编"19 世纪末 20 世纪初马克思主义文艺理论的发展"中加以论述，显示出编者心目中普列汉诺夫的地位。在论及普列汉诺夫对高尔基的评价时，书中写道："他将高尔基的《马特维·柯热米亚金的一生》与巴尔扎克的《人间喜剧》相比，认为人们如果不读高尔基的这部作品，就不可能真正理解俄国。"①普列汉诺夫的这一看法，是在 1911 年 12 月致高尔基的一封信②中谈到的，很少为研究者所注意。如果不阅读普列汉诺夫著作的俄文原文，便不可能作出这样的评说。

　　复旦大学中文系文艺理论教研室编著的《马克思主义文艺理论发展史》（1995），也单辟一章讲述普列汉诺夫的文艺思想。书中从艺术与社会生活、文艺批评、文艺的基本特征、艺术的本质等方面所展开的论述，未必有多少新意，但编著者强调唯物史观是普列汉诺夫"研究文艺问题的一根红线"③，并以一节篇幅专门予以阐述，却可以说是抓住了普列汉诺夫的文艺理论与批评的基本特色。

　　诚然，以上几种著作都还算不上是研究普列汉诺夫文艺思想的专著，而真正能够在这一领域进行系统而深入的研究的学者又实在太少，在这一背景下，王秀芳的《美学·艺术·社会——普列汉诺夫美学思想研究》（河北人民出版社，1987）、楼昔勇的《普列汉诺夫美学思想研究》（上海人民出版社，1990）两本专著，就显得十分有意义了。其中，王秀芳的著作探讨了普列汉诺夫美学思想的理论基础与方法论，论述了他关于艺术的起源、审美的特征、艺术的本质和社会作用、艺术与阶级斗争、艺术与社会心理、艺术的相对独立性等见解，考察了他的文艺批评观，以及他对现代派艺术、对别林斯基和车尔尼雪夫斯基美学思想的评价。作者认为：对普列汉诺夫及其美学思想的评价，在过去很长一段时间里，"存在着评价过低和过苛的倾向"。那么，今天，在西方文艺理论越来越多

---

① 吕德申主编：《马克思主义文艺理论发展史》，第 210 页，高等教育出版社 1990 年版。

② 俄文原文参见《格·瓦·普列汉诺夫致阿·马·高尔基的三封信》，载普列汉诺夫：《文学与美学》，第 2 卷，第 516—517 页，莫斯科国立文学出版社 1958 年版；中译文参见张杰、汪介之著：《20 世纪俄罗斯文学批评史》，第 161—162 页，译林出版社 2000 年版。

③ 复旦大学中文系文艺理论教研室编著：《马克思主义文艺理论发展史》，第 112 页，中国文联出版公司 1995 年版。

中国俄苏文学研究史论
История исследования русской и
советской литературы в Китае

地被介绍进来的情况下,普列汉诺夫美学思想的基本理论和原则,是否已经过时了? 还有没有研究的价值? 著者本人在经过认真研究后得出的结论是:普列汉诺夫的美学思想作为特定时代和特定社会环境的产物,不能不带有理论上的局限性,"但是,在马克思之后,作为美学史上最早的并起着奠基作用的马克思主义美学体系,普列汉诺夫的美学思想却有着不可忽视的价值。"①王秀芳的这部著作,不仅概括出普列汉诺夫美学思想的要点,而且具有从美学理论建树上为其"正名"的意义。

楼昔勇的专著,主要是从美学思想、文艺理论、文艺批评理论与实践三个方面,分 12 章对普列汉诺夫的美学—文学观点和建树进行了深入考察,较为清晰地勾画出他的文艺思想体系,从而揭示出他的独特贡献,认为他是"马克思主义美学新大厦的杰出建设者"。书中对一些重要而又颇有争议的问题,如关于普列汉诺夫的美学观念与康德美学思想的联系,关于普列汉诺夫对达尔文学说的态度,关于他所提出的艺术作品应当做到"情感与思想的统一"的主张,都进行了认真的探讨,提供了可供参考的结论。在讨论普列汉诺夫的文艺批评观时,作者还力图澄清他的几种一直被人们误解的说法,如提倡"不偏不倚"的批评,强调"科学的美学是不给艺术以任何指示的",等等。这一切,显然都有利于人们更全面地了解普列汉诺夫的文艺思想。作者指出:"在美学上,普列汉诺夫无愧于他的时代,他的美学研究已经在历史条件许可的范围内作出了最大的努力,并且取得了宝贵的成就。"②这应当说是作者经过认真研究而得出的结论之一,也可以说较为恰当地肯定了普列汉诺夫在马克思主义文艺理论史、美学史上的地位。

二、对卢那察尔斯基文论的研究

阿·瓦·卢那察尔斯基(1875—1933)是和普列汉诺夫齐名的俄国早期马克思主义批评家。由于他在文学理论和批评方面的活动在十月革命后进入了更为成熟而富有成果的时期,而且在 1929 年以前一直担任苏联党和国家文化主管部门的领导人,不存在类似于普列汉诺夫的所谓"晚节不全"的问题(尽管他在晚年也受到冷落),所以从某种意义上说,他是被中国文学界视为更为正统

---

① 王秀芳:《美学·艺术·社会——普列汉诺夫美学思想研究》,第 1 页,河北人民出版社 1987 年版。

② 楼昔勇:《普列汉诺夫美学思想研究》,第 8 页,上海人民出版社 1990 年版。

的马克思主义批评家来接受的。

我国文学界对卢那察尔斯基著作的翻译，始于 1921 年。在这一年 1 月出版的《新青年》第 8 卷第 5 号上，刊登了震瀛翻译的卢那察尔斯基的《苏维埃政府的保存艺术》一文。该文以新生的苏维埃政府保护和展出艺术品的事实，反驳了那种断定"劳农政府"不懂得艺术的价值、毁灭艺术的言论。这篇译文拉开了我国文学界译介卢那察尔斯基的序幕。

由此至 1937 年抗日战争爆发前，卢那察尔斯基的文艺论文的中译文，频频出现在我国的各类出版物上。其中，发表于各种报刊上的译文主要有：化青翻译的《唯物论者的文化观》，发表在 1929 年 11 月出版的《北新》杂志第 3 卷第 22 期上；P. K 翻译的《在我们时代里的契诃夫》，刊载于 1930 年 2 月出版的《萌芽月刊》第 1 卷第 2 期；江思翻译的《普希金论》，登载在《新文艺》同年 4 月出刊的第 2 卷第 2 期；冯乃超翻译的《俄国电影 Production 的路》，刊登于同年 6 月出刊的《沙仑》月刊第 1 卷第 1 期；佚名译者翻译的《苏联革命电影之现在及将来》，发表于同年 7 月出版的《南国》月刊第 2 卷第 4 期；贝克文翻译的《艺术就是社会现象》，刊载于 1931 年 10 月出版的《摩尔宁月刊》（北平）第 1 卷第 1 期；同一刊物的第 1 卷第 2 期（1931 年 11 月出版）还刊登了白文峰翻译的《革命与艺术》。1930 年 1 月出版的《拓荒者》第 1 卷第 1 期，则以"补白"的形式译载了卢那察尔斯基的《现代资产阶级的艺术》、《意识形态与艺术》、《我们的艺术》、《文艺与现实》等论文的片断。此外还有，沈起予翻译的《高尔基与托尔斯泰》，发表于 1932 年 12 月出版的《文学月报》第 5、6 号合刊；吴春迟翻译的《社会主义的艺术底风格问题》[①]，登载于 1933 年 12 月出刊的《文学》第 1 卷第 6 号；寿熹翻译的《苏联艺术的发展》，发表在 1933 年 10 月出版的《文艺》（月刊）创刊号上；黎夫翻译的《苏联剧场问题——社会主义现实主义的文学与剧场》，登在 1934 年 1 月 10 日《天津益世报》第 11 版"戏剧与电影"专栏；余文生翻译的《苏联的演剧问题——论社会主义的现实主义、文学和戏剧》[②]，发表于 1934 年 9 月出版的《文学新地》创刊号。任白戈翻译的《绥拉菲莫维支论》和《妥斯退夫斯基论——一个艺术家及思想家的妥斯退夫斯基》两篇文章，同时发表于 1934 年 4 月出版的《春光》第 1 卷第 2 号。芬君（茅盾）翻译的《关于萧伯讷》，刊载于

---

① 刊登这篇译文的《文学》第 1 卷第 6 号的目录中所列标题为《社会主义的写实主义底风格问题》。
② 吴春迟、黎夫、余文生的这三篇译文，都是卢那察尔斯基的《社会主义现实主义》一文的节译。

中国俄苏文学研究史论
История исследования русской и
советской литературы в Китае

1934 年 10 月出刊的《译文》第 1 卷第 2 期;同一刊物的新 1 卷第 1 期和第 3 期
(1936 年 3 月和 5 月出版),则分别刊登了黎烈文翻译的《佛郎士论》和《一位停
滞时期的天才梅里美》。孟式钧翻译的《批评论》,刊登在 1935 年 11 月出刊的
《东流》杂志第 2 卷第 2 期。1936 年 7 月出版的《文学丛报》第 4 期和 8 月出版
的《文学》第 7 卷第 2 号,还分别发表了《麦克辛·高尔基》(修奇译)和《一幅肖
像画》(秦炳著译),这两篇译文题目不一,其实都是高尔基 1928 年回苏联时卢
那察尔斯基在一次欢迎会上的讲话。另外,还有陈素翻译的《论文艺批评史》,
刊登于 1936 年 8 月出版的《文学丛报》第 5 期。

　　同一时期我国出版的多种文集和相关书籍中,也常常收有卢那察尔斯基的
文章和讲话。例如,1928 年 9 月上海光华书局出版的《新俄的文艺政策》(藏原
惟人、外村史郎辑译,画室重译)一书,就收有卢那察尔斯基 1924 年 5 月 9 日在
关于俄共(布)文艺政策专题讨论会上的发言;同年同月上海泰东图书局出版的
《枳花集》(冯雪峰编译)一书,则收有卢那察尔斯基的文章《苏联文化建设十
年》。1929 年上海前夜书店出版的《理论与批评》(高根等著,林伯修译),也收
入了《关于马克思主义文艺批评的任务之大纲》一文。鲁迅迻译的《文艺政策》
(上海水沫书店,1930 年版)一书,同样收入了卢那察尔斯基在俄共(布)文艺政
策专题讨论会上的发言。由陈雪帆(陈望道)翻译、1930 年上海大江书铺出版
的《苏俄文学理论》,也收有《关于马克思主义文艺批评任务的方针》和《卢那卡
尔斯基的意见》(即 1924 年 5 月 9 日的发言)。1937 年上海生活书店出版的
《外国作家研究》(卢那却尔斯基等著,茅盾等译)一书,收有茅盾翻译的《关于
萧伯讷》。以上统计未必是完全的,但由此却可以见出卢那察尔斯基的著述在
当时的中国被广泛译介的情况。

　　除了单篇的论文和讲话外,卢那察尔斯基的文艺论著,这个时期也被译介
到我国来。1929 年 5 月,冯雪峰从日译文转译的《艺术之社会的基础》一书,作
为"科学的艺术论丛书"之一种,由上海水沫书店出版。书中收有《艺术之社会
的基础》、《关于艺术的对话》和《新倾向艺术论》(即《艺术及其最新形式》)等三
篇论文。同年,鲁迅也迻译了卢那察尔斯基的《艺术论》和《文艺与批评》两本
书。其中,《艺术论》是从日本学者昇曙梦的日译本转译的,内收《艺术与社会主
义》、《艺术与产业》、《艺术与阶级》、《美及其种类》和《艺术与生活》等五篇文
章,作为"艺术理论丛书"之一种,由上海大江书铺出版;《文艺与批评》一书收
入的《艺术是怎样地发生的》、《托尔斯泰之死与少年欧罗巴》、《托尔斯泰与马

克思》、《今日的艺术与明日的艺术》、《苏维埃国家与艺术》、《关于科学底文艺批评之任务的提要》①等六篇文章,均系译者选译自各种日文书刊,后辑成一册,同样被列入"科学的艺术论丛书",由上海水沫书店出版。1930 年 5 月,由成嵩翻译的卢那察尔斯基(译为庐那查尔斯基)的《西方底文化与苏联的文化》一书,被列入"江南文库",由上海江南书店出版。以上四种译本,成为当时我国文学界译介卢那察尔斯基文艺著作的主要成果。

被收入以上几本译著中的卢那察尔斯基的某些单篇论文,在同一时期还曾由别的译者另行译出,单独发表在一些期刊上。如林伯修曾译过《艺术之社会的基础》(连载于《海风》周刊 1929 年第 14、15 期合刊和第 17 期),韦素园曾翻译了《托尔斯泰之死与少年欧罗巴》(刊载于 1929 年 1 月出版的《未名》半月刊第 2 卷第 2 期),钱歌川曾迻译了《艺术是怎样产生的》(发表于 1930 年 5 月出刊的《北新》第 4 卷第 9 号)。另外,《马克思主义批评任务提纲》一文,曾分别由朱镜我和林伯修译出,前者将题目译为《关于马克思主义文艺批评任务之大纲》,译文刊登于 1929 年 1 月出版的《创造》月刊第 2 卷第 6 期;后者的译文题名为《关于文艺批评的任务之论纲》,发表于《海风》周刊 1929 年第 6、7 期合刊。鲁迅翻译的两本文集中的部分文章,也曾分别发表于《语丝》、《奔流》、《春潮》等刊物上。这种"一作多译"、一种译文重复发表的现象,反映了那一时期我国文学界对卢那察尔斯基的重视程度。

和同一时期翻译其他外国作家、理论家著作的情况相似,当时的卢那察尔斯基著作的译介者心中,也是始终装着中国文学的。在为《艺术论》中译本所写的"小序"中,鲁迅向读者交代:他将这本书和卢那察尔斯基的《实证美学的基础》一书做了对比后,发现两本书在内容上颇为接近,后者仅多收了一篇《美学是什么?》。因此,鲁迅又特意将这一篇翻译过来,作为附录收在《艺术论》中。鲁迅认为,《艺术论》一书,"学问的范围殊为广大","如所论艺术与产业之合一,理性与感情之合一,真善美之合一,战斗之必要,现实底理想之必要,执着现实之必要,⋯⋯都是极为警辟的。"②对于《文艺与批评》一书所收的六篇文章,鲁迅特别推重的是首尾两篇。关于《艺术是怎样地发生的》,鲁迅指出:卢那察尔斯基的"艺术观的根本概念,例如在《实证美学的基础》中所发挥的,却几乎无

---

① 即《马克思主义批评任务提纲》(1928)。
② 鲁迅:《〈艺术论〉(卢氏)小序》,《鲁迅全集》,第 10 卷,第 295、296 页,人民文学出版社 1981 年版。

不具体而微地说在里面";他还认为,"最要紧的尤其是末一篇",即《关于科学底文艺批评之任务的提要》一文,"凡要略知新的批评者,都非细看不可"。这篇文章是鲁迅从日本藏原惟人的日译文转译的,他在自己写的"译者附记"中引用了藏原惟人的"译者按语"中的一段话:"这是作者显示了马克斯主义文艺批评的基准的重要的论文。我们将苏联和日本的社会底发展阶段之不同,放在念头上之后,能够从这里学得非常之多的物事。"接着这段话之后,鲁迅写道:

> 这是也可以移赠中国的读者们的。还有,我们也曾有过以马克斯主义文艺批评自命的批评家了,但在所写的判决书中,同时也一并告发了自己。这一篇提要,即可以据以批评近来中国之所谓同种的"批评"。必须更有真切的批评,这才有真的新文艺和新批评的产生的希望。①

鲁迅还指出:卢那察尔斯基的《今日的艺术与明日的艺术》和《苏维埃国家与艺术》这两篇文章,对于艺术在阶级社会和无阶级社会中的不同情况"说得十分简明切要","这对于今年忽然高唱自由主义的'正人君子',和去年一时大叫'打发他们去'的'革命文学家',实在是一帖喝得会出汗的苦口的良药。"②从鲁迅的这些评介文字中可以见出,他迻译卢那察尔斯基的文艺论文,始终着眼于当时中国的文艺理论建设和批评实践。在他看来,研读卢那察尔斯基的文章,无论是对于纠正新月派文人和创造社成员的错谬,还是发现那些自诩为马克思主义批评家的人们的破绽,都是极有意义的。卢那察尔斯基的理论与批评建树对于中国文学的作用,已由此而显示出来。

卢那察尔斯基同时又是一位作家,写有多部剧本和一些诗作。他的《浮士德与城》(1918)和《解放了的堂吉诃德》(1922)这两部剧本,曾先后由我国现代作家柔石和易嘉(瞿秋白)译为中文。1930年,柔石翻译的《浮士德与城》由上海神州国光社出版时,鲁迅曾为它写了一篇"后记"。鲁迅以为,这部剧本的主旨是探索新旧文化的关系、对待文化遗产的科学态度问题,其基本思想和作者在《实证美学的基础》中所阐明的观点是一致的。鲁迅写道:"新的阶级及其文化,并非突然从天而降,大抵是发达于对于旧支配者及其文化的反抗中,亦即发

---

① 鲁迅:《〈文艺与批评〉译者附记》,《鲁迅全集》,第10卷,第302页,人民文学出版社1981年版。
② 鲁迅:《〈文艺与批评〉译者附记》,《鲁迅全集》,第10卷,第301页,人民文学出版社1981年版。

达于和旧者的对立中，所以新文化仍然有所承传，于旧文化也仍然有所择取。"①
这一思想是卢那察尔斯基所一直坚守的，因此在这部剧本中，他才让"开辟新城
而倾于专制"的浮士德最后死于新人们的歌颂中。在为瞿秋白翻译的《解放了
的堂吉诃德》(上海联华书局，1934 年版) 写的"后记"中，鲁迅指出："吉诃德即
由许多非议十月革命的思想家，文学家所合成的。其中自然有梅垒什珂夫斯
基②(Merezhkovsky) ，有托尔斯泰派，也有罗曼·罗兰，爱因斯坦因(Einstein) 。
我还疑心连高尔基也在内，那时他正为种种人们奔走，使他们出国，帮他们安
身，听说还至于因此和当局者相冲突。"③鲁迅以简练的文字，力求为中国读者扼
要地描绘出两部剧作的创作背景，启发人们把握其主题内涵，同时也表达出自
己对于社会革命与文化建设之关系的深沉思考。卢那察尔斯基的剧本，为鲁迅
的思索提供了一种重要的参照。

除了出自鲁迅笔下的序跋类文字之外，当时我国研究者撰写的关于卢那察
尔斯基的论文，为数甚少。因此，《新中华》1934 年第 2 卷第 4 期发表的克己的
文章《卢那查尔斯基论》，就显得十分珍贵了，尽管它也只是关于卢那察尔斯基
的文艺理论建树和批评成就的一篇概述性文字。1932 年，我国研究者还译介了
匈牙利学者玛察的《卢那卡尔斯基批判》(费陀译) 一文，使我国读书界了解到
卢那察尔斯基曾一度割裂阶级的"感觉"和"思想"，以生物学的观点看待美和
美感等理论上的失误。

在中国新文学发展的第三个 10 年中，卢那察尔斯基的著作仍然继续被译
介过来。例如，由齐明和虞人合译的《实证美学的基础》一书，作为"大时代文艺
丛书"之一种，于 1939 年 7 月由世界书局出版。1943 年 4 月，吕荧翻译的《普式
庚论》一书由桂林远方书店出版，标明"卢那卡尔斯基等著"。该书收录了论普
希金的文章 13 篇，但属于卢那察尔斯基所写的仅有《俄国的春天》一篇。同年
同月，桂林文学出版社重版了 1937 年上海生活书店出版的《外国作家研究》，也
标明"卢那却尔斯基等著"，但只收有他的一篇文章《关于萧伯讷》(茅盾译)。
同一时期陆续发表在各类报刊上的卢那察尔斯基著作的译文主要有:代林翻译
的《关于文艺批评》(载 1938 年 9 月出版的《文艺》半月刊第 1 卷第 5 期)，阿南
翻译的《论堂·吉诃德》(载 1941 年 9 月出版的《野草》第 3 卷第 1 期)，周行翻

---

① 鲁迅:《〈浮士德与城〉后记》,《鲁迅全集》,第 7 卷,第 355 页,人民文学出版社 1981 年版。
② 今译为梅列日科夫斯基。
③ 鲁迅:《〈解放了的堂吉诃德〉后记》,《鲁迅全集》,第 7 卷,第 400 页,人民文学出版社 1981 年版。

译的《艺术底基本问题——分析蒲力汗诺夫底艺术见解》(连载于 1942 年 5 月、6 月出版的《文化杂志》第 2 卷第 3、第 4 期),杜宣翻译的《批评论》(载 1943 年 4 月出版的《人世间》第 1 卷第 4 期),叶文雄翻译的《60 年代的俄国文学》(载 1944 年 6 月出版的《中苏文化》第 15 卷第 3、4 期合刊),蒋路翻译的《作家与政治家》(载 1946 年 11 月 9 日《新华日报》),梁香翻译的《论普希金》(载 1949 年 7 月出版的《苏联文艺》第 37 期) 等。

翻译《作家与政治家》这篇文章的蒋路,在新中国成立后,在译介卢那察尔斯基的文学论著方面做出了新的贡献。1958 年,人民文学出版社出版了他翻译的卢那察尔斯基的《论俄罗斯古典作家》一书。该书收有卢那察尔斯基的论文 15 篇,这些文章分别论及普希金、果戈理、赫尔岑、车尔尼雪夫斯基、亚·尼·奥斯特罗夫斯基、谢德林、涅克拉索夫、陀思妥耶夫斯基和托尔斯泰等 19 世纪俄罗斯作家。由于这本书,作为批评家的卢那察尔斯基的风貌,较为清晰地呈现在中国读者面前。译者认为:整个说来,这些文章"无疑是用马克思主义观点评论文学现象的优秀典范"①。在此后一个长时期内,这本文集曾成为中国俄罗斯文学研究者评价 19 世纪俄罗斯作家和进行一般俄苏文学研究的重要参考书。

同样由蒋路翻译的卢那察尔斯基《论文学》一书,1978 年由人民文学出版社出版。这个译本共收有卢那察尔斯基的文学论文 34 篇,另有 3 篇文章作为"附录"同时被收入。这些论文中,有 4 篇曾被收进《论俄罗斯古典作家》一书。1983 年,人民文学出版社又出版了卢那察尔斯基《论文学》的"增补本",增收了批评家论罗曼·罗兰的两篇论文。蒋路翻译的《论文学》及其"增补本",收录了十月革命以后卢那察尔斯基阐述文学艺术的基本问题、评论俄罗斯文学和西欧文学的主要论文,使我国广大读者能够据以了解卢那察尔斯基的后期文艺思想和批评成就的一些重要方面。

蒋路本人为他翻译的《论文学》所写的"译后记",可以说是一篇关于卢那察尔斯基文学理论与批评的概观性研究论文。文章在简要描述了卢那察尔斯基的生平之后,以十月革命为界,较为全面地考察了他前后两个不同时期的理论批评建树,并予以务求恰当的评说。文章作者既对作为批评家的卢那察尔斯基的成就进行了颇为精当的概括,又指出了他的不足;既拈出了他的某些精辟的论点,又试图发现他的批评风格和行文特色。蒋路注意到:卢那察尔斯基赞

---

① 蒋路:《卢那察尔斯基和他的〈论俄罗斯古典作家〉》,《新建设》,1958 年第 9 期。

许那些"从现实出发，笔锋所及，处处回答重大的迫切问题"的作家，他自己也是经常把注意力集中在今天的；他的几乎每一篇论古典作家的文章，都带有浓郁的时代气息；他认为，格利鲍耶陀夫的《智慧的痛苦》不是一出喜剧，而是一出悲剧。这些发现，都有助于人们进一步认识卢那察尔斯基，也显示出蒋路本人的敏锐目光。在理论倾向上，蒋路看到："卢那察尔斯基决没有像未来派、无产阶级文化派、拉普派和其他极'左'派那样，对文化遗产抱全盘否定的虚无主义的态度。"在批评风格上，蒋路以为，卢那察尔斯基的文学论著，"有时信笔铺排，汪洋恣肆，有时又大题小做，用寥寥数千字概括了作家及其时代的基本面貌"；他"很少迂腐的书卷气"，也"不喜欢那种不带感情、不动声色的'零度风格'"。①这些特色，假若不是建立在对批评家的理论著述和批评文本十分熟悉和了解的基础上，显然是无法发现的。这种发现往往是影响的前提。事实上，从蒋路本人所著《俄国文史漫笔》一书中，从他为车尔尼雪夫斯基的长篇小说《怎么办?》中译本所写的序言中，读者就可以看出他的批评文章颇受卢那察尔斯基的影响。

卢那察尔斯基是一位百科全书式的人物，其治学领域甚为宽广，仅文艺著述就涉及文学、戏剧、音乐、绘画和电影等各个方面。我国对他的译介，长期以来主要集中于文学领域，戏剧和电影方面亦有少量介绍，音乐方面则几乎没有进行过翻译介绍。1984年，上海文艺出版社出版了由井勤荪翻译的《在音乐世界中》一书，填补了这一领域的一个空白。该书收录了卢那察尔斯基的《在音乐世界中》和《音乐的社会学问题》两本文集的论文9篇和作者自己写的两篇序言，另外还有其他关于音乐的论文和讲话9篇。这18篇文章，阐述音乐艺术和音乐文化的若干基本问题，对肖邦、理查德·施特劳斯、贝多芬、柏辽兹、舒伯特、瓦格纳以及穆索尔斯基、柴可夫斯基、里姆斯基－柯萨科夫等著名音乐家及其作品进行评说，显示出卢那察尔斯基深厚的音乐文化素养和敏锐的艺术感受力。

1991年，生活·读书·新知三联书店出版了卢那察尔斯基的美学论文选集《关于艺术的对话》（吴谷鹰译），全书共收译文15篇。如果说，蒋路翻译的《论文学》一书主要以关于作家作品的评论文章为主，那么，吴谷鹰的这个译本，则集中收录了卢那察尔斯基的美学和文艺理论论文（仅《列宁与文艺学》这篇长

---

① 蒋路：《译后记》，见卢那察尔斯基《论文学》，第621、624页，人民文学出版社1978年版。

文,两本文集都予以收入)。这些理论文章中,除了《关于艺术的对话》、《关于马克思主义的批评任务的提纲》、《艺术及其最新形式》等少数几篇曾由鲁迅、冯雪峰等人转译过之外,其余大都是首次译为中文,如《无产阶级和艺术》、《无产阶级美学的原则》、《论"应用"艺术的意义》、《马克思主义和文学》、《艺术科学中的形式主义》、《西欧艺术理论中的新流派与马克思主义》等。一些以往仅仅选译过片段,而且大都是从日文等其他外文转译过来的文章,在吴谷鹰的译本中都有了直接译自俄文的全译文。这对于我国文学界系统地认识卢那察尔斯基的美学建树,无疑是有积极意义的。

1998 年,一本新的卢那察尔斯基美学和文学论文集《艺术及其最新形式》(郭家申译)由百花文艺出版社出版。这个译本共收卢那察尔斯基的论文(著)22 篇(部),不仅包括直接译自俄文的《实证美学原理》,还含有不少首次译介到我国的卢那察尔斯基的文章,如《社会民主主义艺术创作的任务》、《无产阶级文学信札》(即《关于无产阶级文学的信》)、《社会主义文化的问题》、《出版自由与革命》、《论经典遗产》等。郭家申的这个译本和吴谷鹰的译本互为补充,同蒋路翻译的《论文学》一起,成为我国文学界全面了解卢那察尔斯基美学思想和文学批评成就的主要依据。

另外,自 1978 年以来,我国出版的相关丛书和期刊等,继续刊载卢那察尔斯基的文艺论文的译文,如文化艺术出版社出版的《世界艺术与美学》丛刊,中国社会科学出版社出版的《文艺理论译丛》,人民出版社出版的《马列著作编译资料》,以及《文艺理论研究》、《外国文学》等刊物,都曾发表过卢那察尔斯基的理论批评文章的译文。作为"外国文学研究资料丛书"陆续出版的《外国理论家、作家论形象思维》(中国社会科学出版社,1979)、《"拉普"资料汇编(上)》(中国社会科学出版社,1981)、《无产阶级文化派资料选编》(中国社会科学出版社,1983)、《易卜生评论集》(外语教学与研究出版社,1982)、《普希金评论集》(上海译文出版社,1993)、《十月革命前后苏联文学流派》(上海译文出版社,1998)等,也都收有卢那察尔斯基的论文或文章片段。

从研究的角度而言,我国评论者撰写的关于卢那察尔斯基的文章一直为数不多。1980 年以后,这方面的论文才开始较多地出现于国内报刊上,如童道明的《关于现实主义的思考——读卢那察尔斯基〈论文学〉和其他》(1980),蒋路的《卢那察尔斯基与罗曼·罗兰》(1981),李洁非、张陵的《请已故的大师们原宥——有感于卢那察尔斯基的一篇文章》(1986),吕德申的《卢那察尔斯基——

列宁文艺思想的阐述者和捍卫者》（1989），周忠厚的《卢那察尔斯基的美学、文艺学思想》（1991），赖力行的《卢那察尔斯基的文学批评观》（1995）等。同样是在20世纪最后20年中陆续出现的几本马克思主义文艺理论发展史，也对卢那察尔斯基的文艺思想和批评成就作了较为详细的评述，只是所论的深浅有别，视角也有所不同。如陈辽的《马克思主义文艺思想史稿》主要考察了卢那察尔斯基关于文学创作方法的论述，认为他提出了"现实主义是一个发展的概念"，并以此为基础论证了"社会主义现实主义"出现的历史必然性和它的本质特征。在文学批评方面，陈辽指出卢那察尔斯基有三个观点值得注意，一是认为大作家一般都出现在"危机的年代，历史转折的关头"，二是断言任何作家都是某种意义上的政治家，三是认定作家的创作主要取决于环境和时代。在论者看来，卢那察尔斯基对马克思主义文艺思想的贡献即显示于这几个方面。这类概括，未必十分精当，却反映了中国文艺理论界的部分人士对卢那察尔斯基的接受侧重。

　　相比之下，吕德申主编的《马克思主义文艺理论发展史》对卢那察尔斯基文艺思想的阐述更为深入。该书是把卢那察尔斯基作为"列宁文艺思想的最早阐述者和宣传者"来看待的。书中首先考察了他对列宁的文艺学观点和批评见解的宣传与阐释，继而着重梳理了他关于"社会主义现实主义"、关于批判地继承文化遗产的论述，还单列一节分析他对高尔基的评说，以此检视他的文学批评观点和方法。这样的论述，应当说是涉及了卢那察尔斯基文艺思想的主要方面。复旦大学中文系文艺理论教研室编的《马克思主义文艺理论发展史》，其特色体现在特意以一节篇幅考察卢那察尔斯基十月革命前的文艺美学思想，论及他的《实证美学的基础》、《关于艺术的对话》（1905）、《社会民主主义艺术创作的任务》（1907）、《关于无产阶级文学的信》（1914）等早期著述，虽仍不够全面，却使我国读者得以一窥批评家卢那察尔斯基早年的风貌。

　　卢那察尔斯基的文学理论与批评著述，虽然很早就开始被译介到我国来，但是，仍然有不少未能为我国广大读者所知。如他的著作《艺术家总论与艺术家专论》（1903）、《科学性的艺术著作概论》（1922）和《文学剪影》（1925），他的文学论文《俄国的浮士德》（1902）、《现代俄国文学概论》（1908）、《谈〈知识〉文集第二、三辑》（1909）、《天才与饥馑》（1911）、《年轻的法国诗歌》（1913）等。由于译介不全面以及其他原因，我国评论界也忽略了卢那察尔斯基文艺思想中的某些重要内容，如他曾断然反对以所谓"纯粹政治"的态度和方式来"领导"

文学艺术,强调要尊重文艺的特殊规律,要懂得艺术家是用和政治理论不同的
方法组织他的材料的,显然"不能把狭隘的党的目标、纲领的目标强加给他的艺
术作品","决不能要求艺术家的多数同时又成为政治家"①;他曾明确指出:如
果某一部艺术作品不具备艺术价值,即使它有政治性也是全无意义的,因为这
样的"具有某种政治意义"的内容只要用政论的形式来表达就可以了;1930 年,
他还意味深长地说过:"每逢一个人歌颂掌大权的人物,歌颂那能够决定这些颂
词作者的命运的人物时,他的话总是非常接近献媚的。"②如此等等,尚未引起我
国评论界和广大读者的充分注意。这样,作为文学理论家、批评家的卢那察尔
斯基的完整真实的面貌,和我国文学界对他的理解、接受和印象之间,就难免存
在着一种偏差。诸多与此相类似的偏差,决定了重写 20 世纪俄罗斯文学批评
史的必要性。

三、对沃罗夫斯基文论的研究

瓦·瓦·沃罗夫斯基(1871—1923)和普列汉诺夫、卢那察尔斯基相比,是
我国一般读者相对陌生的名字,尽管和这两位文学理论家、批评家一样,他的著
作也很早就被译介到我国来了。1928 年,嘉生翻译的沃罗夫斯基(译为倭罗夫斯
斯基)的《高尔基论》,由《创造月刊》第 2 卷第 1 期、第 2 期连载。1929 年,画室
(冯雪峰)从日译本转译的伏洛夫司基(沃罗夫斯基)的《作家论》一书,由上海
昆仑书店出版。书中包括《巴札洛夫和沙宁——关于二种虚无主义》、《戈理基
论》两篇论文。其中,前者是沃罗夫斯基关于屠格涅夫的《父与子》和阿尔志跋
绥夫的《沙宁》两部小说的比较研究,后者是关于高尔基的评论。这个译本后面
还附有弗里契的文章《文艺批评家的伏洛夫司基》。

1930 年,冯雪峰的这个译本经译者对译文略加修改,书名改为《社会的作家
论》,著者译名改为"伏洛夫斯基",被作为"科学的艺术论丛书"之一种,由上海
光华书局重新出版。译者在为《社会的作家论》所写的"题引"中,对沃罗夫斯
基及其文学批评成就作了简要的介绍,并结合当时我国文学批评界的实际状
况,呼吁中国的批评家们向沃罗夫斯基学习。该书是从日译本转译的,冯雪峰

---

① 《关于俄共(布)的文艺政策问题·卢那察尔斯基的发言》,见张秋华等编选:《"拉普"资料汇编》
(上),第 162 页,中国社会科学出版社 1981 年版。
② 卢那察尔斯基:《亚历山大·谢尔盖耶维奇·普希金》,见《论文学》,第 126 页,人民文学出版社
1978 年版。

在"题引"中引用了日译本序言中的一段话："现在在我国，跟着无产阶级文学底泼辣的抬头和进击，对于旧文学的真正从马克思主义的立场的，严正而峻烈的批评也紧要起来了；当此，倘这个拙译能给予一些意义，对于译者是望外之喜。"紧接着这段引文之后，冯雪峰写道："我想，这几句在序文之类里极易看见的颇公式的话，大约也可以移到这里来说。因为在我们中国，对于现存的文学作家，也有人试以猛烈的批评，——但有谁真正用过马克思主义的批评方法吗？那种学者的可厌态度当然是可以抛弃的，但最要紧的是在用'马克思主义的 X 光线'——像本书著者所用的，——去照澈现存文学的一切；经了这种透视，才能使批评不成为谩骂，却是峻烈的批评。"[①]显然，冯雪峰所希望的是，他所译介的沃罗夫斯基的批评文章，能够对中国文学批评界有所启示和助益。经由冯雪峰的努力，我国读书界得以初识作为批评家的沃罗夫斯基。

在此后我国文学界广泛译介俄苏文论的半个世纪岁月中，沃罗夫斯基的论著较少受到重视。直至 1981 年，陈燊编选的沃罗夫斯基《论文学》一书，才由人民文学出版社出版发行。该书收集了沃罗夫斯基 1902—1920 年间发表的论文共 31 篇，大致包括了他在文学批评领域里的主要成果。这些论文中，既有评论柯尔卓夫、赫尔岑、别林斯基、奥斯特罗夫斯基、屠格涅夫、杜勃罗留波夫、皮萨列夫、契诃夫等 19 世纪俄罗斯作家和批评家的，也有评论高尔基、布宁、安德列耶夫、库普林、索洛古勃、契里科夫等 20 世纪俄罗斯作家的，还有关于 20 世纪初俄国文坛现象的宏观评论，关于海涅、普希贝舍夫斯基、普鲁斯等欧洲作家的评价。如果说，1929—1930 年冯雪峰的两个译本所收文章甚少，沃罗夫斯基的名字尚没有因为它们而为我国广大读者所知晓，那么，《论文学》一书则使我国读书界较为全面地了解到沃罗夫斯基的文学批评成就。

陈燊以他那特有的流畅优美的文字为沃罗夫斯基《论文学》所写的"后记"，是我国研究者关于沃罗夫斯基的一篇精彩的评论。文章在对沃罗夫斯基批评活动的基本轮廓作出了简要的勾勒之后，着重论述了他的批评遗产中"对我们有现实意义的"三个方面，这就是：作家和阶级、世界观和创作以及倾向性的问题，对传统文学和新文学的评价问题，评判艺术作品和评判现实生活本身相结合的问题。在分别论述这三个方面的问题时，这篇"后记"论及收入《论文学》

---

① 冯雪峰：《〈社会的作家论〉题引》，《雪峰文集》，第 2 卷，第 753—754 页，人民文学出版社 1983 年版。

中国俄苏文学研究史论
История исследования русской и
советской литературы в Китае

中的几乎所有论文。读完"后记",人们不仅能够对沃罗夫斯基的文学批评成就与特色获得一种清晰的认识,而且会认同作者的一系列精辟的论点,例如:"他(指沃罗夫斯基,下同——引者注)之所以握起这支笔,不是出于经院式的兴趣,而是想从这个领域'找到加入斗争漩涡的可能性'";"对我们今天说来,他的优秀的批评论文,绝不是只供陈列的古旧刀矛,而且是足资借鉴的理论武器。"[①]作为我国著名的俄罗斯文学研究者,陈燊在评介沃罗夫斯基的时候,也和前辈文学家一样,心中始终装着中国文学。

沃罗夫斯基《论文学》中译本出版以后,在我国出现的几种马克思主义文艺理论史教材,开始有了对沃罗夫斯基文艺思想和批评成就的评述。如陈辽在他撰写的《马克思主义文艺思想史稿》中,曾对沃罗夫斯基的文艺思想的要点作了概括。他认为,沃罗夫斯基以唯物史观阐释了与文艺有关的社会意识形态问题;在对社会意识形态和社会典型心理进行研究的基础上,提出了社会典型和文学典型这两个既有联系、又有区别的概念;极为重视文学的倾向性和思想性,但又提出了艺术性第一的批评原则。沃罗夫斯基对现实主义、浪漫主义和现代主义文学的评价,都是从他的基本文艺思想出发的。另外,陈辽还对沃罗夫斯基的作家作品论的特点进行了归纳。复旦大学中文系文艺理论教研室编著的《马克思主义文艺理论发展史》,则从"别开生面的社会心理分析批评"和"精辟的现实主义文学论"两个方面评述沃罗夫斯基的文艺思想,分析了他的文学典型观,考察了他关于文艺批评的方法,文学作品的内容、形式和风格的关系所作的探讨,从而提供了认识批评家沃罗夫斯基的另一视角。

值得注意的是,我国研究者刘宁、程正民合著的《俄苏文学批评史》(北京师范大学出版社,1992年版),刘宁主编的《俄国文学批评史》(上海译文出版社,1999年版)两本专著,都以专章分别对普列汉诺夫、卢那察尔斯基和沃罗夫斯基的美学思想、文学理论和文学批评实践作了较为全面的阐述(分别由吴元迈、陈燊、程正民等执笔)。由于两书的作者都是长期专门从事俄苏文学理论与批评研究的学者,又掌握了较为翔实的第一手资料,因而书中的评述深入而公允,并带有对我国学术界关于这三位俄国早期马克思主义文学批评家的研究予以总结的性质。

---

① 陈燊:《后记》,见沃罗夫斯基《论文学》,第441—442页、第457页,人民文学出版社1981年版。

[相关研究成果要目]

普列汉诺夫

1. 鲁迅：《〈艺术论〉译本序》，《鲁迅全集》，第 4 卷，人民文学出版社 1981 年版。

2. 瞿秋白：《文艺理论家的普列汉诺夫》，《瞿秋白文集》（文学编），第 4 卷，人民文学出版社 1986 年版。

3. 叶宁：《论原始氏族的舞蹈——读普列汉诺夫〈没有地址的信〉》（读书札记），《舞蹈》，1978 年第 6 期。

4. 吴元迈：《普列汉诺夫论无产阶级文艺》，《外国文学研究》，1979 年第 3 期。

5. 楼昔勇：《评普列汉诺夫关于审美活动的论述》，《上海师范大学学报》，1980 年第 1 期。

6. 汪裕雄：《"断简残篇"，普列汉诺夫及其他——与刘梦溪同志讨论马克思主义文艺学建设问题》，《江淮论坛》，1980 年第 2 期。

7. 黄药眠：《试评普列汉诺夫的审美感的人性论——对普列汉诺夫文艺思想中的生物学的人性论底批判之一》，《文艺理论研究》，1980 年第 2 期。

8. 朱梁：《普列汉诺夫论原始民族的艺术》，《江苏师院学报》，1980 年第 3 期。

9. 印锡华：《谈普列汉诺夫的唯物主义文艺观》，《徐州师范学院学报》，1980 年第 4 期。

10. 陈复兴：《试论普列汉诺夫的功利主义艺术观》，《东北师大学报》，1980 年第 4 期。

11. 吴元迈：《普列汉诺夫论现实主义》，《文学评论》，1980 年第 5 期。

12. 余源培：《为普列汉诺夫的"象形文字说"一辩》，《复旦学报》，1981 年第 1 期。

13. 印锡华：《普列汉诺夫论文艺批评家》，《群众论丛》，1981 年第 3 期。

14. 吴元迈：《普列汉诺夫和高尔基》，《苏联文艺》，1981 年第 3 期。

15. 黄药眠：《试评普列汉诺夫的审美理想之生物学的人性论及其他》，《文艺理论研究》，1981 年第 3 期。

16. 王又如：《试评普列汉诺夫关于功利主义艺术观的论述》，《复旦学报》，

1981 年第 4 期。

17. 张育新：《普列汉诺夫怎样论述艺术的起源》，《中山大学学报》，1983 年第 1 期。

18. 陈复兴：《普列汉诺夫的托尔斯泰论》，《扬州师院学报》，1983 年第 2 期。

19. 高放、高敬增：《鲁迅与普列汉诺夫》，《天津社会科学》，1983 年第 3 期。

20. 印锡华：《普列汉诺夫论易卜生的思想和艺术》，《徐州师范学院学报》，1983 年第 4 期。

21. 邱锡华：《"了解它的观念，评价它的形式"：普列汉诺夫论文艺批评的任务》，《徐州师范学院学报》（哲社版），1984 年第 1 期。

22. 郭巍青：《普列汉诺夫艺术起源于劳动思想述评》，《中山大学研究生学刊》（文科版），1984 年第 1 期。

23. 申家仁：《功利认识先于审美认识：读普列汉诺夫〈没有地址的信〉》，《九江师专学报》（哲社版），1984 年第 3 期。

24. 藏原惟人：《从别林斯基到普列汉诺夫：俄国近代文艺批评简史》，林焕平译，《文艺理论研究》，1984 年第 4 期。

25. 王秀芳：《普列汉诺夫论文艺批评》，《江汉论坛》，1984 年第 5 期。

26. 高放、高敬增：《普列汉诺夫评传》，中国人民大学出版社 1985 年版。

27. 何梓：《对普列汉诺夫论艺术起源的理解：兼与张育新同志商榷》，《中山大学学报》（哲社版），1985 年第 1 期。

28. 吴章胜：《普列汉诺夫文艺批评思想探析》，《安徽大学学报》（哲社版），1985 年第 2 期。

29. 樊大为：《论普列汉诺夫的文艺观》，《河北大学学报》（哲社版），1985 年第 4 期。

30. 刘锡诚：《普列汉诺夫的神话观初探》，《民间文学论坛》，1985 年第 5 期。

31. 吕德申：《普列汉诺夫文艺思想的几个重要方面》，《北京大学学报》（哲社版）》，1985 年第 5 期。

32. 刘庆福：《普列汉诺夫的文艺论著在中国之回顾》，《学术月刊》，1985 年第 9 期。

33. 宋应离：《论普列汉诺夫的文艺真实观》，《许昌师专学报》（社科版），

1986 年第 1 期。

34. 李平:《简评列宁、普列汉诺夫对托尔斯泰的评价》,《汉中师院学报》,1986 年第 3 期。

35. 王秀芳:《美学·艺术·社会——普列汉诺夫美学思想研究》,河北人民出版社 1987 年版。

36. 樊篱:《鲁迅与普列汉诺夫的艺术论》,《长沙水电师院学报》(社科版),1987 年第 1 期。

37. 李仕芳:《普列汉诺夫文艺思想研究综述》,《河北大学学报》(哲社版),1987 年第 2 期。

38. 徐达:《文学研究中的两条基本规律:读普列汉诺夫文学论述札记》,《贵州大学学报》(社科版),1988 年第 1 期。

39. 楼昔勇:《论普列汉诺夫与高尔基的交往》,《华东师范大学学报》(哲社版),1989 年第 5 期。

40. 楼昔勇:《普列汉诺夫美学思想研究》,上海人民出版社 1990 年版。

41. 周平远:《关于普列汉诺夫研究方法的思考:〈没有地址的信〉札记》,《上饶师专学报》(社科版),1990 年第 1 期。

42. 郝旭明:《艺术起源诸说刍议:读普列汉诺夫的〈艺术论〉》,《中山大学研究生学刊》(社科版),1990 年第 1 期。

43. 王建疆:《格罗塞与普列汉诺夫艺术起源理论比较》,《广西大学学报》(哲社版),1990 年第 2 期。

44. 张建渝:《"诗人是自己时代的儿子":普列汉诺夫对"为艺术而艺术"理论的批判》,《岭南学刊》,1990 年第 3 期。

45. 王秀芳:《评普列汉诺夫现代派艺术论的得与失》,《文艺理论与批评》,1990 年第 4 期。

46. 何梓:《评胡秋原对普列汉诺夫艺术理论的研究》,《江汉论坛》,1990 年第 9 期。

47. 黄力之:《艺术本质论:发展马克思主义文艺学的不同尝试:普列汉诺夫和卢卡契的比较研究》,《文艺理论与批评》,1991 年第 4 期。

48. 陶东风:《论普列汉诺夫的文学史观》,《晋阳学刊》,1991 年第 5 期。

49. 库列绍夫:《普列汉诺夫的文艺批评思想》,潘泽宏译,《湘潭大学学报》,1992 年第 4 期。

50. 刘文斌:《关于普列汉诺夫的艺术起源论》,《内蒙古师大学报》(哲社版),1994 年第 3 期。

51. 刘文斌:《普列汉诺夫对"为艺术而艺术"论的批判》,《民族文艺报》,1994 年第 4 期。

52. 郎飞:《普列汉诺夫和列宁对托尔斯泰的评论》,《辽宁大学学报》(哲社版),1995 年第 2 期。

53. 蒋今武:《文艺以社会心理为"中间环级":普列汉诺夫关于文艺与社会心理关系的论述评析》,《福建学刊》,1996 年第 1 期。

54. 刘文斌:《文艺的功利性是普遍恒久地存在的:普列汉诺夫对"纯艺术"论的批判》,《内蒙古大学学报》(人文·社科版),1997 年第 3 期。

55. 王永芬:《普列汉诺夫的社会心理中介理论阐释》,《重庆师院学报》(哲社版),1998 年第 4 期。

56. 张建华:《普列汉诺夫文论二题:读〈没有地址的信〉札记》,《东南学术》,1998 年第 5 期。

57. 邱运华:《在批评的背后:列宁和普列汉诺夫论托尔斯泰比较研究》,《俄罗斯文艺》,1999 年第 3 期。

58. 吴忠诚:《普列汉诺夫"中间因素"论批评试述》,《武汉教育学院学报》,1999 年第 5 期。

59. 阎建国:《普列汉诺夫与托尔斯泰艺术观探析》,《北京科技大学学报》(社科版),2001 年第 1 期。

卢那察尔斯基

60. 蒋路:《卢那察尔斯基和他的〈论俄罗斯古典作家〉》,《新建设》,1958 年第 9 期。

61. 童道明:《关于现实主义的思考——读卢那察尔斯基〈论文学〉和其他》,《文学评论》,1980 年第 2 期。

62. 蒋路:《卢那察尔斯基与罗曼·罗兰》,《读书》,1981 年第 12 期。

63. 李伟:《像卢那察尔斯基这样》,《文学报》,1982 年 4 月 22 日。

64. 张文中:《卢那察尔斯基笔下的堂吉诃德》,《解放日报》,1984 年 1 月 31 日。

65. 李洁非、张陵:《请已故的大师们原宥——有感于卢那察尔斯基的一篇文章》,《文艺评论》,1986 年第 5 期。

66. 刘庆福：《卢那察尔斯基文艺论著在中国》，《北京师范大学学报》(社科版)，1987 年第 3 期。

67. 吕德申：《卢那察尔斯基——列宁文艺思想的阐述者和捍卫者》，《文艺理论与批评》，1989 年第 6 期。

68. 周忠厚：《卢那察尔斯基的美学、文艺学思想》，《中国人民大学学报》，1991 年第 6 期。

沃罗夫斯基

69. 张德礼：《沃罗夫斯基的文学批评标准管窥》，《南都学坛》(社科版)，1988 年第 3 期。

70. 叶伯泉：《沃罗夫斯基论高尔基：读沃·罗夫斯基〈论文学〉笔记》，《牡丹江师院学报》(哲社版)，1984 年第 4 期。

71. 周忠厚：《沃罗夫斯基的文艺心理学和文艺学思想》，《华南师范大学学报》(社科版)，1987 年第 2 期。

相关著作

72. 陈辽：《马克思主义文艺思想史稿》，四川文艺出版社 1986 年版。

73. 吕德申主编：《马克思主义文艺理论发展史》，高等教育出版社 1990 年版。

74. 刘宁、程正民：《俄苏文学批评史》，北京师范大学出版社 1992 年版。

75. 复旦大学中文系文艺理论教研室编著：《马克思主义文艺理论发展史》，中国文联出版公司 1995 年版。

76. 张杰、汪介之：《20 世纪俄罗斯文学批评史》，译林出版社 2000 年版。

77. 刘宁主编：《俄国文学批评史》，上海译文出版社 1999 年版。

第十四章
高尔基的文学理论与批评在中国的接受

伴随着 20 世纪中国文学发展的曲折行程,高尔基的文学理论与批评在中国的接受,正如这位作家的整个命运一样,也经历了一个起伏变化的过程。在一个长时期内,与其他外国作家相比,高尔基文论与批评文字在中国的译介,一直处于遥遥领先的地位。然而,由于 50 年代中期以前苏联文艺理论界对高尔基的片面阐释的影响,由于极左文学观念的制约,中国文学界对于高尔基的理论建树和批评成就的了解远不是全面的,接受的偏离也就因此而产生了。直至 20 世纪晚期,致力于全面认识和准确理解高尔基文学思想和批评活动的意识才得以形成,其实践形式也才开始得以呈现。然而,长期以来形成的思维定式和偏狭见解,却难以从根本上改变,而思维惰性和思想方法上的简单化,则妨碍着人们校正自己的已有认识。鉴于此,一个不可绕开的问题,就是要认清我们的理解和接受的片面性究竟体现在哪里。

一、译介的基本面貌

根据目前我们所掌握的资料,高尔基的文学理论与批评文字,最早是于 1920 年被译介到我国来的。这一年 10 月 1 日出版的《新青年》第 8 卷第 2 号,刊登了由郑振铎翻译的高尔基(译为哥尔基)的《文学与现在的俄罗斯》。此文是 1918 年高尔基为由他倡议建立的世界文学出版社第一批出版书目而写的。文中说明了世界文学出版社的出版计划,阐述了文学的一般意义和作用,特别强调了翻译出版各国文学名著的巨大文化意义。

在高尔基所写下的众多文学回忆录、作家"文学肖像"之类的作品中,有许多是涉及文学批评的,有的甚至可以说就是十分精彩的作家论。这类文字最早被介绍到我国来的,是高尔基的论文七篇,并附有《戈理基自传》和柯刚写的《玛克辛·戈理基》两篇文字。这些文章的译者是鲁迅(许遐)、柔石、侍桁、冯雪峰、沈端先等。由此开始到 1949 年新中国成立前，我国先后出版了多种高尔基文学论文选集，主要有：廖仲贤编译的《给青年作家——高尔基论文选集》（上海龙虎书店，1935），林林从日文转译的《文学论》（东京质文社，1936，上海光明书局国内经销），逸夫（楼适夷）转译的《我的文学修养》（上海天马书店，1936），以群转译的《高尔基给文学青年的信》（上海读书生活出版社，1936），周天明、张彦夫编选的《高尔基选集》第 5 卷"论文"卷（世界文化研究社，1936），楼逸夫翻译的《高尔基文艺书简》（上海开明书店，1937），石夫迻译的《青年文学各论》（世界文艺研究社，1937），杨伍编译的《高尔基文学论集》（上海天马书店，1937），齐生等译的《我怎样学习》（上海联华书局，1937），以群、荃麟合译的《怎样写作——高尔基文艺书信集》（上海读书生活出版社，1937），黄远（黄源）从英文转译的《回忆安特列夫》（上海引擎出版社，1937），世界文学研究社迻译的《高尔基论苏联文学》（新生出版社，1937），以群翻译的《给初学写作者》（重庆读书出版社，1941），孟昌迻译的《文学散论》（桂林文献出版社，1941），曹葆华翻译的《苏联的文学》（华北书店，1943），戈宝权翻译的《我怎样学习写作》（重庆读书出版社，1945）等。

除了上述高尔基文学论文的译本之外，同一时期我国出版的多种译文集中，也收有高尔基的论文。如鲁迅编辑的《海上述林》（诸夏怀霜社，1936）上卷中，就收有瞿秋白翻译的高尔基论文 20 余篇。YK 编的《苏联作家谈创作经验》（上海天马书店，1935），《我们怎样写作》（上海联华书局，1937，未注明编译者；此书于 1940 年由上海言行社重版，注明"重实编"），靖华、琦雨等译的《给青年作家》（上海生活书店，1937），伍蠡甫、曹允怀合译的《苏联文学诸问题》（上海黎明书局，1937），雯英翻译的《苏联文学的话》（上海大风书店，1937），上海世界文学编译社编译的《世界作家的创作经验》（1940），曹靖华翻译的《致青年作家及其他》（重庆上海杂志公司，1941），桂林学习出版社编译的《写作经验讲话》（1943），徐中玉辑译的《伟大作家论写作》（重庆天地出版社，1944），胡风辑译的《人与文学》（桂林文艺出版社，1943），茅盾等译的《外国作家研究》（桂林文学出版社，1943）等，也都收录了高尔基的文学论文或涉及文学理论和批评的文字。

应当指出的是，上述文集中，有不少曾多次再版。如楼逸夫译的《高尔基文艺书简》，从 1937 年初版到 1949 年，12 年中就出了 6 版；靖华、琦雨等译的《给青年作家》，至新中国成立前，共出了 5 版。收入上述文集中的译文，有不少都先在各类文学报刊上单独发表过。我国现代文学史上出现过的一些重要刊物，如《新青年》、《奔流》、《文学》、《译文》、《北斗》、《萌芽月刊》、《东方文艺》、《文学丛报》、《文学月报》、《文艺月报》、《光明》、《海燕》、《文艺》、《质文》、《杂文》、《野草》、《七月》、《笔谈》、《文学译报》、《青年文艺》、《时代》、《苏联文艺》、《中苏文化》等，都刊载过高尔基文学论文的译文。译者当中，包括鲁迅、郑振铎、郁达夫、沈起予、瞿秋白、胡风、柔石、冯雪峰、夏衍、曹靖华、曹葆华、楼适夷、孟昌、吕荧、戈宝权、侍桁、黄源、叶以群、伍蠡甫、缪灵珠、徐中玉、孙玮等这样一些活跃于中国现代文坛的著名文学家、翻译家。这一切都充分说明高尔基的文学理论与批评见解在现代中国受重视的程度。

进入 20 世纪 50 年代以后，我国文学界对高尔基文论著作的译介开始朝着系统化的方向发展。缪灵珠翻译的高尔基的《俄国文学史》（上海新文艺出版社，1956），孟昌、曹葆华合译的高尔基《文学论文选》（人民文学出版社，1958），巴金、曹葆华合译的高尔基《回忆录选》（人民文学出版社，1959），曹葆华、渠建明合译的高尔基《文学书简》（上、下卷，人民文学出版社，1962、1965）等，构成"文革"前 17 年间我国译介高尔基文学理论与批评著作的主要成果。前此出版的一些高尔基论著译本，在这一时期有不少经过重译、修订或补充后重新出版，如以群翻译的《给初学写作者》经校订补充后更名为《给青年作者》，先后由读书出版社、三联书店、平明出版社、中国青年出版社多次出版；曹葆华翻译的《苏联的文学》也在增补译文后由新华书店、新文艺出版社三次出版；戈宝权翻译的《我怎样学习写作》也于 1950 年由三联书店再版。适夷翻译的《契诃夫高尔基通信集》（海燕书店，1950；新文艺出版社，1953），以群、孟昌等从苏联研究者密德魏杰娃的选编本翻译的《高尔基论儿童文学》（中国青年出版社，1956）等，则是这一时期出现的高尔基文艺言论的新译本。同一时期我国出版的《论写作》（人民文学出版社，1955）、《苏联作家谈创作经验》（中国青年出版社，1956）、《论剧作家的劳动》（中国戏剧出版社，1959）、《苏联作家论社会主义现实主义》（人民文学出版社，1960）等书，也收有高尔基的相关文学论文或言论。此外，高尔基的文学论文和批评文字，还散见于这一时期我国的各种报刊上，如《文艺报》、《译文》、《上海文学》、《新港》等。

"文革"十年，高尔基文论在我国的接受处于停滞状态。1978 年，被人为中断了的译介工作重新开始。孟昌、曹葆华和戈宝权合译的高尔基《论文学》，是年由人民文学出版社出版。次年，同一出版社又推出《论文学（续集）》（冰夷、满涛、孟昌、缪灵珠、戈宝权、曹葆华等译）。这两本译文集共收高尔基文学论文66篇，大大超过了1958年版《文学论文选》（含28篇论文）所收论文的数量。1978年，人民文学出版社还重新出版了1959年版高尔基《回忆录选》中巴金翻译的文学回忆录8篇，以《文学写照》为书名出版发行。1979年，缪灵珠迻译的高尔基著《俄国文学史》，也由上海译文出版社重版。戈宝权翻译的《我怎样学习写作》，则经译者修订后由三联书店于1984年再版。

20世纪最后20年中新出版的、和文学理论与批评相关的高尔基著作，主要有臧乐安等翻译的《三人书简（高尔基、罗曼·罗兰、茨维格书信集）》（湖南人民出版社，1980），林焕平编的《高尔基论文学》（广西人民出版社，1980），王庚虎翻译的《高尔基论新闻和科学》（新华出版社，1981），安徽大学苏联文学研究组编译的《列宁与高尔基通信集》（外国文学出版社，1981），孟昌选译的《高尔基政论杂文集》（三联书店，1982），王惟甦等译的《阿·马·高尔基致叶·巴·彼什科娃书信集》（江西人民出版社，1986），等等。另外，余一中编选的《高尔基集》（上海远东出版社，1998）、朱希渝翻译的《不合时宜的思想》（江苏人民出版社，1998）、汪介之编的《高尔基自传》（江苏文艺出版社，1998）等，其中所收录的高尔基的文章、书信和言论，也有不少是涉及文学理论和批评的。这些新出版的译著或编著，大都带有填补此前高尔基文论译介领域之空白的性质。如《高尔基政论杂文集》一书所收《论傻瓜及其他》，《高尔基集》中所含《两种灵魂》及一系列书信，《三人书简》中的有关信件等资料，不仅都是首次译为中文，而且大大扩充了人们对于高尔基文学思想和批评见解的认识。同一时期在我国文学期刊上陆续发表的高尔基某些论著和言论的译文，如张羽翻译的《还是那些话》（《世界文学》，1993年第3期），谭得伶选译的《高尔基给安·普拉东诺夫的四封信》（《苏联文学》，1988年第2期），郭值京译介的《阿·马·高尔基给斯大林的两封信》（《文艺理论与批评》，1993年第4期），汪介之迻译的《论俄国农民》（《文教资料》，1987年第3期）、《高尔基致罗曼·罗兰的五封信》（《俄罗斯文艺》，1999年第1期）等，也具有同样的价值。

以上的粗略回顾使我们看到，高尔基的文论著述和批评言论，在20世纪30至40年代就有相当一部分被译介到我国来了，50至70年代末的译介工作则走向系统化，80、90年代的译介更填补了一些重要的空白。因此可以说，我国翻译界在这方面是功不可没的。当然，这样说并不意味着译介工作已经全部完成，

至少,《高尔基与 20 世纪初的俄国期刊：未发表的通信》①这本厚达一千余页的
文学书信集,基本上仍处于我国文学界的阅读视野之外。当然,更重要的问题
并不在于译介,而在于理解和接受。

二、对高尔基的文学理论与批评的研究

30、40 年代,我国评论界对于高尔基的论著,注意的主要是作家关于创作经
验、文学修养、文学创作方法、文学的社会作用和意义的论述。这同当时我国倡
导"革命文学"、强调文学服务于现实政治斗争、主张作家接近社会下层民众生
活这一大背景是完全一致的。在相当一些人的意识中,高尔基的文学思想,集
中到一点,似乎就是提倡文学发挥歌颂人民、打击敌人的作用。这种认识由为
数众多的评论者所反复强调,久而久之,便成为人们"概括"高尔基文学见解的
基本框架,它限制了人们去进一步探索作家的丰富思想和多方面的批评成果。
也许只有胡风等少数人突破了这一框架。胡风本人的一个基本思想是：文艺不
仅要同敌人作斗争,不仅要服从于、服务于社会政治斗争,而且还要揭示人民群
众中的"精神奴役创伤",以达到改造国民性的目的。由此出发,胡风在论及高
尔基时,所特别强调的是后者的文学是"人学"的思想。胡风认为,高尔基的伟
大在于,他始终肯定人的价值,主张以文学改造人生,帮助人洗去"历史遗毒",
"追求'无限地爱人们和世界的',在至高的意义上说的'强的''善良的'人"。
1936 年高尔基逝世之际,胡风有感于当时我国评论界对高尔基文艺思想的片面
认识,发出了这样的慨叹："比较高尔基的艺术思想底海一样的内容,我们所接
受的实在太少,比较我们所接受的,我们的误解或曲解还未免太多罢。"②胡风是
较早洞察到我国文学界对高尔基的理解和接受与作家本人的思想实际之间存
在偏差的批评家,然而他的声音却未能引起人们的注意。非但如此,进入 50 年
代以后,这位有胆识、有远见的批评家还横遭厄运,而他所感叹的"误解或曲解"
却仍在继续。

胡风现象也许可以说是"文革"前 17 年中我国文艺指导思想日益极左化的
最初表现之一。由于这样一种大背景和总体趋势,文学界对高尔基的理解和接
受,只能基本上沿着上一个阶段的思路前行。《高尔基是社会主义现实主义的

① 即《文学遗产》第 95 卷,苏联科学出版社 1988 年版。
② 胡风:《M. 高尔基断片》,《胡风评论集》,上册,第 330、334 页,人民文学出版社 1984 年版。

旗帜》(1950)、《社会主义现实主义文学的奠基者——高尔基》(1954)、《纪念高尔基，歌颂伟大时代的英雄人物》(1959)、《文学为无产阶级政治服务的典范》(1963)、《时代精神·革命真实·英雄人物》(1963)这类文章，充斥于那一时代的我国报刊。这些文章远远谈不上是对高尔基文学思想的扎实而认真的研究，其主旨不外乎认定并强调他是以文学服务于政治的楷模。他的全部理论见解、全部文学活动，都被偶像化、典范化了。1960年，人民文学出版社出版了中国科学院文学研究所苏联文学组编的《苏联作家论社会主义现实主义》一书，其中收有高尔基谈及"社会主义现实主义"的文章1篇，另外还从他的有关文章、言论和书信中摘译了一些片段(共14段)。同一年，《文艺报》第6号刊登了高尔基的一组言论(也是14段)，编者为其所加的题目是《高尔基论资产阶级文学遗产》。这两份材料有着双重的意义，它们既显示出当时我国文学界对高尔基文学思想和批评成就的看取侧重，又划出了当时及其后一个长时间内人们认识高尔基理论批评遗产的基本范围。高尔基作为"社会主义现实主义"的鼓吹者、资产阶级文学批判者的形象，就这样被人们依据苏联理论界的阐释而塑造出来了。

　　然而，当时也有些研究者、评论者没有盲目地跟着潮流跑，而是根据自己的阅读体验，提出了一些独到见解，并共同显示出看取高尔基文学思想的另一种视角，即注目于作家的"人学"思想、人道主义精神。例如，1957年，钱谷融发表《论"文学是人学"》一文，认为高尔基把文学叫做"人学"，不但说明了文学的对象是什么，而且还把文学的对象同它的性质、特点、任务和作用等相统一起来了。因此，他指出："在今天，对于高尔基把文学叫做'人学'的意见，是有特别加以强调的必要的。"①作家巴金也从自己翻译高尔基的作品并深受其影响的体验出发，把握到了高尔基文学思想的核心。他在1956年的一篇文章中写道："其实谈到高尔基的短篇，甚至谈到高尔基的一切作品，我觉得用一句话就够了。这是他自己的话。这是他在小说《读者》中对一个陌生读者的回答：'一般人都承认文学的目的是要使人变得更好'。"②另一作家萧三的那本在50年代曾多次再版的《高尔基的美学观》一书，同样表明作者对高尔基文学思想基本点的深入理解。书中写道："千百年来，在人的心目中养成一种奴隶性的，对自己的身份、

---

① 钱谷融：《论"文学是人学"》，《文艺月报》，1957年第5期。
② 巴金：《燃烧的心——我从高尔基的短篇中所得到的》，《文艺报》，1956年第11期。

能力、理智估计过低的习惯。……改变这种轻视人的观点及为人的诗意形象而
斗争,是高尔基在其文艺创作里及理论批评文字里一贯的方针。"①从萧三的论
述中,可以看到他对胡风的某些观点的认同。遗憾的是,上述所有这些见解,都
没有引起人们应有的注意,更没有校正人们对高尔基文学思想的片面认识。

也是在 50 年代,高尔基的论著《俄国文学史》的译者缪灵珠,曾在中译本第
2 版"后记"中,对作者的文学史观点和方法作过概括。译者指出:"以知识分子
对人民的态度作为文学史的主线——这种创举,应归功于高尔基。"②虽然这部
译著在五六十年代曾几度再版,但无论是原著的价值还是译者的见解,都没有
引起人们的足够重视。

当然,从总体上看,五六十年代我国文学理论界对高尔基的文学思想还是
相当重视的,这集中体现在以群主编的《文学的基本原理》(1963—1964 年初
版,1980 年新版)、蔡仪主编的《文学概论》(1963 年初稿,1979 年修订出版)两
本高校文艺理论教材中。这两本教材都多次引用高尔基的言论,其内容涉及文
学理论的各个方面。联系教材的框架体例和具体论述,可以看到编者在某些问
题的解释和处理上是煞费苦心的,但仍然难免有某种困惑和尴尬。例如,两本
教材都确认高尔基是"社会主义现实主义"的奠基人,但是恰恰在论述"社会主
义现实主义"时,难以找到高尔基对这一"主义"的特征和意义的明确阐释;《文
学的基本原理》所引用的高尔基的几段话,并不是作家关于这一"新方法"的直
接说明,引用者只能把高尔基就一般创作和文学工作发表的意见硬说成是针对
"社会主义现实主义的创作"而发的③。同时,教材只得主要依靠援引日丹诺夫
的"讲演"或前"拉普"领导人法捷耶夫的言论来为自己找到论据。又如,教材
在谈及文学的社会作用、文学发展中的继承和革新等问题时,都把高尔基描述
成"资产阶级文学"的批判者,但又无法回避他对一大批"资产阶级作家"的由
衷敬佩和大力推崇——高尔基曾经说过:"'优秀的'法国文学——司汤达、巴尔
扎克、福楼拜的作品对我这个作家的影响,具有真正的、深刻的教育意义;我特
别要劝'初学写作者'阅读这些作家的作品。"④类似的言论不胜枚举。教材在

---

① 萧三:《高尔基的美学观》,第 37 页,新文艺出版社 1952 年版。

② 高尔基:《俄国文学史》,缪灵珠译,第 590 页,上海译文出版社 1979 年版。

③ 参见高尔基:《第一次全苏作家代表大会闭幕词》,《论文学(续集)》,第 457、464 页,人民文学出
版社 1979 年版;以群主编:《文学的基本原理》,第 277 页,上海文艺出版社 1989 年版。

④ 高尔基:《谈谈我怎样学习写作》,《论文学》,第 182 页,人民文学出版社 1978 年版。

引用这些言论时,都要强调一下高尔基"不是采取无选择、无批判的态度",但往往语焉不详,含糊其词,无法令人信服地说明高尔基始终是坚持以阶级观点来看待以往的文学遗产的。这些现象之所以出现,其根本原因在于编者在"左"的文学观念的指导下,对高尔基的理解和阐释脱离了作家文学思想的实际。

70 年代末、80 年代初,上述两本文艺理论教材均经修订后出版发行,在我国流传甚广,影响较大。自那时起成长起来的新一代文学研究者对于高尔基文学思想的认识,有很大一部分是从这两本教材开始的。也就是从那时起,中国文学出现了五四以来接受外国文学的又一个高峰期,新的理论批评与创作成果在中外文学的撞击中孕育、萌芽并成熟。外来文学思潮的大量涌入,对极"左"文艺路线的大力反拨,对建国以来文学发展历史经验的回顾总结,使得人们不得不重新思考包括"社会主义现实主义"的意义、西方"资产阶级文学"的价值等在内的一系列根本问题。这一反思的结果,在缺乏对于高尔基文学思想的全面认识的人们那里,必然是导致对于他的种种观点的激烈否定。与此相对应,维护高尔基文学思想的权威性和正统地位的人们,则依然在重复长期以来评论界对他的习惯性描述和评价。这两种观点是截然对立的,可是双方所依据的资料却具有惊人的一致性,双方都没有越出 30 年代以来占主导地位的评论所设定的接受框架。

继续维护和肯定高尔基文学思想的观点,在陈寿朋的《高尔基美学思想论稿》(1982)一书中有着鲜明的体现。该书分"无产阶级文学中的真善美"、"劳动的美学"、"文艺中典型形象的塑造"、"用革命态度继承批判现实主义文学遗产的榜样"、"论社会主义现实主义"等五个方面阐述高尔基的文学思想,可以说是对此前一个长时期中评论界基本观点的一个总结。它的明显不足是几乎完全回避了高尔基的"文学是人学"这一核心论题。

吕德申主编的《马克思主义文艺理论发展史》(1990),在"高尔基对社会主义文学理论的贡献"一章中,分四个方面论述他的文艺思想:"社会主义文学的性质和任务","社会主义现实主义:无产阶级的美学和伦理学","论资产阶级批判现实主义","反对自然主义、颓废主义"。书中强调了高尔基关于文学的阶级性的观点,介绍了他关于 19 世纪现实主义、关于自然主义的论述和他对俄国现代作家的某些评价,确认他对"社会主义现实主义"的奠基作用。由于全部论述均建立于"高尔基是无产阶级社会主义文学的奠基者和伟大代表"这一判定的基础上,所以未能揭示出他的文学思想的丰富性,更没有论及他在文学批评

中国俄苏文学研究史论
История исследования русской и
советской литературы в Китае

方面的卓越成就。

复旦大学中文系文艺理论教研室编著的《马克思主义文艺理论发展史》
(1995),则从"关于文学的本质与任务"、"关于形象思维和艺术典型"、"关于社
会主义现实主义的探索和倡导"等三个方面,论述了高尔基的文艺思想,其基本
思路和主要内容和吕德申主编的上述教材相近,但增加了对高尔基论形象思维
和文学典型的评述。另外,本书还注意到了高尔基关于艺术创作中的"直觉"问
题的论述。书中引用或转述了高尔基的两段话:"所谓'直觉'是人的一种特性,
是从那些还没有形成思想意识、没有变成观念和形象的丰富印象中产生的。
……把作家所缺少的那些环节放到经验里去,以便写出一个非常完美的形
象,——这就叫做直觉。然而不能把这个叫做无意识的东西。这虽然还没有包
括到意识里去,但在经验里是已经有了的。"①"艺术家是善于给语言、声音和色
调以形式和形象的人,艺术家应该努力使自己的想象力和逻辑、直觉和理性的
力量平衡起来。"②这是这本教材对高尔基文学思想的一种新发现,表明编者已
不限于对以往一般评述的重复。

在我国评论界,对高尔基的文学思想持否定态度的观点,集中在三个问题
上:一是高尔基作为"社会主义现实主义奠基人"的一系列言论;二是他关于"批
判现实主义"的提法;三是他关于浪漫主义的两种不同倾向观点。所有这些问
题,都和以往我国文学界对高尔基文学思想的了解、接受和评论的片面性直接
相关。甚至可以说,这种否定正是对以往的片面阐释的一种惩罚。其实,从"社
会主义现实主义"概念与定义的出笼及其被法令化,到这一整个过程前后高尔
基的相关言论,再到高尔基本人的全部创作,这些文学史事实均清楚地显示出:
高尔基不仅不是什么"社会主义现实主义奠基人",而且是当时苏联一整套极左
文学指导思想和政策的激烈批判者③。但是,斯大林时代的批评家们,为了极左
政治和极左文艺路线的需要,却遮蔽了许多文学史真相,并在高尔基去世后对
他的言论进行歪曲性解释,炮制出一个关于"奠基人"的神话。我国文学界曾经
完整地接受了这一神话。于是,当人们的认识水平达到了否定"社会主义现实
主义"的高度时,便出现了否定高尔基的观点。应当懂得的是:极左文艺思想、

---

① 高尔基:《我国文学是世界上影响最大的文学》,第502—503页,《论文学(续集)》。
② 高尔基:《和青年作家谈话》,第350页,《论文学》。
③ 详见汪介之:《高尔基:"社会主义现实主义"的奠基人?》,《译林》,2002年第6期;张杰、汪介之:
《20世纪俄罗斯文学批评史》,第8章第3节、第11章,译林出版社2000年版。

路线和政策的根子是极左政治和个人崇拜，而不是一介书生高尔基。

高尔基曾经把 19 世纪欧洲现实主义文学称为"批判的"现实主义，这和他的文学史观点有着密切的联系。高尔基认为，现实主义是"19 世纪的一个主要的、而且是最壮阔、最有益的文学流派，后来又传到了 20 世纪。这个流派的特征是它那锋利的唯理主义和批判精神"。"这一派欧洲文学家的著作对于我们有着双重的、无可争辩的价值：第一，在技巧上是典范的文学作品；第二，是说明资产阶级的发展和瓦解过程的文献，是这个阶级的叛逆者所创造的然而又批判地阐明它的生活、传统和行为的文献。"这种批判态度和批判精神，在高尔基看来，不仅是 19 世纪现实主义文学的重要特点，而且也是一切优秀文学作品的共同品性，因此他又说："如果我们把世界文学作为一个整体来看，那么我们一定会承认：在各个时代的文学中，大都对现实采取批判、揭发和否定的态度，而且愈是接近我们，这种态度愈是强烈。只有那些凡夫俗子，只有那些其作品已经被人遗忘的没有多大才能的文学家，才满足于现实，才去迁就现实，赞美现实。那种公正地获得'伟大'称号的文学，从没有向社会生活现象高唱过赞歌。"①高尔基还列举了从薄伽丘到福楼拜等一系列伟大作家的名字，指出"他们没有一个曾经向现实讲过肯定的和高尚的'是'"。基于这些认识，高尔基把 19 世纪现实主义文学称为"批判的"现实主义，可以说是不仅抓住了它的鲜明特征，而且确认了它的成就和价值。这一概念丝毫没有由于 19 世纪现实主义缺少"肯定"因素而贬低它的含义。相反，在对这一文学的批判特征的认定中，还涵纳着对于那些以"肯定"为特点的文学的间接批评。尽管如此，高尔基也从来没有要求或建议人们把 19 世纪现实主义一律叫做"批判现实主义"。

关于浪漫主义，高尔基一向认为还没有一个能为所有文学史家都同意而又十分全面的定义，但他又认为浪漫主义中有两个不同的流派："消极的浪漫主义，——它或者粉饰现实，企图使人和现实妥协；或者使人逃避现实，徒然堕入自己内心世界的深渊，堕入'不祥的人生之谜'、爱与死等思想中去……。积极的浪漫主义则力图加强人的生活意志，在他心中唤起他对现实和现实的一切压迫的反抗。"②显然，高尔基是从对现实的不同态度来看待浪漫主义的不同倾向的。这和歌德以及席勒很早以前就说"古典的"是"健康的"、"浪漫的"是"病态

① 高尔基：《年轻的文学及其任务》，第 255 页，《论文学（续集）》。
② 高尔基：《谈谈我怎样学习写作》，第 163 页，《论文学》。

的", 在视角和思路上都有相近之处。高尔基没有把政治态度作为划分两类浪漫主义作家的准绳, 更没有把浪漫主义划分为"革命的浪漫主义"和"反动的浪漫主义"两个彼此对立的流派。十分明确地从政治立场的角度对浪漫主义作出划分, 并分别将其命名为"革命的浪漫主义"、"进步的浪漫主义"和"反动的浪漫主义"的, 是苏联文艺理论家依·萨·毕达可夫等人[①]。后来, 我国学者编写的《欧洲文学史》模仿苏联文艺理论界的上述提法, 作出了"反动浪漫主义"和"积极浪漫主义"的划分, 其标准主要是作家诗人们对待法国大革命的态度。今天, 人们对这一划分方法提出怀疑和否定, 既是出于对根据政治倾向来划分文学流派的庸俗观念的否定, 又显示出对于欧洲浪漫主义文学的认识上的深化, 无疑是有积极意义的。然而, 如上所述, 这一庸俗观念并非来自高尔基。

如果说, 以上提及的所有维护或怀疑、肯定或否定高尔基文学思想的意见, 虽然观点是截然不同的, 但是都没有越出传统的评论所框定的范围, 那么, 突破这一既定框架的独特理解和接受, 也是同样存在的。例如, 老作家巴金在 1982 年说: "我苦苦思索的是这一件事情, 是这一个问题: 文学艺术的作用、目的究竟是什么? ……我一生都在想这样的问题。通过创作实践, 我越来越理解高尔基的一句名言: '一般人都承认文学的目的是要使人变得更好。'"[②]巴金在这里重复了他早在 1956 年的那篇文章中就引用过的、但却较少有人注意的话。这句话看起来极为普通, 却道出了高尔基文学思想的精髓: "文学是人学", 人是文学的出发点和归宿, 文学是为了人而存在的。

巴金说出这番话前后, 正是我国文学在经受长期劫难后起死回生的年代。全部新时期文学可以说正是以对于"人"的重新发现为起点的。当代作家们呼唤着人的尊严、人的价值、人性的正常发展, 把"人"重新带进了文学领域。理论界重提"文学是人学"的命题, 不仅对 1957 年钱谷融的呼吁作出了一种悠远的回应, 而且事实上是确认了最先作出这一精辟概括的高尔基的文学思想。尽管当时的某些评论家也许是处于某种"避嫌"的心理(即担心把自己的见解和高尔基联系在一起, 可能会被一些人认为有"左"的嫌疑——这一切本身也是高尔基在中国的接受史中的特有现象), 显然不是无意地回避了这一命题的最初提出者高尔基的名字, 但"文学是人学"这一观点的价值却是无法否认的。

[①] 参见依·萨·毕达可夫: 《文艺学引论》, 第 476—481 页, 高等教育出版社 1958 年版。
[②] 巴金: 《谈自己·后记》, 《巴金选集》第 10 卷, 第 410—411 页, 四川人民出版社 1982 年版。

与对钱谷融的呼应相类似，《俄国文学史》的译者缪灵珠在 50 年代对高尔基的文学史观点和方法所作的概括，也在我国现代文学研究界引起了回响。高尔基曾经写道："俄国文学大部分是俄国知识分子的思想体系；在这里，在俄国文学里，知识分子追求较好生活地位的历史，他们对人民的态度的历史，乃至他们的心灵、他们的内心生活的全部历史，是特别详尽、深刻、而且忠实地被描画出来。"①高尔基在这里不仅提供了一种看取文学史的独特视角，也甚为精确地概括了本国文学的一个重要特点：俄罗斯文学是知识分子精神历程、心灵历史的形象描述；作为心灵创造物的作品，往往是创造者的心灵运动的形象记录。从高尔基那里获得启示，我国现代文学研究者赵园在她的《艰难的选择》(1986)一书中，从中国知识分子的"思想体系"、知识者与人民的关系这一角度，来把握现代文学的发展进程，勾勒出现代小说中知识分子形象创造的演变及创造者自身精神生活变动的轨迹，从而使中国现代文学史呈露出它的一个特殊的侧面。这一研究成果生动地说明：在似乎早已过时了的高尔基文学思想中，还有许多尚未被发掘出来的宝藏。

我国当代的另一位批评家说过："只有隐含在具体批评中的理论才是有生命力的。"②高尔基的许多有重要价值的思想，正包含在他的一系列批评见解中。如果我们读过高尔基关于布宁、安德列耶夫、别雷、巴尔蒙特、列米佐夫、索洛古勃、阿尔志跋绥夫等白银时代作家的评价文字，也知晓他为那些在苏联时期遭到批判和限制的作家(如米·布尔加科夫、扎米亚京、皮里尼亚克、普拉东诺夫、叶赛宁、左琴科和帕斯捷尔纳克等)所作的辩护、肯定和鼓励；如果我们了解他对"无产阶级文化派"和"拉普"思潮所进行的坚决抵制，他对潘菲洛夫的《磨刀石农庄》、革拉特科夫的《动力》等"降低文学质量"的作品所作的严厉批评，他为此而和绥拉菲莫维奇展开的激烈论战，还有他在"批判形式主义"运动中留下的那些书信和论文③，那么，在我们面前出现的，就将是一位我们过去所不了解的高尔基。

[相关研究成果要目]

1. 郑振铎译：《文学与现在的俄罗斯》，《新青年》第 8 卷第 2 号 (1920 年 10

---

① 高尔基：《俄国文学史》，缪灵珠译，第 108—109 页，上海译文出版社 1979 年版。
② 陈晓明：《打开生动而沉重的历史之门》，《文艺报》，2001 年 3 月 27 日。
③ 参见张杰、汪介之：《20 世纪俄罗斯文学批评史》，第 4 章第 1 节、第 8 章第 3 节，译林出版社 2000 年版。

月）。

2. 郁达夫译：《托尔斯泰回忆杂记》，《奔流》第 1 卷第 7 期（1928 年 12 月）。

3. 陈勺水译：《论无产作家》，《乐群》1929 年第 1 卷第 1 期。

4. 鲁迅选编：《戈理基文录》，上海光华书局 1930 年版。

5. 沈端先著：《高尔基评传》，良友出版公司 1932 年版。

6. 廖仲贤编译：《给青年作家——高尔基论文选集》，上海龙虎书店 1935 年版。

7. 林林译：《文学论》，质文社 1936 年东京版。

8. 逸夫（楼适夷）译：《我的文学修养》，上海天马书店 1936 年版。

9. 以群译：《高尔基给文学青年的信》，上海读书生活出版社 1936 年版。

10. 周天明、张彦夫编选：《高尔基选集》第 5 卷"论文"卷，世界文化研究社 1936 年版。

11. 鲁迅编辑：《海上述林》上卷，诸夏怀霜社 1936 年版。

12. 楼逸夫译：《高尔基文艺书简》，上海开明书店 1937 年版。

13. 石夫译：《青年文学各论》，世界文艺研究社 1937 年版。

14. 杨伍编译：《高尔基文学论集》，上海天马书店 1937 年版。

15. 齐生等译：《我怎样学习》，上海联华书局 1937 年版。

16. 以群、荃麟译：《怎样写作——高尔基文艺书信集》，上海读书生活出版社 1937 年版。

17. 黄远（黄源）译：《回忆安特列夫》，上海引擎出版社 1937 年版。

18. 世界文学研究社译：《高尔基论苏联文学》，新生出版社 1937 年版。

19. 以群译：《给初学写作者》，重庆读书出版社 1941 年版。

20. 孟昌译：《文学散论》，桂林文献出版社 1941 年版。

21. 曹葆华译：《苏联的文学》，华北书店 1943 年版。

22. 戈宝权译：《我怎样学习写作》，重庆读书出版社 1945 年版。

23. 胡风：《M.高尔基断片》，《胡风评论集》，上册，人民文学出版社 1984 年版。

24. 适夷译：《契诃夫高尔基通信集》，海燕书店 1950 年版。

25. 萧三：《高尔基的美学观》，上海新文艺出版社 1952 年版。

26. 缪灵珠译：《俄国文学史》，上海新文艺出版社 1956 年版。

27. 以群、孟昌等译：《高尔基论儿童文学》，中国青年出版社 1956 年版。

28. 孟昌、曹葆华译:《文学论文选》,人民文学出版社 1958 年版。

29. 钱谷融:《论"文学是人学"》,《文艺月报》,1957 年第 5 期。

30. 巴金、曹葆华译:《回忆录选》,人民文学出版社 1959 年版。

31. 曹葆华、渠建明译:《文学书简》(上、下卷),人民文学出版社 1962、1965 年版。

32. 孟昌、曹葆华和戈宝权译:《论文学》,人民文学出版社 1978 年版。

33. 冰夷、满涛等译:《论文学(续集)》,人民文学出版社 1979 年版。

34. 臧乐安等译:《三人书简(高尔基、罗曼·罗兰、茨维格书信集)》,湖南人民出版社 1980 年版。

35. 林焕平编:《高尔基论文学》,广西人民出版社 1980 年版。

36. 王庚虎译:《高尔基论新闻和科学》,新华出版社 1981 年版。

37. 安徽大学苏联文学研究组编译:《列宁与高尔基通信集》,外国文学出版社 1981 年版。

38. 陈寿朋:《高尔基美学思想论稿》,陕西人民出版社 1982 年版。

39. 谭得伶:《高尔基及其创作》,北京出版社 1982 年版。

40. 孟昌译:《高尔基政论杂文集》,三联书店 1982 年版。

41. 巴金:《谈自己·后记》,《巴金选集》第 10 卷,四川人民出版社 1982 年版。

42. 陈寿朋:《高尔基创作论稿》,内蒙古教育出版社 1985 年版。

43. 王惟甦等译:《阿·马·高尔基致叶·巴·彼什科娃书信集》,江西人民出版社 1986 版。

44. 王远泽:《高尔基研究》,湖南教育出版社 1988 年版。

45. 李辉凡:《文学·人学——高尔基的创作及文艺思想论集》,重庆出版社 1993 年版。

46. 汪介之:《俄罗斯命运的回声:高尔基的思想与艺术探索》,漓江出版社 1993 年版。

47. 余一中编选:《高尔基集》,上海远东出版社 1998 年版。

48. 朱希渝译:《不合时宜的思想》,江苏人民出版社 1998 年版。

49. 汪介之编:《高尔基自传》,江苏文艺出版社 1998 年版。

50. 汪介之:《高尔基:"社会主义现实主义"的奠基人?》,《译林》,2002 年第 6 期。

51. 张杰、汪介之:《20 世纪俄罗斯文学批评史》,译林出版社 2000 年版。

第十五章
社会主义现实主义研究在中国

社会主义现实主义是苏联于 1932 年正式提出，1934 年在全苏作家代表大会上获得通过的苏联文学和苏联文学批评的"基本方法"。但其"精髓"在 19 世纪 20 年代"拉普"提出和宣扬的"辩证唯物主义创作方法"中已初露端倪。这种理论伴随着俄国革命的历程而发展演变，传播到中国后，又对中国的革命文学产生了广泛深远的影响。它由一个纯粹的政治概念（社会主义）与文艺概念（现实主义）和哲学概念（方法）结合，变成了指导文艺创作和文艺批评的真理或科学，雄霸中国文坛半个世纪。"文革"后，它又重新"变成"政治概念，变成"过去完成式"，成为新时代文艺学研究的对象。由此可见，社会主义现实主义是一个独特的文化现象。本文的目标是要展示社会主义现实主义理论按其自身的逻辑发展演变时如何穿越了复杂的文化语境，并在穿越的途中如何不断地扭曲变形，或恢复原形。

一、从革命的俄罗斯借来一件法宝

我们先简要回顾一下社会主义现实主义在苏联产生和发展的背景。

20 世纪 20 年代，以无产阶级文化的缔造者自居的"无产阶级文化派"，以及后来的"拉普"（"俄罗斯无产阶级作家协会"）提出了不少错误主张，并排斥异己，在政治上要求与中央分权。30 年代，苏共决定解散"拉普"和其他文艺团体，组建统一的全苏作家协会。同时，斯大林又决定将"社会主义现实主义"作为苏联文学的新口号。在 1934 年第一次全苏代表大会上通过的决议中写道：

> 在无产阶级专政的年份中，苏联文学和苏联文学批评，与工人阶级一同前进，由共产党所领导，已经创造出了自己新的创作原则。这些创作原则，其形成一方面是由于对过去文学遗产的批判地摄取，另一方面是根据对社会主义胜利建设经验与社会主义文化成长的研究，已经在社会主义现

实主义原则中找到了自己主要的表现。

社会主义的现实主义，作为苏联文学与苏联文学批评的基本方法，要求艺术家从现实的革命发展中真实地、历史具体地去描写现实。同时艺术描写的真实性和历史具体性必须与用社会主义精神从思想上改造和教育劳动人民的任务结合起来。①

可见，社会主义现实主义一开始就不是单纯的文艺问题，而是一个政治问题，是苏联共产党指导文艺运动的原则和方法；它既是一个"原则"，又是一种"方法"，这本身就包含着矛盾和混乱。而"用社会主义精神改造和教育劳动人民的任务"又给"赶任务写政策"的做法提供了合法依据。苏共领导人日丹诺夫代表苏共中央在作家代表大会上作报告，对这个定义进行阐释时赞扬了"革命浪漫主义"的作用，从而为文学创作粉饰生活大开绿灯。日丹诺夫说：

我们的两脚踏在坚实的唯物主义基础上的文学是不能和浪漫主义绝缘的，但这是新型的浪漫主义，是革命的浪漫主义。我们说，社会主义现实主义是苏联文学创作和文学批评的基本方法，而这是以下面一点为前提的：革命的浪漫主义应当作为一个组成部分列入文学的创造里去，因为我们党的全部生活、工人阶级的全部生活及其斗争，就在于把最严肃的、最冷静的实际工作跟最伟大的英雄气概和雄伟的远景结合起来。②

从此，日丹诺夫作为苏共文艺政策的主要阐释者活跃在苏联文坛。苏共30年代的文艺政策虽有打击"拉普"宗派主义之功，但把最需要个性、最需要自由的文艺活动限定在一个僵硬的框框之中，是违反文艺规律的。1946—1949 年间苏共中央通过一系列决议，更是对文艺界的一些问题和矛盾进行粗暴的干涉③。这些决议和日丹诺夫的一系列报告把文艺问题上升为政治问题，把文艺批评展开为政治批判和政治斗争，不仅扼杀了作家的创造才华和批判精神，而且扼杀

---

① 《苏联文学艺术问题》，第 13 页，人民文学出版社 1953 年版。
② 《日丹诺夫论文学与艺术》，第 10 页，人民文学出版社 1959 年版。
③ 如《关于〈星〉和〈列宁格勒〉两杂志》、《关于剧场上演节目及其改进办法》、《关于影片〈灿烂的生活〉》、《关于穆拉杰里的歌剧〈伟大的友谊〉》、《关于〈旗〉杂志、对〈旗〉杂志编辑部执行苏共中央关于〈旗〉和〈列宁格勒〉两杂志决议的检查》等。

了理论家探索真理的自主权,使得文艺界的无冲突论和形形色色的教条主义大行其道。

1953 年斯大林去世,苏联文学进入解冻时期。这股解冻思潮突出地表现在对"社会主义现实主义"定义的修改。在 1954 年的第二次作家代表大会上,西蒙诺夫批评了文艺中的教条主义,建议删除定义的后半段"同时艺术描写的真实性和历史具体性必须与用社会主义精神从思想上改造和教育劳动人民的任务结合起来",因为这一部分为回避矛盾("无冲突论")、粉饰生活("力图改善现实")提供了方便。苏联理论界在思想解放的旗帜下大力张扬人道主义,但此后的理论探讨依然在"文艺为政治服务"的大原则下进行,社会主义现实主义仍是"基本方法"。1966 年西尼亚夫斯基之被审判驱逐,正是由于他在国外发表了攻击社会主义现实主义的文章。对社会主义现实主义进行探讨的最高成果就是德·马尔科夫于 1970 年代提出的"开放体系"论。德·马尔科夫认为"社会主义现实主义是一个真实地描写生活的历史地开放的体系"①。这也是看到了社会主义现实主义的局限性,又没有勇气打破社会主义现实主义这个"体系"的情况下采取的从内部消解它的策略。1988 年,苏共中央废除了《关于〈星〉和〈列宁格勒〉两杂志》(1946)的决议。1989 年 12 月 20 日,《文学报》公布了新的《苏联作家协会章程》(草案),取消了社会主义现实主义的提法。社会主义现实主义就此拉上了帷幕。

苏俄的文艺思想随着十月革命的炮声进入中国,正面的马克思主义文论,以及负面的无产阶级文化派和"拉普"的文论同时得到传播。20 世纪 20 年代中期,蒋光慈和茅盾等左翼作家在积极倡导无产阶级文学的同时,也传播了无产阶级文化派的某些观点。1928 年初,创造社和太阳社开始以更大的声势倡导无产阶级文学,其中同样掺杂了"无产阶级文化派"和"拉普"的主张。波格丹诺夫的"组织生活"理论被一部分左翼作家接受,他们从"文学的社会任务,在它的组织能力"推导出"一切文艺都是宣传",都是组织大众斗争的工具的结论。中国左翼作家联盟的成立标志着中国的无产阶级文学运动进入了一个新的时期,"左联"的功绩不可磨灭,但是它也一度受到"拉普"理论的影响。1932 年11 月,张闻天以"歌特"的笔名发表了《文艺战线上的关门主义》一文,借鉴苏联

---

① 《七十年代社会主义现实主义问题——苏联关于"开放体系"理论的讨论》,中国社会科学出版社1979 年版。

批判"拉普"的经验,对中国左翼文艺运动中的左倾关门主义等错误提出了尖锐的批评。1933 年 2 月,《艺术新闻》第二期提到"苏俄文学的新口号";同年 8 月 31 日,《国际每日文选》上出现了"社会主义的写实主义"的字样。9 月,周扬在《文学》第 1 卷第 3 号发表《十五年来的苏联文学》,提到"苏维埃文学的新口号'社会主义的现实主义,和红色革命的浪漫主义'"。1933 年 11 月,周扬在《现代》杂志第 4 卷第 1 期发表《关于"社会主义现实主义与革命浪漫主义"——唯物辩证法的创作方法之否定)的长文,这是左联领导人第一次批判"拉普"的理论核心"辩证唯物主义创作方法"和系统地阐述社会主义现实主义的基本原则。不过,周扬对社会主义现实主义在中国的传播和应用表示了某种忧虑。他提醒人们注意:"这个口号是有现在苏联的种种条件做基础,以苏联的政治—文化的任务为内容的。假使把这个口号生吞活剥地应用到中国来,那是有极大的危险性的。"周扬还改变了自己对于浪漫主义的批判口吻,承认"革命的浪漫主义"是可以包含在社会主义现实主义里面的一个要素。① 周扬在《现实的与浪漫的》(1934 年 11 月)中进一步说:"浪漫主义只是现实主义的一个构成部分,而并不是作为一种趋势和现实主义对立的。"②

当左翼文学界宣扬社会主义现实主义的时候,作家穆时英在《晨报》(1935年 8 月 11 日至 9 月 10 日)发表长文《电影艺术防御战——斥揹着"社会主义的现实主义"的招牌者》,批评所谓社会主义现实主义是伪现实主义:"所谓社会主义的现实主义者,其实就是在苏联制造的、加上了马克思主义的味精的、古典的写实主义和浪漫主义的炒什锦。这样的现实主义的形成不是一朝一夕的事,而这样的现实主义可以说是苏联为自己制造的、适足的鞋子。从前,在史太林的治权还没有巩固的时候,苏联简直是不要艺术的。它只要群众大会的决议案、革命标语和口号,而把这些东西直截了当地称做'艺术',而同时又挂了一块'社会主义的现实主义'的招牌。事实上,这样的现实主义如果说艺术的思潮还不如说社会主义的思潮来得妥适吧! 可笑的却是它在各国的经理处也跟着要求标语口号艺术,而且把辛克莱的夸张的警句'一切意识都是宣传'当做座右铭。更可笑的是中国的媚外者流,他们也盲目地在半殖民地的、没有资产阶级的中

---

① 《周扬文集》,第 1 卷第 113—114 页,人民文学出版社 1984 年版。
② 《周扬文集》,第 1 卷第 125 页,人民文学出版社 1984 年版。

国,提倡鼓吹阶级斗争的艺术起来。"①穆时英虽然因其自身立场,批评显得粗率且未及要害,但也代表了当时国内文坛对社会主义现实主义的不同观点。

1939 年 5 月,毛泽东为延安鲁迅艺术学院周年纪念的题词是"抗日的现实主义,革命的浪漫主义"。左翼文艺界迅速对这个口号作出阐释。巴人《两个口号》认为中国的新文艺就是从"抗日的现实主义"到"革命的浪漫主义",再到"社会主义现实主义"②。林焕平《抗日的现实主义与革命的浪漫主义》则认为这个口号其实就是"社会主义现实主义"③。1940 年,毛泽东发表《新民主主义论》,提出了"新民主主义的文化",周扬立即据此提出了"新民主主义现实主义"④。

二、"两把板斧"对"五把刀子"

1930—1950 年代,在中国介绍社会主义现实主义用力最多的是周扬、胡风和冯雪峰。他们对社会主义现实主义的不同理解演变成为争夺社会主义现实主义的阐释权所进行的斗争,进而演变成为宗派主义的政治斗争,并最终发展成为一场政治悲剧。周扬和胡风都相信,"社会主义现实主义"就是中国文学前进的目标,但他们对于社会主义现实主义的理解和阐释是不同的,甚至是针锋相对的。得到官方认可的是周扬,而胡风宣扬社会主义现实主义的悲剧历程值得我们分析。

1935—1936 年,"国防文学"和"民族革命战争的大众文学"这两个口号的论争,也涉及对于社会主义现实主义的理解。周扬在《关于国防文学》一文中说:"向国防文学要求最进步的现实主义的作品,是正当的,但国防文学的制作者却并不限于能运用高级的创作方法的作家,就是思想观点比较落后的作者,也应当使之为国防创作而努力。"⑤可见,在周扬看来,"社会主义现实主义"是一种"高级的创作方法",这种方法只有那些思想进步(掌握了无产阶级世界观)的作家才能使用它,所以暂时还不宜提倡社会主义现实主义,否则就妨害了团结最大多数的作家为"国防文学"而效力。论争的另一方是胡风和鲁迅。

---

① 转引自陈顺馨:《社会主义现实主义理论在中国的接受与转化》,第 85 页,安徽教育出版社 2000年版。
②《文艺阵地》,第 4 卷第 7 期(1940)。
③《文学月报》,第 2 卷第 1、2 期合刊(1940)。
④《周扬文集》,第 1 卷,第 324 页,人民文学出版社 1984 年版。
⑤《周扬文集》,第 1 卷,第 175 页,人民文学出版社 1984 年版。

如果说周扬还注意到不能要求所有的人都一下子接受和使用社会主义现实主义这种"高级的创作方法"，胡风则坚决得多，始终从"革命文学"出发，大力推行社会主义现实主义，甚至认为从五四运动开始，以鲁迅为代表的中国新文学就是"社会主义现实主义"的。胡风认为，"以十月革命的影响为起点，以鲁迅的创作实践和理论斗争为主导，虽然有偏向有波折，但新文学一直贯穿着社会主义现实主义这条红线，形成了社会主义现实主义的传统"[①]。把"高尔基的道路"与"鲁迅的道路"并列，把以鲁迅为代表的五四文艺称为中国社会主义现实主义的开端，突出地显示了作者的一个重要观点：现实主义是一个广泛的概念。

胡风关于社会主义现实主义的观点，集中体现在1948年写的《论现实主义的路》中。《论现实主义的路》是"对主观公式主义和客观主义的粗略的再批判"（《胡风选集》288页），胡风认为自己抓住了落后文艺的两个致命伤，但后来却（与冯雪峰一样）被批判为砍杀进步文艺的"两把板斧"。

在胡风看来，主观公式主义和客观主义两种偏向，"本质上是反现实主义的"，都会危害文艺的现实主义道路。因此，要同堕落文艺和反动文艺作斗争，"就得进行对于主观公式主义和客观主义的批判"，但当前"着重地是对于客观主义的批判"。在反对客观主义的旗号下，胡风论证了主观战斗精神的重要性。"客观的历史内容只有通过主观的思想要求所执行的相生相克的搏斗过程才能够被反映出来；在科学意义上的真实，是不可能自流式地进入人底意识里面的。只有创作过程成为艰苦的实践斗争过程的时候，阶级性的原则才能够取得胜利，为新民主主义的前途开拓道路。"（《胡风选集》416—418页）

胡风认为，"主观公式主义者以为自己是思想底工具，所以在作品里面用人物这个工具来说明'思想'"，而"客观主义者以为他自己是客观对象底工具"，因而两者都不能把握生活的真实。"在现实主义者，创作过程是一个生活过程，而且是把他从实际生活得来的（即从观察它和熟悉它得来的）东西经过最后的血肉考验的、最紧张的生活过程。一般地说，这一步不是随随便便可以达到，但却非得争取达到不可的。"胡风在这里回答了三个问题："第一个问题。客观对象既是客观的存在物，难道不是要不受主观影响才能够反映出来吗？"胡风的回

[①]《胡风选集》，第1卷，第656页，四川人民出版社1995年版。下引本书只在括弧标注书名和页码。

中国俄苏文学研究史论
История исследования русской и
советской литературы в Китае

答是：

> 客观对象在没有进入人底意识以前，是"不受作家主观影响的客观存在"，但成了所谓"创作对象"的时候，就一定要受"作家主观影响"的。……有的作家只有凭"主观影响"才能深刻地把握它，创造它，甚至还要提高它的。（《胡风选集》436—438 页）

这段话事实上强调了主观思想（先进世界观）对于作家的重要性，但它必须来自实践。第二个问题："既然人是阶级的人，现在的作家又都是小资产阶级的知识分子"；作者的战斗要求不就是"宣扬小资产阶级所有的一切"吗？这个问题实际上关系到知识分子的阶级地位、知识分子要不要改造思想的问题，胡风认为不能从"一般性的原则"出发，而应从实际出发予以回答。胡风在分析了知识分子的出身、贫苦的生活、与人民的结合之后，指出："说知识分子也是人民，是并不为错的"。

胡风进一步指出，"历史唯物论的革命思想"是"被资产阶级出身的哲人们所观察出来，综合出来，提高到了深刻的科学性，而且再把它'输入'先进阶级本身"的，"这个思想传到中国来了，和中国历史要求相结合，被先进的知识分子接受了过来，传播了开去，靠那些先锋队的无数知识分子们做桥梁，'输入'到先进阶级里面，人民底意识提高了，人民底力量壮大了，但知识分子却是思想主力和人民之间的桥梁，开初是唯一的桥梁，现在依然是重要的桥梁。"（《胡风选集》439—440 页）

那么，是否有必要提出知识分子作家的改造问题以及和人民结合的问题呢？胡风认为："要从实际情况认识知识分子底革命性，更要从实际情况认识知识分子底游离性，即所谓知识分子底二重人格。"（《胡风选集》441—442 页）因而思想改造是必要的。如何改造呢？

胡风又把论题引向了对于"停留在概念上面"的主观公式主义和"在现实底表面性或局部性上面飘浮"的客观主义的批判。要克服这两个倾向，就要凭着作家的"人格力量"和战斗的要求，置身在"灰色的"人民中间，通过创作实践达到自我改造。1954 年批判者指责胡风反对思想改造，是不确切的，他只是凭着"实感"认识到不能仅仅通过政治学习和体力劳动完成思想改造。

这就涉及第三个问题：把作家的思想要求叫做人格力量，那岂不是"把个人主观精神力量看成一种先验的，独立的存在，一种和历史，和社会并立的，超阶级的东西"吗？胡风的回答是："人格……是历史产物的人这个'感性的活动'底性格"。并说："人格力量或战斗要求都是在现实生活里面形成，都是对于现实生活的反映。只有深入到现实生活里面才能够不断地丰富，不断地完成。"（《胡风选集》444—445 页）说来说去，还是主观战斗精神，凭着主观战斗精神深入民众（活的人）之中，与民众结合，同时用革命文艺教育民众。启蒙理想在他身上是根深蒂固的。

从启蒙立场出发，他认为人民群众的生活要求或战斗要求里面"随时随地都潜伏着或扩展着几千年的精神奴役底创伤"，描写了这种"创伤"并不意味着侮辱了人民。胡风首先引用马克思和恩格斯《德意志意识形态》说明"支配阶级底思想，无论在任何时代，都是支配的思想"。接着进一步指出，五四运动"反帝反封建的斗争"，"那基本内容就是使人民的创造历史的解放要求从'自在的'状态进到'自为的'状态，也就是从一层又一层的沉重的精神奴役的创伤下面突围出来，解放出来，挣扎出来，向前发展，变成物质的力量。……那精神奴役的创伤，当'潜在着'的时候，是怎样一种禁锢、玩弄、麻痹、甚至闷死千千万万的生灵的力量，当'扩展着'，特别是在进入了实践过程的成员身上扩展着的时候，会成为一种怎样的虐杀千万生灵的可怕的屠刀。"（《胡风选集》467—470 页）

既然人民身上存在着"几千年精神奴役的创伤"，那么，描写人民时就不能从"一般性的原则"出发，一味地歌颂人民的"善良的、优美的、坚强的、健康的"品格，而是要"揭出病苦，引起疗救的注意"，通过黑暗而走向光明。那些从"一般性的原则"出发的人，脱离了"平凡的但却深含着各种各样活的内容的具体的人民"，"忘记了光明原来是在黑暗里面搏斗出来的，忘记了觉醒的人民原来是在摆脱着历史负担的过程里面成长起来的，忘记了活的群众及其实际斗争不但是由于通过了和通过着觉醒和成长的艰苦的道路"。（《胡风选集》472—473 页）

1940 年前后关于"民族形式"问题的论争也跟现实主义纠缠在一起。胡风的《论民族形式问题》（1940）反对把民族形式等同于传统艺术形式或民间文艺形式，而是把民族形式问题与文艺的大众化，以及现实主义等问题联系在一起来论述，目的是"争取现实主义的彻底胜利"。甚至"语言问题，基本上也是和现实主义有机地关联着的"。（《胡风选集》354 页）因为"民族形式是通过民族语言达到的，这就排除了形式上的任何复古主义倾向"。（《胡风选集》672 页）

中国俄苏文学研究史论
История исследования русской и
советской литературы в Китае

　　这些论述显示,胡风是一个顽强的国际主义者和启蒙者,反复强调接受国际革命文学的经验,坚持五四新文学的传统,反对使用传统民族形式或民间形式,至于它是否"新鲜活泼,为中国老百姓喜闻乐见",则思考不多。他把古代文艺等同于陈腐的封建文艺,不能简单地名之民族虚无主义,而是跟"精神奴役的创伤"有关。

　　1954年,胡风在《三十万言书》中以更加简练的语言重申了上述论点:中国的五四新文学传统与国际革命文学的经验,共同构成了中国社会主义现实主义的文学。民族形式就是吸收了国际革命文学的经验而创造的、能够反映中国革命现实的五四新文艺,不是旧的体裁,不是五言七言,不是章回小说,不是民谣。因为旧体裁缺乏新鲜感,消磨人的艺术感受力,更何况中国人民有数千年精神奴役的创伤。实质上意味着作家应保持五四的启蒙传统,教育人民,而不是全面地服务于人民。

　　胡风分析了苏联作家协会章程在关于社会主义现实主义的定义,认为这个定义包含的三个要点是:第一,"它的提出是立脚在社会主义现实的苏联历史现实基础上面的";第二,"作为基本方法,它所要求的是'写真实',这是继承了现实主义发展的宝贵传统的";第三,"'用社会主义精神从思想上教育和改造劳动人民',这是对于'写真实'这个要求的补充和说明",而"社会主义的根本精神……是对人的关怀,人类解放的精神,人道主义的精神。一方面,历史是人民创造的,另一方面文艺是写人的,正如高尔基所说的是'人学'。"[1]

　　胡风重申"社会主义现实主义是一个广泛的概念。它的提出,……正是为了清算拉普派的妨碍了文艺发展的宗派主义,正是为了尽最大的限度吸引作家们参加社会主义建设事业,正是为了消灭拉普派把正在向社会主义建设事业靠拢的作家们的集团从当时的政治任务赶开去的危害性。""所以,社会主义现实主义,就是社会主义思想所领导的革命斗争时期和苏联的历史现实中的现实主义。""在我们这里,社会主义现实主义同样是一个广泛的概念。……同时也是体现了最高原则性的概念,它要求通过文艺的特殊机能进行艰苦的实践斗争,通过实践斗争的胜利(现实主义的胜利)达到马克思主义。"(《三十万言书》112—114页)

　　因此,胡风所理解的社会主义现实主义,就是社会主义时代的现实主义或

---

[1] 胡风:《三十万言书》,第111—112页,湖北人民出版社2003年版。下引本书只标注书名和页码。

者无产阶级所领导的新民主主义革命和社会主义革命时代的现实主义。这的确是一个比定义更"广泛的概念"。而他把文学理解为"人学"，更是犯了阶级斗争理论的大忌。

胡风《三十万言书》是对当时文艺政策和文艺实践的全面反思。他继续批判主观公式主义和客观主义，以及逐渐占统治地位的宗派主义。这三个"主义"的具体表现就是"读者和作家头上"的"五把理论刀子"：

> 作家要从事创作实践，非得首先具有完美无缺的共产主义世界观不可。
>
> 只有工农兵的生活才算生活；日常生活不是生活。
>
> 只有思想改造好了才能创作，……使思想改造成了一句空话或反话。
>
> 只有过去的形式才算民族形式。
>
> 题材有重要与否之分，题材能决定作品的价值。（《三十万言书》247—248 页）

具体地说，"五把刀子"中有两个涉及题材问题，两个涉及思想改造，一个涉及民族形式。胡风集中力量批判了"题材决定论"。

胡风引用他在 40 年代《为了明天》中的话："哪里有人民，哪里就有历史。哪里有生活，哪里就有斗争，有生活有斗争的地方，就应该也能够有诗。"（《三十万言书》145 页）以此阐发"文学是人学"，而不是阶级学，题材学，从而反驳了"题材决定"论。胡风说：

> "工农兵群众的生活"和它以外的生活不可分，分开了就成为把历史都取消了的无冲突论。
>
> 现实主义是艺术方法（认识方法）；以"题材"或"生活"来决定它，凭这来划分"那"和"这"，丢开了它的作为方法的本质，那就等于放弃了现实主义。
>
> 社会主义的现实主义，因为是现实主义以今天的现实为基础所达到的最高峰，它被提出的时候就要求能反映任何生活，能够反映任何历史时代；是体现了最高原则的概念，所以是一个最广泛的概念。它要担负全历史范围的斗争。……判定了没有写"工农兵群众的生活"就不是"新现实主

中国俄苏文学研究史论
История исследования русской и
советской литературы в Китае

义",那就等于锁住了它,使它不能斗争。社会主义现实主义坐了牢,无冲突论可以横行无阻了。(《三十万言书》213—214 页)

胡风认为,"题材差别"论或"生活差别"论所造成的恶果是难以估计的。具体说来就是:盲目乐观,不允许写黑暗,不允许写工农兵群众的缺点和落后,不能写敌人的复杂性,总之,"革命胜利了,一切光明灿烂"。而由于题材的"重要性"随着时间和政策而变化,作家整天忙着赶任务,写政策。这就使作家丧失了对日常生活的真实感受力,扼杀了作家的创造性,使文学作品公式化、概念化盛行。另一个重要的恶果是,"在题材决定作品的价值这理论支配之下……抒情诗被压得不能透气了"。(《三十万言书》215—218 页)

题材问题,从文艺的角度看,实质上是能否写劳动人民的缺点(精神奴役的创伤)和知识分子的优点的问题,能否写阴暗面的问题;从政治的角度看,实质上是反对由领导分配题材或主题给作家,让作家去体验、去写作的管理方法,实质上也就是反对作家赶任务,写政策。

关于思想改造运动,胡风认为,应通过实践斗争(文学实践)逐步达到马克思主义,在完全掌握马克思主义之前,也应允许作家写作,因为写作实践正是达到马克思主义的根本途径。相反,官方的意图是:学习马列主义,参加实际社会斗争,一步达到马克思主义。这个问题与题材问题一样,又涉及知识分子的两面性和劳动人民身上"精神奴役的创伤"。

胡风引用毛泽东的话为"精神奴役的创伤"做论据:"人民也有缺点的。无产阶级中还有许多人保留着小资产阶级的思想,农民和城市小资产阶级都有落后的思想,这些就是他们在斗争中的负担。我们应该长期地耐心地教育他们,帮助他们摆脱背上的包袱,同自己的缺点错误作斗争,使他们能够大踏步地前进。他们在斗争中已经改造或正在改造自己,我们的文艺应该描写他们的这个改造过程。"(《三十万言书》203 页)在胡风看来,这些缺点或落后思想不是天生就有的,正是统治阶级的"精神奴役"造成的,毛泽东的观点与他在《论现实主义的路》里的观点是一致的。

然而,"五把理论刀子"既不是林默涵、何其芳的,也不是周扬个人的,而是出于当时国内政治运动的需要(思想改造和文化建设的需要)。胡风的上书暴露了他本人在政治上的天真幼稚。

胡风之所以被打成"反革命集团",关键还不在他攻击了宗派主义,而在于他攻击了那一时代指导文艺事业的方式和政策,这可以从他提出的"作为参考的建议"见出一斑。长期以来胡风一直与文艺"脱离政治"的倾向作斗争,最后终于被文艺政治化的逻辑打翻在地。

周扬回应了胡风的批评。他在《我们必须战斗》(1954)中说:"社会主义现实主义的公式是马克思列宁主义对文学艺术方法的基本观点和历史贡献。……现实主义应当包括在马克思主义里面,只有马克思主义才能对现实主义作最完满的理解。"[1]但是,当苏联解冻(思想解放)的春风波及中国、国内开始实行"双百方针"时,周扬的思想也有所进步。他在中国作家协会文学讲习所的一次讲话中,一方面继续提倡社会主义现实主义,同时又说:"我们应该把社会主义现实主义了解为一种新的方向,而不能把它当作教条,或者当作创作上的一种公式。不然的话,就有很大的危险。"[2]

然而,问题还有另外一面。胡风虽然把社会主义现实主义当作严肃的政治问题提出来,把它看作文艺运动的长远的目标或方向,却凭着诗人的"实感"把它看作艺术家通过艺术实践自觉努力的方向。周扬作为文艺理论家和政治家,不论在把它当作公式的时候,还是把它当作新的方向的时候,实际上都把"社会主义现实主义"作为党领导文艺运动的政策和策略,政策可宽可严、可放可收,而这一宽一严、一收一放,就是灵活的策略。不过,真正为现实主义寻找"广阔道路"的理论家不是周扬,而是何直、周勃等人。

何直(秦兆阳)《现实主义——广阔的道路》(《人民文学》1956年第9期)的写作,是"以文学的现实主义问题为中心,谈一谈教条主义对于我们的束缚"。

他认为,"现实主义文学既是以整个现实生活以及整个文学艺术的特征为其耕耘的园地,那么,现实生活有多么广阔,它所提供的源泉有多么丰富,人们认识现实的能力和艺术描写的能力能够达到什么样的程度,现实主义文学的视野,道路,内容,风格,就可能达到多么广阔,多么丰富。""现实主义文学的思想性和倾向性,是生存于它的真实性和艺术性的血肉之中的。"

何直认为,教条主义的清规戒律束缚了人们的创造性,因此他"首先从社会主义现实主义的定义谈起"。在分析批判了社会主义现实主义定义中的几个组成部分"真实性""历史具体性"和"社会主义精神"之后,他说:"从这一定义被

----

① 《周扬文集》,第2卷,第325页,人民文学出版社1984年版。
② 《周扬文集》,第2卷,第408—409页,人民文学出版社1984年版。

确立以来,从来还没有人能够对它作出最确切最完善的解释,常常是昨天还被认为是很正确的解释,今天又被人推翻了"。因为"想从现实主义文学的内部特点上将新旧两个时代的文学划出一条绝对的不同的界线来,是有困难的",所以,必须放弃"社会主义现实主义"的口号,"称当前的现实主义为社会主义时代的现实主义"。他认为,"企图在几句简单的词句里对于社会主义革命时代的现实主义和现实主义文学作出硬性的规定和说明来,是很困难的,因而也是不聪明的"。

何直在肯定文学"为政治服务和为劳动人民服务"的前提下探讨了"文学艺术怎样为政治服务和为人民服务呢"的问题。何直认为这"是针对着文学艺术脱离政治、脱离群众等等落后现象而提出来的要求,是一个加强文学艺术对于客观现实的自觉性和战斗性的要求,是一个改造作家的思想意识(世界观)的要求"。

> 首先,必须考虑到,文学艺术为政治服务和为人民服务应该是一个长远性的总的要求,那就不能眼光短浅地只顾眼前的政治宣传的任务,只满足于一些在当时能够起一定宣传作用的作品。其次,必须考虑到如何充分发挥文学艺术的特点,不要简单地把文学艺术当作某种概念的传声筒,而应该考虑到它首先必须是艺术的、真实的,然后它才是文学艺术,才能更好地起到文学这一武器的作用……此外,还必须考虑到各种文学形式的性能,必须考虑到各个作家本身的条件,不应该对每一个作家和每一种文学形式作同样的要求,必须要尽可能发挥——而不是妨害各个作家独特的创造性,必须少用行政命令的方式对文学创作进行干涉。[1]

因此,在揭露了教条主义的种种清规戒律对于中国的文学创作和文学批评造成的严重恶果(如无冲突论等)之后,何直提出了"广阔的道路":

> 我是主张要扩大现实主义的创造性的范围,主张更深入一步去了解现实主义的特点,主张我们的作家们从千万条教条主义的绳子下解放出来!
> 正因为文学的现实主义是一个无限广阔的发挥创造性的天地,所以任

---

[1] 何直:《现实主义——广阔的道路》,《人民文学》,1956 年第 9 期。

何人也不应该用他的死硬的教条给人们画出一条固定不移的小路来。一切正确的理论都只能帮助作家找到通向高度成就的现实主义道路，但决不能够代替作家自己对于现实主义途径的探索。

现实主义其所以不同于其他的流派，就在于它是用积极的态度去面对现实，去追求生活的真理，去追求艺术的真实性和创造性，以达到在最大的程度上反映现实并影响现实。因此，它的道路比任何艺术流派的道路要宽阔得多。通向生活真实的道路，只能说大的方向是一致的，只能、而且只应该是殊途同归。而生活的真实与艺术的真实之间，有紧密的联系，却又有着极大的差别，和极其宽大的可供作家回旋其创造天才的余地。并不是现实主义的每一个具体内容和具体方法都已经固定化了，或者是都已经完整得无以复加了。它还要向前发展。①

周勃《论现实主义及其在社会主义时代的发展》同样就"社会主义时代的现实主义"展开了论述，并且攻击了教条主义。

周勃认为，在苏联和中国都存在着各种教条主义的错误做法，他们"把哲学史上唯物主义和唯心主义对立的公式硬搬到文学史上来，把文学史上复杂的文学流派机械的划为现实主义和反现实主义"。由于教条主义作祟，人们在张扬现实主义的同时，或者否认其他文学流派，"甚至连公认的浪漫主义诗人李白，大家都饶有兴趣的去讨论、争执他的现实主义"，或者把其他的文学流派"包括"在现实主义之中："即现实主义在旧的时代主要是起着批判和暴露的作用，对旧时代的黑暗加以抨击，从精神上召唤着人们去毁灭这个世界，而浪漫主义是展望着未来，而且'激起对于现实的革命态度'，它们的精神是相通的，因而浪漫主义完全可以作为现实主义的'一个方面'而被'包括'进去。"周勃认为，这是由于"把马克思主义的唯物论的反映论代替了对于现实主义这一艺术法则的全部分析。……把马克思主义唯物论的反映论所包括的艺术反映现实并影响现实的总的命题与现实主义艺术创作的反映现实完全等同起来"。

周勃引用恩格斯给哈克奈斯的信，批判苏联作协章程中关于社会主义现实主义的定义缺乏科学性、确切性，脱离了艺术创作的特殊性。

---

① 何直:《现实主义——广阔的道路》,《人民文学》,1956 年第 9 期。

中国俄苏文学研究史论
История исследования русской и
советской литературы в Китае

> 随着历史时代的不断发展,现实主义创作方法也是一个不断充实、不断丰富、不断发展的过程。……但由于现实主义创作方法,乃是一种艺术创作丰富的经验积累的结晶,因而无论发展到怎样的高度,它的创作条件怎样变化,但从艺术创作方法本身来说,是不应该有什么改变,从这个意义上讲,前社会主义时代的现实主义与社会主义时代的现实主义在创作方法上,是没有、也不可能有什么区别的。①

在分析了苏联作协章程中"社会主义现实主义"的定义与恩格斯的科学定义的矛盾、与创作实践的矛盾之后,周勃说:"问题还不仅仅在于定义本身,而在于我们把它当作教条来运用时,在我们的文学研究工作中,就产生了更其严重的脱离现实主义轨道的偏向。"可见,周勃与何直、胡风一样,都在肯定现实主义(广泛概念)的基础上,把批判的矛头对准了教条主义。

何直、周勃二人的观点,得到刘绍棠、丛维熙、黄秋耘等作家的响应。刘绍棠批评社会主义现实主义"从现实的革命发展中"反映现实的论点:这样做的目的是追求所谓"教育意义",而"嗜好于作品的教育意义和它的'任务'意义,使得作家谨小慎微地选择创作题材,战战兢兢地过滤生活细节的描写",为理论上的题材决定论和创作上的公式化概念化开了绿灯②。黄秋耘则揭露了这个时期的文学仅仅满足于"表面的歌颂和空虚的赞美,而有意掩饰我们在斗争和成长中的困难和痛苦",否则就是"歪曲现实,诋毁生活,诽谤社会主义制度"③。

陈涌《关于社会主义的现实主义》(《文艺报》1957年第2期)、蔡仪《再论现实主义问题》(《文艺研究》1957年第2期)、王若望《评社会主义时代的现实主义》(《文艺报》1957年第5期)等,虽然也不赞成"社会主义时代的现实主义",但也暗示"社会主义现实主义"确有不完善之处。他们批评了创作中的公式化和概念化,批评了"题材决定论",从侧面支持了何直的论点,因而也就与何直一道间接支持了胡风的部分论点。

但何直、周勃等人的观点遭到更多的理论家的批评反驳。张光年、黄药眠、蒋孔阳、钱学熙、叶以群等,一致认为不能用"社会主义时代的现实主义"代替"社会主义现实主义"。

---

① 周勃:《论现实主义及其在社会主义时代的发展》,《长江文艺》,1956年第12期。
② 刘绍棠:《现实主义在社会主义时代的发展》,《北京文艺》,1957年第4期。
③ 黄秋耘:《刺在哪里》,《文艺学习》,1957年6月号。

蒋孔阳也表示反对教条主义，但着重论述了"社会主义现实主义和过去的现实主义的区别"。蒋孔阳认为，尽管所有的现实主义都是真实地反映现实，但由于社会主义现实主义掌握了马克思列宁主义的先进的思想武器，真正认清了社会发展的动力和方向，因而"在真实性的程度上……大大地超过了过去的现实主义"。另外，"社会主义现实主义的作家，在真实地描写现实的革命发展过程中，它不是客观主义的，而是具有鲜明的党性立场的"①。这意味着，真实性本身不是什么客观的东西，而是某种倾向的表现，多少流露出一些"后现代"的思维特征。蒋孔阳强调反对客观主义和鲜明的党性，与胡风的主观战斗精神也有相通之处。但主观战斗精神此时已成为主观唯心主义的代名词，所以对客观主义的批判只能引向"革命浪漫主义"，为后来的"两结合"作理论准备。

1957 年 9 月，中央发动反右派斗争，批判右派分子借口"写真实""暴露社会阴暗面"的罪恶用心，要为保卫社会主义的文艺路线而斗争。周和（周扬）在《反对对社会主义文学的虚无主义态度》一文中肯定"社会主义现实主义的创作方法本身，与无冲突论、公式主义、单调、平庸绝不相容。"②

姚文元的长文《社会主义现实主义文学是无产阶级革命时代的新文学——同何直、周勃辩论》，向文艺理论中否定社会主义现实主义的"右倾思潮"发起猛烈攻击。姚文元反驳了何直、周勃等人的观点，在复述了从海涅的《西利西亚纺织工人》到巴黎公社诗歌和高尔基的作品之后，说："社会主义现实主义文学的出现，是文学史上的一个划时代的发展。它不是一个可有可无的'名词'，也不是'常常昨天是被认为正确的解释今天又被人推翻了'。（何直）它的产生是必然的。"③

姚文元认为：社会主义现实主义在人类历史上第一次提出了自觉的、明确的阶级路线；它是用马克思主义思想去观察生活的；高度的共产主义的理想性同高度的真实性的统一，充满了强烈的革命乐观主义精神。

姚文元强调，"公式化概念化并不是社会主义现实主义本身的产物，而是思想意识同生活经历赶不上社会发展时一种难以避免的现象，是艺术水平还低下时一种经常会出现的现象，是教条主义影响某些创作的结果。"④应该说，姚文元

---

① 蒋孔阳：《关于社会主义现实主义》，《文艺月报》，1957 年 4 月。
②《文艺报》，1957 年第 15 号。
③《人民文学》，1957 年第 9 期。
④《人民文学》，1957 年第 9 期。

中国俄苏文学研究史论
История исследования русской и
советской литературы в Китае

非常清楚简明地解释了社会主义现实主义与以前的现实主义的区别。不过,姚文元的文章中也有一些问题:首先,没有把"社会主义现实主义文学"与社会主义文学(或无产阶级文学)两个概念区分开来,从而把社会主义现实主义创作方法弄成了一个"更加广泛"的概念;其次,姚文元在本文中把《改选》、《红豆》等揭露阴暗面或没有"革命乐观主义精神"的作品排除在社会主义文学的范围之外,又使这个概念还不够"广泛"。

茅盾在《夜读偶记——关于社会主义现实主义及其他》(1958)中认为,现实主义"自古有之",不仅虚构了中国文学史上"现实主义与反现实主义的斗争",从《诗经》、汉赋一直讲到明代的前后七子,并且"发现"了"我国历史上现实主义和反现实主义斗争的实际,是一场你死我活的斗争"。茅盾并且把现实主义与反现实主义的斗争,明确地与哲学上唯物论和唯心论的斗争、社会上被统治阶级和统治阶级的斗争相提并论,强调"在阶级社会里,文学的历史基本上就是这样的现实主义与反现实主义的斗争"的历史,而"所谓反现实主义……在政治上说来,它们实在起了剥削阶级的帮闲的作用"[①]。在茅盾看来,"教条主义要反对,可是,戴'反教条'羊头而卖修正主义狗肉的勾当,尤其要反对"。在文艺方面,那些"打着拥护现实主义旗号的人们却又反对社会主义现实主义"的人,实际上是反对"无产阶级党性"。(《夜读偶记》39 页)

上述关于社会主义现实主义的论争,不论观点如何,都有一个前提:肯定文艺为政治服务,肯定文艺学上社会主义现实主义,至少是肯定现实主义。这一点与苏联学者倡导"开放体系"和"保卫社会主义现实主义"的情况也很相似。

1950 年代的思想改造运动和后来持续不断的革命运动证明,社会主义现实主义既不是一个广泛的概念,也不是一条广阔的道路,而是"唯物辩证法的创作方法"的合乎逻辑的发展。

三、"向左进行曲"

《在延安文艺座谈会上的讲话》发表之后,革命文艺界开始了大规模的整风,王实味、丁玲、萧军、艾青等人因写了"阴暗面"而受到批判。抗战胜利后,又把针对右翼文人和国民党反动派的批判的矛头掉转过来,对准了左翼文艺界的异己分子。首当其冲的是胡风。

[①] 茅盾:《夜读偶记》,第 26—36 页,百花文艺出版社 1958 年 8 月版。下引本书只标注书名和页码。

1945—1948 年,对"主观"问题的批判,首先就是针对胡风的《希望》和《七月》及其"主观战斗精神"的。1948 年,邵荃麟等人在香港创办《大众文艺丛刊》,在对沈从文等人的"反动文艺"发起攻击之时,也对胡风的主观主义、唯心主义的文艺思想予以严厉的批判。主要论文有邵荃麟执笔的《对于当前文艺运动的意见》和他署名的《论主观问题》,乔木(乔冠华)的《文艺创作与主观》,胡绳的《评路翎的短篇小说》、《鲁迅思想发展的道路》,林默涵的《个性解放与集体主义》等。

1949 年到 1976 年,中国的文艺状况与斯大林时代苏联的文艺状况有惊人的相似:各种思潮自由竞争的局面已风光不再,文艺活动被纳入了整个国家计划。这个时期,中国的文艺界高唱着"向左进行曲"钻进了公式化概念化的死胡同,中国的文论则沿着教条主义的极"左"路线跌进赶任务、写政策和三突出的泥潭。看一看这一时期文艺界的大事记,是颇能说明一些问题的。先是批判电影《武训传》,接着是批判俞平伯的《红楼梦研究》,实则批判胡适的唯心主义治学方法,紧跟着是镇压"胡风反革命集团",然后是急风暴雨式的反右斗争,一大批知识分子(其中很多是作家、理论家)被打成右派。在这一连串运动打击下,中国知识分子要么保持沉默,要么违心地跟着唱赞歌。在一个题材有高低贵贱之分、主观战斗精神被视为唯心主义、作家理论家动辄得咎的时代,期望中国的文艺之花自由开放,显然是天真幼稚的奢望。

1951 年 5 月 20 日,毛泽东为《人民日报》撰写了社论《应当重视电影〈武训传〉的讨论》,因为"电影《武训传》的出现,特别是对于武训和电影《武训传》的歌颂竟至如此之多,说明了我国文化界的思想混乱达到了何等的程度!"因而"应当展开关于电影《武训传》及其他有关武训的著作和论文的讨论,求得彻底澄清在这个问题上的混乱思想"[①]。在这篇社论的推动下,全国范围内展开了大规模的批判《武训传》的政治活动。这是用政治批判的形式展开文艺批评的重要事件,为后来的一波未平一波又起的政治运动开了一个恶劣的先例。

1951 年 11 月 24 日,首都文艺界召开"整风学习动员大会",正式开展文艺界整风。1952 年 12 月至 1953 年 7 月,就"社会主义现实主义"问题,在全国范围内开展了一场普遍的学习讨论。学习的目标是确立社会主义现实主义在中国的官方地位,即用马克思主义占领文艺阵地。1953 年 9—10 月,第二次文代

---

① 《红旗》杂志,1967 年第 9 期。

中国俄苏文学研究史论
История исследования русской и
советской литературы в Китае

会确定"以社会主义现实主义作为文艺界创作和批评的最高准则"。

在整风学习的高潮中,批判胡风的文艺思想,也是一个重要内容。由当时文艺界的领导周扬、林默涵、何其芳等人执行这项任务。林默涵《胡风的反马克思主义文艺思想》(《文艺报》1953 年第 2 期),何其芳《现实主义的路,还是反现实主义的路?》(《文艺报》1953 年第 3 期),对胡风的思想提出了严厉的批判。面对 1952 到 1954 年的批判运动所造成的强大的政治压力,胡风以上书党中央作为回应,于是有了《三十万言书》,结果是引起更大规模的全国性的批判运动。仅 1955 年,全国各地报刊上发表的揭露、批判和声讨"胡风反革命集团"的文章就有 2131 篇,北京和各地组织的各种批判会议共吸引听众达 20 万人以上[1]。作家出版社还汇集了 1948 年来发表的批判胡风的论文,出版了《胡风文艺思想批判论文汇集》(1955)达六集之多。与此同时,胡风及其同党被打成"反革命集团",牵连数百人。

1956 年春,毛泽东提出了"百花齐放"、"百家争鸣"的方针,给文艺界带来了短暂的活跃时期。上述何直、周勃等人的论文就是在这样的政治背景下产生的。1957 年 2 月,毛泽东在《关于正确处理人民内部矛盾的问题》一文中,再次肯定了"双百方针",但关于"香花"和"毒草"的划分也在这篇文章中得到详细阐释,成为文艺界广泛宣传的几个关键词。1957 年的反右斗争中,丁玲等人再次遭到批判,并被打成"反党集团"。《人民文学》1957 年 9 月号发表社论《粉碎丁玲、陈企霞、冯雪峰反党集团,保卫党对文学事业的领导》,称这场运动是"社会主义思想与资本主义思想两条路线的斗争",是"坚持社会主义的文艺方向,保卫党对文艺事业的领导与背叛社会主义方向,恢复资产阶级文艺方向之间的激烈斗争"。社论指出,这个反党集团的面目是"十分凶恶"的,他们是"长期披着党员作家或理论家的外衣,实质上进行反党活动的个人野心家"。接着又连续发表霍松林、姚虹、杜埃的批判文章,批评冯雪峰的"反马克思主义的、修正主义"文艺思想[2]。

这些文章和社论反映了新时代文艺批评的游戏规则。一是肆意歪曲对方的观点,把批评对象跟刚刚"批倒斗臭"的胡风联系在一起;二是无限上纲上线,以此达到诬陷对方的目的;第三,剥夺人们思考的权力,要求在某些人被"批倒

---

① 刘白羽:《为繁荣文学创作而奋斗——在中国作家协会第二次理事会会议(扩大)上的报告》,《文艺报》,1956 年第 5—6 期。

②《人民文学》,1957 年第 12 期。

斗臭"时所有的人都跟着落井下石。

反右斗争的全面"胜利"把中国引向经济领域和文艺领域全面跃进。1958年3月，毛泽东在关于诗歌的谈话中提到了"现实主义和浪漫主义的对立统一"。同年6月，周扬在《新民歌开拓了诗歌的新道路》一文中正式传达了毛泽东的意见，并发挥说："人们过去常常把现实主义和浪漫主义当作两个互相排斥的倾向；我们却把它们看成对立而又统一的。没有浪漫主义，现实主义就会容易流于鼠目寸光的自然主义；自然主义是对现实主义的歪曲和庸俗化，它决不是我们所需要的。当然，浪漫主义不和现实主义相结合，也会容易变成虚张声势的革命空喊或知识分子式的想入非非；而这是我们所不需要的。我们赞成社会主义现实主义的创作方法，就是以这样的理解作为基础的。"①

周扬在第三次文代会的报告《我国社会主义文学艺术的道路》中，除了论述文艺为工农兵服务的方向以及"双百方针"，批驳资产阶级人性论和人道主义外，还花费大量的笔墨阐发了"两结合"的创作方法，称它是"毛泽东同志对马克思主义文艺理论的又一重大贡献"。他说：

> 毛泽东同志是根据马克思主义关于不断革命论和革命发展阶段论相结合的思想，根据文学艺术本身的发展规律，从当前革命斗争的需要出发提出这个方法来的，他把革命气概和求实精神相结合的原则运用到文学艺术上，把文学艺术中现实主义和浪漫主义这两种艺术方法辩证地统一起来，……这样，就给社会主义文学艺术开辟了一个广阔自由的天地。这两种精神的结合，不只适用于文艺创作，而且适用于文艺批评。
>
> 我们所说的革命的浪漫主义，其基本精神就是革命的理想主义，是革命的理想主义在艺术方法上的表现。②

也就是说，现实主义的哲学基础是唯物主义反映论，而"两结合"的哲学基础则是更加科学的马克思列宁主义哲学。但周扬毕竟几十年来一直宣扬现实主义，对于直截了当地宣扬理想主义还有些疑虑，还要辩论一番。于是他问道："我们这样强调文艺中的革命理想，会不会损害文艺的真实性呢？"答案是奇特

---

① 《红旗》杂志创刊号，1958年6月1日。
② 《文艺报》，1960年第13—14期。

中国俄苏文学研究史论
История исследования русской и
советской литературы в Китае

的:理想的就是真实的:

　　关于"真实",关于"现实主义",我们和修正主义者之间存在着截然不同的理解。……他们排除生活中的先进理想,他们的所谓现实主义,是没有先进理想的"现实主义",实际上不是现实主义,而是卑琐的自然主义或颓废主义。他们的所谓"真实",其实是对于现实的歪曲。我们从来主张文艺必须真实,反对虚伪的文艺。但是我们却不是"为真实而真实"论者。在阶级社会中,文艺家总是带着一定阶级的倾向来观察和描写现实的,而只有站在先进阶级和人民群众的立场,才能最深刻地认识和反映时代的真实。人民的作家选择和描写什么题材,首先就要考虑是否于人民有益。真实性和革命的倾向性,在我们是统一的。①

　　就这样,毛泽东关于"两结合"的一家之言变成了全国文艺工作者都必须遵循的最高原则。甚至还依据"农业为基础,工业为主导"的模式,勾画出了"以现实主义为基础,以浪漫主义为主导"创作理论。

　　这是与中国的大跃进运动相适应的,同时也是与中苏关系趋于冷淡、中国方面争夺话语主权的需要。虽然这并没有直接抛弃现实主义或社会主义现实主义,但却进一步张扬了浪漫主义,首先把它由"社会主义现实主义的构成部分"升格为与现实主义并列的一种创作方法,然后再把它们结合起来。通过"两结合",中国的革命文学实现了由现实主义到革命浪漫主义的跃进。

　　"两结合"是"社会主义现实主义"合乎逻辑的发展,它的政治经济基础是"多快好省"的大跃进运动,它的文艺基础是社会主义现实主义文艺创作,实践结果是大跃进时代的新民歌运动,并且启发了后来的样板戏。

　　"大跃进"之后,政治经济领域开始"调整、巩固、充实、提高",文艺界也采取一些措施"纠偏"。《文艺报》1961年第3期发表了张光年执笔的"专论"《题材问题》,批判了"题材决定"论。茅盾在《河北文艺》1961年10月号发表了《在一次座谈会上的讲话》,对"两结合"的创作方法提出了质疑,指出"一部作品中'两结合'的情况是不存在的"。张光年还在《"共工不死"及其它》一文中,批评郭沫若将"两结合"的方法应用到历史研究领域,"把艺术的幻想当成科学结论

----

　　①《文艺报》,1960年第13—14期。

的依据,而在从事科学探讨的时候,采取了浪漫主义的手法。"①1962 年 8 月,在大连"农村题材短篇小说创作座谈会"上,邵荃麟发表讲话,在肯定"两结合"、肯定浪漫主义主导地位的前提下提出了"现实主义深化"的问题:"我们的创作应该向现实生活突进一步,扎扎实实地反映现实。……现实主义深化,在这个基础上产生强大的革命浪漫主义,从这里去寻求两结合的道路"。而作为"深化"现实主义的途径之一,邵荃麟提出在突出先进人物、英雄人物的同时,还要写好"中间人物",因为"广大的各阶层是中间的,描写他们是很重要的。矛盾点往往集中在这些人身上。"②

但经济形势刚刚有所好转,"纠偏"的努力就重新化为泡影。1963—1964年,毛泽东连续就文艺问题做了两个批示。1963 年 12 月 12 日的"批示"说:"社会主义改造在许多部门中,至今收效甚微。……许多共产党人热心提倡封建主义和资本主义的艺术,却不热心提倡社会主义的艺术。"1964 年 6 月 27 日的"批示"更批评文艺家协会的领导"十五年来,基本上(不是一切人)不执行党的政策,做官当老爷,不去接近工农兵,不去反映社会主义的革命和建设。最近几年,竟然跌到了修正主义的边缘。"③这两个批示借助于毛主席的权威,迅速贯彻到文艺界。1965 年 11 月 10 日,姚文元在上海《文汇报》发表《评新编历史剧〈海瑞罢官〉》,并在全国各大报刊转载,揭开了"无产阶级文化大革命"的序幕。此后十余年间,整个中国文坛成了一场盛大的魔术表演,而指挥这场表演的,就是《林彪同志委托江青同志召开的部队文艺工作座谈会纪要》(1966 年 2 月)。

《纪要》在 1966 年 4 月 10 日以中央的名义批发全党,1967 年 5 月全文发表于《红旗》杂志。其要害是提出"文艺黑线专政论",而黑线"就是资产阶级的文艺思想、现代修正主义的文艺思想和所谓三十年代文艺的结合"。它把"写真实"论、"现实主义广阔的道路"论、"现实主义的深化"论、反"题材决定"论、"中间人物"论、反"火药味"论、"时代精神汇合"论和"离经叛道"论列为"黑八论",号召作家们向"资产阶级唯心主义"和"现代修正主义"宣战,要把帝王将相、才子佳人拉下舞台,全力描写"社会主义革命和社会主义建设"的题材,创造出纯而又纯的无产阶级的"社会主义的革命新文艺",称"这是开创人类历史新纪元的、最光辉灿烂的新文艺"。在创作方法上,《纪要》提出"要采取革命的现实主

---

① 《文艺报》,1962 年第 7 期。
② 《邵荃麟评论选集》,上卷,第 399 页,第 393 页,人民文学出版社 1981 年版。
③ 《红旗》杂志,1967 年第 9 期。

义和革命的浪漫主义相结合的方法,不要搞资产阶级的批判现实主义和资产阶级的浪漫主义",但对这几种方法都缺乏理论的说明。只是提出"要搞出好的样板来"①。

"文革"时期,现实主义或社会主义现实主义已经被官方理论所抛弃,因为"现实"或"真实"等字眼不符合"继续革命"的逻辑。新的创作方法是什么呢?"两结合"的主旨是张扬革命浪漫主义,颇合"塑造无产阶级英雄形象"的根本任务。但"两结合"在形式上仍然受到"现实主义"的羁绊,要塑造顶天立地的超级英雄,就必须彻底挣脱这一羁绊,从理论上清除它,创造新的创作方法。但"两结合"是毛主席提出来的,神圣不可侵犯的原则,所以只能寻找新的途径以实现方法论上的突破。这新的途径就是在"革命浪漫主义为主导"的前提下探索和变革具体的表现手法或手段。于是"三突出"作为"无产阶级的创作原则"应运而生,其"突出特点"是不再仅仅停留在原则的层面,而是给予文学创作活动以具体的美学指导。

1968年,于会泳首先在《让文艺舞台永远成为宣传毛泽东思想的阵地》中"根据江青同志的指示精神"概括了"三突出"的原则:"在所有人物中突出正面人物来;在正面人物中突出主要英雄人物来;在主要英雄人物中突出中心人物来。"②1969年,上海京剧团《智取威虎山》剧组发表了《努力塑造无产阶级英雄人物的光辉形象》,将"三突出"原则正式表述为:"在所有的人物中突出正面人物;在正面人物中突出英雄人物;在英雄人物中突出主要英雄人物。"③此后的许多文章都重复和发挥上述论点。在他们看来,坚持"三突出"原则乃是"在具体的创作实践中,实践塑造无产阶级英雄典型这一社会主义文艺根本任务的有力保证"④。

"三突出"不仅仅是艺术表现手段,而且还是文学艺术的原则。在江青、姚文元等人的推动下,"三突出原则"成为当代中国的"文艺宪法",文艺创作和文艺批评的"最高标准"。它既是舞台调度的法则,又是组织作品、安排情节结构的原则,甚至也是认识生活和表现生活的总原则。依据这些原则,必须"突出主要英雄人物在矛盾斗争中的主导作用和支配地位",因而"所有人物的安排和情

① 《红旗》杂志,1967年第9期。
② 《文汇报》,1968年5月23日。
③ 《红旗》杂志,1969年第11期。
④ 小峦:《坚定不移,破浪前进》,《人民戏剧》,1976年第1期。

节的处理,都必须服从于突出主要英雄人物这一前提"①。由"三突出"出发,还衍生了一些具体的创作模式,如"三陪衬"、"多侧面"、"多浪头"、"多回合"、"多波澜"、"多层次"和"起点高"等等。

与"三突出"对应的是所谓"三陪衬"。而"突出"与"陪衬"的问题,绝不是简单的艺术问题,"陪衬也就是服从。谁服从谁,就是舞台上谁被谁专政的问题。也就是哪个阶级主宰舞台的问题。"②

那么,什么样的人物才算是"英雄人物"? 这个问题早在"文革"前夕就已经"解决"了。那就是"按照毛主席教导选苗苗"。找到了怎么办? "要用毛主席著作来对照,看他做到哪一条,依靠哪一条,体现哪一条。"③按照这种逻辑,英雄人物的"英雄性"不是取决于他为社会做了多大的贡献,亦即不是取决于他与人民群众的关系,而是取决于他在多大程度上符合他们心目中的"毛泽东思想"和"无产阶级的革命利益",从而彻底否定了文艺来源于生活这一唯物主义的真理。

从"唯物辩证法的创作方法"到"社会主义现实主义",从"社会主义现实主义"到"两结合",从"两结合"到"三突出",革命现实主义文学在中国完成了它的三级跳,实现了"正反合"的辩证运动,又回到了它自身。这一次回归不仅仅是抽象的哲学方法论代替文学艺术特殊性的问题,更重要的是恢复了真理的主观性,恢复了"现实主义"(realism)这个词的古老的"实在论"(realism)本质。

周扬显然跟不上时代发展的步伐,于是作为"修正主义文艺的总头子"和"打着红旗反红旗"的"反革命两面派",步胡风、冯雪峰等人的后尘进入监狱改造。而江青、姚文元等人则被加封为"文艺革命的旗手"。这种快速进行的脱冕加冕的游戏,充分显示了"文革"的"狂欢节"特色。突出地显示"文革""狂欢节"特色的是对科学(真理)的主观性解释。《红旗》杂志一篇社论说:"真理是有阶级性的。在当今时代,只有无产阶级才能掌握客观真理,因为无产阶级的阶级利益和客观规律完全一致。反动的腐朽的资产阶级,早已和真理绝缘,他们的所谓'真理',只能是逆乎时代潮流,反乎客观规律的谬论。"④科学主观性的理论正是社会主义现实主义的哲学基础。以"马克思主义者"自居的人物,竟

---

① 《努力塑造无产阶级英雄人物的光辉形象》,《红旗》杂志,1969 年第 11 期。
② 《努力塑造无产阶级英雄人物的光辉形象》,《红旗》杂志,1969 年第 11 期。
③ 《用毛泽东思想武装起来做又会劳动又会创作的文艺战士》,《文艺报》,1965 年 12 月号。
④ 《无产阶级文化大革命万岁》,《红旗》杂志,1966 年第 8 期。

中国俄苏文学研究史论
История исследования русской и
советской литературы в Китае

然对科学作了如此富有"后现代性"的阐释,的确可以让 30 年后的"先锋派"理论家汗颜。

四、"节日"过后的沉思

"文革"结束以后,人们反思数十年来的文艺政策,进而对社会主义现实主义的定义和执行情况进行探讨。有些人继续企图从内部改造它,赋予它以新的生命,另一些人则不再尝试从内部改造它,而从外部直接否定它。也就是说,人们试图确立一个新的游戏规则。与当年用政治批判的形式解决文艺问题相反,这个时期的学者们多数是以美学批评的形式从事政治批判,可以说是历史跟"社会主义现实主义"及其变体"两结合""三突出"开了一个不大不小的玩笑。

首先被否定的是"三突出",它作为"四人帮"的阴谋文艺的组成部分被扫进了历史的垃圾堆。紧接着"两结合"也遭到批判,主要有:陈辽《"两结合"创作方法质疑》(《安徽文艺》1979 年第 9 期),丁福原《"两结合"创作方法质疑》(《广州文艺》1979 年第 9 期),吕兆康《"两结合"是一种独立的创作方法吗?》(《文艺理论研究》1980 年创刊号)。朱寨主编的《中国当代文学思潮史》也说:"字面上是'两结合',实际上突出强调的是浪漫主义。它的提出和大力鼓吹,大大助长了文学创作上的浮夸风。"然而,虽然"两结合"必须否定,社会主义现实主义却是"世界文学发展的必然结果",不应轻易放弃[①]。其理论视野还没有达到 1956 年何直、周勃的水平。这提醒我们,对"两结合"和"三突出"的批判是与恢复社会主义现实主义的光荣传统同步进行的。1979 年,中国社会科学出版社出版了《七十年代社会主义现实主义问题》,把苏联关于"开放体系"理论的讨论介绍到中国。

人们开始对社会主义现实主义作一些小的修补,如黄伟宗就提出了"社会主义的批判现实主义"[②]。王福湘则受到苏联学者德·马尔科夫"开放体系"的启发,提出了"民族的开放的社会主义现实主义",应对国外现代主义文艺思潮的冲击,主动地"走民族的开放的社会主义现实主义之路"[③]。

还有些人已经悄悄地放弃了"社会主义现实主义"这个概念,恢复现实主义这个术语,作为文艺创作和从事文艺批评根本原则。但对现实主义的具体论

---

① 朱寨主编:《中国当代文学思潮史》,第 358—359 页,人民文学出版社 1987 年版。
②《湘江文艺》,1980 年第 4 期。
③《文艺理论与批评》,1987 年第 2 期。

述,却与当年胡风等人关于社会主义现实主义的论述相似。陈思和在《中国新文学发展中的现实主义》一文中,认为"新文学的主要精神"就是"一种现实的战斗精神,它表现为现代中国作家在半个世纪的长期斗争中形成的一种紧张地批判社会弊病,针砭现实,热忱干预当代生活的战斗态度。"①

杨春时率先向"社会主义现实主义"发起猛烈攻击,明确指出社会主义现实主义是"粉饰现实的假现实主义","是新古典主义","是一个保守封闭的体系"②。并从它产生的政治背景来清理和批判"社会主义现实主义"形成的必然性和悲剧性。

社会主义现实主义"产生的历史背景是国家社会主义模式,其基本特点是国家对社会生活(包括经济、政治、文化的各个领域)的全面控制"。国家社会主义"基本上是在落后的东方国家建立起来的,它的基础是带有浓厚封建色彩的亚细亚生产方式或东方文化。因此,在这些国家,历史提供的可能就是'国家社会主义'"。它"以对社会生活的全面控制和原始积累的方式实现了工业化,从而为新的历史变革奠定了基础。……正是'国家社会主义'体制要求相适应的文学规范,才产生了'社会主义现实主义'。"

> "社会主义现实主义"作为唯一合法的创作方法的强制推行,造成了现实主义传统的中断和现代主义的消失。……"社会主义现实主义"及其变体"两结合"的确立,使中国五四以来的现实主义传统中断了,更不用说本来就很微弱的现代主义的消失。……五十年代初对胡风文艺思想的批判……实质就是"社会主义现实主义"对五四现实主义思想的绞杀。

杨春时认为,"社会主义现实主义"作为统一的创作方法"并不符合文学规律,而是违反文学规律的教条,它造成了文学生命力的枯萎"。它"使文学丧失审美品格,沦落为意识形态的附庸,政治的婢女;剥夺了作家的艺术个性,是文学公式化概念化的理论根源"。因此,社会主义现实主义的"历史实践是否定性的","必须把苏联文学的某些成果与'社会主义现实主义'区别开来。当然,在'社会主义现实主义'提出之后,也有一些好的或较好的作品,但这只说明'社会

---

① 《学术月刊》,1986 年第 9 期。
② 杨春时:《"社会主义现实主义"批判》,《文学评论》,1989 年第 2 期。下引杨春时观点均据此文。

主义现实主义'并不能扼杀文学顽强的生命力"。

杨春时否定了社会主义现实主义,否定了创作方法,但没有否定作为文学思潮的现实主义,认为五四以来中国新文学的根本传统就是现实主义。同时,他断言:"现代主义体现了现代人对生存意义的自觉探究追问,它导致了对现实存在的否定。……随着现代社会的来临,现实主义必然要被现代主义所取代。因此,现代主义并不是资本主义独有的文学思潮(正如现实主义不是资本主义独有的文学思潮一样),而是人类历史上具有普遍性意义的文学现象。这就意味着社会主义文学也必然要由现实主义向现代主义过渡,现代主义是文学发展的方向。"这种论述方式还打破了社会主义文学与现实主义必然联系的教条,为当时正在涌入的现代主义寻找政治合法性。

李扬《抗争宿命之路——"社会主义现实主义"(1942—1976)研究》(1993),是一部对当代中国革命文学进行后现代阐述的论著,试图"将'社会主义现实主义'及其基本话语类型叙事、抒情、象征放置在 20 世纪中国的现代化这个特定的历史语境中进行谱系学分析,认为'社会主义现实主义'的发生发展与中国对西方的回应——反抗有关。文学从叙事到抒情再到象征的变化,显示了意识形态的深刻变革。叙事的目的在于建立一个现代民族国家;抒情是完成了建立国家的任务之后对主体性——人民性的颂歌;而象征则根源于再造他者、继续革命这一最'现代'的幻想"。本书所论述的中心不是社会主义现实主义这个概念或方法在中国的产生和运用,而是借鉴了福柯的"知识考古学"和"谱系学"的方法,分析 1942—1976 年间中国文学的演进历程。当社会主义现实主义等等被理解为"话语"的时候,也就意味着它们不仅仅是文学问题,而是一种意识形态问题,因为"话语从根本上说是一种权力形式"。真理、真实、理性等一切貌似客观的东西,实际上是一些抽象的本质,是主观精神的对象化(异化),既没有什么客观现实,当然也就不存在是否真实地反映"客观现实"的问题,现实主义与浪漫主义、象征主义实质上没有什么区别。现代的中国的任务是摆脱封建主义和帝国主义的统治,建立一个现代民族国家。建立国家的过程是一个叙事过程或一种叙事活动,因而 1942 年到 1957 年(社会主义改造完成)这个阶段,盛行叙事文学,突出成就是一些反映革命斗争过程的长篇小说。现实主义也就是叙事。1958 年到 1966 年(从大跃进到"文革"之间),现代民族国家已经建立起来,叙事已经完成,所以进入抒情时代,长篇小说之类的叙事文学退出主流。抒情也就是浪漫主义,《红旗歌谣》是其突出代表。浪漫的抒情也有终结的时候,那就是社会矛盾并没有因为现代国家的建立和大规模的抒情而解决,按照现代的二元对立的思维逻辑,历史必须不断进步,不断革命,而革命的方式是在无产阶级内部制造新的敌人——走资本主义道路的当权派,于是现实的叙事和浪漫的抒情最终让位于公式化、概念化、脸谱化的象征,这就是1966年到1976年的"文化大革命"。其文学形式是象征主义,象征主义文学的代表是革命样板戏。由此可见,社会主义现实主义不是一次偶然的事件,而是建立现代民族国家的一次叙事过程。"文革"及样板戏不是违背社会主义现实主义的结果,而是社会主义现实主义理论合乎逻辑的发展。

为什么会发生"文化大革命"以及"无产阶级专政下继续革命的理论"呢?李扬从现代性的角度解释了"在生产资料所有制改造完成以后,还会出现这种以'无产阶级'与'资产阶级'的对立为基本内容的'文化革命'"的原因。他认为,西方马克思主义者(如卢卡契、葛兰西等)"致力于恢复辩证法的主观性","重新确立以二元对立为主要内容的现代辩证法的主观意义,让辩证法从马克思回到黑格尔,并依此提出了'继续革命'的理论"。在他们看来,客观的东西,无非就是主观的东西,不过是异化了的和偶像化了的东西。以第二代西方马克思主义著称的法兰克福学派(如阿多诺),甚至干脆把"主观辩证法"表述为"否定辩证法",思维本身就是否定,否定一切使统治秩序永恒化和使人类物化的思想意识,不管这种统治的政治主体是"资本主义"还是"社会主义"。在东方的毛泽东,经历了与"西马"类似的思想历程[1]。

李扬对于"文革"和"无产阶级专政下继续革命的理论"所作的分析,无疑是深刻的,即不能单纯从中国封建文化看待"文革",必须从现代性的立场才能理解"继续革命"。但"继续革命"的现代逻辑,其运行需要一定的社会环境——一种类似于封建专制而又高于封建专制的制度,"文革"之所以成为一场旷日持久的魔术表演,继续革命的理论之所以通行无阻,皆源于此。否则,"继续革命"就只能停留在"主体"的思想中,就不能变成一种社会行动。

陈顺馨的《社会主义现实主义理论在中国的接受与转化》[2]是一部内容翔实的论著,对于社会主义现实主义在1932年到1989年在中国介绍、传播、研究,从接受美学的立场作了条分缕析的论述,平静的文字表明已经把社会主义现实

---

① 李扬:《抗争宿命之路——"社会主义现实主义"(1942—1976)研究》,第262—268页,时代文艺出版社1993年版。

② 安徽教育出版社2000年版。

中国俄苏文学研究史论
История исследования русской и
советской литературы в Китае

主义当成了"历史"。

王福湘在《悲壮的历程》①中指出,革命现实主义并不仅仅是一个创作方法或纯文学的概念,而是"与政治结合十分紧密",实质上是中国左翼文艺"革命政治"指导下的"现实主义"。整个革命现实主义思潮史就是革命的政治与现实主义文学的关系史,是中国共产党领导下的革命文艺工作者探讨文学与政治关系的历史。

当多数理论家"批判"社会主义现实主义或现实主义的时候,也时常可以听到不同的声音。张冠华在《否定之后的思考——关于"苏联模式"文艺学几个范畴的探索》中认为,"就社会主义现实主义的理论主张而言,它并没有多大的过失","它的内涵是丰富的,是纯粹的文艺学术语",而且由于社会主义现实主义而产生了许多伟大的作家、优秀的作品。张冠华还就世界观与创作方法的关系发表了意见,认为我们不能因为实践过程中存在的种种失误"而否定或回避世界观对文学创作的指导作用。同时,我们亦不否定或回避文艺工作者的世界观改造问题"。接着就列举武侠小说、香艳故事、色情文学的泛滥说明世界观改造的必要性。② 但张冠华忽略了一个重要问题:什么人真理在握因而有权规定世界观改造的方向,有谁来执行改造文艺工作者的任务?

刘亚丁发表了《姓苏未必就姓马——与张冠华先生商榷》提出了不同意见。他引用近年来苏联/俄罗斯学者的研究成果,说明:社会主义现实主义在俄罗斯已经"声名狼藉","社会主义现实主义的施行,扼杀了苏联文学的勃勃生机","由限制批判发展到限制风格流派的多样性,这就是社会主义现实主义理论的内在逻辑"。而张文吹得天花乱坠的"开放体系"扩大了社会主义现实主义的外延,把它变成了"社会主义文学"或"苏联文学"的同义词,因而"并非什么高妙的理论,而是一种被动适应,它的提出实际上是社会主义现实主义理论解体的前奏。"③

20世纪90年代以来的研究论著和研究论文,是从比较广阔的文化背景来探讨社会主义现实主义乃至现实主义等问题的。从比较广泛的意义上理解,社会主义现实主义与其他文艺思想(现实主义、浪漫主义)一样,是西方启蒙思想的产物,是现代性的一种表现。

---

① 广东人民出版社2002年5月版。
② 《文艺理论与批评》,2002年第2期。
③ 《文艺理论与批评》,2002年第3期。

社会主义现实主义的创作方法的提出，它由政治概念（社会主义）和哲学概念（方法）到文艺概念的转化，是政治权力对文学世界的入侵。但在侵入文艺世界之后，它却以至高无上的科学真理的姿态俯瞰文学界的种种是非。它是如何成为真理的？正像"年年讲、月月讲、天天讲""讲"出了空前激烈的"阶级斗争"一样，社会主义现实主义的确立，同样是一个话语制造过程。在这个过程中，无数理论家和文学家的争论和论战把它作为一个文学真理预设为前提，从而造成了它的"真理性"，并进而发展出"两结合""三突出"等理论模式。

由于真理自主权的丧失，文学理论家们不可能从内部来否定社会主义现实主义。所谓"广泛的概念"（胡风），"广阔的道路"（何直），"开放体系"（马尔科夫）等等，不过是在承认其真理性的前提下从内部争取部分自由的尝试。但这种尝试从内部消解了社会主义现实主义。

[相关研究成果要目]

一、专著和文集

1.《苏联文学艺术问题》，人民文学出版社 1953 年版。

2.《日丹诺夫论文学与艺术》，人民文学出版社 1959 年版。

3.《毛泽东论文艺》，人民文学出版社 1958 年版。

4. 茅盾:《夜读偶记》，百花文艺出版社 1958 年版。

5.《七十年代社会主义现实主义问题——苏联关于"开放体系"理论的讨论》，中国社会科学出版社 1979 年版。

6. 邵荃麟:《邵荃麟评论选集》上卷，人民文学出版社 1981 年版。

7. 周扬:《周扬文集》第 1 卷、第 2 卷，人民文学出版社 1984—1985 年版。

8. 胡风:《胡风评论集》（上、中、下），人民文学出版社 1984—1985 年版。

9. 胡风:《胡风选集》第 1 卷，四川人民出版社 1995 年版。

10. 朱寨主编:《中国当代文学思潮史》，人民文学出版社 1987 年版。

11. 陈思和:《中国新文学整体观》，上海文艺出版社 1987 年版。

12. 李扬:《抗争宿命之路——"社会主义现实主义"（1942—1976）研究》，时代文艺出版社 1993 年版。

13. 陈顺馨:《社会主义现实主义理论在中国的接受与转化》，安徽教育出版社 2000 年版。

14. 王福湘:《悲壮的历程》，广东人民出版社 2002 年版。

15. 胡风：《三十万言书》，湖北人民出版社 2003 年版。

二、论文

16. 周扬：《十五年来的苏联文学》，《文学》第 1 卷第 3 号（1932）。

17. 周扬：《关于"社会主义现实主义与革命浪漫主义"——唯物辩证法的创作方法之否定》，《现代杂志》，第 4 卷第 1 期（1933）。

18. 巴人：《两个口号》，《文艺阵地》，第 4 卷第 7 期（1940）。

19. 林焕平：《抗日的现实主义与革命的浪漫主义》，《文学月报》，第 2 卷第 1、2 期合刊（1940）。

20. 邵荃麟执笔：《对于当前文艺运动的意见》，《大众文艺丛刊》第 1 辑（1948）。

21. 乔木（乔冠华）：《文艺创作与主观》，《大众文艺丛刊》第 2 辑（1948）。

22. 邵荃麟：《论主观问题》，《大众文艺丛刊》第 5 辑（1948）。

23. 林默涵：《胡风的反马克思主义文艺思想》，《文艺报》，1953 年第 2 期。

24. 何其芳：《现实主义的路，还是反现实主义的路？》，《文艺报》，1953 年第 3 期。

25. 刘白羽：《为繁荣文学创作而奋斗——在中国作家协会第二次理事会会议（扩大）上的报告》，《文艺报》，1956 年第 5—6 期。

26. 何直（秦兆阳）：《现实主义——广阔的道路》，《人民文学》，1956 年第 9 期。

27. 周勃：《论现实主义及其在社会主义时代的发展》，《长江文艺》，1956 年第 12 期。

28. 陈涌：《关于社会主义的现实主义》，《文艺报》，1957 年第 2 期。

29. 蔡仪：《再论现实主义问题》，《文艺研究》，1957 年第 2 期。

30. 王若望：《评社会主义时代的现实主义》，《文艺报》，1957 年第 5 期。

31. 刘绍棠：《现实主义在社会主义时代的发展》，《北京文艺》，1957 年第 4 期。

32. 蒋孔阳：《关于社会主义现实主义》，《文艺月报》，1957 年 4 月。

33. 黄秋耘：《刺在哪里》，《文艺学习》，1957 年 6 月。

34. 周扬（周和）：《反对对社会主义文学的虚无主义态度——与刘绍棠同志商榷》，《文艺报》，1957 年第 15 期。

35. 姚文元：《社会主义现实主义文学是无产阶级革命时代的新文学——同

何直、周勃辩论》,《人民文学》,1957 年第 9 期。

36. 霍松林:《批判冯雪峰反马克思主义文艺思想》,《人民文学》,1957 年第 12 期。

37. 姚虹:《揭穿冯雪峰的"现实主义"的魔术》,《人民文学》,1957 年第 12 期。

38. 杜埃:《冯雪峰在三个问题上的修正主义观点》,《人民文学》,1957 年第 12 期。

39. 周扬:《新民歌开拓了诗歌的新道路》,《红旗》杂志创刊号,1958 年 6 月 1 日。

40. 周扬:《我国社会主义文学艺术的道路》,《文艺报》,1960 年第 13—14 期。

41. 张光年:《题材问题》,《文艺报》,1961 年第 3 期。

42. 茅盾:《在一次座谈会上的讲话》,《河北文艺》,1961 年 10 月。

43. 张光年:《"共工不死"及其它》,《文艺报》,1962 年第 7 期。

44.《用毛泽东思想武装起来做又会劳动又会创作的文艺战士》,《文艺报》,1965 年第 12 期。

45.《林彪同志委托江青同志召开的部队文艺工作座谈会纪要》(1966 年 2 月),《红旗》杂志,1967 年第 9 期。

46.《沿着十月社会主义革命开辟的道路前进》(陈伯达、姚文元主持),《红旗》杂志,1967 年第 16 期。

47. 于会泳:《让文艺舞台永远成为宣传毛泽东思想的阵地》,《文汇报》,1968 年 5 月 23 日。

48. 上海京剧团《智取威虎山》剧组:《努力塑造无产阶级英雄人物的光辉形象》,《红旗》杂志,1969 年第 11 期。

49. 小峦:《坚定不移,破浪前进》,《人民戏剧》,1976 年第 1 期。

50. 陈辽:《"两结合"创作方法质疑》,《安徽文艺》,1979 年第 9 期。

51. 丁福原:《"两结合"创作方法质疑》,《广州文艺》,1979 年第 9 期。

52. 吕兆康:《"两结合"是一种独立的创作方法吗?》,《文艺理论研究》,1980 年创刊号。

53. 黄伟宗:《论社会主义的批判现实主义》,《湘江文艺》,1980 年第 4 期。

54. 徐俊西:《一个值得重新探讨的定义》,《上海文学》,1981 年第 1 期。

55. 陈思和:《中国新文学发展中的现实主义》,《学术月刊》,1986 年第 9 期。

56. 王福湘:《走民族的开放的社会主义现实主义之路》,《文艺理论与批评》,1987 年第 2 期。

57. 杨春时:《"社会主义现实主义"批判》,《文学评论》,1989 年第 2 期。

58. 王一川:《典型、移心化与众生喧哗——八十年代后期中国文学典型问题描述》,《东方丛刊》,1991 年第 1 期。

59. 高波:《典型——坍塌中的文学迷信》,《云南师范大学学报》,1995 年第 5 期。

60. 张冠华:《否定之后的思考——关于"苏联模式"文艺学几个范畴的探索》,《文艺理论与批评》,2002 年第 2 期。

61. 刘亚丁:《姓苏未必就姓马——与张冠华先生商榷》,《文艺理论与批评》,2002 年第 3 期。

62. 杨春时:《现实主义、浪漫主义还是启蒙主义——现代性视野中的五四文学》,《厦门大学学报》,2003 年第 5 期。

第四编
中国对俄苏文论的研究（下）

第十六章
新时期巴赫金文艺思想研究

巴赫金(M. Бахтин,1895—1975)是 20 世纪驰名世界的俄罗斯思想家。被誉为哲学家、美学家、文艺理论家、语言学家、符号学家等,具有多重身份。自 20 世纪 60 年代他的思想为世人所知后,历久不衰,在世界范围内至今仍发挥着重大影响,各国学者的巴赫金研究专著、论文无可计数。巴赫金从 20 世纪 20 年代开始著述,一生写了大量论著,大多在当时未能面世,作品也多处于未完成状态。巴赫金从大半生的默默无闻到后期的声誉鹊起再到身后的声名显赫,研究者称其是经历了"被三次发现"的过程。[①] 60 年代末,巴赫金被苏联学术界重新发现,日益受到重视。70 年代,法国的两位结构主义符号学理论家克里丝蒂娃,托多罗夫将巴赫金的著作及思想介绍到西方学术界,引起西方学者的广泛兴趣。80 年代巴赫金的著作被大量翻译为西方语言,在欧美产生很大反响,逐渐形成"巴赫金热";80 年代末,巴赫金理论已成为当代西方文论的主要理论之一。

一、20 世纪 80 年代中国的研究状况

20 世纪 80 年代,随着我国改革开放的深入,外来思潮纷至沓来,各种理论思想不断涌入中国学者的视野,激发起国内研究者的兴趣,西方学界的巴赫金研究热潮,也趁势登陆中国。不过,巴赫金的登陆中国和由此掀起的研究热潮,有着一番独特的历程。

就现有的文字材料看,夏仲翼是将巴赫金引进中国的第一人。他发表于《世界文学》1982 年第 4 期的一篇译文《陀思妥耶夫斯基的复调小说和评论界对它的阐述》(巴赫金《陀思妥耶夫斯基诗学问题》第一章),是巴赫金正式进入中国的标志。夏仲翼发表于《苏联文学》1981 年第 1 期的文章《窥探心灵奥秘

---

① 钱中文:《巴赫金全集》序言,河北教育出版社 1998 年版。

的艺术——陀思妥耶夫斯基艺术创作散论》，在评论陀氏小说创作特色时，提及了"复调小说"理论并作了概要介绍；他在对"复调"的注释中明确注出了巴赫金和他的《陀思妥耶夫斯基诗学问题》[①]。1982 年出版的《中国大百科全书》，在夏仲翼所撰写的《外国文学卷》（二）"陀思妥耶夫斯基"条目的俄文注释中列出了巴赫金的名字[②]。《外国文学研究》1981 年第 3 期在"国外文学动态"栏，关山的文章《关于陀思妥耶夫斯基研究的一些情况》，巴赫金作为研究陀氏的"主要代表人物"之一出现在正文中[③]。与此同时，彭克巽在北京大学的研究生课程中讲解了巴赫金的有关理论。

但巴赫金进入中国学者的视野，应该还要更早些。据钱中文介绍，我国学者早在五六十年代就开始注意到巴赫金的思想，"我国研究前苏联文学理论的学者，早在 60 年代就知道了巴赫金的姓名，但是开始了解他、翻译他、研究他的著作，则在 80 年代初。随后 10 年多，巴赫金不仅成了俄罗斯文学研究者的重要对象，同时也成了英美文学研究者的热门话题。"[④]钱中文还称，他研究巴赫金的第一篇论文是"奉"钱锺书"命"而作，可见钱锺书也是我国巴赫金研究的推动者之一[⑤]。

我国对巴赫金的了解最初局限于少数研究俄苏文学的学者，直到 80 年代初期，他在中国学界仍鲜为人知，而且研究资料匮乏[⑥]。研究的真正展开则在 80 年代中期以后了。

1. 复调小说理论研究

正是对巴赫金见解独特的复调理论感到有趣，越来越多的学者投身于对复调理论的研究中。80 年代的巴赫金研究主要围绕《陀思妥耶夫斯基诗学问题》和复调小说理论展开。

夏仲翼在 1982 年《世界文学》1982 年第 4 期发表的译文《陀思妥耶夫斯基的复调小说和评论界对它的阐述》，在《陀思妥耶夫斯基诗学问题》全译本（白

① 原文是"复音调小说"。
② 该书第 1025 页，第 20 条，俄文注释。
③ 原文是"巴赫庭"。
④ 钱中文：《难以定位的巴赫金》，《文艺报》，1996 年 2 月 2 日。
⑤ 钱中文：《"我们这些人实际上生活在两种现实里面"——忆锺书先生》，《中华读书报》，2000 年 11 月 1 日。
⑥ 钱中文曾提及当时巴赫金原文著作我国图书馆里仅有《陀思妥耶夫斯基诗学问题》和《文学美学问题》两种，英文材料当时也不易找到。《中华读书报》，2000 年 11 月 1 日。

春仁、顾亚玲译,北京三联书店 1988 年版)面世之前,成为大多研究文章引征的底本。他在同期发表的文章《陀思妥耶夫斯基的〈地下室手记〉和小说复调结构问题》,把巴赫金的复调理论作为研究陀氏创作的一种独到见解加以介绍,除简介了《诗学》这本"颇有特色"的专著的内容外,又颇有远见地预见巴赫金的这一理论"是一个十分值得研究的问题,不仅对研究陀思妥耶夫斯基来说,即使对一般的文学研究,特别是对长篇小说的研究也是一个饶有趣味的题目。"夏先生的文章标志着中国学界开始关注巴赫金及其复调小说理论。

之后,学界一度比较偏重对巴赫金文论思想的概述介绍,尤其是他的复调理论。如一位评论者所说,随着对陀思妥耶夫斯基研究的深入,"我国理论界像发现新大陆一样发现了前苏联学者巴赫金"①。尽管此时巴赫金在前苏联和西方学界早已是声名赫赫,被冠以多种身份,但国内多数人还仅限于知道他的复调理论,这时期的研究重点也紧紧围绕它展开。如蓬生的《巴赫金复调小说理论》、《陀思妥耶夫斯基的世界——巴赫金论陀思妥耶夫斯基》②等。

显而易见,这时的巴赫金在中国学者视野中还只是一位陀氏的批评者,一位以独特的复调理论解读陀氏创作的前苏联文艺理论家。

在早期的巴赫金研究者队伍里,钱中文不仅是研究较早也是见解较深的学者。1983 年,由中国社科院与美国美中交流学术委员会联合举办"中美双边比较文学讨论会",钱中文的论文《"复调小说"及其理论问题——巴赫金的叙述理论之一》③拉开了以复调小说理论为中心的巴赫金研究的序幕。

复调理论无疑是巴赫金思想中最重要的部分,也一直是巴赫金研究中争议最多的话题。钱中文的这篇评论文章首先充分肯定了巴赫金运用这一理论对陀氏作品作了卓有成效的解读,在某些方面表现出真知灼见,然后又就"复调"的界限、作用提出异议:1)复调小说和独白小说并不是截然对立关系,二者是你中有我、我中有你;2)巴赫金过于褒复调贬独白,而陀氏小说中复调并不一定优于独白;3)作者和主人公关系中,主人公的独立性并非不受作者控制,过分强调陀氏小说主人公独立性也有悖于陀氏本人的作者立场。

这篇研究文章没有像一般常见的介绍性文章那样,只是简单述说巴赫金及其理论,而是加入了具有理论深度的思考评价,钱中文表明自己的研究态度是

---

① 蓬生:《巴赫金复调小说理论》,《文艺报》,1987 年第 6 期。
②《文艺报》,1987 年 9 月 5 日。
③《文艺理论研究》,1983 年第 4 期。

"不作印象主义式的、独白式的评点"，在理解巴赫金的这种思想的同时作出自己的价值判断。这一现象显示出国内学者在最初的巴赫金研究中，就选择了符合巴赫金复调理论精神的"对话"立场，体现出国内巴赫金研究的良好开端。

不过我们应该看到，钱中文关于独白小说和复调小说的意见是一种严格地在文艺方面对巴赫金理论的反思，这种反思是必要的，我们要注意的是除此之外，复调理论还有其思想价值，其在文艺概括上的不完全周延，不应影响我们对其理论思想价值判断，其思想价值是我们更应重视的，毕竟巴赫金首先是一位哲学家——这是巴赫金给自己的定位。

复调理论是巴赫金思想中最重要的部分，也一直是巴赫金研究中争议最多的话题。争论焦点集中于两个问题：1）什么是复调小说，即复调小说的内涵；2）作者与主人公的关系，主人公的独立性。

"作者和主人公关系"是巴赫金复调理论中一个重要范畴，同时这一问题无论俄罗斯本土还是中国学界，都"引起了最多的反驳和困惑"，是中国巴赫金研究中的一个热点。钱中文在 1987 年发表于《外国文学评论》创刊号的文章《复调小说：主人公与作者——巴赫金的叙述理论》又更深入地探讨了这一问题，对"主人公的独立性到底有多大、主人公能否脱离作者的控制"问题质疑，并指出巴赫金所说的主人公的独立性、主体性问题是一种普遍规律性现象，并非复调小说专有，独白小说中也存在。同期宋大图的文章《巴赫金的复调理论和陀思妥耶夫斯基的作者立场》也就此问题阐述了自己的相同观点，认为作者与主人公平等对话的立场"颇为可疑"，主人公的独立性最终要受作者意识制约。

其实，这种质疑关键在于研究者始终局限于陀氏小说的背景来看待巴赫金的复调理论，甚至拿出陀氏本人的作家立场来反对巴赫金的主人公独立性问题，而且反映出受传统作家观文本观的束缚，如宋文用来否定复调理论的观点。虽然巴赫金的复调小说理论主要是在分析陀氏作品中形成，但它的哲学基础是占据巴赫金思想核心地位的对话理论，是要表现巴赫金关于人与人之间平等对话交流、具有独立思想价值的观点，投射到文本中就成了作家和主人公、主人公与主人公间的平等对话关系，这种关系在陀氏独特的创作中鲜明表现出来。复调是一种艺术思维方式，如果在这一基础上理解复调理论，大家就不会耿耿于巴赫金与陀氏作者观的相抵触，而将其视为巴赫金思想体系中的一部分。原因还在于在这一时期的研究者眼中，巴赫金还是一位用复调理论评论陀氏小说的批评家，大家只关注分析这一理论的方法论意义，对复调小说是思想小说这一

中国俄苏文学研究史论
История исследования русской и
советской литературы в Китае

点有所忽略,主人公相对于作者的独立性实际上是主人公所代表的思想相对于作者思想的独立性,这与独白小说中人物鲜活生动形成的独立性是有差别的。

作为国内分量较重影响很大的学术刊物,《外国文学评论》在中国早期的巴赫金研究中起了重要的媒介作用,成为研究者们发表见解、彼此对话的重要阵地,也因此扩大了巴赫金研究的影响力,激起了更多学者的兴趣。该刊编者也有意以对话争鸣形式展开巴赫金研究。

1989 年,《外国文学评论》又先后刊登了围绕巴赫金复调理论的三篇争论文章:黄梅的《也谈巴赫金》(第 1 期)、钱中文的《误解要避免,"误差"却是必要的》和张杰的《复调小说作者意识与对话关系——也谈巴赫金的复调理论》(第 4 期),争论的问题是"什么是复调小说"。黄梅和张杰都针对钱中文对复调理论的观点提出了自己的不同看法。黄梅将复调小说理论理解为一种读书方法而不是创作理论,张杰则认为复调关系实际是作者通过主人公与读者的对话。钱中文指出,黄梅的看法也不失为理解复调小说的一种见解,张杰对复调的解释适用于任何小说,已超越了巴赫金复调小说的界限。经过争论,巴赫金研究中的一些问题、困惑得到有效澄清。钱中文在上述文章中将"主人公的自我意识的独立性,主人公与主人公、主人公与作者之间平等的对话关系"作为理解复调小说的关键点,也被大家广为接受。

对于这场争论,笔者认为,黄梅的观点虽然可视为一种不同的见解,但重要的是巴赫金的复调性在作品中确实存在;而张杰认为复调的解释适用于任何小说,就已经使复调的理解比较技术化了;钱中文的论断也有些让人遗憾缺少对自我意识内容、对话内容的说明(实际是思想),这样就无法突显对话的语词,即实质性内容。

80 年代的复调理论研究,基本是在一片争论声中进行。这场争论中的巴赫金研究让我们比较清晰地认识了复调理论的本质、内涵、特点以及偏颇之处。研究者在论争过程中为探求真理真诚对话,也正是巴赫金倡导的复调理论的精神体现。这场争论备受关注,影响很大,不仅掀起了 80 年代巴赫金研究的高潮,还代表着巴赫金研究在中国的第一次热潮,其影响也久未平息,之后的研究者在关注到巴赫金的复调理论时,对这场争论多有提及,并且对争论双方的观点也是各有定评。

应该看到,国内早期对巴赫金的复调理论的接受虽然以肯定为主,但也有学者基本持否定态度,如宋大图的文章《巴赫金的复调理论和陀思妥耶夫斯基的作者立场》①，就视其为建立在"脆弱的论点"上的错误的理论体系，但同时也承认其在理论和方法的双重意义上影响深远值得深思。樊锦鑫的文章《陀思妥耶夫斯基与欧洲小说艺术发展》②也认为巴赫金的复调理论顶多只是停留在复杂化了的真正抒情原则上，从属于较高的艺术思维方式或艺术时空间观念层次。看来，巴赫金内涵复杂的复调理论确实需要厘定鉴别，他作为思想的价值和作为诗学理论的价值似应加以区别审定。

2. 小说时空观、文艺美学思想的研究与译介

在研究者们围绕"复调理论"众声喧哗之时，也有学者在开拓着巴赫金研究的新领域。晓河在1988年第2期《外国文学评论》发表文章《观古今于须臾，抚四海于一瞬——关于艺术时间研究的思考》，评述了巴赫金对小说时空问题的研究成就；他发表于1989年第4期《苏联文学》的文章《苏联文学的艺术时间研究》，又将巴赫金视为苏联文艺学中时间流派的鼻祖。晓河的研究中心虽然不是巴赫金而是艺术时间问题，但他的研究表明巴赫金的小说时空观思想已进入了当时中国研究者的视野。

值得一提的是，彭克巽和吴元迈在各自的研究文章中对巴赫金的审美事件、文学的意识形态性、话语理论及小说体裁美学等思想作了介绍③，反映出早期的巴赫金研究中也不乏对其整体文艺思想的关注。

我国的巴赫金研究一开始就紧密结合着译介工作，这不仅包括巴赫金论著的翻译出版，还包括俄苏本土和西方国家的一些巴赫金研究著述文章。前者的译介无疑不断推动扩大对其理论思想的研究领域，后者则引入了广阔的世界学术背景有助于我们更全面深刻理解巴赫金。同时使我国的巴赫金研究一直在与世界的对话交流格局中进行。

这一时期翻译出版的巴赫金论著有《弗洛伊德主义批判》（张杰、樊锦鑫译，中国文联出版公司，1987 ）、《文艺学中的形式主义方法》（李辉凡、张捷译，漓江出版社，1989 ）、《陀思妥耶夫斯基诗学问题》（白春仁、顾亚玲译，北京三联书店，1988 ）。

巴赫金和沃洛希诺夫从马克思主义角度批判弗洛伊德的论著《弗洛伊德主

---

① 《外国文学评论》，1987 年第1 期。
② 《长沙水电学院学报》，1987 年第2 期。
③ 彭克巽：《巴赫金的小说创作美学》，《苏联文学》，1988 年第6 期；吴元迈：《巴赫金和他的文艺思想》，《百科知识》，1988 年第9 期。

中国俄苏文学研究史论
История исследования русской и
советской литературы в Китае

义批判纲要》,在 1987 年至 1988 年不到两年间出版了三种译本,除上述张、樊译本外,还有汪浩译的《弗洛伊德主义评述》(辽宁人民出版社,1987),佟景韩译的《弗洛伊德主义》(上海文艺出版社,1988)。这种译介现象可谓是"奇观",但具有反差效果的是,这一时期国内的巴赫金研究者对此著却反应"冷淡",基本没有什么研究评论文章①。

类似的情况也见于巴赫金和梅德维杰夫对俄国形式主义的批判之作《文艺学中的形式主义方法》。此文的引用率虽然在国内学界研究俄国形式主义思潮的过程中非常高,但国内学者更多是从此著中发现俄国形式主义者们的思想精华,而对巴赫金的批判之语并不太在意②。由此可见,这时期国内学者对巴赫金的研究兴趣集中于他所提出的种种独创性的理论上,而对他如何批评别的理论流派则甚少关注,至于巴赫金本人的学术发展历程也不关心。当时,国内还缺乏能全方位把握巴赫金文论思想的研究者。

在对国外研究文章的译介中,较重要的有干永昌翻译的苏联卢那察尔斯基的文章《论陀思妥耶夫斯基的"多声部性"——从巴赫金的〈陀思妥耶夫斯基创作诸问题〉一书说起》③。巴赫金的《陀思妥耶夫斯基创作诸问题》1929 年初版后④,卢氏这篇发表于同年的研究文章,是苏联学界对巴赫金的最早的评论之声。在我国的巴赫金研究尤其是对《诗学问题》的研究刚刚开始之际,这篇译文让我们了解了俄苏学者的早期研究立场,对我们的研究工作有所启发。另外还有熊玉鹏摘译的《巴赫金论"复调小说"》⑤、君智翻译的《巴赫金生平及著述》⑥、何百华译介的《托多罗夫谈巴赫金》⑦。这几篇文章为我们提供了阐释巴赫金理论的"异声"。法国学者托多罗夫的著作《批评的批评》⑧中也有"人与人际关系"专章介绍巴赫金。1988 年《陀思妥耶夫斯基诗学问题》全译本的出版,使研

① 近年,曾军以《重译与沉默——80 年代中后期对巴赫金关于弗洛伊德主义批判的接受》为题专门探讨了这一现象。见《荆州师范学院学报》2003 年第 3 期。

② 20 世纪 90 年代出现了几篇研究文章,从中发掘巴赫金对俄国形式主义的批判。

③《外国文学评论》,1987 年第 1 期。

④ 1963 年修订再版,改名为《陀思妥耶夫斯基诗学问题》

⑤ 此文为中美双边比较文学讨论会上[美]唐纳德·范格尔论文《巴赫金论陀思妥耶夫斯基和塞万提斯》摘要,《文艺理论研究》,1984 年第 2 期。

⑥ [美]詹·迈·霍尔奎斯特文,《世界文学》1988 年第 4 期。

⑦《外国文学报道》,1986 年第 1 期。此文是对托多罗夫评介美国学者克拉克和霍奎斯特撰写的《巴赫金传》主要观点介绍。

⑧ 王东亮 王晨阳译,生活·读书·新知三联书店,1988 年版。

究者得以窥见巴赫金诗学的全貌，大大拓展了 90 年代的研究视域，推进了巴赫金研究的进程。

国内早期的巴赫金研究，虽然时间不长，研究者们取得的成就已是不俗。巴赫金的几种重要论著都有了中文译本，复调理论的观点也深入人心。但应该看到，这一时期，我国的巴赫金研究格局还远未打开，许多话题有待开掘。学术界尚未全面展开研究巴赫金复杂多面的思想，对其思想体系的整体把握也不够重视。在巴赫金已有的译著中，研究者们兴趣多集中于《诗学问题》而略及其他。对他的研究领域也是开拓不足，只局限于他的复调理论，《诗学问题》里的对话、狂欢、超语言学思想还都是研究空白。而且对他的复调理论也只是将其作为巴赫金阐释陀氏创作的一种独特的艺术论来研究，没有对这一理论的哲学基础以及源头、当时社会语境、与巴赫金的思想观的联系等展开探讨，显示出在这一领域研究深度的不足。此际在研究者视野中，巴赫金的身份更多是一位陀氏批评者，一位苏联的文艺理论家，巴赫金作为具有独立价值的思想者的地位和意义都还没有受到学术界足够的重视。我国早期巴赫金研究的狭窄格局，有待于其后研究者的纵横开拓。当然这也有译介方面的原因在内，毕竟这一时期，国内的巴赫金译著较少，多数研究者无法窥见巴赫金复调理论的全貌，限制了巴赫金研究的视界。

随着《巴赫金全集》(六卷本) 1998 年在国内的翻译出版，这种局面已大为改观。90 年代乃至新世纪的巴赫金研究，不仅没有偃旗息鼓，反而愈演愈烈，热潮迭起，真正成为了一门"显学"。

二、20 世纪 90 年代的研究状况

进入 90 年代，巴赫金研究被多方位拓展，学术界对巴赫金的对话理论、狂欢化理论、超语言学理论等新领域纷纷投入研究，比较研究、跨学科研究、文化研究等各种新方法也接踵而来。研究者的队伍在不断壮大。几部巴赫金研究专著的出版标志着这一时期国内巴赫金研究的重大进展。此外，《巴赫金全集》六卷本的译介出版可谓重大事件，在巴赫金研究中具有里程碑的意义。这一时期，国内举办了两次正式的巴赫金学术思想研讨会(1993,1998)，一次非正式巴赫金专题讨论会(1995 年中国社科院纪念巴赫金诞辰 100 周年座谈会)，推动了国内巴赫金研究向深度和广度拓展。在巴赫金研究全面展开时，也有不少回顾反思文章对中国的巴赫金接受历程及时总结评估。国内研究巴赫金的博士

中国俄苏文学研究史论
История исследования русской и
советской литературы в Китае

论文和专著、译著相继问世。这些共同掀起了 90 年代国内巴赫金研究高潮。

1. 译介与综述

对外来理论的研究,译介是休戚相关的组成部分,甚至直接影响到研究的程度和面貌。中国的巴赫金研究进程,尤其是在 90 年代全面拓展之际,在很大程度上受到了译介的推动和影响。

对巴赫金的译介既包括巴赫金的理论著作,也包括国外巴赫金研究的学术成果。这一时期译介方面的成就突出,除领先于国际学界、率先出版了《巴赫金全集》外,还翻译出版了一部巴赫金传记,译介了大量国外的巴赫金研究文章及部分研究专著。

钱中文主编的《巴赫金全集》六卷本(河北教育出版社,1998)在中国的出版,是 90 年代和整个巴赫金研究过程中的重大事件。虽然巴赫金的价值率先由西方发现,但巴赫金全集的翻译出版大大早于西方学界。《全集》收入了当时能找到的绝大部分巴赫金著作文章,其中不少内容如巴赫金的拉伯雷研究等是第一次作为中译版介绍给国内读者,译文之精收集之全,为世界称道。国内读者得以一睹巴赫金理论的绝大部分面貌,不仅加强了对其理论的理解把握,减少了研究中的误差误解,也吸引着更多的研究者去积极探索那些未曾涉及的新的理论空间。

美国学者凯特琳娜·克拉克和迈克尔·霍奎斯特合著的巴赫金传记《米哈伊尔·巴赫金》的翻译出版引人注目(语冰译,中国人民大学出版社,1992 年出版,根据哈佛大学出版社 1984 年版译出)。这部传记被称为"迄今为止西方最权威的一部巴赫金研究专著",为读者提供了大量丰富翔实的背景资料。传记作者曾主持编译过多部巴赫金论文集,是英语世界中有名的巴赫金专家。书中,作者以巴赫金对话主义哲学的形成和发展为线索来整体地阐释巴赫金的学术生涯及所有学术著作,基本代表了西方学术界对巴赫金思想学术的理解。这部著作的特色是引入多种理论、概念来阐释比较巴赫金的学说,具有一定的理论深度和广阔的学术视野。这部传记对巴赫金理论思想的评析,对其意义的揭示,在国内学者的研究工作中起到了不小的指导和影响作用,成为国内巴赫金研究者必不可少的参考书目①。

----

① 夏忠宪的狂欢化研究专著就多次提及该书的影响。1986 年何百华就在《外国文学报道》第 1 期发表了《托多罗夫谈巴赫金》一文,介绍了法国学者托多罗夫对这部传记的评介,使中国学界更早就接触了该著的部分面貌,也更早了解了巴赫金的生平经历和学术生涯。

　　还有一部巴赫金著作的译介本不容忽视，即佟景韩的《巴赫金文论选》（中国社会科学出版社，1996）。此本选译了巴赫金的两部代表作（《陀思妥耶夫斯基诗学问题》、《拉伯雷的创作和中世纪与文艺复兴时期的民间文化》）和《语言创作美学》一书的主要章节，以及一篇研究俄国形式主义的论文。作为"二十世纪欧美文论丛书"推出的此译介本，在当时的普及率较高，在《全集》面世之前，这部书让研究者比较集中了解了巴赫金的重要理论思想，在巴赫金研究文章中有一定的引征率。正如作者在本书序言中所希望的，这本书的出版弥补了巴赫金著作在翻译研究上的一部分空白。

　　张杰编选的《巴赫金集》（"20世纪外国文化名人书库"丛书，上海远东出版社，1998）选收了由多位翻译者译出的巴赫金在各个时期的代表性论著中的一些主要篇章以及部分书信。该书的"编选者序"介绍了巴赫金的生平与学术活动，书后还附了"巴赫金年表"，描绘了巴赫金的生命轨迹。张杰的编选本与佟景韩的选译本相比，内容上要丰富些，对巴赫金学术思想的介绍也更多些，但是在学界的影响却不如后者。由于在仅相隔一个月后，《巴赫金全集》就隆重出版，学界对这部编选本的"冷落"也就可想而知。

　　在巴赫金研究进程中，翻译界一直以积极的态度将巴赫金的著述介绍给国内读者。在1995年第5期《世界文学》发表两篇刘宁译的巴赫金文论：《答新世界编辑部问》和《关于人文科学方法论》。我国巴赫金研究也始终关注着国外学界的研究状况，不时翻译介绍国外学者的研究，如翻译文章：[英]托尼·贝内特《俄国形式主义与巴赫金的历史诗学》（张来民译，《黄淮学刊》1991年第2期）、[加拿大]克里夫·汤姆逊《巴赫金的对话诗学》（姜靖译，《国外文学》1994年第2期）、[英]格雷厄姆·佩奇《巴赫金、马克思主义和后结构主义》（张若桑译，《文艺理论研究》1996年第1期）、[法]托多罗夫《巴赫金思想的三大主题》（唐建清译，《文论报》1998年6月4日）、[俄]B.C.瓦赫鲁舍夫《围绕巴赫金"狂欢化"理论的悲喜剧游戏》（夏忠宪译，《俄罗斯文艺》1999年第3期）等。

　　如果说在80年代国内学界还缺乏全面把握巴赫金学术思想的能力，在90年代，不少学者对此作了卓有成效的综述性研究。

　　90年代伊始，巴赫金研究就呈现出崭新面貌。凌继尧首先将其身份定为美学家，在《美学和文化学——记苏联著名的16位美学家》（上海人民出版社，1990）一书中以"具有世界影响的美学家——记M.M.巴赫金"为题加以介绍。海外学者刘康也尝试了描绘巴赫金全貌。1994年，在巴赫金全集尚未面世时，他的专著《对话的喧声》及几篇研究文章就对巴赫金的学术历程和主要学术思想作了介绍评述,使国内学界得以一睹巴赫金理论的"整体"面貌①。

朱立元主编的《当代西方文艺理论》(第11章第7节《巴赫金的复调理论和狂欢化诗学》)(华东师大出版社,1997)和《西方美学通史》第7卷(下)(上海文艺出版社,1999)都以专章专节介绍了巴赫金的理论思想。周宪的专著《二十世纪西方美学》(南京大学出版社,1997)有对巴赫金的述评介绍。彭克巽主编的《苏联文艺学学派》(北京大学出版社,1999)以专节《巴赫金的文艺美学理论》详细介绍了巴赫金的文艺美学思想②。

以上综合研究将其身份定位为美学家,将其思想称为文艺美学思想。

在这类整体性的综合研究中,钱中文所做的工作具有代表性。作为中文版《巴赫金全集》的主编者,他为《全集》撰写的前言《理论是可以常青的——论巴赫金的意义》③可说是对巴赫金面貌相对完整而准确的把握,既有巴赫金在俄罗斯和西方"被发现"的经历简介,也精要而清晰地梳理了巴赫金博大精深的学术思想。他的研究文章《难以定位的巴赫金》(《文艺报》1996年第2期)、《巴赫金——一个命运独特的思想家》(《河北学刊》1998年第3期)对巴赫金理论做了整体的把握述评。钱中文对巴赫金思想的见解,成为巴赫金研究者很有价值的参考资料。

2. 复调小说理论研究

进入90年代,由于《陀思妥耶夫斯基诗学问题》全译本和《巴赫金全集》相继翻译出版,巴赫金复调研究局面大为改观,除了在理论领域的多方位拓展,研究者的兴趣也转向运用这一新颖独特的小说理论去解读各种文本现象,复调理论术语频频出现在中国学界的理论话语和批评话语之中,虽然这些研究文章普遍存在着对巴氏复调理论的误读和肤浅化的理解,但也为文本世界提供了别开生面的阐释,为文学批评实践打开了一片广阔的天地。

复调小说理论在80年代引发论争后,进入90年代这一论争声音依然未平

---

① 研究文章有:刘康:《巴赫金和他的世界》,《国外文学》,1994年第2期;刘康:《文化的喧哗与对话》,《读书》,1994年第2期。

② 据该书编者介绍,研究始于1986年,一直延续到90年代中期。研究者从20世纪后半期苏联文艺学的主要论著中选择了具有代表性的七位学者重点评述,巴赫金即是其中一位。可见巴赫金的重要地位和他的文艺学思想在80年代就已颇受重视。

③ 该文以《交往对话主义的文学理论》为题,收入钱中文专著《文学理论:走向交往对话的时代》,北京大学出版社1999年版。

息。这一时期巴赫金研究虽然已被多方位拓展,成为多声部格局,但复调小说理论研究仍然是重要声部之一。

张杰在 90 年代初就以专著形式集中探讨了巴赫金的复调理论。专著《复调小说理论研究》(漓江出版社,1992)的面世,是国内关于巴赫金这一专题领域走向深入的标志。这部专著也是作者的博士论文成果。

正如国内学界对巴赫金复调小说理论的关注和争论都是由陀氏作品引发的,张杰这部专著的整个分析过程也都紧紧结合陀氏作品展开。他首先剖析了陀氏创作研究中的特点,揭示巴赫金的复调小说理论在批评方法上的创新,又从复调小说理论产生的根源入手,探讨巴赫金批评理论的整体性特征和话语分析方法,最后通过陀氏小说创作的分析,考察了复调小说理论的成就与不足。张杰在该书绪论中认为国内学界已有的研究多"侧重对小说理论主要观点的研究,而对产生这一理论的研究方法却未进行深入探讨"。他强调探索巴赫金的研究方法即巴赫金如何构造复调小说理论会使研究者更深刻理解这一理论。张杰肯定了巴赫金在研究方法上的探索和创新价值,尤其赞赏"巴赫金从整体性批评的角度,运用话语分析的方法"把握复调小说诗学结构。作者对复调理论的存疑也是本书及张杰巴赫金研究的一大特点,如指出巴赫金仅把复调现象归结于狂欢现象和小说体裁,未能探讨其产生的思想根源,使复调小说理论不完善,还有巴赫金的研究仅限于作品的文本之中,未曾探讨作者世界观与创作的关系等。不过作者肯定了研究巴赫金复调小说理论的现实意义,认为其不仅推动陀氏小说研究和文艺理论问题研究,也为我们的文学批评提供了新视角和方法。

张杰的著作从巴赫金的研究方法来探讨复调小说理论,并且将这种研究方法归结为"整体性批评"和"话语分析方法",无疑是见解深刻、极有价值的成果,以及他对这一理论诸种批评的见仁见智之解,都在我国的巴赫金研究上"迈出了扎实的、很有价值的一步"。(见该书张羽序文)

有研究者继续质疑复调理论对陀氏创作解读的正确与否,延续 80 年代未尽的话题①。

"到底什么是复调小说"的讨论并未尘埃落定,还有研究者在提出新的见

----

① 如陈思红《〈卡拉马佐夫兄弟〉中的偶合家庭与巴赫金的有关见解》(《国外文学》1997 年第 4 期),任文汇《巴赫金和陀思妥耶夫斯基的分野》(《苏州大学学报》1999 年第 2 期)等文章。

解。比较有代表性的是涂险峰的文章《复调理论的局限与复调小说发展的现代维度》(《外国文学研究》1999年第1期)。涂文的主要观点是,20世纪现代小说如卡夫卡小说中人被异化失去主体性,处于非对话情境,使巴赫金建立在对话哲学基础上的复调理论无法立足,从而认为巴赫金理论意义上的对话小说不足以构成复调,复调小说的根本特征是对位,即复调式多声部结构,而非对话;对位"也更符合复调概念的音乐本性"。他进一步指出有意使用多声部音乐结构创作的昆德拉小说是体现现代复调精神的成熟文本,也是复调小说应该的现代发展方向。涂险峰《对话的可能与不可能及复调小说》(《外国文学评论》1999年第2期)试图用对位式复调结构来取代对话的概念,其目的是想使复调理论更严密,更具有概括性、区别性,以严格划清复调对位小说和一般小说的界限。他的这种形式化的标准固然严密,但剥夺了巴赫金理论最宝贵的思想的生命,只是形式上将不同的事件形成类比和对比,却没有借对话建起通向思想探讨的途径。作者的见解虽然有所偏颇,但其结合现代派文学特征来解决复调理论的现代发展问题的尝试,引人注目。

作者和主人公关系问题一直是复调小说理论研究的热点,吸引众多研究者的热情。由于巴赫金本人哲学观也在不断变化发展,其前后期思想也出现了不一致的表述,最显著的就是对作者和主人公关系问题的论述①。对于他的前后矛盾,尤其是"主人公独立性"思想,令许多评论者困惑不解,迄今争论不休。如蒋原伦、涂险峰、范一亭等在文章中还是持传统的怀疑观②。另有部分评论者则试图解释巴赫金的矛盾,寻求原因。晓河的文章《文本·作者·主人公:巴赫金叙述理论研究》(《文艺理论与批评》1995年第2期)认为巴赫金的"外在性"立场决定了他在对待作者与主人公关系上既积极又消极、既高居又平等,这种矛盾在他的世界观中得到统一;赵志军的文章《从"我—他"到"我—你"——巴赫金的作者和主人公理论》(《湛江师范学院学报》1997年第2期)对巴赫金的这一思想的转变轨迹缘由作了完整的清理,得出结论,认为这种变化是因为"巴赫金前后所考察并用来作为立论基础的文学现象的变化以及真理观的变化"。不

---

① 他在早期论著《审美活动中的作者和主人公》中认为,二者是不平等的主客体关系,作者作为主体高于客体主人公;到了后期的《诗学》里,他的观点又一变而为二者互为主体、平等对话,主人公具有独立性。

② 蒋原伦:《一种新的批判话语——读巴赫金〈陀思妥耶夫斯基诗学问题〉》,《文艺评论》,1992年第5期;涂险峰:《复调理论的局限与复调小说发展的现代维度》,《外国文学研究》,1999年第1期;范一亭:《试论巴赫金复调对话理论在戏剧领域的移植》,《戏剧》,1998年第4期。

管正确与否，至少对巴赫金这一困扰众人已久的"难题"学界不再只有驳斥声，而有了解答之声，预示着国内巴赫金研究局面处在不断突破之中。

经过一段时间的研究探讨，对复调理论有所了解后，学界的兴趣很快转向运用复调对话理论去解读各种文本现象，这也标志着国内对巴赫金复调理论的研究重心发生转变。巴赫金独创的复调小说理论术语已渗入中国学界的理论话语和批评话语之中，他的复调观点被不断引用，或直接被运用来分析文本，成为研究者们得心应手的理论工具，为他们开拓了学术研究空间。

一些研究文章在此领域起了一定的引导作用。如有的关注了复调理论对小说艺术发展的意义，认为这是对现代小说结构巨大变革现象的及时的理论概括，还有的认为这一理论对中国当代小说思维有启迪意义，提供了考察中国当代小说的新视角①。正如这些研究文章指出的，巴赫金理论自身的丰富深刻性、新鲜性和可操作性，为正处于探索之中的中国当代文学批评提供了一种有益的参照。

当复调理论被运用到文学批评领域当中时，批评者们惊喜地发现，复调理论带来的全新视角，为他们的批评实践打开了一片广阔的天地，"指明一条拓展小说审美观照的版图与艺术空间的广阔思路"②；复调理论所提倡的多元思维方法，让他们在多年来被一元思维批评掩盖的文本世界里，听到了"另一种声音"。如研究文章《另一种声音——谈莫泊桑〈项链〉的"复调"倾向》（刘新萍《贵州社会科学》1998 年第 2 期），作者经过"复调"眼光重新审视后得出新的结论，女主人公玛蒂尔德并不是因虚荣而付出容貌代价的女子形象，而是一个毫无怨言承受自己过失的、富于韧性的美丽女子形象，这一人物从而具有了不同于以往的积极意义。还有一些批评者借助复调理论所提供的批评话语去解读一些较复杂的文本，如张德明对西方经典名著《荒原》、范一亭对莎士比亚戏剧的复调解析，更将复调理论的应用视野延伸到了现代诗歌和戏剧的领域，论证了巴赫金的复调理论不仅对于小说而且对于其他体裁也有批评意义③。

----

① 皇甫修文：《巴赫金复调理论对小说艺术发展的意义》，《延边大学学报》，1991 年第 3 期；陈平辉：《以人为根基建构小说的艺术空间——对巴赫金"复调小说"理论和中国当代小说的思考》，《文艺理论研究》，1997 年第 3 期。

② 陈平辉：《以人为根基建构小说的艺术空间——对巴赫金"复调小说"理论和中国当代小说的思考》，《文艺理论研究》，1997 年第 3 期。

③ 张德明：《荒原的复调性》，《杭州大学学报》，1998 年第 4 期；范一亭：《试论巴赫金复调对话理论在戏剧领域的移植》，《戏剧》，1998 年第 4 期。

中国俄苏文学研究史论
История исследования русской и
советской литературы в Китае

国内学界运用复调理论阐释文本的研究文章,普遍存在着对巴氏复调理论的误读。有的把不同的思维方式当作复调,有的把多种文体或多重情节当作复调,有的认为多种话语的存在是复调。而巴赫金复调理论的真正内涵是多元价值观的并存、多种思想的交锋。这些误读现象虽然把复调作了肤浅化的理解,但也为文本世界提供了别开生面的阐释,显示出复调理论对国内批评实践的多方位的启发性。

3. 对话理论与狂欢化理论及文化研究

对复调小说的深入考察使研究者们发现,这一理论蕴涵着巴赫金学术体系的哲学观,即他的以"对话"为核心、思考了人的本质生存状态的对话理论。于是关于对话理论的研究从各种角度纷纷展开,对话理论——巴赫金思想的核心,国际学术界讨论的热点,在 90 年代渐渐浮出水面,掀起新的研究热潮。

对话本是日常生活中人与人之间的语言交流现象,巴赫金赋予了对话广泛的内涵。他将对话由具体含义抽象为一个哲学概念,认为它既是语言的本质,也是人类的思想本质,甚至自我的存在状态就是种对话,由此,他建构起"对话主义"这种多元思维模式的理论,一套以对话为核心、充满张力的理论体系。巴赫金指出,对话有不同表现形式,除了人物之间的言语交谈这一表面的对话形式,还有以非直接的潜隐形式存在的潜对话形式。他者是对话的主体,所有对话的主体都具有平等性、独立性、差异性,使对话呈现出永恒的未完成性和开放性。

对话是复调的基础。复调小说就是全面对话体小说,小说内部和外部的各部分各成分之间的一切关系都具有对话性质,大型对话与微型对话是复调小说的两种对话模式。复调小说理论是巴赫金对话理论在文学中的具体体现。

赵一凡在《巴赫金:语言与思想的对话》(《读书》1990 年第 4 期)一文中,较早地以"对话"来标明巴赫金理论的根本特征。

1994 年问世的董小英的专著《再登巴比伦塔——巴赫金与对话理论》是国内巴赫金对话理论研究的重要成就。作者从结构主义叙事学角度入手,侧重于叙事文本的对话性研究,在借鉴巴赫金对话理论的基础上,力图以"对话性"为中心建构一种普遍适用的叙述学理论体系,并结合一些西方现代派作品的解读,以体现该理论的操作可能。作者在全面阐述了对话理论并揭示其复杂本质后,又评价了对话理论的得失及其在文学理论和学科发展中的意义。这部专著被列入"三联·哈佛燕京学术丛书"出版,显示出较高的学术价值,也代表了对话理论研究的不俗成就。应该看到,国内巴赫金对话理论研究虽然较晚,但起点颇高。

赵一凡在董小英这部专著的评语中,曾指出"巴赫金对话理论是当代语言学、文艺理论和文学批评领域的重要跨学科命题,引起多方争议和解释"。国内的对话理论研究就呈现出鲜明的跨学科性,在多种学术领域都可以见到"对话"的身影。

张柠从语言学角度分析巴赫金的对话理论,关注了巴赫金语言观的特点,白春仁将对话理论视为一种艺术思维方式加以剖析,王钦锋则探讨了对话理论之于比较文学学科方法论的启示①。

巴赫金的对话思想也被文论界相中,在对"当代文艺理论建设"的讨论中加以借鉴。钱中文作为巴赫金理论引入中国的最主要的译介者和研究者,在向国内学界大力介绍推广的同时也努力将这一理论应用于中国文论话语的转型,积极倡导"交往对话的文学理论"以重构中国当代文论话语,童庆炳认为对话是"重建新文化形态的战略",王元骧指出贯彻对话精神、促进中西文论对话融合是当今文艺理论的重要课题,程正民运用巴赫金的对话思想探讨文论现代性问题,提出"通过对话建立开放的文艺学的构想",金元浦将此归结为:巴赫金的对话主义在 20 世纪 90 年代我国文学理论中"历史性出场"②。巴赫金的对话理论开启了中国当代文艺理论的思维空间,并进入文艺学的话语建构中,显示出在其影响下中国学者研究方法和视角的转换。

研究者还探讨了这一理论对文学批评的意义。蒋原伦指出巴赫金理论创造了一种具有很大包容性的新的批评话语,吴晓都肯定巴赫金的话语分析是方法论的显著进步,张杰认为巴赫金为我们探索出一条融中西方文学特征为一体的对话式批评途径③。

对话理论也明显影响了文学批评实践,对话理论诸术语为研究者和批评家

---

① 张柠:《对话理论与复调小说》,《外国文学评论》,1992 年第 3 期;白春仁:《巴赫金——求索对话思维》,《文学评论》,1998 年第 5 期;王钦锋:《巴赫金与比较文学的方法》,《中国比较文学》,1998 年第 1 期。

② 钱中文:《文学理论:走向交往对话的时代》,北京大学出版社 1999 年版;钱中文:《对话的文学理论——误差、激活、融化与创新》,《中国社会科学院研究生学报》,1993 年第 5 期;童庆炳:《对话——重建新文化形态的战略》,《北京师范大学学报》(人文社科版),1994 年第 4 期;王元骧:《论中西文论的对话与融合》,《浙江学刊》,2000 年第 4 期;金元浦:《对话主义的历史性出场》,《文艺报》,1999 年 2 月 4 日。

③ 蒋原伦:《一种新的批评话语》,《文艺评论》,1992 年第 5 期;吴晓都:《巴赫金与文学研究方法论》,《外国文学评论》,1995 年第 1 期;张杰:《批评思维模式的重构——从巴赫金的对话语境批评谈起》,《解放军外国语学院学报》,1999 年第 1 期。

中国俄苏文学研究史论
История исследования русской и
советской литературы в Китае

们频频使用,借用对话理论分析文本、研究文本中对话现象的文章层出不穷。在这些研究者笔下,从传统诗词戏剧小说到当代文学创作都被作了各种对话阐释,使这些文本"面貌一新"。如鲍越等研究者借鉴巴赫金对话理论分析《红楼梦》中的对话性形式,发现了文本中由"各类社会性话语和个人话语以平等对话方式联结在一起"产生的众声喧哗的世界,并与文本外的现实世界又构成内在的对话关系,由此解读出小说的复调思维特征①。还有对屈赋的对话性功能及其潜在文化背景、对丁玲早期小说叙事结构的对话性的分析等。

狂欢理论是巴赫金提出的另一个影响广泛的重要理论。在《陀思妥耶夫斯基诗学问题》中,巴赫金追溯了复调小说的体裁特征得以产生、形成的历史文化源头,追溯到欧洲古老的民间狂欢节文化;在《拉伯雷的创作和中世纪与文艺复兴时期的民间文化》一书中,巴赫金对狂欢节作了多方面阐释,他认为陀思妥耶夫斯基和拉伯雷的创作都与古老的狂欢节文化有内在关联。在对二者的分析阐述中,巴赫金形成了他的狂欢理论。

狂欢节是欧洲历史悠久的节庆活动,后来成为一种具有普遍意义的文化形式,即狂欢式。其主要精神表现为消除距离、颠覆等级、平等对话、自由坦率、戏谑亵渎讽刺。巴赫金认为,狂欢节的种种形式和象征,对文学的体裁、艺术思维、语言等方面给以重大影响。狂欢化文学就是狂欢式内容在文学领域里的渗透和文学语言的表达。除了文学,狂欢化也渗入生活其他领域,成为一种广义的概念,一种更为宽泛的精神文化现象。它强调了民间文化、俗文化的价值,对官方文化严肃文化形成冲击。它的对抗与颠覆精神与一切永恒、等级、权威、完成相敌对,表现出鲜活的生命力。巴赫金狂欢理论的意义和影响早已超过了文学范围,具有深层的文化意义。

由于狂欢化理论内容庞杂、涵盖范围极广,巴赫金本人对该理论的表述又散见于多篇著作中,使研究难度加大。蓬生发表于80年代的研究文章《陀思妥耶夫斯基的世界——巴赫金论陀思妥耶夫斯基》(《文艺报》1987年9月5日)应该是最早提及巴赫金狂欢思想的,他在文中肯定了狂欢化是巴赫金从历史诗学角度对复调小说体裁的渊源研究,并且概括了狂欢化的基本特点。90年代在对巴赫金学术思想的综述研究中,狂欢化理论作为巴赫金的代表性思想也都为研究者作了简要述评。

---

① 鲍越:《众声喧哗的世界——〈红楼梦〉小说对话性初探》,《浙江学刊》,1999年第5期。

但国内学界对巴赫金狂欢化理论的系统研究，在相当长的一段时期内都还是空白。这是巴赫金研究中的又一特殊现象，它同样与译介有较密切的关系。90年代前期，国内学界可见的巴赫金论述狂欢化的文字，大概只有《陀思妥耶夫斯基诗学问题》中译本中巴赫金对复调小说的狂欢节文化的溯源。而研究者和著者关注的重心都是复调小说，巴赫金的狂欢化思想并未作为有独立价值的理论引起过多注意，更谈不上对该理论的系统研究。

夏忠宪对狂欢化理论的追踪式研究使国内这一领域的研究局面逐步打开。夏的俄语背景使她直接以研究者的姿态面对巴氏的论著，她也由此成为国内狂欢化理论的主要译介者和研究者之一。她持续而系统地研究了巴赫金这一丰富庞杂的思想，同时追踪着俄罗斯本土的狂欢化理论的研究状况。1994年她发表了《巴赫金狂欢化诗学理论》（《北京师范大学学报》1994年第5期），在第二年又撰文介绍了巴赫金用狂欢化理论论述拉伯雷创作的重要著作《拉伯雷与民间笑文化、狂欢化——巴赫金论拉伯雷》（《外国文学评论》1995年第1期），使这一理论的总体面目逐步清晰。之后，她又翻译介绍了俄罗斯学者有关俄罗斯学界狂欢化理论争论批评情况的研究文章，为国内读者提供了一个更广阔的接受视域①。这一努力使狂欢化理论逐渐引起学界的广泛关注。

1998年，《拉伯雷研究》作为《巴赫金全集》第六卷出版，它第一次以完整的面貌出现在中国读者面前②，这部展现巴赫金狂欢化研究成果的著作，蕴涵了他丰富的狂欢化理论的思想。狂欢化理论的重要内容至此也以相对完整的面貌呈现给国内学界。译介对研究的带动是明显的，90年代后期，国内关于狂欢化理论的研究文章显著增多，关注试点、切入角度也呈现多样性。狂欢化理论作为巴赫金另一个有重要影响的理论，以及它的复杂内涵，引起人们极大兴趣，对这一理论的研究也成为这一时期开辟的重要研究领域和新的研究热点。

此外，还有一些研究文章，有的介绍狂欢化理论，如李兆林的《巴赫金论民间狂欢节笑文化和拉伯雷创作初探》（《俄罗斯文艺》1998年第4期），宁一中的《论狂欢化》（《理论与创作》1999年第2期）；或者探讨巴赫金狂欢理论在其理论体系中的特殊价值，如赵志军《"普洛透斯式的"文学》（《外国文学研究》1997年第1期）；还有的研究文章侧重于狂欢理论的比较研究，如冯平的《游戏与狂

---

① ［俄］瓦赫鲁舍夫：《围绕巴赫金"狂欢化"理论的悲喜剧游戏》，夏忠宪译，《俄罗斯文艺》，1999年第3期。

② 佟景韩译本《巴赫金文论选》（中国社会科学出版社1996年版）有拉伯雷研究论文节选。

欢——伽达默尔与巴赫金的两个概念的关联尝试》(《文艺评论》1999 年第 4
期),董小英考察巴赫金狂欢理论与后现代关联的几篇短文:《不肯就范:巴赫金
与后现代情结》《扑克牌的头像:巴赫金与解构情结》(之一)、《从公鸡到驴子:
巴赫金与解构情结》(之二)(分别刊于《外国文学动态》1998 年第 5 期、第 6 期、
1999 年第 2 期);这些研究文章将巴赫金的狂欢理论纳入中西文论体系中与诸
种流派进行比较,寻求共质和特质。比较方法使相关理论在共性与差异的对照
中各自的深层特性得以彰显,从而更透彻把握理论的内涵,使巴赫金研究走向
深化。比较方法在打通地域局限、融会中外思维所长方面的优势,而为当代中
国学人所青睐。

　　值得一提的是,钟敬文以民俗学家的视角对巴赫金狂欢化思想的中西对比
研究。他指出狂欢是世界性的特殊文化现象,追溯并深刻分析了中国文化史上
的狂欢现象及其民族特点,认为东西方的狂欢化现象有共同的精神内涵又有各
自的特色,以及民间狂欢化文化对文学的影响。他的研究对于我们了解中外文
化和文学的共性和特性很有意义[①]。

　　作为巴赫金理论的重要部分,狂欢化理论研究由于起步晚,研究局面此时
还没有完全展开,许多课题有待开掘,如巴赫金在狂欢化理论中提出的重要审
美概念"怪诞现实主义"、民间诙谐文化、狂欢语言、狂欢式的笑、躯体观、所用文
化历史方法,以及它对人类学科的意义等还都是空白。

　　批评界对狂欢理论的运用较为积极。批评家陈晓明的批评活动具有代表
性。90 年代初期,他与张颐武共同运用狂欢化理论分析了"后新时期文学的发
展状况",强调其与中国社会进入"多音齐鸣"的狂欢节时代的语境相关。《废
都》和《白鹿原》出现后,他认为这是大众文化和后新时期文学进入巴赫金所说
的"狂欢节"状态之标志。在论及哲夫的小说创作特色时,陈晓明评论哲夫的小
说是"快感化"、"平面化"、"消费式"的"狂欢化书写",认为它代表了当代文学
叙事的狂欢化策略。巴赫金理论在"红学"研究中的运用较有特色。夏忠宪不
仅是巴赫金狂欢理论进入中国的主要译介者,而且也自觉地在批评实践中借鉴
运用这一理论方法。她把《红楼梦》置于民间诙谐文化传统中探讨小说的狂欢

----

　　① 参见钟敬文:《文学狂欢化思想与狂欢》,《光明日报》1999 年 1 月 28 日;《略谈巴赫金文学狂欢化
思想》(《建立中国民俗学派》第 152—158 页,黑龙江教育出版社,1999)。程正民在《文化诗学:钟敬文和
巴赫金的对话》(《文学评论》2002 年第 2 期)一文中比较了钟敬文民俗学研究和巴赫金狂欢理论的同
异,以及其研究的意义和价值。

化特征;正如批评家自己所指明的,"试图借助巴赫金的狂欢化诗学理论,对《红楼梦》从世界文学的民间节庆的、狂欢的基本原因角度重新思考,力求为红学研究提供一种新视角、新方法。"①陈晓明等批评家的批评实践表明:巴赫金用于分析陀氏和拉伯雷创作的理论术语在中国当代文学批评中同样具有生命力。

刘乃银用英文撰写的专著《巴赫金的理论与〈坎特伯雷故事集〉》(华东师大出版社,1999)将巴赫金的狂欢杂语等理论应用到乔叟的代表作分析上,以《坎特伯雷故事集》中的一些故事为依据,论证了巴赫金理论的效力及可行性,并认为对话交流不仅存在于讲故事人之间,故事本身以及故事所用的体裁之间也存在对话关系。巴赫金理论为研究者提供了探究文本意义的有效工具,而且还启发了研究者对题材类型重要作用的深入理解。

90年代以来,随着中国文化研究热潮的兴起,对话狂欢理论的文化研究价值也凸现出来,对话理论对意识的主体性、差异性的重视,狂欢理论本身的文化内涵,使它们也成为对当代中国社会文化现象的一种描述方式。

刘康的专著《对话的喧声——巴赫金的文化转型理论》(中国人民大学出版社,1995),将对话狂欢理论看做解释中国社会转型期诸种特征的文化理论进行评析。刘著将巴赫金定位为文化转型时期的文化理论家,认为他的对话理论就是转型时期的文化理论,是"对于文化断裂、变化和转型时期的话语杂多现象的理论把握"。在刘康看来,中国的现代、当代文化(主要是文学创作与批评)正处于转型期,而对话理论可以十分贴切地了解认识这一现象,这也正是作者突出强调对话理论的文化转型意义的用意所在②。刘著的特色还在于对巴赫金理论的相对完整把握。除了巴赫金的生平经历,此书较为"全面、周到"地评介了巴赫金庞大杂多的理论体系,包括他早期的哲学—美学思想、马克思主义语言哲学理论、复调小说理论等,而语言杂多和狂欢理论则成为评介重点。作者表明,他"拟对巴赫金的主要思想及其对当代文论的影响作简要的评析",旨在向国内读者介绍一个他所理解和评介的巴赫金,"即将巴赫金视为本世纪的一位转型时期的文化理论家",作者视巴赫金的复调理论、小说话语理论等为对于文化断

---

① 陈晓明:《废墟上的狂欢节》,《天津社会科学》,1994年第2期;陈晓明:《人欲的神话:狂欢式叙事与商业主义审美霸权》,《文艺争鸣》,1998年第2期;夏忠宪:《〈红楼梦〉与狂欢化、民间诙谐文化》,《红楼梦学刊》,1999年第3期。

② 此著是作者之前发表的论文《文化的众声喧哗与对话》(《读书》1994年第2期)主要观点的伸展。

中国俄苏文学研究史论
История исследования русской и
советской литературы в Китае

裂、变化和转型时期的语言杂多现象的理论把握,以此来和中国近现代至当代文化的转型进行"对话",了解和认识诸种社会现象。刘著紧密结合中国当代文化语境,思考巴赫金的思路对中国问题的启迪,现实意义较强。

此外,还有一些著作和研究文章,借助对话狂欢理论分析中国当代的文化现象。王宁的文章《巴赫金的理论对我们的启示》(《中国文化报》1998年8月)直接阐释了巴赫金对话狂欢理论对我国文化研究、文化建设的影响;孟繁华的《众神狂欢:当代中国的文化冲突问题》(今日中国出版社1997年版)运用狂欢话语描绘市场经济兴起后中国文化的冲突场景;高小康的《狂欢世纪——娱乐文化与现代生活方式》(河南人民出版社1998年版)则用"狂欢"概念来概括当代大众文化的特征。

4. 话语理论与(超)语言学研究、形式主义批评

巴赫金对话理论的立足点是他独特的语言学思想。对话理论的一些关键词如"双声语"、"言谈"、"话语"等都直接来自于他的语言学研究。在建构对话哲学的过程中,他提出了一整套不同于传统语言学的"超语言学"思想。

巴赫金称自己的语言学研究为"超语言学",即从社会学观点出发,在对话交往中研究"活生生的语言"。他的超语言学思想和语言理论主要表述在《马克思主义与语言哲学》、《言语体裁问题》、《话语创作美学》、《生活话语与艺术话语》等著述中。在这一理论阐述中,也贯穿了与之密切相关的其独特的符号学思想。

对巴赫金理论中语言学思想的研究是这时期出现的新领域。这一领域的研究声势浩大,参与其中的既有文学研究者又有语言学研究者,鲜明体现出跨学科特性。语言学界关注巴赫金具体论述语言学思想内容的《马克思主义与语言哲学》、《言语体裁问题》、《话语创作美学》等著述,文学界则关注体现其语言哲学思想在文艺美学中应用的《弗洛伊德主义批判》、《文艺学中的形式主义方法》、《生活话语与艺术话语》、《语言艺术作品的内容、素材和形式问题》等著述。

语言学界掀起的巴赫金热是这时期的一大特点。巴赫金理论以语言为切入点,因此对语言学的研究也影响颇大(他对陀氏创作的研究就是采用话语分析方法)。语言学家纷纷加入,撰写了数目可观的研究论文,表现出浓厚的研究兴趣。巴赫金在语言学、超语言学领域里的研究具有超前性(超语言学实质就是他的对话哲学),超语言学与语言学的根本区别在于研究对象不同,前者研究

交往（交际）。巴赫金语言学的中心是言语体裁理论，即他的话语理论，以及语言的对话本质，语言最重要的功能——交际功能。在巴赫金之前，人们只研究文学体裁而不关注言语体裁，巴赫金的这一研究对一般语言学和传统修辞学（语言修辞学和文学修辞学）意义重大。

语言学界的研究涉及言语体裁理论、符号学、超语言学、修辞学等，主要关注对传统语言学的建设意义，有胡壮麟、张会森、王加兴、凌建侯等主要研究者。

胡壮麟较早开始从语言学角度研究巴赫金。他在 1994 年发表文章《巴赫金与社会符号学》（《北京大学学报》1994 年第 2 期），论述巴赫金理论对现代语言学理论的影响，认为巴赫金从社会符号学高度研究语言，挑战了索绪尔结构主义语言学的研究方法和经典地位，使当代系统功能语言学的理论框架得以完善。

1998 年 5 月召开的"巴赫金学术思想国际研讨会暨《巴赫金全集》首发式"会议，张会森以《作为语言学家的巴赫金》为题，正式提出巴赫金语言学研究的重要意义①。他介绍了近 10 年来国外学界和俄罗斯本土对巴赫金语言学思想的发现和重视，巴赫金的著作《马克思主义与语言哲学》及论文《言语体裁问题》表述的主要语言学观点，巴赫金语言哲学思想在当今语言学研究的现实和指导意义，并着重介绍了在巴赫金语言哲学中"至关重要"的言语体裁理论。"作为语言学家的巴赫金"这一新的身份在国内学界由此确立。

王加兴的《巴赫金言谈理论阐析》（《南京大学学报》1998 年第 4 期），比较细致阐述了巴赫金超语言学研究的核心——作为言语交际基本单位的言谈，其重要特征、体裁形式、与作为语言单位的句子的差异等。凌建侯自 90 年代末期发表了一系列有关巴赫金语言理论的研究论文，成为重要的研究者之一。他《试析巴赫金的对话主义及其核心概念"话语"》（《中国俄语教学》1999 年第 1 期）一文中，详细辨析了作为对话理论的核心概念"话语"（СЛОВО）的多义性，及其在巴赫金学理中的特殊含义。另外还有杨昌喜的《巴赫金的语言哲学思想分析》（《解放军外国语学院学报》1999 年第 2 期）、陈浩的《论巴赫金的引语修辞理论》（《绍兴文理学院学报》1999 年第 3 期）等文章。总之，语言学界的巴赫金研究愈来愈热，研究文章层出不穷。

文学界主要关注巴赫金超语言学思想在文学、诗学中的地位及影响，研究

---

① "巴赫金学术思想国际研讨会"论文，1998 年 5 月，北京，《外语学刊》，1999 年第 1 期。

中国俄苏文学研究史论
История исследования русской и
советской литературы в Китае

者主要有彭克巽、晓河、白春仁等。

文学界对巴赫金语言理论很早就有关注。多是结合对话思想和叙述理论、话语理论以及方法论等;如彭克巽、凌继尧、赵一凡、刘康等早期的巴赫金研究中相关内容。90 年代,晓河对这一问题作了较多探讨。同样是研究巴赫金语言哲学的重要概念"言谈",晓河在文章《巴赫金的"言谈"理论及其在语言学、诗学中的地位》(《外国文学研究》1996 年第 1 期)中,除了关注言谈之于语言学研究和实际教学的意义,还探讨了言谈理论对诗学的影响,比较它与西方接受理论的异同、和俄国形式主义诗学的"对话"关系等,显示出文学研究者研究视野的特性、关注点的不同。

巴赫金的著述《文艺学中的形式主义方法》和《弗洛伊德主义批判》都是他的这种语言理论在具体问题上的应用。他托名麦德维杰夫的专著《文艺学中的形式主义方法:社会学诗学批判导论》(1928)在 1989 年就有了中译本(《文艺学中的形式主义方法》),但这本译著的问世并未引起国内学界对巴赫金相关思想的重视,研究者们此时更感兴趣的是进入中国不久的俄国形式主义的新奇观点,在他们的研究视野里,巴赫金的论著只是俄国形式主义研究资料之一种;也有研究者干脆将巴赫金纳入俄国形式主义流派中,作为其中一个组成部分加以形式主义的分析,如赵志军《艺术对形式的构造——作为形式主义的巴赫金》(《俄国形式主义诗学研究》新疆大学出版社 1993 版)。

在国内巴赫金研究的不断开拓中,在对巴赫金语言学思想的分析中,巴赫金对以俄国形式主义为代表的形式主义方法的批评,渐引起学界关注,90 年代后期,研究巴赫金形式主义批评的文章开始出现。如王建刚的《艺术语/实用语:虚拟的二元对立——巴赫金对俄国形式主义诗语理论的批判》(《上海师范大学学报》1997 年第 4 期),通过分析巴赫金运用自己的语言学思想对俄国形式主义的批判,强调了巴赫金的对话哲学,以及在这一批判过程中形成的交往理论,可以看出,作者此文的目的是结合巴赫金的语言学研究来探讨他的一种"有价值的文学研究方法"。张冰的文章《对话:奥波亚兹与巴赫金学派》(《外国文学评论》1999 年第 2 期)侧重于二者的比较研究,考察了俄国形式主义与巴赫金思想的契合点和差异性,如认为二者都从剖析语言入手分析文学的特性,在所论述的主题及一系列语言范畴上都具有共性,但结论迥异,探寻原因,在对二者的核心概念——"陌生化"与"狂欢化"对比后,发现前者的研究只局限于诗学,而后者研究的超语言学和对话模式使其具有了文化和意识形态的内涵。

我们知道,巴赫金在对形式主义的批评中表述了他独特的语言学思想,这些文章在分析比较后也多落脚于巴赫金的超语言学思想和方法的评论介绍,成为巴赫金语言学研究的组成部分,但研究者关注的是超语言学思想和俄国形式主义诗学的"对话"关系,之于文学研究的方法论意义等,而语言学界多注重巴赫金超语言学思想的具体内容,对传统语言学学科的拓展,学术背景的不同使两者的研究视野和关注点也都迥异,成为国内巴赫金研究中的特殊现象。

5. 小说理论与方法论研究

巴赫金在 20 世纪 30～40 年代发表了一系列有关小说理论的论文,有《长篇小说的话语》(1934—1935)、《小说的时间形式和时空体形式:历史诗学概述》(1937—1938)、《长篇小说话语的发端》(1940)、《教育小说及其在现实主义历史中的意义》、《史诗与小说:长篇小说研究方法论》(1941)。它们包括了巴赫金关于长篇小说的本质、长篇小说史上的空间和时间、长篇小说发展史中变动不居的语言观的思想、对小说体裁的美学研究,形成了他关于长篇小说的话语、小说时空体、小说体裁等重要理论。

小说话语理论诸多研究者已结合他的语言哲学思想(超语言学思想和言语体裁理论)作了多方探讨,有的从语言学角度有的从方法论角度。时空体理论虽然研究文章不多,但较早就引起了学界的关注,并且研究在逐步升温。相比之下,小说体裁理论的研究相对薄弱。

时空体理论也是巴赫金极富创见性的思想成果之一。国内的研究文章虽然不多,但学界的关注较早,晓河是这一领域的开拓者。他在 80 年代独辟蹊径率先开始了巴赫金的时空体理论研究,在 90 年代又继续深入研究。如果说晓河最初的研究还是一种"非自觉"的接触,是由对苏联艺术时间问题的考察而关注巴赫金的"时空体"理论[①],到 90 年代他发表论文《巴赫金的"赫罗诺托普"理论》(《苏联文学》(联刊)1991 年第 1 期)就已着手这一理论的专项研究。对巴赫金时空体理论 "时空"概念的来源及内涵、理论的基本内容及意义、研究特点等都作了较为细致的介绍。

从时空角度研究文学对我国文学批评还是一个新课题,运用文章很少,但

---

① 参见晓河:《苏联文艺学中的艺术时间研究》,《苏联文学》(联刊),1989 年第 4 期。

已有研究者开始运用这一理论去分析具体作品①。但比较遗憾的是,相比"复调"、"对话"、"狂欢"和超语言学的研究热情,国内学界对巴赫金的时空体理论要"冷淡"得多。

在国内巴赫金研究中,晓河所做的研究值得一提。他一直努力开辟着巴赫金研究的崭新空间,关注"热点"之外被"冷落"的领域。从80年代独辟蹊径地开拓时空体研究,到90年代又拓展了多个领域,如较早地转向"言谈理论"研究,又对巴赫金的叙述理论、"意义"理论作了探讨②。他的努力在推动我国巴赫金研究多元化局面形成方面起了一定作用。

巴赫金的学术研究之所以能产生世界影响,不仅仅在于他提出了几种创新的理论,更在于他的研究方法的创新。他以一位批评者的身份呈现于世人面前。他那些极有价值的思想多是在具体的文本批评中概括提炼而出,在带给我们理论思想的启发的同时,他独特的视角和方法也带来极有价值的启示。这一时期巴赫金研究的全面展开,对巴赫金研究方法的探讨也成为其中的重要领域。

在前文所述的对巴赫金的语言哲学和俄国形式主义批判的研究中,就有研究文章将巴赫金运用超语言学思想对俄国形式主义的批判视为一种独创性的批评方法:夏忠宪称其为以"对话—整合"为特征、兼顾语言和文化的内外综合研究道路,赵志军称其为"意识形态和文学形式相结合"的批评方法。两者认为,巴赫金的超语言学方法克服了文学研究中长期存在的内部研究和外部研究两种倾向,对文学研究和文学批评影响重大③。蒋原伦较早关注了巴赫金的方法论意义。在1992年发表文章《一种新的批判话语——读巴赫金〈陀思妥耶夫斯基诗学问题〉》(《文艺评论》1992年第5期),指出巴赫金的这部专著创造了一种具有很大包容性的新的批评话语,开辟了一条对话批评的广阔途径,在文艺方法论上使人们突破了独白型意识的束缚,步入更广阔的思维空间。

除了对巴赫金的具体理论作方法论的研究外,也有不少研究者侧重于对巴赫金整体理论作方法论意义的探讨。吴晓都明确指出,巴赫金在创立一套新颖

---

① 如季星星:《陀思妥耶夫斯基小说的戏剧化》,首都师范大学出版社1999年版。

② 参见晓河:《文本·作者·主人公——巴赫金的叙述理论研究》,《文艺理论与批评》1995年第2期;晓河:《巴赫金的"意义"理论初探——兼与伽达默尔等人的比较》,《河北学刊》,1999年第3期。

③ 夏忠宪:《对话—整合:文学研究与语言、文化》,《俄罗斯文艺》,1997年第1期;赵志军:《寻找意识形态和文学形式的结合点——巴赫金的批评方法论》,《广西大学学报》,1997年第3期。

的理论体系同时又同步发展了一整套独特的研究方法,并较全面地梳理了他的方法论,如话语分析法、在"意识形态环境"中研究文学的主张等,概括巴赫金方法论最显著特色是对话主义,并称之为"对话式的研究方法",肯定巴赫金的多侧面广视角的方法论是文学方法论的显著进步。白春仁也认为,巴赫金提倡的对话思维模式,是提出了整个人文科学研究的方法论的原则问题①。张杰的研究体现出他对这一问题的持续思考。最初的研究文章里他将巴赫金在《陀思妥耶夫斯基诗学问题》中用以分析陀氏创作的方法论称为"整体批评理论",一种"使实证主义批评与形式主义批评结合起来"的"崭新的批评方法",是从整体角度分析文艺作品的独特的"文艺批评体系",认为这部专著就是巴赫金对整体性批评方法的实践运用;在1999年的研究文章里他已做了更深广的背景式考察,重新命名为"对话语境批评",指出巴赫金重构了一种新型的批评思维模式——对话语境批评,为我们探索出一条融中西方文学特征为一体的对话式批评途径②。钱中文在《巴赫金全集》的前言《理论是可以常青的——论巴赫金的意义》中,主要把其理论作为"对话交往的理论"强调其人文科学方法论③。他对这一观点的论述还见于几篇研究文章中,如《巴赫金:交往、对话的哲学》(哲学研究1998年第1期),《交往对话主义的文学理论——论巴赫金的意义》(《文艺研究》1999年第7期)等。

研究者一方面试图归结巴赫金理论作为一种文学研究方法的特性,另一方面则积极寻求巴赫金的方法论对当代文学批评的启示意义。

6. 学术研讨会、"研究"的回顾与总结

国内学界在这一时期先后举办了两届巴赫金学术研讨会。

1993年11月,在北京举行了"巴赫金研究:中国与西方"研讨会,由中国比较文学学会后现代研究中心和北大比较文学研究所共同举办。这也是巴赫金研究在中国的首次研讨会。与会学者就巴赫金的理论体系及其在中国和西方产生的影响展开热烈讨论,从文学、语言学、历史学、美学、哲学等角度发表了各自的见解。有学者强调巴赫金对中国学界文化研究的启发意义,也有学者运用

---

① 吴晓都:《巴赫金与文学研究方法论》,《外国文学评论》,1995年第1期;白春仁:《巴赫金——求索对话思维》,《文学评论》,1998年第5期。

② 张杰:《批判的超越——论巴赫金的整体批评理论》,《文艺研究》,1990年第6期,专著《复调小说理论研究》;张杰:《批评思维模式的重构——从巴赫金的对话语境批评谈起》,《解放军外国语学院学报》,1999年第1期。

③ 钱中文:《论巴赫金的交往美学和人文科学方法论》,《文艺研究》,1998年第1期。

中国俄苏文学研究史论
История исследования русской и
советской литературы в Китае

巴赫金理论分析中国现当代文学现象。在会议的总结发言中,巴赫金研究在中国的意义被进一步肯定,认为深入全面的巴赫金研究必将给中国当代文艺理论界辟出崭新天地①。这次研讨会影响深远,启发了 90 年代中后期多种研究方法、研究视域的诞生,激发更多的研究热潮。

1998 年 5 月在北京外国语大学举办了"巴赫金学术思想国际研讨会"。会议由北京外国语大学、河北教育出版社、中外文学理论学会、北京师范大学四单位联合主办。出席研讨会的有专家 40 余人,应邀参加会议的,还有来自俄国的学者。与会的学者就巴赫金研究中的广泛的问题进行了热烈的讨论,为今后的研究提供了许多有益的启示。在这次会议的开幕式上,《巴赫金全集》六卷中译本由河北教育出版社郑重推出。这次盛会对我国的巴赫金研究影响深远,被誉为是"文化建设的一件盛事","中俄文化交流史新的一页"②。

这一时期还出现了总结梳理巴赫金研究状况的文章及著述,既有对国内研究的回顾,也有对国外研究情况的概述。

国内研究回顾文章主要有晓河的《巴赫金研究在中国》(《文艺理论与批评》1998 年第 6 期)与李斌的《国内巴赫金研究述评》(《文艺理论研究》1998 年第 4 期)。两篇文章角度不同,各有特色。晓河是纵向按照时间顺序依次回顾评析了至 90 年代中期的研究;除了著述和论文,还关注了 90 年代以来国内几次与巴赫金相关的学术研讨会,这种广阔的视角使此文比较全面地反映出国内早期的巴赫金研究面貌。李斌以专题形式梳理了国内的评论界在巴赫金的对话理论、复调理论以及狂欢理论的研究状况。作者侧重巴赫金理论本身来述评,使读者对巴赫金研究各领域的成就和不足一目了然,对后来者在相关领域的深入研究颇具启发意义。但遗憾的是,此文在述评国内对巴赫金对话理论的研究状况时,竟然没有提及董小英与刘康的两本对话理论的重要研究专著,造成这篇述评文章内容的不小缺失。此外,陈建华在专著《二十世纪中俄文学关系》(学林出版社 1998 年版)中也介绍了国内学界对巴赫金理论的研究情况,认为学界已取得的研究成果"预示着中国的巴赫金研究的可喜前景"。

对国外研究情况的概述,最早如赵一凡的《巴赫金研究在西方》(《外国文

① 见史安斌:《"巴赫金研究:中国与西方"研讨会综述》,《国外文学》,1994 年第 1 期。
② 白春仁:《文化建设的一件盛事——记"巴赫金学术思想国际研讨会"》,《当代外国文学》,1998 年第 3 期;柳若梅:《中俄文化交流史新的一页——〈巴赫金学术思想国际研讨会〉侧记》,《中国俄语教学》,1999 年第 1 期。

学研究集刊》第 14 辑,中国社会科学出版社,1990),就巴赫金研究在西方的发展过程与研究重点作了概要评述,介绍了西方巴赫金研究在地域上由法国向美国移置中心、从俄苏研究专业内圈逐渐向多学科泛化的衍变派生的发展过程。"目的是提供深入调查和多向对话的基础"。牧野的《国外巴赫金研究一瞥》(《文艺理论与批评》1999 年第 4 期),介绍了西方研究巴赫金的主要的四种方法:结构主义方法、胚胎学方法、目的论方法、移植法,以及各代表人物和论著,还有西方研究中的热点和焦点问题。此类文章中研究者着力最甚的是对俄罗斯本土的巴赫金研究现状的综述,与前两者相比,文章数量明显居多,如董小英就有三篇,分别是《俄国巴赫金研究现状》(《外国文学评论》1997 年第 2 期)、《一只装满线团的篮子——巴赫金研究俄国现状及发展方向》(《外国文学动态》1997 年第 4 期)、《镜前的巴赫金:〈巴赫金全集〉第五卷出版》(《文艺报》1997 年第 9 期);还有晓都《巴赫金学说"寻根"》(《外国文学评论》1994 年第 4 期)和夏忠宪《俄罗斯的巴赫金研究一瞥》(《俄罗斯文艺》1995 年第 4 期),两篇文章一略一详介绍了俄罗斯的巴赫金研究状况。

90 年代是国内巴赫金研究拓展的重要时期。虽然研究局面并没有完全打开,但巴赫金的重要学术思想在这一时期基本都被挖掘出来,也相对形成几个研究热点。研究者们一路深入,运用比较研究等方法就一些具体问题作了精深细微的探索。80 年代在人们的研究视野中巴赫金还只是个文艺理论家,90 年代巴赫金又被添加了美学家、语言学家、哲学家、文化理论家等身份,他逐渐丰富的面貌也激起了人们更多的研究兴趣。

90 年代的巴赫金研究,无论是研究领域,还是成果的规模和深广度,都大大拓展。研究者队伍逐步充实,一批颇具实力的学者加入其中,贡献了颇有分量的研究成果,如刘康、董小英、晓河、张杰、夏忠宪等。钱中文依然不遗余力继续推动巴赫金研究的深入,由他担任主编的《巴赫金全集》的出版是这一时期巴赫金研究中最具影响力的事件。

三、新世纪以来(2000—2004)的研究状况

巴赫金极具包容性和开放性的思想,构成一个巨大的对话语境,不同学科领域的研究者都在这里找到了共鸣。新时期的巴赫金研究可以说是各取所需,有继续注重复调理论的,有深究对话性的,也有从语言学、符号学、哲学和美学的不同角度的阐释。巴赫金理论的广为人知使借用其为批评工具的研究文章

中国俄苏文学研究史论
История исследования русской и
советской литературы в Китае

无可计数,尤其是复调、对话与狂欢理论。短短几年间,巴赫金研究专著相继出版,其中多为博士学位论文。一些更年轻的学者成为新世纪以来巴赫金研究的"骨干",他们积极开辟巴赫金研究的新领域,取得了不少有价值的研究成果。借助于网络这一当今最强大的传媒工具开辟的巴赫金研究新的阵地,大概是新时期最有特色的研究方式①。在最近召开的国内第二次"巴赫金学术思想国际研讨会",对中国学界20年来的"巴赫金学"作了一次规模宏大的学术总结,标志着中国的巴赫金研究由此开始了新的历程。

1. 译介与综述

新时期,我们不仅见到了那部由美国学者克拉克和霍奎斯特合写的巴赫金传记《米哈伊尔·巴赫金》的再版,也欣喜地见到了来自俄罗斯本土的巴赫金传记的翻译出版。这部由俄罗斯巴赫金研究专家孔金、孔金娜撰写的《巴赫金传》(张杰、万海松译,东方出版中心,2000),与美国学者的著作相比,很具本土特色。这部传记按照巴赫金生平活动和学术创作的顺序,概述了他的"生活和创作之路",在介绍巴赫金学术思想同时,穿插了大量巴赫金生活介绍。这部用俄语撰写并在俄罗斯出版的第一部巴赫金传记(1993年),以其翔实可靠的第一手资料受到国际巴赫金研究界的关注。本书的译介有助于国内学界进一步了解巴赫金生平和创作的全貌,为国内的研究者又增添了详尽而有价值的参考资料。

几部国外学者的研究著作也相继翻译出版。如法国学者托多罗夫的《巴赫金:对话理论及其他》(蒋子华、张萍译,百花文艺出版社2001年版),以及日本学者北冈城司的《巴赫金:对话与狂欢》(魏炫译,河北教育出版社2002年版)。它们对国内的研究无疑有参考和启发作用。

夏忠宪在《外国文学动态》2003年第2期发表文章《关于巴赫金研究的采访》,采访对象是俄罗斯巴赫金研究专家 В. Л. 马赫林,这篇采访录向我们介绍了有关俄罗斯巴赫金研究现状、研究前景的重要信息:近年来巴赫金学出现筛选和衰退现象,巴赫金学正变得"具体化"和富于"独特性",巴赫金研究正在进行的最有前景的工作是《巴赫金全集》(七卷本)的注释工作,已先后出版了第五卷、第二卷和第六卷,《巴赫金文集》继续出版,巴赫金研究专刊《对话 狂欢 时空体》杂志主编正在做的档案研究很有意义,并提出对于一个真正的巴赫

---

① 如文化研究网站(*http://www.culstudies.com*)的"理论前沿"项目里设置的"巴赫金研究"专栏。

金研究者应具备的品质要求。

在《对巴赫金研究的趋向、问题与前景的思考》（湘潭会议论文）一文中，夏忠宪介绍了俄罗斯几部值得研究的重要文献：带有详细注释的《巴赫金全集》（七卷本），集中了俄罗斯国内外巴赫金研究最新成果的《巴赫金文集》（已出四辑），汇集了俄罗斯和诸多国家对巴赫金接受研究状况的两卷本文选《米哈伊尔·巴赫金：赞成以及反对：世界文化语境中的巴赫金创作与遗产》，以及《巴赫金术语词汇汇编：材料与研究》；介绍几个研究趋向：作为语文学家和教育家的巴赫金受到关注，他晚年的谈话录与著作文本、他人笔记相互对照研究得到重视，对个案问题理论剖析从不同领域、不同流派、不同角度，在多元"对话背景"下得到深化，俄罗斯重人文精神和历史文化比较/综合研究的诗学研究传统得到发扬光大。作者时刻对照中国的研究状况，指出存在问题，提出启发意义。

万海松也介绍了俄国辞书出版社于 2000 年下半年推出的俄版《巴赫金文集》第二卷，其包含的大致内容情况①。张开焱专著《开放人格——巴赫金》（长江文艺出版社 2000 年 5 月）对巴赫金的生平和代表性的思想作了比较"平易通俗"的介绍。本书介绍的内容为开放人学、对话哲学、复调小说和狂欢文化，作者认为这些是巴赫金思想精髓的部分，借此可窥见巴赫金成就的多方面性和思想的独创性。《在北大听讲座——俄罗斯文化之旅》中载有凌建侯介绍巴赫金的文字。

2. 狂欢化理论与文化研究

两部狂欢化研究的博士论文的出版，使新世纪以来的巴赫金狂欢化理论研究走向系统、全面和深入。

夏忠宪的博士论文《巴赫金狂欢化诗学研究》（北京师范大学出版社 2000年版）可称是国内第一部系统的狂欢理论专著，于国内的巴赫金研究"具有拓荒的意义"。正如其专著题目中的"狂欢化诗学"所示，它是从文艺学角度来理解把握巴赫金的狂欢化理论。首先它从历史诗学的角度系统梳理、追溯了狂欢化的渊源及演进过程，然后侧重从体裁诗学角度来理解剖析狂欢化文学的重要特性（内部结构因素），最后特别论述了巴赫金狂欢化诗学对文学、文化、哲学、美学、方法论等方面的多重启发意义。此著的一大特色是提供了运用范例研究，从狂欢化角度重新解读《红楼梦》，以此验证巴赫金狂欢化理论解析中国文学的

----

① 万海松：《俄版〈巴赫金文集〉第二卷》，《外国文学评论》，2002 年第 4 期。

普适性——这一理论在方法论上的启迪意义,对传统思维模式的颠覆作用,也是本书作者着力强调的。夏著强调指出巴赫金用狂欢化思维在颠覆中建构一种新话语体系的重要意义,并努力用狂欢理论将巴赫金的有关重要理论如复调小说理论、对话理论等联系起来,成为一个统一在狂欢化理论之下的理论整体,试图对巴赫金的狂欢理论作出自己的解读。著作结语部分对狂欢化诗学的综述中,夏忠宪客观地指出这一理论的"不完备"之处,如认为巴赫金对狂欢民俗的积极面多溢美之辞,对病态低俗的负值面忽略不计,把狂欢文化理想化。此外,巴赫金对狂欢化文学的分析也是多关注 20 世纪前的作家作品,对当代作家和俄本土作家作品涉猎较少。夏著基于大量的原文资料,贯穿自己独到的理解思考,比较全面地勾勒了体裁诗学角度的狂欢化理论,是一本颇有分量的巴赫金研究著作。在国内学界有一定影响力,成为不少研究者了解狂欢理论的参考书。

王建刚的博士论文《狂欢诗学——巴赫金文学思想研究》(学林出版社 2001 年版)力图从一个全新的角度,按照自己的理解重新诠释巴赫金狂欢诗学。他将巴赫金的狂欢化理论与对话理论联系起来。对话理论是巴赫金的基本哲学观,在王建刚看来,巴赫金的狂欢研究是其对话理论的逻辑必然,"狂欢是对话理论的尘俗化、肉身化,对话是狂欢的理论化、圣洁化"。巴赫金揭示狂欢文化内涵、剖析狂欢的内在肌理,是为对话理论的发生提供一种内证。他概括巴赫金思想轨程为三步:1)探讨对话理论的底层结构——狂欢化世界感受;2)探讨狂欢化世界感受如何向意识形态诸形式转化与渗透,尤其是如何向文学领域渗透形成狂欢化文学;3)对狂欢化文学进行理论阐释,从而建立狂欢化诗学。王建刚专著即是按照这三个步骤"追踪"了巴赫金的狂欢诗学。与前两部狂欢著作相类似,作者在这部专著最后也做了运用这一理论的实证分析,用狂欢诗学这一"新视角和新思维","将民间写作或边缘写作纳入诗学的视野中,"对女性写作和民间写作这"两类当前风头正健的边缘写作作一番考察"。王著最有特色的是展现给读者一部在自己学术视野之下的巴赫金狂欢理论。对巴赫金理论的一些术语、观点以及之间的关系,他都根据自己的理解作出了解释,并不乏创新之语,如认为狂欢式是"对狂欢生活理性整合而成","对话理论的世俗性品格"是狂欢性,用"复调作者"来解释复调小说理论中作者与主人公新型关系。在王建刚看来,巴赫金诗学本身有着巨大的诠释空间,任何对其的解释都是一种未定的尝试。王著用以阐释巴赫金狂欢理论的学术视野非常广阔,民族学、人类学、宗教学、心理学等都纳入其中，真正达到跨学科的研究，也从而展示出巴赫金诗学与多学科沟通的丰富内涵和对话性。

对于狂欢化理论的研究文章也是数目众多，研究角度多种多样，形成新时期的一大热点。从研究文章内容看，狂欢化理论的研究进一步细化和深化。

狂欢化理论的多层面内涵也给研究者带来多角度启发。对狂欢化理论的理解也在走向丰富。有研究者试图用其他理论来把握归结这一理论的特性。如一位研究者就论述了巴氏狂欢化诗学中的"原型"观念，认为巴赫金将狂欢节看成小说体裁的源头而忽略近代历史语境的内在影响，具有显著的原型理论倾向。并称巴赫金对小说体裁和具体小说作品的阐释为"原型阐述方法"，分析了他的"两条原型批评路线"，狂欢节的原型内涵等。也有研究者从狂欢理论中剥离出巴赫金有关文体生成与进化的理论进行阐述[1]。

一些研究文章考察了狂欢化理论中蕴涵的喜剧美学思想，提出以下观点：认为狂欢化理论真正把握住了喜剧意识的本质和精髓，狂欢式"笑"的双重性有助于理解把握喜剧性的实质和审美功能，狂欢理论的相对性揭示了喜剧思维的重要特征。对西方传统喜剧美学的突破与创新，使用巴赫金的狂欢化理论分析喜剧电影的生成过程和观众的观影心态[2]。从喜剧美学角度评价巴赫金理论的贡献，目前学术界较少涉及。因此，这既是新的研究领域的开拓，也是学界跨学科研究的成果。

巴赫金在狂欢化理论中（在对拉伯雷的狂欢化研究中）提出了一些重要的审美概念，如狂欢式的笑、民间诙谐文化、怪诞现实主义、狂欢语言、狂欢人物形象、躯体思想等，这些都成为近年来狂欢理论研究的新领域。研究者不再满足于探讨熟悉的理论，而是更深入挖掘出崭新的研究领域，显示出国内研究者的求索创新精神和对巴赫金研究的兴趣日增。

"怪诞现实主义"是巴赫金在拉伯雷的狂欢化研究中提出的重要审美概念，巴赫金对"怪诞现实主义"的论述成为这一时期诸多研究者的关注对象。有的

---

① 前者参见陈浩：《论巴赫金文化诗学中的原型观念及其局限》，《外国文学研究》，2003 年第 5 期；陈浩：《论巴赫金"狂欢化"诗学中的"原型"观念》，《俄罗斯文艺》，2003 年第 6 期。后者参见王珂：《论巴赫金狂欢诗学中文体生成进化论的成因及现实意义》，《合肥联合大学学报》，2002 年第 2 期。

② 这些文章主要有：修倜：《"狂欢化"理论与喜剧意识——巴赫金的启示》，《华中师大学报》，2001 年 5 月；苏晖：《巴赫金对西方喜剧美学的理论贡献》，《华中师大学报》，2002 年第 1 期；曾耀农：《喜剧影片与狂欢化理论》，《电影艺术》，2002 年第 2 期；龙溪虎、王玉花：《论巴赫金狂欢化理论的喜剧精神》，《江西教育学院学报》，2004 年第 5 期。

中国俄苏文学研究史论
История исследования русской и
советской литературы в Китае

介绍了巴赫金对怪诞现实主义的文化根源及其形成发展的论述,有的介绍了巴赫金对怪诞现实主义主要内容和审美特征的论述,还有研究者指出把怪诞现实主义从巴赫金庞大的诗学体系中抽离出来进行归纳和阐释的必要性,认为巴赫金的怪诞现实主义从怪诞与民间诙谐文化、狂欢化精神的整体性出发,对怪诞作出自己的阐释,对今后的怪诞美学研究具有重大的学术价值和方法论意义①。

"丑角"是巴赫金狂欢化诗学中论述的狂欢化人物形象之一,也是该理论的一个重要审美概念。秦勇的几篇研究文章对此作了深入探究,尤其对巴赫金的"丑角地形学"理论,这一"很少为我国学术界注意与研究"、"他文艺思想中极为奇特的理论"表现出较浓的研究兴趣。他在研究文章中指出,巴赫金源于狂欢化诗学的丑角理论与源于新康德主义的文学空间理论相融合,在丑角身上挖掘空间观念,在空间中融入丑角的狂欢内涵,生成了独特的"丑角地形学"理论②。

"狂欢式的笑"是巴氏狂欢理论的一个重要美学范畴,也是对民间文化的狂欢化研究中的概念术语。研究者对巴赫金的"笑"论也作了探讨。秦勇站在中西比较立场,对比分析了巴赫金和冯梦龙的笑学理论("狂欢"与"笑话"),在他看来,这两者间有许多异构同质之处:虽然巴赫金与冯梦龙处在东西方不同的文化时空中,但由于两人的理论都源于民间笑文化,两人都站在平民大众立场对笑文化进行形上思考,都以此作为反抗霸权独语的文化策略,理论归宿都是建立平民大众的理想世界。曾军则在巴赫金与席勒讽刺观的对比中,进一步分析了巴赫金的笑论对古典美学及现代美学的双重超越,阐述了巴赫金笑论的美学史意义③。

同样是拿席勒与巴赫金的思想作对比分析,梅兰关注了席勒的审美教育思

---

① 这些文章有:雷艳林:《巴赫金论"怪诞现实主义"的文化根源及形成发展》,《湖南师大社科报》,2001 年第 2 期;周继武:《试论巴赫金的怪诞现实主义》,《徐州师大学报》,2001 年第 3 期;陈素娥:《巴赫金论怪诞现实主义》,《湖北大学学报》,2003 年第 3 期;韩振江:《论巴赫金的怪诞现实主义》,文化研究网 http://www.culstudies.com/发布时间:2003 - 12 - 16。

② 秦勇:《巴赫金的"戏剧丑角理论"》,《俄罗斯文艺》,2001 年第 2 期;秦勇:《"丑角地形学"——巴赫金的一种独特的文学理论》,《常德师院学报》,2003 年第 1 期;秦勇:《论巴赫金"丑角地形学"生成机制》,《河南社会科学》,2003 年第 2 期;秦勇:《论酒神理论对巴赫金躯体思想的影响》,《南京师大文学院学报》,2003 年第 3 期;秦勇:《论巴赫金的"死亡"艺术观》,文化研究网站 2003 年 11 月 19 日。

③ 秦勇:《狂欢与笑话——巴赫金与冯梦龙的反抗话语比较》,《扬州大学学报》,2000 年第 4 期;曾军:《巴赫金对席勒讽刺观的继承与发展——兼及巴赫金笑论的美学史意义》,《外国文学研究》,2001 年第 3 期。

想与巴赫金狂欢化思想的异同，认为二者虽然有共同的人性乌托邦色彩，但它
们基于的哲学观念很不相同，所以他们所期待的人和世界的关系也不同，一为
对象世界而一为关系世界。对比分析使巴赫金狂欢化理论的特性更加醒目突
出①。

我们熟知的巴赫金狂欢化研究是巴氏在两部专著中对陀氏和拉伯雷小说
的研究，或者说我们更多关注巴的拉伯雷狂欢化研究。而对同样属于巴赫金狂
欢化研究的果戈理研究，由于巴赫金有关著作的不完整而很少为国内学界关
注。有研究者也专门关注了这一内容，特别强调了果戈理研究在巴赫金狂欢化
研究中的重要性和独特性，指出巴赫金通过果戈理研究将狂欢化问题本土化和
现代化，从而深化了对狂欢化问题的思考②。

这一时期学界明显热衷于对狂欢化理论丰富内涵的局部深究，也有部分研
究文章依然着眼于对该理论的整体考察。在这些文章中，有些提出了理解狂欢
化理论的"入口"，将巴氏建构狂欢世界的关键概括为时间、空间、躯体、话语四
要素，强调民间话语价值，狂欢节生活、民间语言以及民间文化的边缘性是破译
狂欢诗学之边缘品格的入口。指出"双重性"思想是巴赫金狂欢诗学的基本哲
学立场等③。有些阐发了巴赫金的狂欢化理论的哲学、诗学、政治学、语言学意
义，以及对文学研究、文学理论建设提供的重要启示等④。

一些研究文章介绍了国外的狂欢化理论研究情况。如《巴赫金狂欢化理论
研究在俄国》回顾了俄罗斯20世纪50年代至90年代的巴赫金狂欢化研究，取
得的成果、存在的问题及今后的研究方向，对文化转型背景下的我国文艺学研
究具有的启发意义。《狂欢理论与约翰·菲斯克的大众文化研究》介绍了巴赫

---

① 梅兰：《对象世界与关系世界——席勒的审美教育思想与巴赫金狂欢化思想比较》，《武汉科技学
院学报》，2002年第2期。
② 杨立民：《走向本土化和现代化的狂欢化研究——巴赫金未完成的果戈理研究》，《社会科学战
线》，2002年第6期。
③ 赵勇：《民间话语的开掘与放大——论巴赫金的狂欢化理论》，《外国文学研究》，2002年第4期；
臧杨柳：《处在边缘的狂欢诗学——从巴赫金〈拉伯雷研究〉说起》，《广西社会科学》，2004年第6期；周
卫忠：《双重性——巴赫金狂欢诗学的基本哲学立场》，《西南交通大学学报》，2004年第6期；梅兰：《狂
欢化世界观、体裁、时空体和语言》，《外国文学研究》，2002年第4期。
④ 黄柏青、李作霖：《狂欢化的意义及其产生的原因》，《大连民族学院学报》，2004年第4期；王春
辉：《巴赫金"狂欢化诗学"浅析》，《齐鲁学刊》，2004年第5期。

中国俄苏文学研究史论
История исследования русской и
советской литературы в Китае

金狂欢理论在美国大众文化研究中的创造性运用情况①。

文学批评界运用狂欢理论解读文本愈来愈热。中国社会的当代语境与巴
赫金狂欢理论的内涵有着多种契合,狂欢理论似乎囊括了批评者面对当代面貌
各异的文本世界时的诸种感受,所以倍受青睐。我们既可以见到论述《水浒传》
狂欢化的文学品格、晚清小说的狂欢化色彩等批评文章,也可以见到用巴赫金
的狂欢理论对中国当代的大众文化现象的阐释,还有对网络文学狂欢特性的探
究,以及女性文学"私人化"写作是"欲望的狂欢"的描述。

程正民的专著《巴赫金的文化诗学》(北京师范大学出版社 2001 年版)主要
结合狂欢化研究探讨了巴赫金的文化诗学。程正民认为,"文化诗学是巴赫金
诗学研究的核心,在巴赫金诗学研究中占有最重要的和最突出的地位"。文化
诗学就是从文化角度研究文学。在巴赫金看来,文学现象的复杂性和多面性要
求文艺学研究方法多样,拓宽研究领域,而文化与文学紧密关联不可分割,文学
研究者只有具备广阔的文化视野才可能有深刻的文学分析。他由此强调关注
文化对文学的影响特别是民间文化对文学的重大影响。由"巴赫金的诗学研究
是总体性的诗学研究"这一观点出发,程著首先将文化诗学置于巴赫金的诗学
研究的大语境中研究其特性及与其他诗学的关联性;由于巴赫金的文化诗学研
究具体体现在对陀思妥耶夫斯基和拉伯雷的小说研究中,程著接着通过实证研
究,分析巴赫金如何揭示陀思妥耶夫斯基小说、拉伯雷小说同民间狂欢化文化
的内在联系,然后在此基础上又着重揭示了巴赫金文化诗学的多层面内涵——
狂欢式的世界感受是其哲学层面,多元互动开放的整体文化观是文化层面,狂
欢式思维对作家艺术思维的影响、民间狂欢化文化对小说体裁的渗入是文艺学
层面;程正民指出后者是"其中最有理论价值的"层面。专著的最后一部分,以
《文化诗学:钟敬文和巴赫金的对话》为题的个案分析,对当今的文艺学建设很
有启发意义。程正民指出,钟敬文和巴赫金在不同时代不同国家,从各自不同
学科领域出发,对文学和文化关系、对文化诗学的思考十分相似,比如都强调民
间文化对文学的重要影响,二者都涉及到文学研究和文艺学建设的重大问题,
不同之处是引发点,巴赫金是从作家研究而钟敬文是从民间文学研究出发。程
著指出了两者的共同意义,他们的理论思考——如何在民间文化语境中进行文

① 王莉:《巴赫金狂欢化理论研究在俄国》,《大连民族学院学报》,2002 年第 1 期;陆道夫:《狂欢理
论与约翰·菲斯克的大众文化研究》,《外国文学研究》,2002 年第 4 期。

学研究，如何建设更有开放性的文艺学，为当代文学研究和文艺学建设提供重要思路。民间狂欢化文化是巴赫金诗学研究的中心，程正民还对钟敬文和巴赫金在此问题上的思想作了比较研究，并将其置于中西诗学对话这一流行话题下讨论，指出钟敬文对巴赫金的研究正是一种平等对话精神。作者通过此个案研究，试图指出中西诗学对话中对话主体应当具备的条件、立场和旨归①。

　　巴赫金之于"文化研究"的意义是王宁一直持续关注的话题。在《巴赫金之于"文化研究"的意义》（《俄罗斯文艺》2002 年第 2 期）中，他提出国内学界关于巴赫金的研究著述多限于文学理论和话语理论两方面的研究，与当今国际的巴赫金文化研究这一主潮相脱节，指出巴赫金理论的核心是当今国际学界盛行的文化研究的重要理论资源，应该将他置于文化研究的语境下考察其在当今文化研究中的批评价值和影响，并将此切入点作为中国巴赫金研究者"跻身国际学术界的积极对策"。有一些研究者试图运用巴氏狂欢理论阐释中国当代的大众文化现象。赵世瑜的专著《狂欢与日常——明清以来的庙会与民间社会》（三联书店，2002）是对狂欢理论的民俗学研究，他通过分析中国传统庙会活动的全民性、反规范性等特征，认为庙会和娱神活动具有一种潜在的颠覆性和破坏性，有着巴赫金所说的强烈的狂欢精神，由此看中国的文化精神并非如某些比较文化家所认为的完全是一种理性精神，而是也具有西方的狂欢精神。近年来运用巴赫金狂欢理论分析影视戏剧、电视综艺节目及当代娱乐方式的研究著述比较多见。如专著《中国的狂欢节：春节联欢晚会审美文化透视》，作者循着巴赫金的狂欢节研究思路透视中国的春节晚会，这一颇具本土文化特色的节庆文化之冠，发现该节庆在与中世纪狂欢节许多相同处后隐藏着很不同的审美文化特征。《后现代语境下的狂欢——论周星驰喜剧的狂欢化色彩》一文运用巴氏狂欢化理论阐释了周星驰喜剧电影所具有的狂欢化色彩，以及这两种狂欢化在文化属性和精神内涵上的本质不同。《狂欢化理论与喜剧影片的生成发展》借鉴巴赫金狂欢化理论具体分析喜剧电影的生成过程和观众的观影心态。诸如此

---

① 此专著中收有程正民以下研究文章：《巴赫金的文化诗学》，《文学评论》，2000 年第 1 期；《狂欢式的世界感受——巴赫金文化诗学的哲学层面》，《文学前沿》第 2 辑，首都师范大学出版社 2000 年版；《巴赫金多元、互动和开放的整体文化观》，《文学理论学刊》第 1 辑，北京师范大学出版社 2000 年版；《文化诗学：钟敬文和巴赫金的对话》，《文学评论》，2002 年第 2 期。

中国俄苏文学研究史论
История исследования русской и
советской литературы в Китае

类的还有专著《众人狂欢:网络传播与娱乐》对当代娱乐方式的"狂欢"分析等①。文学批评界运用狂欢理论解读文本的愈来愈多。郑家建的专著《被照亮的世界:〈故事新编〉诗学研究》(福建教育出版社 2001 年 5 月版),从巴赫金狂欢化理论对于拉伯雷和民间诙谐文化、笑文化的研究中获取了理论资源,并结合中国文学传统,对《故事新编》的"油滑"问题作出"新解"。此外,我们既可以见到论述《水浒传》狂欢化的文学品格、晚清小说的狂欢化色彩等批评文章,也可以见到对网络文学狂欢特性的探究,对网络批评"广场"的辨析,还有"文革"叙述的狂欢化分析,以及女性文学"私人化"写作是"欲望的狂欢"的描述,当代文学批评可说是一幅狂欢话语"狂欢"的场景②。

中国社会的当代语境与巴赫金狂欢理论的内涵有着多种契合,这一理论似乎囊括了批评者面对当代面貌各异的文本世界时的诸种感受,所以倍受青睐。狂欢化理论为我们新时期的文学批评注入了鲜活气息,提供了独特的视角和别开生面的批评空间。

3. 复调研究

这一时期,对巴赫金的对话理论、语言学思想、狂欢化理论等领域的研究后来居上,复调理论研究虽已不再是巴赫金研究的主流,所涌现出的研究文章的数目和呈现出的研究角度依然不容忽视。

复调理论在这一时期早已是深入人心。关于复调的研究话题有所改变,对于"复调小说与独白小说的差异"、"主人公是否具有独立性"的旧话题已鲜有提及。从研究文章的数量看,探讨巴赫金复调小说理论的局限性和现代发展维度的问题成为新的研究重心。

从最初的研究开始,国内学界对巴赫金复调理论的批评就主要汇集于两个方面:一是认为巴氏理论和陀氏创作间存在着"分野"和"断裂";二是对作者和主人公关系问题的争议。近期的研究文章将此纳入了巴氏复调理论自身局限

---

① 耿文婷:《中国的狂欢节:春节联欢晚会审美文化透视》,文化艺术出版社 2003 年版;唐宏峰:《后现代语境下的狂欢——论周星驰喜剧的狂欢化色彩》,《文化研究》第 4 辑,中央编译出版社 2003 年版;曾耀农:《狂欢化理论与喜剧影片的生成发展》,《北京工业大学学报》,2001 年第 1 期;王昕特:《诙谐、游戏与狂欢追逐:90 年代中国部分电视剧再解读》,《当代电影》,2003 年第 4 期;陈晓云:《众人狂欢:网络传播与娱乐》,复旦大学出版社 2001 年版。

② 参见谭德晶:《批评的狂欢——网络批评"广场"辨析》,《文艺理论与批评》,2003 年第 3 期;张志忠:《从狂欢到救赎:世纪之交的文革叙述》,《当代作家评论》,2001 年第 4 期;王家平:《节日庆典与广场狂欢:红卫兵诗歌的精神特质之一》,《中国现代文学研究丛刊》,2001 年第 1 辑等。

性问题重新加以思考。

梅兰发表于 2001 年的两篇文章很有代表性,分别从这两个方向着重探讨了巴赫金复调理论的局限性问题。《论陀思妥耶夫斯基的现实主义——兼评巴赫金复调理论的局限性》(《华中师范大学学报》2001 年 3 月) 一文认为,正是陀氏的宗教立场,使其对现实有超越性立场、对现实和人的观察角度,才制造出真正的复调小说。巴赫金的复调理论重点谈了对话而淡化了陀氏的宗教价值立场,影响了他对陀氏复调小说精神实质的整体把握;虽然巴赫金声称他是形式研究,但形式问题无法绕过内容和价值问题。文章又进一步结合中国文坛现状指出,中国当今时代已具备巴赫金所说的产生复调小说的众声喧哗的现实背景,在复调理论广泛传播下,却无法出现真正的复调小说,正是缺少陀氏创作的终极思想价值,而只有技术层面的模仿。《试析巴赫金对作者与主人公的关系的两种评析——兼评巴赫金复调理论的局限性》(《外国文学研究》2001 年 3 月) 一文追根溯源地考察了巴赫金关于这一话题的前后期两种迥异的说法,指出巴赫金前期强调作者的审美积极性,与陀氏的创作思想一致,但后期对陀氏小说的复调分析却强调了作者和主人公的平等关系,抛弃了作者的价值观;认为复调理论的核心——平等对话精神和陀氏创作的主导思想格格不入,强调差异与对话只是符合陀氏作品中主人公与主人公之间这种层次的具体情况,但在作者与主人公层面存在疑点,认为巴赫金抽掉了作者的积极性的实质,回避了陀氏的宗教信念对作品内容上的统率作用,使复调理论泛技术化。梅兰的这两篇文章着眼点不同,而结论是一致的,即陀氏小说乃是真正的复调小说,巴氏的复调理论只看到了对话,忽视了陀氏小说成为复调小说的因素——终极宗教价值观,从而导致巴氏复调理论的种种局限。

陀氏的终极宗教立场在小说中的确存在,但笔者以为,这不过是代表作者的一种声音,也是一种思想话语在作品中的展开,它对其他思想有包容性,但只是在很低程度上。这种包容性以很浅的层次体现在作品结尾,曲终奏雅,但不能改变充斥在作品中的各种思想的斗争的总体风貌。陀氏小说的真正用意也在于呈现多种思想、价值立场的激烈争辩过程,巴赫金的复调理论正是看到了陀氏小说的这一独特性。梅兰的论述夸大了作者声音的统率作用。

与此相同,王志耕的文章《"聚合性"与陀思妥耶夫斯基的复调艺术》(《外国文学评论》2003 年第 1 期) 也指出了巴赫金复调理论忽视陀氏宗教世界观的缺陷。他从俄罗斯文化的角度探讨了陀氏复调艺术的民族文化成因,指出陀氏

中国俄苏文学研究史论
История исследования русской и
советской литературы в Китае

的复调艺术是在特定的俄罗斯文化结构中出现的,表现为基于俄罗斯文化和正教背景下的一种聚合性理念,陀氏小说最终是统一价值关系中的自由对话。巴赫金将其与梅尼普讽刺、苏格拉底对话等欧洲古代叙事艺术归于同一类传统,并把这类传统的文化原因归因于狂欢节现象,而放弃了对这种叙事形态的俄罗斯文化成因的考察,由此否定了托氏创作的哲学基础——宗教观念。

不可否认,这些探讨复调理论"局限性"的研究文章的确颇有说服力地指出了巴氏复调之于陀氏创作的"缺陷",所持的观点在同类文章中也很有代表性。不过应该看到,这些"指责"文章与其说是探讨巴赫金的复调理论,不如说是研究陀氏的复调艺术。研究者"兼评"、"兼论"的态度表明研究重心不在巴赫金理论,其用意明显还是要借助巴赫金来更好地解读陀氏小说,侧重点及研究目的均在陀氏小说。由于巴赫金复调理论自诞生之日起,就与陀氏小说无法分离,而中国最早的复调理论研究者也首先是研究陀氏小说的学者,这就使复调理论研究领域多为陀氏研究者"占据"。这些研究者浓重的陀氏研究背景不免束缚其全面深入理解巴赫金的复调理论,研究结果也未免显露出学科背景的偏见。复调理论虽然是巴赫金在分析陀氏小说时系统阐发的,但它的理论基础在此前就早已奠定在巴氏的伦理观和哲学观中,它"并不仅仅是对陀氏小说艺术特征的概括产物,而是巴赫金的伦理学及哲学和陀氏小说相遇后生成的结果"[1],作为巴赫金理论体系的一部分,必须将复调置于巴赫金体系而不是陀氏体系来研究,这样才能真正解读巴赫金面貌复杂的理论内涵。因此那些基于巴赫金理论体系,站在巴赫金立场研究复调理论的文章,其结论也就更有助于我们理解这种理论。

从不同的叙事视角关照叙事对象,就会得到不同的价值判断,对于理论研究也是如此。所以当程金海的研究文章从巴赫金理论出发反观陀氏小说时,就自然得出了与前者全然相反的结论:是陀氏小说不足以涵盖巴赫金复调理论内涵,而不是巴赫金的复调理论不能充分解读陀氏小说。

同样结合陀氏小说来讨论复调,但程文研究视角的不同,也就使其结论别具价值。在他看来,虽然巴赫金复调小说理论是在分析陀氏创作基础上明确提出的,但陀氏小说并非巴赫金理想的复调小说,只是部分体现了巴赫金的复调小说观,巴赫金的"复调小说"是一种全面对话小说,而陀氏小说只是一种局部

---

[1] 张开焱:《开放人格——巴赫金》第 146 页,长江文艺出版社 2000 年版。

对话小说,分歧在于处理"作者——作者"关系的不同。认为巴赫金复调小说观念核心是,在创作态度上保持作者的外位性,在叙述方式上要求客观叙述和干预叙述相结合,即陀氏小说模式和托尔斯泰小说模式的某种程度的结合,这才是巴赫金理想的复调小说模式[①]。程文的观点可说是与梅兰、王志耕的文章针锋相对,这当然要归因于研究者不同的研究视角。孰是孰非,勿需我们论证,而程文的价值也正在于他不同于大多研究者的站在巴赫金立场的研究视角,同时也给我们勾勒出了一个"巴赫金复调小说模式"。

如果说"作者与主人公关系"在巴赫金复调理论研究中一直倍受诟病并伴随始终,那么此话题在这一时期延续的同时也发生研究角度的重要变化——从关注主人公独立性问题转而到关注作者问题。研究者们最终发现,作者问题似乎才是理解作者与主人公关系的关键[②]。

程金海在《复调理论中作者与主人公关系的宗教意味》(《郴州师范专科学校学报》2002 年第 4 期)中继续从作者问题入手,探讨复调理论与宗教之间的联系,寻找巴赫金复调理论中作者与主人公关系的前后矛盾的新解。他通过考察西方思想和巴赫金的宗教思想背景发现,复调理论中作者与主人公关系模式与宗教复兴运动思想家构想的上帝与人的关系模式不仅有极大的相似性而且具有密切的血缘关系,巴赫金赋予其"作者"对主人公的身份就类似于上帝之于人——既是创造者与被创造者的关系同时又是平等对话的关系,这也正是巴赫金借宗教思想在其建立的复调模式中要表达的深刻的人本主义思想。"作者与主人公"关系是巴赫金哲学探讨中"我与他人"关系在文学中的转型。他的前后期两种矛盾表述可以说已成为巴赫金之谜,国内学界为寻求解答一直在不懈努力。程文试图从作者角度为其思想发展重新找到内在一致性,从作者问题入手来寻求这一问题的新解,不仅是一种颇有意义的尝试,得出的结论也具有启发性。

此外,王建刚在专著《狂欢诗学——巴赫金文学思想研究》(学林出版社2001 年版)中也有此共识,认为复调小说里"作者"分裂成两种存在形态"本文作者与现实作者",现实作者在作品外,本文作者在作品内,并用"复调作者"一词概括,指出了作者本身的复调性这一现象。钱中文也曾在 20 世纪 90 年代后

---

① 程金海:《教堂与天堂:作为审美理念的"复调小说"》,《河海大学学报》,2001 年 1 月。
② 巴赫金后期有专门的作者观讨论,不仅限于复调小说理论范畴,属于更大的审美范畴。

中国俄苏文学研究史论
История исследования русской и
советской литературы в Китае

期的研究文章中将巴赫金的"作者与主人公"概念做了两种区分,认为巴赫金的"作者"分别是哲学意义上的行为主体和美学意义上的创作主体①。可见,巴赫金复调理论中的作者身份问题已为学界广为关注。

这些通过探讨深究巴赫金理论形成的思想、结论,在帮助我们深入理解巴赫金理论的同时,也拓宽了我们理论研究的思路。看来对巴赫金艰深复杂的理论的研究,一方面带给我们研究难度,另一方面也促成了学界研究视野的多元展开。

另外,有研究者又将"作者与主人公关系"理论置于小说修辞学的角度加以探讨②。运用新方法研究旧问题是近年来巴氏复调理论研究的一个显著特点。

这一时期另一重要倾向是探讨复调小说理论的现代适用性及发展问题。从某种程度上说,这也是自20世纪80年代以来对"什么是复调"这一老话题的延续。近期国内学界出现一种较有代表性的观点,即认为巴赫金的对话式复调理论在现代小说的维度上存在种种局限,需要用对位式复调理论加以发展。20世纪90年代末涂险峰的文章已明确表露了这种观点,近年的研究文章对此又做了展开论述。如王钦峰、杨琳桦的文章③,这些研究者不满于以往国内学界只是局促在陀氏小说内谈论复调理论的局面,认为陀氏小说并不就是复调小说的范本,应该把"复调"作为独立的小说类型个体来研究,指出复调理论具有不限于巴赫金或陀氏对话模式的多样性,并且不断发展以适应现当代小说的复杂面貌,其现代发展维度就是回到"复调"本身。王、杨在文章中都强调了复调理论中被巴赫金用"对话"置换的音乐术语"对位",认为小说史上存在两种复调小说模式:"对话模式"的复调小说和基于音乐学原则的"对位模式"的复调小说;前者以陀氏小说为代表,后者以福楼拜、乔伊斯、艾略特、福克纳、昆德拉等的小说为代表。

上述文章着重分析了复调理论的两个重要概念——对话和对位,其中不乏一些精辟之见,如认为"复调类型在现代语境下展示的复调小说应该是以对位为基础形成的兼有对话性和非对话性的小说"(杨琳桦),这一看法使复调小说

---

① 《巴赫金全集》第一卷,序言,河北教育出版社1998年版。

② 李建军:《在谁的引领下节日般归来——巴赫金的作者与人物关系理论》,《南方文坛》,2002年第2期。

③ 王钦峰:《复调小说的两种模式——对巴赫金复调小说理论的一个补充》,《湛江师范学院学报》,2000年第2期;杨琳桦:《"对话"还是"对位"——论复调类型的美学适用性及其发展的现代维度》,《外国文学》,2002年第3期。

获得了一种历史发展的生命力,也得以从容应对面貌复杂的现代小说。但是应当指出,对位是一个纯粹形式概念,对话则是内容与形式的融合,对位是形成对话的前提,巴赫金正是由对位形式的启发提出了思想对话的复调理论,他的这一理论之所以独树一帜,就在于它和思想、现实的紧密结合,它不仅仅是文艺学术语,还是针对特定时代的特定政治术语,具有拯救人类的意义。如果用对位取代对话,就是用形式标准取代了巴赫金的兼有形式和内容的标准,给复调作了技术化定位,这使复调沦为一种并不新鲜的小说技巧,正如上述文章自己指出的,这种对位技巧在西方现代派小说中普遍存在,也因此削弱了巴氏复调理论的思想力量和现实意义,使巴赫金思想被"去势",失去了其理论的独特魅力。

复调理论是巴赫金对诗学的创造性贡献,研究者突破陀氏小说背景和巴赫金的复调,把"复调"作为独立的小说类型个体来研究,并尝试借助现代小说的创作实践来补充修正巴赫金的复调小说概念,表现出近期巴赫金复调理论的研究的又一个重心转向:从巴赫金的复调到巴赫金的复调,研究者将复调理论置于文艺学背景中思考,兴趣转向"复调"这一极有价值的小说理论本身,从而丰富了文艺理论建设。这些探求复调理论发展问题的批评文章,其出发点基本是托多洛夫最初对巴赫金复调理论的评判态度:不否认复调作为一个类型的存在,但质疑巴赫金对其所作的一些规定性因素。当然,这些话题的研究已是"外位"于巴赫金的复调理论了。

运用比较方法研究巴赫金复调理论,也是近期出现的一种新研究角度。李凤亮在文章《复调:音乐术语与小说概念——从巴赫金到热奈特再到昆德拉》(《外国文学研究》2003年1月)中,回顾了"复调"一词从音乐术语向小说观念的借用及流变过程,分析比较了巴赫金、热奈特、昆德拉在复调理论与创作上的承继轨迹及主要分歧,指出"复调小说"在概念内涵上由内容到形式再到文体的延扩史,象征了现代小说结构模式的流变过程。

"复调"一词为巴赫金创造性地用于小说理论后,也启发了后来者借鉴承袭。比较研究的长处在于厘清、界定了诸种复调概念,使巴氏复调的特性更加突显。李凤亮在三种复调概念的比较中,看到复调概念从巴赫金再到昆德拉是一个内涵不断延扩的过程,也由此预见复调艺术思维随着当代小说创作的多元发展将会日益丰富的可能性。这种用比较方法探讨复调理论的视角,可算是近

中国俄苏文学研究史论
История исследования русской и
советской литературы в Китае

来巴赫金复调研究的又一新领域的开辟①,充分证明了国内巴赫金研究方法的确在不断革新,视野也在逐步扩大。

此外,有关巴赫金复调小说理论的青年学者的硕士博士论文数量也在增多。这些论文往往首先较全面地阐述了复调理论的特征及意义,试图绘出巴氏复调全貌,然后或者用叙事学等新方法重新探讨复调理论之于现代小说的意义,或者侧重于研究复调理论解读现代小说文本的可行程度。

在译介方面,有周启超翻译的记录了巴赫金本人晚年对陀氏小说"复调性"的解说的文章《论陀思妥耶夫斯基的小说的复调性——巴赫金访谈录》(《俄罗斯文艺》2003 年 2 月)②,这篇文章帮助我们寻找"复调性"这一学说的思想原点,有益于我们理解巴赫金学说中这一关键词。

综观国内巴赫金复调理论研究,专注于理论层面阐述的研究占多数,而用以分析具体文本的比例较小。近年来,在运用复调理论分析文本的研究文章中,比较引人注目的是严家炎在专著《论鲁迅的复调小说》(上海教育出版社 2002 年版)中的研究文章《复调小说:鲁迅的突出贡献》。复调理论之于鲁迅小说无疑是鲁迅研究中极具开拓性的研究思路,由这一新的角度也的确挖掘出了鲁迅小说的某些特性或者说复调性因素,然而他以鲁迅小说中复杂的主题,深刻的思想,以及创作手法的多样性,叙事角度的灵活多变等为复调的依据,与复调理论中的"多声部"、"思想性"等概念努力对应,显然是对复调理论的表面化理解,运用时的生涩牵强感也是比较明显的,因而招致了学界不少非议。这由此也给我们一个启示:对于语境迥异的外来理论的借鉴,绝不能作简单的移植、套用,否则就会似是而非地误读误用,从而不利于我们对外来理论的接受。

此外,还有一个值得关注的现象是,有研究者用这一小说理论去分析影视作品③,不管妥当与否,这种现象至少表明了复调理论应用范围在新时期继续扩大,以及巴赫金复调理论的勃勃生机。

巴赫金复调理论在中国流播,有理论层面的误解,也有运用该理论阐释文本时的误读,如把复调简单理解为多重结构、情节、表现手法和形式,未抓住复调的核心是多元价值观、多重独立思想的平等并存,因而离巴赫金复调的真实

---

① 对三者复调理论的联系与区别,早有研究者注意到,如邵建:《复调:小说创作新的流向》,《作家》,1993 年第 3 期。

② 译自《对话·狂欢·时空体》杂志 1998 年第 4 期的巴赫金访谈文章。

③ 蒋春林:《谁是英雄——评多义复调电影〈英雄〉》,《电影评介》,2003 年第 2 期。

内涵相去甚远。在运用复调理论解读文学现象的研究文章中,此类"泛复调"的文章为数不少,大多都是将文本中的一些复调性因素简单等同于复调。而一些对巴氏复调理论参悟较深的研究者,则往往得出了"中国现当代文学中没有真正的复调小说"的结论①。

巴赫金的复调理论,不仅是对陀氏小说艺术特征的独特把握,更具有一种话语和思维方式的优势。它既被视为一种小说的叙述结构,也被看成一种对话性的艺术观念,人类认知世界的一种思维方式。巴赫金复调理论之所以影响深远、研究者众多,原因正在于此。

如果说之前的研究主要关注了作为一种文学体裁的复调小说理论,那么现在研究者们已看到了巴赫金笔下的"复调"的多重含义而加以探讨。在《外国文学》2002 年第 4 期的"文论讲座:概念与术语"专栏,周启超以《复调》为题,对"巴赫金文论中最为核心的'关键词'之一"的"复调"作了全面而详细的论述。依周启超之见,复调作为小说体裁即我们熟悉的复调小说理论只是巴赫金"复调说"的思想原点,巴赫金笔下的"复调"既指文学体裁也指艺术思维、既是指哲学概念也指人文精神,"复调"由隐喻增生为概念、由术语提升为范畴,其含义不断绵延日益丰厚。

围绕着复调理论,也必将会产生更多的话题。"未来是属于复调小说的",巴赫金的预言也解释了为何我国的巴赫金复调研究延续最久而至今方兴未艾。

4. 对话理论研究

这一时期的对话理论研究,主要集中于两方面内容:一方面着重探讨了它的理论价值,另一方面对其中蕴涵的一些重要命题,如微型对话、潜对话等作了分析探讨。

前者如李衍柱、贾奋然、凌建侯、季明举、蒋述卓等的研究文章。李衍柱认为巴赫金对话理论其意义早已超出文学范围,对话在当下成为联结古今中外文化和文论的桥梁,对话理论及思维对中国文化文论的发展、对推动东西文化交流与进步,具有重要理论价值;贾奋然指出对话是巴赫金哲学、美学、诗学的中心范畴,对话思维在艺术史文化史上的重要意义以及所包含的当代人文价值内涵;凌建侯认为巴赫金学术思想的影响力主要来源于对话论,他不仅把对话论

---

① 例如曾军在文章《方方小说中的"潜对话"现象——兼论中国何以出不了"复调小说"》和张开焱在专著《开放人格——巴赫金》的相关论述。曾军文章见文化研究网站(*http://www.culstudies.com*);张开焱:《开放人格——巴赫金》,参见第 149 页,长江文艺出版社 2000 年版。

应用到各学科研究,还扩展到整个文化,并上升为人文科学研究的哲学基础;季明举指出巴赫金的"对话"模式具有思维革命的现实意义;蒋述卓等则从对话理论获取对比较诗学研究的启示①。

后者如肖锋、齐效斌等的研究文章,着重论述了巴赫金在复调理论中提出的"微型对话"和"大型对话"这一对范畴的实质内容、之间的关系及意义,探讨了"潜对话"这一对话的特殊形态,它对于人文知识分子的独特价值,生存方式的选择②。

此外,有研究文章以对话的中心范畴"自我－他者"的双主体性为考察对象,通过重点分析这一范畴在文学领域内的转换:复调小说中作者与主人公的关系,进一步探求自我与他者的对话中所蕴涵的深厚的人文精神③。

史忠义不满足于对话原则只局限在如巴赫金所说的长篇小说一种体裁之内,《泛对话原则与诗歌中的对话现象》(《外国文学研究》2001 年第 3 期),在介绍了法国学者克里斯特瓦、托多罗夫、热奈特等阐释和发展巴赫金对话理论的概况后,在此基础上提出了泛对话原则,认为对话原则应延伸到所有艺术形式中。与之相反,张杰却提出了巴赫金对话理论中的非对话性问题。在他看来,巴赫金理论并非完美无缺,西方学术界早在 10 多年前就开始了对其理论的批判性评析。我国学术界在解读巴赫金的理论过程中,也不该多是褒扬赞叹而很少批评之声。他通过具体分析巴赫金的部分论著,指出其对话理论和思想中的非对话性因素及其产生的根源。还有研究文章也"指责"对话理论夸大了对话所赋有的重大意义,在颠覆旧的话语霸权时又形成了新的话语霸权④。

巴赫金的对话理论带来的启示是多方面的。对话作为人的存在本质,具有平等性、差异性、开放性和思想性的基本特征。程正民等研究者就探讨了对话

---

① 贾奋然:《试论巴赫金的对话艺术思维》,《文学前沿》第 2 辑,首都师范大学出版社 2000 年版;蒋述卓、李凤亮:《对话:理论精神与操作原则——巴赫金对比较诗学研究的启示》,《文学评论》,2000 年第 1 期;李衍柱:《巴赫金对话理论的现代意义》,《文史哲》,2001 年第 2 期;凌建侯:《对话论与人文科学方法论——巴赫金哲学思想研究》,《天津社会科学》,2001 年第 3 期;季明举:《对话乌托邦——巴赫金"对话"视野中的思维方式革命》,《俄罗斯文艺》,2002 年 3 月;李健、吴彬:《论巴赫金的对话理论》,《皖西学院学报》,2003 年第 3 期。

② 肖锋:《巴赫金"微型对话"和"大型对话"》,《俄罗斯文艺》,2002 年第 5 期;齐效斌:《潜对话:人文知识分子生存方式的独特选择——巴赫金启示录之一》,《陕西师大学报》,2002 年第 5 期。

③ 马琳:《论巴赫金对话理论的双主体性》,《济南大学学报》,2004 年第 1 期。

④ 张杰:《巴赫金对话理论中的非对话性》,《外国语》,2004 年第 2 期;张勤:《论巴赫金对话主义的话语特征》,《南宁师专学报》,2003 年第 1 期。

理论对语文教学的启发,指出将"对话理论"具体运用到中学语文教学中,可以使语文教学不再是教师的"独白",而是多方面的对话,从而发挥学生的创造性、主动性①。

比较研究:秦海鹰:《人与文,话语与文本——克里斯特瓦互文性理论与巴赫金对话理论的联系与区别》(《欧美文学论丛第三辑:欧美文论研究》人民文学出版社2003年版),克里斯特瓦在阐释巴赫金对话理论过程中提出了互文性理论,二者思想必然存在关联,作者将两种理论做了比较,认为虽然对话理论是互文性理论的范本,但两者的研究对象及关注的终极问题并不相同,是"话语"与"文本"、"人"与"文"的区别。这是我国学者首次尝试从话语和文本的区别入手探讨克里斯特瓦互文性理论与巴赫金对话理论的关系。罗婷《论克里斯特瓦与巴赫金的对话理论》(《外语与外语教学》2002年第12期)从词语/文本间的对话、叙事结构的对话形式、隐含对话性的复调小说三个方面,分析了克里斯特瓦和巴赫金关于对话理论思想的异同,侧重于阐述克里斯特瓦对巴赫金理论思想的继承与发展。

姚爱斌的《对话体:朱光潜与巴赫金》(《广西师大学报》2003年第4期)将朱光潜的对话体文本思想置入巴赫金对话诗学的视野,阐发两种对话思想在内在精神与呈现方式上的相通与区隔,借此阐释角度来更好地理解巴赫金对话思想带来的启示。

5.(超)语言学思想、符号理论、俄国形式主义批评

语言学研究热潮持续升温。这一领域有数目众多的研究文章,研究声势可谓壮观。

需要指出的是,在国内巴赫金语言学思想的研究中,术语的使用显得相当混乱,如研究者对这一领域的研究就分别提出了"话语理论"、"言谈理论"、"言语体裁理论"、"超语言学"等称谓,造成这一现象的原因也比较复杂,这里既有译介的一词多译、多词一译现象②,也有研究者不同的译介背景,如有的取自俄文版而有的是英译本,以及巴赫金所用术语本身的复杂多义,巴赫金自己对同义词的多样化使用所致。这一现象反映出译介在外来理论研究中的重要性以

---

① 程正民、李燕群:《巴赫金的对话理论与语文教学的对话性——程正民教授访谈录》,《语文教学与研究》2003年;童明辉:《巴赫金的对话理论与中学语文教学》,《内蒙古师大学报》,2004年第12期。

② 如"речевоежанрь"译为"话语体裁"、"言语体裁","металингвистика"译为"元语言学"、"超语言学","высказывание"译为"言谈"、"话语"、"表述"。

中国俄苏文学研究史论
История исследования русской и
советской литературы в Китае

及对译介标准化、统一化的必要性。《全集》出版后,这一现象有所改观,一些术语的翻译逐渐通行,如"表述"、"言语体裁"、"超语言学"等。

"超语言学"是巴赫金对自己的语言学研究的命名。在巴赫金这里,超语言学实质就是他从语言学角度阐发的对话哲学,研究者称谓的"话语理论"、"言谈理论"与"超语言学"的所指一样,而"言语体裁理论"、"社会符号学"则归属于超语言学,是其中一部分内容。

有研究者说,巴赫金的学术思想从语言学始,到语言学终。对话语和对话的研究的确贯穿在他的学术研究之中。一些学者对此做了探讨,力图以巴赫金语言学研究为契机,找到他各个学术领域的关联。白春仁《边缘上的话语——巴赫金话语理论辨析》(《外语教学与研究》2000 年第 5 期)尝试从整体上把握巴赫金的话语理论,归纳其语言论的情节线索为语言—话语—对话—文化,指出巴赫金所论的语言,处于哲学、美学、文艺学与语言学相交的地方,是贯通各种学科的边缘上的语言。白春仁以话语为线索,梳理辨析了巴赫金学说的基本学理。凌建侯则从巴赫金(超)语言哲学的核心概念"话语"(СЛОВО)(也被译为"言谈")入手,寻找巴氏语言学乃至其整个理论体系一以贯之的线索。凌建侯《话语的对话性——巴赫金研究概说》(《外语教学与研究》2000 年第 3 期),(继续抓住巴赫金语言学的核心词汇"话语"谈)指出巴赫金研究的话语及其对话本质,不仅对其整个对话理论的形成和发展起到承前启后的关键作用,还贯穿了整个学术体系,成为联系其种种专门领域的理论的纽带。

还有研究者探讨了巴赫金超语言学和诗学的关系,认为正是巴赫金偏爱的"双声语"这一概念在两个领域的跨越,超语言学被引入诗学,成为巴赫金建构复调诗学理论的学理基础①。凌建侯《巴赫金话语理论中的语言学思想》(《中国俄语教学》2001 年第 3 期)认为巴赫金创立的独特的话语理论远远超出了语言学本身的研究领域,探讨了话语理论的核心——话语的对话关系在语言学上如何规定,它对语言学研究的贡献和启发。

巴赫金的言语体裁理论(1952—1953 年写成,1978 年发表),研究了多种多样的言语类型,它对当代语言学和修辞学的发展影响巨大,具有指导意义,因此受到语言学界的重视。凌建侯先后撰文《巴赫金言语体裁理论评介》(《中国俄语教学》2000 年第 3 期)、《言语体裁理论的形成与发展》(《解放军外国语学院

① 丰林:《超语言学:走向诗学研究的最深处》,《北京科技大学学报》,2001 年第 1 期。

学报》2002 年第 3 期）评论介绍了这一理论。凌建侯近几年来致力于巴赫金研究，发表了一系列巴赫金语言理论的相关研究论文，成为这一领域的重要研究者。对巴赫金语言理论涉及的相关问题，他都积极作了探讨。如巴赫金对修辞教学法的论述及其蕴涵的语言哲学思想，针对《马克思主义与语言哲学》著作权争议问题、从语言学角度对巴赫金与马克思主义的关系问题的探讨等①。

　　巴赫金在署名沃洛希诺夫的专著《马克思主义与语言哲学》（1929）中讨论了言语与意识形态与符号的关系，表述了他的符号学思想，主要从意识思想形态谈到符号。语言学界对巴赫金符号学理论的研究从最初的关注逐步走向专业化深入化，巴赫金的符号学家身份在国内学界也得以确认。

　　以胡壮麟的研究文章《走进巴赫金的符号王国》（《外语研究》2001 年第 2 期）为代表，标志对巴氏符号学研究向专业化进展。这篇文章比较详细地讨论了巴赫金的符号学观点，内容涉及符号的定义和理解、符号与文本和话语、符号的存在和社会性，特别是符号与意识形态的关系。文章还阐述了巴的论述对符号学的深远意义，以及学术界在巴符号学研究中的争论问题。齐效斌《被遗忘的语言意识形态——巴赫金意识形态符号学初探》（《南京师大文学院学报》2002 年第 3 期），进一步指出巴赫金的符号学是意识形态指导下的、在交往理论和对话理论中产生发展起来的，他的符号学就是研究意识形态的，是一种意识形态符号学。

　　张杰和赵晓彬都先后将巴赫金符号学理论与莫斯科－塔尔图符号学派代表洛特曼的符号学观点作了对比。面对同一比较对象，两位研究者的比较都是异中求同：张杰比较各自的理论特色和研究方法，他们如何从语言学和超语言学的不同途径共同走向社会系统文化研究，构建多元共生的批评模式；赵晓彬指出二者在时空观念上的本质区别，在对话思想上洛特曼对巴赫金的继承，以及在理论结构框架上的相通处。深入的比较有助于我们了解这些理论本身。还有研究文章将巴赫金的符号学理论置于俄罗斯符号学研究的历史流变中，探讨其意义，指出巴赫金和雅各布森一起在其中代表着"现当代过渡期"②。

----

　　① 凌建侯：《巴赫金论修辞教学法与语言学流派》，《俄罗斯文艺》，2000 年第 1 期；凌建侯：《从哲学—语言看巴赫金与马克思主义的关系》，《北京大学学报》，2002 年第 2 期。
　　② 张杰：《符号学王国的构建：语言的超越与超越的语言——巴赫金与洛特曼的符号学理论研究》，《南京师大学报》，2002 年第 4 期；赵晓彬：《洛特曼与巴赫金》，《外国文学评论》，2003 年第 1 期；王铭玉、陈勇：《俄罗斯符号学研究的历史流变》，《当代语言学》，2004 年第 2 期。

中国俄苏文学研究史论
История исследования русской и
советской литературы в Китае

　　有一部分研究文章关注了巴赫金(超)语言学的内容、特点、研究对象、理论核心,以及对语言学研究的贡献和启发等。如宁一中的《论巴赫金的言谈理论》(《外语教学与研究》2000 年第 3 期)、凌建侯的《巴赫金话语理论中的语言学思想》(《中国俄语教学》2001 年第 3 期)、郑欢的《话语的社会性与对话性——巴赫金的超语言学初探》(《西南民族学院学报》2001 年第 7 期)、周泽东的《论巴赫金的语言学理论》(《湘潭师范学院学报》2002 年第 1 期)、陈桂华的《巴赫金超语言学思想及其话语理论》(《洛阳工学院学报》2002 年第 3 期)、沈华柱的《巴赫金语言哲学思想述评》(《福州大学学报》2003 年第 1 期)等。

　　巴赫金的语言学研究思考了人的本质、存在问题,蕴涵着丰富的哲学内容,所以他将其称为"语言哲学"。部分研究者侧重于哲学层面,对这一理论作了哲学意义的探讨。萧净宇等研究者分析了巴赫金将"对话"这一语言学概念如何转换成哲学概念,成为其语言哲学的核心和灵魂。剖析巴赫金话语理论的"话语"的特性,揭示这一理论所包含的哲学意蕴,实际就是哲学界近年来着重探讨的人的主体性和主题间性思想。吕宏波寻找巴赫金以"言谈"为核心的语言哲学和以"对话"为核心的文化理论在核心内容和方法论上的关联,指出语言哲学是其文化理论的基础。郑欢从具体角度评析了超语言学的意义:超语言学的内在哲学精神在于主动负责的参与性、对话性和存在性。这一内在哲学精神使超语言学逼近语言与人的生存状态[①]。

　　巴赫金语言学中蕴涵的语用学思想一直被语言学界所关注。张会森在1998 年发表的论文《作为语言学家的巴赫金》中较早提到巴赫金语言理论中的语用学思想,近年来的研究文章对两者间的关系进行了更为细致的分析比较。宁一中的《论巴赫金的言谈理论》(《外语教学与研究》2000 年第 3 期)比较了言谈理论与语用学的异同,辛斌的《巴赫金论语用:言语、对话、语境》(《外语研究》2002 年 4 月)认为,巴赫金的语用学思想表现在巴赫金对语言的社会学研究方法,即"具体语境中的具有对话性质的语言运用"。郑欢等研究者对比了语用学和超语言学中共同的重要的语境概念,指出超语言学中的"表述"扩大了超语言学的语境范围,使语境不只是语用学中的"话语展开的背景因素",而且是

----

　　① 萧净宇:《巴赫金语言哲学中的对话主义》,《现代哲学》,2001 年第 4 期;萧净宇、李尚德:《从哲学角度论"话语"——巴赫金语言哲学研究》,《中山大学学报》,2002 年第 5 期;吕宏波:《从"言谈"到"对话"——巴赫金语言哲学与文化理论》,《绍兴文理学院学报》,2003 年第 1 期;郑欢:《从"应分"到对话——超语言学的内在哲学精神》,《四川外语学院学报》,2003 年第 6 期。

话语活动中不可缺少的动力因素,成为一个充满张力的话语场①。

巴赫金的理论思想总是有多重启发性,对他的话语理论和超语言思想的意义探求也超越语言学跨到其他学科中。如有研究文章站在传播学学科角度,探讨了巴赫金的话语理论对传播学批判学派的贡献,认为巴赫金的超语言学理论和意识形态话语观、交往对话学说等一整套话语理论,为解剖各种传播活动提供了"朴实而新颖的视角"。还有的从巴赫金的超语言学对翻译作了一番对话性思考,重新提出了翻译的本质和批评标准问题②。

研究者们也继续关注着巴赫金的俄国形式主义批评,给以种种评论。董晓指出巴赫金在与俄国形式主义的"批评对话"中既克服了其片面性又富于创见地拓展了其理论,更深刻地揭示了"文学性"问题;黄玫认为巴赫金对俄国形式主义诗学的批评更多是一种对话与补充。曾军着重考察了巴赫金对形式主义所用的批评方法,并将这种批评方法称为是"在审美与技术之间"③。

6. 方法论与小说理论研究

曾军从巴赫金对形式主义的批评中,归结出巴赫金的一种独特的批评方法——他称其为"超技术(语言)"批评,又在更多的研究文章中将其置于巴赫金文论体系中加以分析、考证。认为在巴赫金的文论中贯穿着他对"技术"问题的思考,"复调"和"狂欢化"作为其中的代表充分体现了"超技术(语言)"批评的基本特点④。凌建侯《对话论与人文科学方法论——巴赫金哲学思想研究》(《天津社会科学研究》2001 年第 3 期)论述了巴赫金对话论的哲学意义,指出对话论是巴赫金人文科学研究方法论的哲学基础。《更新思维模式 探索新的方法——外国文学与翻译研究的方法论思考》(《外语与外语教学》2001 年第 10 期)一文,指出巴赫金对话理论在外国文学研究方法论上启示我们走向对话语境的文学批评方法。马理的研究文章主要对巴赫金诗学方法的形成作了探讨。

---

① 郑欢、罗亦君:《充满张力的活力场——巴赫金的超语言学语境试析》,《成都理工大学报》,2003 年第 1 期。

② 李彬:《巴赫金的话语理论及其对批判学派的贡献》,《国际新闻界》,2001 年第 6 期;郑欢:《关于翻译的对话性思考——从巴赫金的超语言学看翻译》,《乐山师范学院学报》,2003 年第 5 期。

③ 董晓:《超越形式主义的"文学性"——试析巴赫金对俄国形式主义的批判》,《国外文学》,2000 年第 2 期;黄玫:《巴赫金与俄国形式主义的诗学对话》,《俄罗斯文艺》,2001 年第 2 期;曾军:《在审美与技术之间——巴赫金对形式主义"纯技术(语言)"方法的批评》,《华中师大学报》,2001 年 3 月。

④ 曾军:《"复调"和"狂欢化"——巴赫金的"超技术(语言)"批评及其在巴赫金文论思想体系中的地位》,《荆州师范学院学报》,2001 年第 3 期;曾军:《巴赫金文论中的"技术"思想》,文化研究网 *http://www.culstudies.com* 2003 年 11 月 19 日。

他指出巴赫金的诗学方法论由美学、超语言学等五种方法综合而成,诸方法之间的关系是一种既互为外位又内在的"边界"关系,并以"体裁"为其诗学元方法的标志,这为文学研究提供了一个新的平台;又将巴赫金的历史诗学观置于俄国文学理论"历史诗学"传统这一语境中,论证他的历史诗学思想是从美学的时空体理论出发,结合历史文化学和超语言学的修辞方法,探索小说艺术思维方式、体裁特征和小说史模式的一种全新而独到的尝试[①]。

在小说理论研究领域,对时空体理论的研究虽然依旧没有掀起高潮,但研究局面已有所改观。几部硕士学位论文的完成对这一理论作了相对集中的探讨,如万海松的硕士学位论文《巴赫金时空体诗学初探》(2001 年完成,未发表)。万海松的《巴赫金的时空体理论及其对研究〈上尉的女儿〉的意义》(《俄罗斯文艺》2000 年第 3 期)一文,验证了运用时空体理论分析普希金小说的可行性和有效性。他在文章《巴赫金的时空体诗学及其研究现状》(湘潭会议论文2004)中,又较详细论述了时空体概念来源、巴赫金提出时的理论背景、巴赫金本人的定义和研究动因,并概括了俄罗斯、西方和中国对巴赫金时空体诗学的研究状况,对国内学界相对"冷淡"的研究态度和较少研究成果的现状作了探因分析。

对小说体裁理论的研究也有了尝试者。魏少林的文章《诗歌的谎言和小说的真实——巴赫金文学体裁理论评析》(魏少林《当代外国文学》2000 年第 3期)从巴赫金的诗歌与小说的语言观、史诗与长篇小说的价值观等方面论述了巴赫金超语言学的文学体裁理论,认为巴赫金的这一理论是历史—文化转型期的产物。作者在指出其观点的价值性时同时也指出其忽视历史条件、片面过激的局限性,认为对我国处于转型期的文艺理论建设具有启示意义。

7. 新的研究领域

"外位性"研究。巴赫金在论述审美活动中作者与主人公的关系、复调小说中人物的新型对话关系,以及人文科学方法论中,都表述了"外位性"思想,可见,"外位性"也是巴赫金思想体系中的一个重要概念。国内学者在之前的研究中关注并不多,只是在论及对话理论时,作为巴赫金对话思想的一个成因有所提及。此时,在研究者视野中,"外位性"思想的独立价值日益凸现,研究者(如

---

① 马理:《边界与体裁——试析巴赫金诗学元方法问题》,《四川大学学报》,2003 年第 3 期;马理:《巴赫金历史诗学方法论三题》,《嘉兴学院学报》,2004 年第 2 期。

程正民、吴泽霖等）已着手细致探索其哲学意义,对文学研究和对中外文化交流主体性立场的启示等,这也表明国内学界对巴赫金理论的挖掘更为深入。

一些研究文章将巴赫金思想与西方的存在主义、精神分析等重要学术思想加以对比分析。通过与希伯、海德格尔等人的存在主义思想进行对比分析,揭示蕴涵在早期巴赫金诗学思想中的存在主义因素;或者发掘巴赫金与精神分析学派在诸多方面异曲同工,互通有无之处,从精神分析文论的角度来重新解读并补充完善巴赫金的文学理论①。

张开焱的《学术中的政治与政治中的学术——以巴赫金为例》（《文艺理论与批评》2003 年第 2 期）一文,探讨了巴赫金学术思想与政治意识形态的关系,这是国内研究者大都回避的话题。文章认为巴赫金的学术思想虽然渗透着政治内涵并为政治所左右,但同时显示思想家可以透视和利用政治来实现自己的学术目标。

秦勇的《论巴赫金的"镜像"理论》（《河北师大学报》2003 年第 4 期）注意到了一个新的角度。"镜像"理论是巴赫金文艺思想中很少为国内学者关注的理论,这些理论见解散见于巴氏的部分著作和笔记中,融会了他多年的哲学思考,深入阐释这一文艺思想的内在机理,凸现其对哲学和文艺理论的超越性贡献,对今天的学术研究极有启发。巴赫金的这一理论对传统的镜喻文论的超越,将会促发文艺理论的新的增长点。秦勇的《论酒神精神对巴赫金躯体思想的影响》（《南京师大文学院学报》2003 年第 3 期）探讨尼采对巴赫金思想的影响,国内研究者也很少去挖掘,就尼采酒神理论对巴赫金躯体思想的影响进行阐发,可以为巴赫金思想的学缘研究开出新的维度。秦勇的《论巴赫金的"死亡"艺术观》（2003 年 11 月 19 日,文化研究网站）追根溯源地探讨了巴赫金源于狂欢文化且渗透着人生理想的"死亡"艺术观（个体重视生的享受、轻视死亡）,总结了巴赫金"死亡"艺术观的具体内容及"死亡"的三种具体艺术表现,探讨了巴赫金"死亡"观与狂欢、怪诞的内在联系,肯定了巴赫金"死亡"艺术观的独特意义。秦勇的《巴赫金对"间性"理论的贡献》（《俄罗斯文艺》2003 年第 4 期）指出,巴赫金对西方当代文论中的"间性"理论的发生发展影响巨大,他没有提出却一直在使用间性理论,把文学文本和文化联系起来,在众多文本间的

---

① 程小平:《对话与存在——略论巴赫金诗学的存在主义特性》,《北京联合大学学报》,2001 年第 4 期;但汉松、隋晓获:《巴赫金文论与精神分析文论之比较研究》,《学术交流》,2004 年第 10 期。

中国俄苏文学研究史论
История исследования русской и
советской литературы в Китае

对话中突显主体间的对话,在文本间性中实现了主题间性。

对作者问题的讨论不再只局限于复调小说中,而扩展到巴赫金的诗学中。作者"多相成分"("面具")问题是巴赫金终其一生都在思索的一个思想主题,是巴赫金诗学理论的形象性代名词。马理的《作者"多相成分"问题意义抉微》(《温州大学学报》2003 年第 2 期)通过重读《陀思妥耶夫斯基诗学问题》,联系《巴赫金全集》中的相关论述,发现作者在他的诗学中共有六重身份,且它们又都与特定的方法结合在一起。文章认为这一学说是所见到的研讨作者问题最复杂的理论,反映出巴赫金建构诗学理论的独特方式和他意在探索"自上"与"自下"方法结合可能性的独到尝试。所有这些内容,尤其是方法论的间际关系,对后人有很大的启发意义。

梅兰的《论巴赫金参与性美学文论范畴》(《华中师大学报》2003 年第 3 期)将巴赫金的全部写作主要分为哲学美学和文艺理论批评两个范畴,哲学美学奠定了巴赫金一生学术研究的主导思想和方法,而文论则延续了巴氏写作的全过程,试图通过剖析巴赫金诗学的核心——参与性范畴的特点,探究巴赫金早期哲学美学与文学思想间的深层次联系,从整体上理解巴赫金理论的价值立场①。

还有一些文章,有的研究了巴赫金诗学中的"他人"概念,有的论述了巴赫金的自我理论,有的深入考察了巴赫金美学思想的核心——审美创造主体论的结构特点,还有的探讨了巴赫金文体进化观的成因及意义,以及巴赫金独特的语文学思想对语文教学内容和活动方式等方面的启示②。

8. 学术史研究、国际学术研讨会

中国的巴赫金研究至今已走过了约四分之一个世纪。于是,这一时期在研究领域出现的又一新现象,即对 20 余年巴赫金研究的回顾总结,由于有 20 余年丰厚的资料为基础,这一阶段的回顾性研究就具有不同于以往的特性:不再是简短的单篇文章,而是以较具规模的论著和系列论著形式出现。

曾军的 20 万字的博士论文《接受的复调——中国巴赫金接受史研究》(广西师范大学出版社,2004)从学术史角度回顾评判了中国对巴赫金的接受过程,

① 梅兰:《巴赫金哲学美学和文学思想研究》(博士学位论文),华中科技大学出版社 2005 年版。
② 胡继华:《诗学现代性和他人伦理——巴赫金诗学中的"他人"概念》,《东南学术》,2002 年第 2 期;雷武锋、曾耀农:《论巴赫金的自我理论及文化精神》,《天府新论》,2002 年第 2 期;马理:《双面的雅努斯——试析巴赫金美学人类学主体性的涵义问题》,《广西民族学院学报》,2003 年第 6 期;王珂:《论巴赫金文体进化观的成因及意义》,《思想战线》,2002 年第 4 期;兰岳兴:《论巴赫金语文学思想及其对语文教学的启示》,《浙江海洋学院学报》,2003 年第 2 期。

探讨其对中国当代文论转型等方面的意义，曾著主要论述了巴赫金对中国当代的现实主义诗学、形式美学、后现代文化诗学、文学研究"四个声部"的影响。

这是一部有着重要学术价值的巴赫金接受研究著作。这部著作并不仅止于清晰梳理出中国巴赫金接受史的概貌以及得失，而是以此为个案，在西学新潮背景下深入思考中国文论话语转型问题，"尝试对中国当代文论话语转型中如何应对西方学术的强大影响力问题进行回答"；并希望通过对此个案的总结为中国接受史研究确立一套新的方法论和理论框架。作者身为国内巴赫金研究者中的一员，进入到巴赫金接受史研究，问题意识强烈。作者直面当代问题和理论建构意图，致力于解决现实问题。该书意义不在于巴赫金研究，而是通过对中国 20 年来巴赫金研究过程的研究，探讨接受史研究的方法论和中国当代文论话语转型这两个重要问题。曾军以一种全新的阐释框架梳理中国巴赫金接受过程，深化了对巴赫金研究在中国的认识。曾军用四个声部归结中国对巴赫金的接受过程及内容，的确方法新颖，但是他试图以此划分来"一网打尽"国内所有巴赫金接受的内容，并将其规律化，多少有些削足适履。该书把巴赫金在中国的接受与国内当代的几种文艺思想联系起来，构建了一个包括当代现实主义诗学、形式美学、后现代文化诗学、当代文学研究这"四个声部"的接受结构。这种颇有见地的梳理方式，的确使得巴赫金在中国的接受过程条理井然，富有特征性规律性。但作者的自信并不能掩盖这种划分方式的些许绝对化的弊端，对于国内诸多巴赫金接受现象，研究者的复杂身份，研究的交叉互渗状况常有，"四个声部"的边界划分有时并不分明。此外，相比于曾著仅从接受内容上的划分，中国 20 余年巴赫金接受过程，表现在历时上的阶段性规律也应该是不容忽视的。作者力图将中国的巴赫金接受现象规律化，但归并的处理过于技术化，忽略了接受过程中的某些特殊性。例如曾著将中国接受巴赫金的理论选择和角度选择都归结为中国当代文论话语转型的要求所致，而中国的巴赫金研究较明显的阶段性特征——80 年代关注复调小说理论，90 年代关注狂欢理论，之后是对话理论等，这种阶段性特征与巴赫金理论在中国的译介是紧密相连的。由于巴赫金本人著作面世的特殊性，使国内译介者也一时无法见到其著作全貌，只能是"收集到什么就介绍什么"（钱中文语，曾著第 3 页），直到 1998 年《巴赫金全集》出版，我国的巴赫金研究才全面展开，这就显示出曾著的规律划分不免有些主观化。这一点，钱中文先生也曾指出。此外，中国巴赫金研究的多元状况与研究者各自的学术背景及旨趣个性也相关，还包括有社会、历史、文

中国俄苏文学研究史论
История исследования русской и
советской литературы в Китае

化背景在内,只就当代文论话语转型这一共时角度来谈,某些问题的分析难免深度不够。

在中国巴赫金研究史的回顾和反思中,曾军所做的研究工作引人注目。在一系列研究文章中,他站在探讨中国问题的立场,对中国巴赫金接受过程中的一些问题,以个案剖析的方式进行了反思。在《理论创新:以"对话性"为中心建构叙述理论的可能性及其限度》(《高等函授学报》2003年第4期)中,他以巴赫金的重要接受者董小英为个案,对董小英"再登巴比伦塔"建构新的理论体系的努力进行了深入分析,并着重分析了她以"对话性"为中心建构叙述学理论体系所存在的诸多局限,指出其问题意识的淡薄,以及"理论互释"法的内在缺陷,这也是存在于许多中国学者当中的问题。在《巴赫金接受与中国当代文论话语转型——以钱中文为个案》(《河北学刊》2004年第1期)中,他又以钱中文为中国巴赫金接受史中的独特个案,描述了他从对复调小说理论的接受到对对话的文学理论的倡导过程,借此展开巴赫金接受与中国当代文论话语转型间关系的剖析。《一段问题史:巴赫金的对话思想与中国的文学主体性问题》(《社会科学》2004年第5期)一文,对发生在上世纪80年代中期中国的巴赫金思想的接受者钱中文与文学主体性问题的提出者刘再复之间一场"暗中的论辩"进行了分析,认为巴赫金的复调理论中关于主体性的论述与中国80年代中期的主体性问题的讨论既有某种相通之处,但同时又有较大的差异。正是论辩中差异性的体现,使得90年代的学界能够摆脱文学主体性的历史局限而转向接受巴赫金"主体间性"的"对话主义"。

有一个新的现象,国内一些学者正在做"档案研究",这是对俄罗斯和西方学界研究成果的借鉴,对国内现有成果的梳理。如周启超正在进行"巴赫金研究文论选"的西方卷、俄苏卷、中国卷的编写工作,凌建侯正在整理《中国巴赫金研究资料汇编及述评》。这些工作规模较大,需要全面细致的研究。

魏少林的《巴赫金与巴赫金难题》(《江淮论坛》2000年第2期)从一个独特角度,对巴赫金研究的整体状况作了反思。文章提出存在于巴赫金传记研究和思想中的问题,三本专著的著作权争议问题,巴赫金遗失的著作对理解其学术思想真实面貌的问题,已有的巴赫金研究成果存在的问题,巴赫金思想碎片化的本质向我们的思维方式和研究方法提出的难题等。文章还提出了解决办法,主张追寻巴赫金思想的原意,在"巴赫金自己的时空轨道上"运用他的方法来思考和研究巴赫金。

第四编
中国对俄苏文论的研究（下）

2004 年 6 月，由中国中外文艺理论学会和中国社科院文艺理论研究中心等机构联合主办"巴赫金学术思想国际研讨会"，这是在中国举办的第二次巴赫金学术思想国际研讨会，来自俄罗斯、美国、中国的 40 多位专家学者汇集湖南湘潭。会议主题是："近二十年巴赫金学的回顾与前瞻"，检阅学界近 20 年来巴赫金学的成绩与问题，探讨新世纪发展"巴赫金学"的新课题。

围绕会议主题，与会学者们展开了热烈的发言和讨论。其中既有对巴赫金理论的争鸣，如阎真在《想象催生的神话》的发言中认为，巴赫金的狂欢理论有着根本性缺陷，其文化根基、历史依据、逻辑过程都存在疏漏，严重扭曲了狂欢节真实的文化内涵，极大夸张了狂欢节的文学意义，与狂欢节真实的文化功能之间有着巨大的鸿沟，在本质上是一个想象催生的理论神话，也借此倡议国内学界对国外流行的学术思想应有一种审视的学术姿态。夏忠宪、史忠义等学者积极回应，认为阎真的观点多有偏颇，重新肯定巴赫金狂欢理论的意义。夏忠宪认为巴赫金将狂欢节上升到理论高度，是一种"文化发现"式的理论创新[①]。对于巴赫金的狂欢理论，吴岳添从法国文学的角度出发，分析了拉伯雷《巨人传》的来龙去脉和艺术特色，回顾了狂欢化这种文学现象的历史渊源和社会背景，以及其在法国文学中的演变过程。这样的探讨有助于全面理解巴赫金的狂欢化理论。

还有的学者进一步深入探讨巴赫金理论，提出一些富有创见的新观点。钱中文把巴赫金的交流对话思想置于诠释学各个流派思想背景下进行比较研究，强调巴赫金诠释学思想的独创性，指出巴赫金把其交往对话的诠释学思想贯彻到作家研究中，形成一种新型的文学诠释学，这种诠释学思想也把巴赫金各个方面的创新理论沟通融会起来，使我们能够从整体上把握理解巴赫金的复杂思想与艺术观念。凌建侯指出，巴赫金提出的"独白思维"和"对话思维"这对范畴，隐含着一对更宽泛的概念："独白思维"和"反独白思维"，前者的两大倾向是唯我型独白思维和唯他型独白思维，后者包括狂欢思维和对话思维，这两种思维方式是交织互动关系，而巴赫金最大的学术贡献就是为我们提供了一个思维坐标，对任何一部文学作品的创作思维特征的分析都可以在此坐标中找到依据。董小英认为对巴赫金理论的不同理解与阐释如同不断衍生的藤蔓，每个藤

---

① 参见《想象催生的神话——巴赫金狂欢理论质疑》，《文学评论》，2004 年第 3 期；《巴赫金学术思想国际研讨会综述》，《文学评论》，2004 年第 5 期。

中国俄苏文学研究史论
История исследования русской и
советской литературы в Китае

蔓都可生发出许多研究系列,如解构理论和艺术逻辑。

董晓认为巴赫金超越了俄国形式主义对"文学性"的狭隘理解,成功地将俄国形式主义文学理念付诸文艺研究实践中,更深刻揭示了作品的"文学性",他的"形式分析"包含着深刻的意识形态性,有助于深入思考艺术形式的真正内涵。何云波指出围棋艺术与巴赫金对话理论有相通之处。李正荣重新审视了巴赫金对陀思妥耶夫斯基和托尔斯泰两位大师的分析,认为"对话"和"独白"的确是其典型标志,但它们是相互混杂地存在于两位大师的作品的不同层次上,表现着不同的性质。

会议讨论了巴赫金的当代意义,以及新的研究方向展望。张开焱从中西文学比较的角度探寻了冯梦龙与巴赫金小说观念的共性:认为两者都将小说作为重要的文化形式,有相近的小说起源观,都确认小说的杂体性、民间性,都肯定了小说的笑谑功能及其巨大的文化价值。巴赫金的言语体裁理论在20世纪90年代引起国际语文学界广泛重视,在国际上产生深远影响。张会森在1998年会议发言的基础上继续对这一理论作研究,指出巴赫金将思想表达和话语交际提高到言语体裁层面,对语言研究和教学具有重要指导意义,同时指出相对于国际上对言语体裁研究已形成新兴的"显学",国内的研究还比较欠缺。吴泽霖提出借鉴巴赫金的"外位性"思想来建立我国的外国文学研究的独特文化视角。程正民认为巴赫金的体裁诗学、历史诗学、社会学诗学、文化诗学等研究是相互联系和相互作用的整体性诗学研究,他的这种整体性研究观念对外国当前文艺学研究有重要启示。邱运华指出巴赫金在社会学诗学基础上构建了一个完整的"意识形态科学"体系,这使当下文艺学研究的视野在研究对象和研究思维两个环节得到扩展。

曾军带着强烈的当代问题意识剖析了中国对巴赫金的接受过程,认为在这一接受过程中始终有中国语境的介入,是中国当代文论话语转型的要求导致了接受巴赫金的理论选择和角度选择,又以钱中文先生对巴赫金的接受为个案见证这一现象。周启超主要对巴赫金研究作了回顾与前瞻。他总结了英美斯拉夫学界巴赫金研究近况,在对比中,指出我国巴赫金研究在系统译介与重点研究诸方面取得的骄人成绩,以及在以下几方面还有可开拓的学术空间:对国外巴赫金研究著述的及时了解与适度译介,20年来国内巴赫金研究重要文章的系统检阅与编选出版,有组织有规模有成效的巴赫金学术研讨活动的定期展开。

如周启超所言,这次会议是对巴赫金登陆中国学界20年的一次学术总结,中国的巴赫金研究已全面展开，下一阶段将是新的起点。钱中文也认为，在20年的研究中，中国已初步形成"巴赫金学"。《巴赫金全集》第7卷也即将由河北教育出版社出版，国内学界将会见到更完整的巴赫金著作全貌。来自俄罗斯、美国的学者也介绍了他们的巴赫金研究成果。这次会议推动了我国巴赫金研究的深入发展，开拓了新的研究视野。

值得一提的还有，一些高校纷纷开设相关的课程，如北京大学开设有研究生选修课"巴赫金专题研究"，北京师范大学文艺学专业的博士生专业必修课将巴赫金的《陀思妥耶夫斯基诗学问题》作为精读文本逐章讨论，北京外国语大学也有巴赫金专题课程，有相当数量的博士生和硕士生将论文选题定为巴赫金研究。在著名文艺理论家钱中文、童庆炳等人倡导下，中国中外文艺理论学会正在筹备成立中国"巴赫金学会"。巴赫金研究已成为显学。研究者队伍在不断扩大，学者们从各自不同的学科领域，各自不同的学养积累中探讨巴赫金，既有文艺理论、哲学美学、语言学、文化学、民俗学家，也有俄罗斯文学、欧美文学乃至中国古代文学、现当代文学研究者。"复调"、"对话"、"狂欢"等巴赫金术语已是当今学界广泛运用的流行话语。有关巴赫金的专著至今已出版8部之多，其中多为博士论文。这种对外来理论的接受研究状况既十分有趣也十分罕见，看来巴赫金理论思想的确充满魅力，它的独创性、深刻性、开放性和可操作性，引来研究者无尽的话题。相信这种研究和术语运用的激情依然会在相当长的一段时间里持续下去，在中国学界引出更多的话题。

[相关研究成果要目]
巴赫金理论中译本

1. 夏仲翼译：《陀思妥耶夫斯基诗学问题》，第1章，《世界文学》，1982年第4期。

2. 刘宁译：巴赫金文论两篇：1)《答〈新世界〉编辑部问》;2)《关于人文学科的方法论》，《世界文学》，1995年第5期。

3. 张杰、樊锦鑫译：《弗洛伊德主义批判》，中国文联出版公司1987年版。

4. 汪浩译：《弗洛伊德主义评述》，辽宁人民出版社1987年版。

5. 佟景韩译：《弗洛伊德主义》，上海文艺出版社1988年版。

6. 白春仁、顾亚铃译：《陀思妥耶夫斯基诗学问题》，三联书店1988年版。

7. 李辉凡、张捷译：《文艺学中的形式主义方法》，漓江出版社1989年版。

8. 邓勇、陈松岩译:《文艺学中的形式方法》,中国文联出版公司 1992 年版。

9. 佟景韩编:《巴赫金文论选》,中国社会科学出版社 1996 年版。

10. 张杰编:《巴赫金集》,上海远东出版社 1998 年版。

11. 钱中文主编:《巴赫金全集》,河北教育出版社 1998 年版。

巴赫金传记中译本

12. [俄]安娜·塔马尔琴科:《米哈伊尔·米哈伊洛维奇·巴赫金》,载《弗洛伊德主义》附录,佟景韩译,上海文艺出版社 1988 年版。

13. [美]克拉克,霍奎斯特:《米哈伊尔·巴赫金》,语冰译,中国人民大学出版社 1992 年版、2000 年版。

14. [俄]孔金,孔金娜:《巴赫金传》,张杰,万海松译,东方出版中心 2000 年版。

国外巴赫金研究论文及著作中译本

15. [美]唐纳德·范格尔:《巴赫金论"复调小说"》,熊玉鹏摘译,《文艺理论研究》,1984 年第 2 期。

16. [俄]卢那察尔斯基:《论陀思妥耶夫斯基的"多声部性"——从巴赫金的〈陀思妥耶夫斯基创作诸问题〉一书说起》,干永昌译,《外国文学评论》,1987 年第 1 期。

17. [美]詹·迈·霍尔奎斯特:《巴赫金生平及著述》,君智译,《世界文学》,1988 年第 4 期。

18. [英]托尼·贝内特:《俄国形式主义与巴赫金的历史诗学》,张来民译,《黄淮学刊》,1991 年第 2 期。

19. [加]克里夫·汤姆逊:《巴赫金的对话诗学》,姜靖译,《国外文学》,1994 年第 2 期。

20. [英]格雷厄姆·佩奇:《巴赫金、马克思主义和后结构主义》,张若桑译,《文艺理论研究》,1996 年第 1 期。

21. [法]托多罗夫:《巴赫金思想的三大主题》,唐建清译,《文论报》,1998 年 6 月 4 日。

22. [俄]B.C.瓦赫鲁舍夫:《围绕巴赫金的"狂欢化"理论的悲喜剧游戏》,夏忠宪译,《俄罗斯文艺》,1999 年第 3 期。

23. [法]托多罗夫:《巴赫金、对话理论及其他》,蒋子华等译,百花文艺出版社 2001 年版。

24. ［日］北冈诚司:《巴赫金:对话与狂欢》,魏炫译,河北教育出版社 2002 年版。

25. 周启超译:《论陀思妥耶夫斯基的小说的复调性——巴赫金访谈录》,《俄罗斯文艺》,2003 年第 2 期(译自《对话·狂欢·时空体》杂志 1998 年第 4 期的巴赫金访谈文章)。

国内巴赫金研究专著

26. 张杰:《复调小说理论研究》,漓江出版社 1992 年版。

27. 董小英:《再登巴比伦塔——巴赫金与对话理论》,三联书店 1994 年版。

28. 刘康:《对话的喧声》,中国人民大学出版社 1995 年版。

29. 张开焱:《开放人格——巴赫金》,长江文艺出版社 2000 年版。

30. 夏忠宪:《巴赫金狂欢化诗学研究》,北京师范大学出版社 2000 年版。

31. 程正民:《巴赫金的文化诗学》,北京师范大学出版社 2001 年版。

32. 王建刚:《狂欢诗学——巴赫金文学思想研究》,学林出版社 2001 年版。

33. 曾军:《接受的复调——中国巴赫金接受史研究》,广西师范大学出版社 2004 年版。

34. 梅兰:《巴赫金哲学美学和文学思想研究》,华中科技大学出版社 2005 年版。

35. 沈华柱:《对话的妙悟:巴赫金语言哲学思想研究》,上海三联书店 2005 年版。

国内研究专著中涉及巴赫金理论的章节

36. 凌继尧:《美学和文化学——记苏联著名的 16 位美学家》,上海人民出版社 1990 年版。

37. 赵志军:《俄国形式主义诗学研究》,新疆大学出版社 1993 年版。

38. 朱立元主编:《当代西方文艺理论》,第 11 章第 7 节"巴赫金的复调理论和狂欢化诗学",华东师范大学出版社 1997 年版。

39. 周宪:《二十世纪西方美学》,南京大学出版社 1997 年版,第十三章"生存与对话主义"。

40. 彭克巽:《苏联文艺学学派》,北京大学出版社 1999 年版,第四章"巴赫金的文艺美学理论"。

41. 朱立元主编:《西方美学通史》第 7 卷(下),上海文艺出版社 1999 年版。

42. 钱中文:《交往对话主义的文学理论——论巴赫金的意义》(《巴赫金全

集》前言"理论是可以常青的——论巴赫金的意义"),《文学理论:走向交往对话的时代》,北京大学出版社1999年版。

43. 钟敬文:《略谈巴赫金文学狂欢化思想》,《建立中国民俗学派》,黑龙江教育出版社1999年版。

44. 文池主编:《在北大听讲座——俄罗斯文化之旅》之《作为哲学家的巴赫金》(凌建侯),新世界出版社2002年版。

巴赫金研究综述及国外研究动态介绍

45. 赵一凡:《巴赫金研究在西方》,《外国文学研究集刊》,第14辑,中国社会科学出版社1990年版。

46. 刘康:《巴赫金和他的世界》,《国外文学》,1994年第2期。

47. 晓河:《巴赫金学说"寻根"》,《外国文学评论》,1994年第4期。

48. 夏忠宪:《俄罗斯的巴赫金研究一瞥》,《俄罗斯文艺》,1995年第4期。

49. 森原:《巴赫金:在现象学与马克思主义之间——评柏纳德·唐纳尔斯的新作》,《国外文学》,1997年第1期。

50. 董小英:《俄国巴赫金研究现状》,《外国文学评论》,1997年第2期。

51. 董小英:《一只装满了线团的篮子——巴赫金研究的俄国现状及发展方向》,《外国文学动态》,1997年第4期。

52. 董小英:《镜前的巴赫金》,(《巴赫金全集》第五卷出版)《文艺报》,1997年9月25日。

53. 晓河:《巴赫金研究在中国》,《文艺理论与批评》,1998年第6期。

54. 李斌:《国内巴赫金研究述评》,《文艺理论研究》,1998年第4期。

55. 陈建华:《20世纪中俄文学关系》,第9章,学林出版社1998年版。

56. 牧野:《国外巴赫金研究一瞥》,《文艺理论与批评》,1999年第4期。

57. 柳若梅:《中俄文化交流史新的一页——〈巴赫金学术思想国际研讨会〉侧记》,《中国俄语教学》,1999年第1期。

58. 凌建侯:《话语的对话性——巴赫金研究概说》,《外语教学与研究》,2000年第5期。

59. 王莉:《巴赫金狂欢化理论研究在俄国》,《大连民族学院学报》,2002年第1期。

60. 魏少林:《巴赫金与巴赫金难题》,《江淮论坛》,2000年第2期。

61. 万海松:《俄版〈巴赫金文集〉第二卷》,《外国文学评论》,2002年第4

期。

62. 夏忠宪:《关于巴赫金研究的采访》,《外国文学动态》,2003 年第 2 期。

63. 夏忠宪:《对巴赫金研究的趋向、问题与前景的思考》(湘潭会议论文,2004 年 6 月)。

巴赫金学术研讨会综述

64. 史安斌:《"巴赫金研究:中国与西方"研讨会综述》,《国外文学》,1994 年第 1 期。

65. 姜靖:《"巴赫金研究:西方与中国"研讨会综述》,《北京大学学报》,1994 年第 2 期。

66. 白春仁:《文化建设的一件盛事——记"巴赫金学术思想国际研讨会"》,《当代外国文学》,1998 年第 3 期。

67. 季水河、刘中望:《巴赫金学术思想国际研讨会综述》,《文学评论》,2004 年第 5 期。

国内巴赫金研究论文

68. 夏仲翼:《窥探心灵奥秘的艺术——陀思妥耶夫斯基艺术创作散论》,《苏联文学》,1981 年第 1 期。

69. 夏仲翼:《陀思妥耶夫斯基的〈地下室手记〉和小说复调结构问题》,《世界文学》,1982 年第 4 期。

70. 钱中文:《"复调小说"及其理论问题:巴赫金的叙述理论之一》,《文艺理论研究》,1983 年第 4 期。

71. 何百华:《托多罗夫谈巴赫金》,《外国文学报道》,1986 年第 1 期。

72. 何茂正:《"复调小说"理论与陀氏小说的鉴赏》,《东北师大学报》,1986 年第 6 期。

73. 蓬生:《巴赫金复调小说理论》,《文艺报》,1987 年 6 月 20 日。

74. 蓬生:《陀思妥耶夫斯基的世界:巴赫金论陀思妥耶夫斯基》,《文艺报》,1987 年 9 月 5 日。

75. 钱中文:《复调小说:主人公与作者——巴赫金的叙述理论》,《外国文学评论》,1987 年第 1 期。

76. 宋大图:《巴赫金的复调理论和陀思妥耶夫斯基的作者立场》,《外国文学评论》,1987 年第 1 期。

77. 吴元迈:《关于巴赫金的语言创作问题》,《中州论坛》,1988 年第 1 期。

78. 樊锦鑫:《陀思妥耶夫斯基与欧洲小说艺术发展》,《长沙水电学院学报》,1987 年第 2 期。

79. 晓河:《观古今于须臾,抚四海于一瞬——关于艺术时间研究的思考》,《外国文学评论》,1988 年第 2 期。

80. 彭克巽:《巴赫金的小说创作美学》,《苏联文学》,1988 年第 6 期。

81. 吴元迈:《巴赫金和他的文艺思想》(上、下),《百科知识》,1988 年第 9、10 期。

82. 晓河:《苏联文学的艺术时间研究》,《苏联文学》,1989 年第 4 期。

83. 黄梅:《也说巴赫金》,《外国文学评论》,1989 年第 1 期。

84. 钱中文:《误解要避免,"误差"却是必要的》,《外国文学评论》,1989 年第 4 期。

85. 张杰:《复调小说作者意识与对话关系——也谈巴赫金的复调理论》,《外国文学评论》,1989 年第 4 期。

86. 赵一凡:《巴赫金:语言与思想对话》,《读书》,1990 年第 4 期。

87. 张杰:《批评的超越:论巴赫金的整体性批评理论》,《文艺研究》,1990 年第 6 期。

88. 晓河:《巴赫金的"赫罗诺托普"理论》,《苏联文学联刊》,1991 年第 1 期。

89. 皇甫修文:《巴赫金复调理论对小说艺术发展的意义》,《延边大学学报》,1991 年第 3 期。

90. 张柠:《对话理论与复调小说》,《外国文学评论》,1992 年第 3 期。

91. 蒋原伦:《一种新的批评话语——读巴赫金〈陀思妥耶夫斯基诗学问题〉》,《文艺评论》,1992 年第 5 期。

92. 邵建:《复调:小说创作新的流向》,《作家》,1993 年第 3 期。

93. 彭克巽:《巴赫金的学术生涯、艺术哲学和审美视角》,《国外文学》,1993 年第 4 期。

94. 董小英:《巴赫金对话理论阐述》,《外国文学研究集刊》,第 16 辑,中国社会科学出版社 1994 年版。

95. 胡壮麟:《巴赫金与社会符号学》,《北京大学学报》,1994 年第 2 期。

96. 刘康:《一种转型期的文化理论——论巴赫金对话主义在当代文论中的命运》,《中国社会科学》,1994 年第 2 期。

97. 刘康：《巴赫金和他的世界》，《国外文学》，1994 年第 2 期。

98. 刘康：《文化的喧哗与对话》，《读书》，1994 年第 2 期。

99. 夏忠宪：《巴赫金狂欢化诗学理论》，《北京师范大学学报》，1994 年第 5 期。

100. 吴晓都：《巴赫金与文学研究方法论》，《外国文学评论》，1995 年第 1 期。

101. 夏忠宪：《拉伯雷与民间笑文化、狂欢化——巴赫金论拉伯雷》，《外国文学评论》，1995 年第 1 期。

102. 晓河：《文本·作者·主人公——巴赫金的叙述理论研究》，《文艺理论与批评》，1995 年第 2 期。

103. 晓河：《巴赫金的"言谈"理论及其在语言学、符号学上的地位》，《外国文学研究》，1996 年第 1 期。

104. 钱中文：《难以定位的巴赫金》，《文艺报》，1996 年 2 月 2 日。

105. 夏忠宪：《对话—整合：文学研究与语言、文化》，《俄罗斯文艺》，1997 年第 1 期。

106. 赵志军：《"普洛透斯式"的文学》，《外国文学研究》，1997 年第 1 期。

107. 赵志军：《从"我—他"到"我—你"——巴赫金的作者和主人公理论》，《湛江师范学院学报》，1997 年第 2 期。

108. 赵志军：《寻找意识形态和文学形式的结合点——巴赫金的批评方法论》，《广西大学学报》，1997 年第 3 期。

109. 陈平辉：《以人为根基建构小说的艺术空间：对巴赫金"复调小说"理论和中国当代小说的思考》，《文艺理论研究》，1997 年第 3 期。

110. 陈思红：《〈卡拉马佐夫兄弟〉中的偶合家庭与巴赫金的有关见解》，《国外文学》，1997 年第 4 期。

111. 钱中文：《论巴赫金的交往美学及其人文科学方法论》，《文艺研究》，1998 年第 1 期。

112. 钱中文：《巴赫金：交往、对话的哲学》，《哲学研究》，1998 年第 1 期。

113. 王钦峰：《巴赫金与比较文学的方法》，《中国比较文学》，1998 年第 3 期。

114. 王加兴：《巴赫金言谈理论阐析》，《南京大学学报》，1998 年第 4 期。

115. 白春仁：《巴赫金——求索对话思维》，《文学评论》，1998 年第 5 期。

116. 凌建侯:《试析巴赫金的对话主义及其核心概念"话语"》,《中国俄语教学》,1999 年第 1 期。

117. 张会森:《作为语言学家的巴赫金》,《外语学刊》,1999 年第 1 期。

118. 张杰:《批评思维模式的重构——从巴赫金的对话语境批评谈起》,《解放军外国语学院学报》,1999 年第 1 期。

119. 董小英:《不肯就范——巴赫金与后现代情结》,《外国文学动态》,1998 年第 5 期。

120. 董小英:《扑克牌的头像——巴赫金与解构情结》(之一),《外国文学动态》,1998 年第 6 期。

121. 董小英:《从公鸡到驴子——巴赫金与解构情结》(之二),《外国文学动态》,1999 年第 2 期。

122. 李兆林:《巴赫金论民间狂欢节笑文化和拉伯雷的创作初探》,《俄罗斯文艺》,1998 年第 4 期。

123. 涂险峰:《复调理论的局限与复调小说发展的现代维度》,《外国文学研究》,1999 年第 1 期。

124. 钟敬文:《文学狂欢化思想与狂欢》,《光明日报》,1999 年 1 月 28 日。

125. 杨喜昌:《巴赫金语言哲学思想分析》,《解放军外国语学院学报》,1999 年第 2 期。

126. 宁一中:《论狂欢化》,《理论与创作》,1999 年第 2 期。

127. 张冰:《对话:奥波亚兹与巴赫金学派》,《外国文学评论》,1999 年第 2 期。

128. 晓河:《巴赫金意义理论初探——兼与伽达默尔等人的比较》,《河北学刊》,1999 年第 3 期;《论巴赫金小说诗学的能指与阈指》,《抚州师专学报》,1999 年第 4 期。

129. 陈浩:《论巴赫金的引语修辞理论》,《绍兴文理学院学报》,1999 年第 3 期。

130. 冯平:《游戏与狂欢——伽达默尔与巴赫金的两个概念的关联尝试》,《文艺评论》,1999 年第 4 期。

131. 程正民:《巴赫金的文化诗学》,《文学评论》,2000 年第 1 期。

132. 程正民:《巴赫金的对话思想和文论的现代性》,《文艺研究》,2000 年第 2 期。

133. 程正民：《巴赫金多元、互动和开放的整体文化观》，《文学理论学刊》，第1辑，北京师范大学出版社2000年版。

134. 程正民：《狂欢式的世界感受——巴赫金文化诗学的哲学层面》，《文学前沿》，第2辑，首都师范大学出版社2000年版。

135. 贾奋然：《试论巴赫金的对话艺术思维》，《文学前沿》(2)，首都师范大学出版社2000年版。

136. 蒋述卓、李凤亮：《对话：理论精神与操作原则——巴赫金对比较诗学研究的启示》，《文学评论》，2000年第1期。

137. 董晓：《超越形式主义的"文学性"——试析巴赫金对俄国形式主义的批判》，《国外文学》，2000年第2期。

138. 王钦峰：《复调小说的两种模式——对巴赫金复调小说理论的一个补充》，《湛江师范学院学报》，2000年第2期。

139. 白春仁：《边缘上的话语——巴赫金话语理论辨析》，《外语教学与研究》，2000年第3期。

140. 宁一中：《论巴赫金的言谈理论》，《外语教学与研究》，2000年第3期。

141. 凌建侯：《话语的对话性——巴赫金研究概说》，《外语教学与研究》，2000年第3期。

142. 凌建侯：《巴赫金言语体裁理论评介》，《中国俄语教学》，2000年第3期。

143. 万海松：《巴赫金的时空体理论及其对研究〈上尉的女儿〉的意义》，《俄罗斯文艺》，2000年第3期。

144. 魏少林：《诗歌的谎言和小说的真实——巴赫金文学体裁理论评析》，《当代外国文学》，2000年第3期。

145. 范一亭：《试论巴赫金复调对话理论在戏剧领域的移植》，《国外文学》，2000年第4期。

146. 邱运华：《错会的契合：巴赫金的超语言学与20世纪西方文论的语言学转向》，《文学理论学刊》，第1辑，北京师范大学出版社2000年版。

147. 秦勇：《狂欢与笑话——巴赫金与冯梦龙的反抗话语比较》，《扬州大学学报》，2000年第4期。

148. 程金海：《教堂与天堂：作为审美理念的"复调小说"》，《河海大学学报》，2001年第1期。

中国俄苏文学研究史论
История исследования русской и
советской литературы в Китае

149. 丰林:《超语言学:走向诗学研究的最深处》,《北京科技大学学报》,
2001 年第 1 期。

150. 秦勇:《巴赫金的"戏剧丑角理论"》,《俄罗斯文艺》,2001 年第 2 期。

151. 李衍柱:《巴赫金对话理论的现代意义》,《文史哲》,2001 年第 2 期。

152. 胡壮麟:《走近巴赫金的符号王国》,《外语研究》,2001 年第 2 期。

153. 凌建侯:《巴赫金论修辞教学法与语言学流派》,《俄罗斯文艺》,2001
年第 2 期。

154. 黄玫:《巴赫金与俄国形式主义的诗学对话》,《俄罗斯文艺》,2001 年
第 2 期。

155. 曾军:《在审美与技术之间——巴赫金对形式主义"纯技术(语言)"方
法的批评》,《华中师范大学学报》,2001 年第 2 期。

156. 曾军:《"复调"和"狂欢化"——巴赫金的"超技术(语言)"批评及其在
巴赫金文论思想体系中的地位》,《荆州师范学院学报》,2001 年第 3 期。

157. 曾军:《巴赫金对席勒讽刺观的继承与发展——兼及巴赫金笑论的美
学史意义》,《外国文学研究》,2001 年第 3 期。

158. 修倜:《"狂欢化"理论与喜剧意识——巴赫金的启示》,《华中师范大
学学报》,2001 年第 3 期。

159. 梅兰:《论陀思妥耶夫斯基的现实主义——兼评巴赫金复调理论的局
限性》,《华中师范大学学报》,2001 年第 3 期。

160. 梅兰:《试析巴赫金对作者与主人公的关系的两种评价——兼评巴赫
金复调理论的局限性》,《外国文学研究》,2001 年第 3 期。

161. 雷艳林:《巴赫金论"怪诞现实主义"的文化根源及形成发展》,《湖南
师大社科报》,2001 年第 2 期。

162. 周继武:《试论巴赫金的怪诞现实主义》,《徐州师大学报》,2001 年第 3
期。

163. 史忠义:《泛对话原则与诗歌中的对话现象》,《外国文学研究》,2001
年第 3 期。

164. 凌建侯:《对话论与人文科学方法论——巴赫金哲学思想研究》,《天津
社会科学》,2001 年第 3 期。

165. 凌建侯:《巴赫金话语理论中的语言学思想》,《中国俄语教学》,2001
年第 3 期。

166. 程小平：《对话与存在——略论巴赫金诗学的存在主义特性》，《北京联合大学学报》，2001 年第 4 期。

167. 萧净宇：《巴赫金语言哲学中的对话主义》，《现代哲学》，2001 年第 4 期。

168. 李彬：《巴赫金的话语理论及其对批判学派的贡献》，《国际新闻界》，2001 年第 6 期。

169. 郑欢：《话语的社会性与对话性——巴赫金的超语言学初探》，《西南民族学院学报》，2001 年第 7 期。

170. 周泽东：《论巴赫金的语言学理论》，《湘潭师范学院学报》，2002 年第 1 期。

171. 苏晖：《巴赫金对西方喜剧美学的理论贡献》，《华中师大学报》，2002 年第 1 期。

172. 曾耀农：《喜剧影片与狂欢化理论》，《电影艺术》，2002 年第 2 期。

173. 胡继华：《诗学现代性和他人伦理——巴赫金诗学中的"他人"概念》，《东南学术》，2002 年第 2 期。

174. 雷武锋、曾耀农：《论巴赫金的自我理论及文化精神》，《天府新论》，2002 年第 2 期。

175. 程正民：《文化诗学：钟敬文和巴赫金的对话》，《文学评论》，2002 年第 2 期。

176. 王宁：《巴赫金之于"文化研究"的意义》，《俄罗斯文艺》，2002 年第 2 期。

177. 王珂：《论巴赫金狂欢诗学中文体生成进化论的成因及现实意义》，《合肥联合大学学报》，2002 年第 2 期。

178. 梅兰：《对象世界与关系世界——席勒的审美教育思想与巴赫金狂欢化思想比较》，《武汉科技学院学报》，2002 年第 2 期。

179. 李建军：《在谁的引领下节日般归来——巴赫金的作者与人物关系理论》，《南方文坛》，2002 年第 2 期。

180. 凌建侯：《从哲学—语言学看巴赫金与马克思主义的关系》，《北京大学学报》，2002 年第 2 期。

181. 凌建侯：《言语体裁理论的形成与发展》，《解放军外国语学院学报》，2002 年第 3 期。

中国俄苏文学研究史论
История исследования русской и
советской литературы в Китае

182. 齐效斌:《被遗忘的语言意识形态——巴赫金意识形态符号学初探》,《南京师大文学院学报》,2002 年第 3 期。

183. 杨琳桦:《"对话"还是"对位"——论复调类型的美学适用性及其发展的现代维度》,《国外文学》,2002 年第 3 期。

184. 季明举:《对话乌托邦——巴赫金"对话"视野中的思维方式革命》,《俄罗斯文艺》,2002 年第 3 期。

185. 陈桂华:《巴赫金超语言学思想及其话语理论》,《洛阳工学院学报》,2002 年第 3 期。

186. 王珂:《论巴赫金文体进化观的成因及意义》,《思想战线》,2002 年第 4 期。

187. 辛斌:《巴赫金论语用:言语、对话、语境》,《外语研究》,2002 年第 4 期。

188. 周启超:《复调》,《外国文学》,2002 年第 4 期。

189. 张杰:《符号学王国的构建:语言的超越与超越的语言——巴赫金与洛特曼的符号学理论研究》,《南京师大学报》,2002 年第 4 期。

190. 梅兰:《狂欢化世界观、体裁、时空体和语言》,《外国文学研究》,2002 年第 4 期。

191. 赵勇:《民间话语的开掘与放大——论巴赫金的狂欢化理论》,《外国文学研究》,2002 年第 4 期。

192. 陆道夫:《狂欢理论与约翰·菲斯克的大众文化研究》,《外国文学研究》,2002 年第 4 期。

193. 程金海:《复调理论中作者与主人公关系的宗教意味》,《郴州师范专科学校学报》,2002 年第 4 期。

194. 肖锋:《巴赫金"微型对话"和"大型对话"》,《俄罗斯文艺》,2002 年第 5 期。

195. 齐效斌:《潜对话:人文知识分子生存方式的独特选择——巴赫金启示录之一》,《陕西师大学报》,2002 年第 5 期。

196. 萧净宇、李尚德:《从哲学角度论"话语"——巴赫金语言哲学研究》,《中山大学学报》,2002 年第 5 期。

197. 杨立民:《走向本土化和现代化的狂欢化研究——巴赫金未完成的果戈理研究》,《社会科学战线》,2002 年第 6 期。

198. 罗婷:《论克里斯特瓦与巴赫金的对话理论》,《外语与外语教学》,2002年第12期。

199. 王志耕:《"聚合性"与陀思妥耶夫斯基的复调艺术》,《外国文学评论》,2003年第1期。

200. 李凤亮:《复调:音乐术语与小说概念——从巴赫金到热奈特再到昆德拉》,《外国文学研究》,2003年第1期。

201. 赵晓彬:《洛特曼与巴赫金》,《外国文学评论》,2003年第1期。

202. 张勤:《论巴赫金对话主义的话语特征》,《南宁师专学报》,2003年第1期。

203. 沈华柱:《巴赫金语言哲学思想述评》,《福州大学学报》,2003年第1期。

204. 吕宏波:《从"言谈"到"对话"——巴赫金语言哲学与文化理论》,《绍兴文理学院学报》,2003年第1期。

205. 郑欢、罗亦君:《充满张力的活力场——巴赫金的超语言学语境试析》,《成都理工大学学报》,2003年第1期。

206. 秦勇:《"丑角地形学"——巴赫金的一种独特的文学理论》,《常德师院学报》,2003年第1期。

207. 秦勇:《论巴赫金"丑角地形学"生成机制》,《河南社会科学》,2003年第2期。

208. 张开焱:《学术中的政治与政治中的学术——以巴赫金为例》,《文艺理论与批评》,2003年第2期。

209. 兰岳兴:《论巴赫金语文学思想及其对语文教学的启示》,《浙江海洋学院学报》,2003年第2期。

210. 马理:《作者"多相成分"问题意义探微》,《温州大学学报》,2003年第2期。

211. 马理:《边界与体裁——试析巴赫金诗学元方法问题》,《四川大学学报》,2003年第3期。

212. 梅兰:《论巴赫金参与性美学文论范畴》,《华中师大学报》,2003年第3期。

213. 李健、吴彬:《论巴赫金的对话理论》,《皖西学院学报》,2003年第3期。

中国俄苏文学研究史论
История исследования русской и
советской литературы в Китае

214. 陈素娥:《巴赫金论怪诞现实主义》,《湖北大学学报》,2003 年第 3 期。

215. 秦海鹰:《人与文,话语与文本——克里斯特瓦互文性理论与巴赫金对话理论的联系与区别》,《欧美文学论丛第三辑:欧美文论研究》,人民文学出版社 2003 年版。

216. 秦勇:《论酒神精神对巴赫金躯体思想的影响》,《南京师大文学院学报》,2003 年第 3 期。

217. 姚爱斌:《对话体:朱光潜与巴赫金》,《广西师大学报》,2003 年第 4 期。

218. 曾军:《理论创新:以"对话性"为中心建构叙述理论的可能性及其限度》,《高等函授学报》,2003 年第 4 期。

219. 秦勇:《论巴赫金的"镜像"理论》,《河北师大学报》,2003 年第 4 期。

220. 秦勇:《巴赫金对"间性"理论的贡献》,《俄罗斯文艺》,2003 年第 4 期。

221. 秦勇:《论巴赫金的"死亡"艺术观》,文化研究网,2003 年 11 月 19 日。

222. 郑欢:《关于翻译的对话性思考——从巴赫金的超语言学看翻译》,《乐山师范学院学报》,2003 年第 5 期。

223. 郑欢:《从"应分"到对话——超语言学的内在哲学精神》,《四川外语学院学报》,2003 年第 6 期。

224. 陈浩:《论巴赫金文化诗学中的原型观念及其局限》,《外国文学研究》,2003 年第 5 期。

225. 陈浩:《论巴赫金"狂欢化"诗学中的"原型"观念》,《俄罗斯文艺》,2003 年第 6 期。

226. 马理:《双面的雅努斯——试析巴赫金美学人类学主体性的涵义问题》,《广西民族学院学报》,2003 年第 6 期。

227. 曾军:《巴赫金文论中的"技术"思想》,文化研究网 http://www.culstudies.com/ 2003 年 11 月 19 日。

228. 曾军:《方方小说中的"潜对话"现象——兼论中国何以出不了"复调小说"》,文化研究网 http://www.culstudies.com/ 2003 年 11 月 19 日。

229. 韩振江:《论巴赫金的怪诞现实主义》,文化研究网 http://www.culstudies.com/ 2003 年 12 月 16 日。

230. 程正民、李燕群:《巴赫金的对话理论与语文教学的对话性——程正民教授访谈录》,《语文教学与研究》,2003 年第 17 期。

231. 马琳：《论巴赫金对话理论的双主体性》，《济南大学学报》，2004 年第 1 期。

232. 曾军：《巴赫金接受与中国当代文论话语转型——以钱中文为个案》，《河北学刊》，2004 年第 1 期。

233. 张杰：《巴赫金对话理论中的非对话性》，《外国语》，2004 年第 2 期。

234. 王铭玉、陈勇：《俄罗斯符号学研究的历史流变》，《当代语言学》，2004 年第 2 期。

235. 马理：《巴赫金历史诗学方法论三题》，《嘉兴学院学报》，2004 年第 2 期。

236. 刘涵之：《巴赫金超语言思想刍议》，《新疆大学学报》，2004 年第 3 期。

237. 阎真：《想象催生的神话》，《文学评论》，2004 年第 3 期。

238. 黄柏青、李作霖：《狂欢化的意义及其产生的原因》，《大连民族学院学报》，2004 年第 4 期。

239. 王春辉：《巴赫金"狂欢化诗学"浅析》，《齐鲁学刊》，2004 年第 5 期。

240. 洪晓：《狂欢：自由生命的张显——论巴赫金的狂欢理论》，《巢湖学院学报》，2004 年第 5 期。

241. 龙溪虎、王玉花：《论巴赫金狂欢化理论的喜剧精神》，《江西教育学院学报》，2004 年第 5 期。

242. 周建萍：《追寻"狂欢"——巴赫金的"狂欢"理论与当代大众文化现象》，《齐齐哈尔大学学报》，2004 年第 5 期。

243. 曾军：《一段问题史：巴赫金的对话思想与中国的文学主体性问题》，《社会科学》，2004 年第 5 期。

244. 周卫忠：《双重性——巴赫金狂欢诗学的基本哲学立场》，《西南交通大学学报》，2004 年第 6 期。

245. 臧杨柳：《处在边缘的狂欢诗学——从巴赫金〈拉伯雷研究〉说起》，《广西社会科学》，2004 年第 6 期。

246. 但汉松、隋晓获：《巴赫金文论与精神分析文论之比较研究》，《学术交流》，2004 年第 10 期。

247. 童明辉：《巴赫金的对话理论与中学语文教学》，《内蒙古师大学报》，2004 年第 12 期。

第十七章
新时期俄国形式主义文论研究

俄国形式主义是人们对俄国苏维埃革命前后活跃于莫斯科及圣彼得堡的以什克洛夫斯基、雅各布森为核心的一群批评家的文学批评方法的称呼。它主要有两个派别:"莫斯科语言小组"和"诗歌语言研究会"。20 世纪 30 年代,"着眼于形式的方法"的俄国形式主义由于政治原因猝然夭折,但它们的传统以这样或那样方式在苏联和其他东欧国家保存下来,而欧美的结构主义、新批评的一些组成部分就是俄国形式主义思想和方法的直接的和历史的发展。同时,如佛克马所说,"欧洲各种新流派的文学理论中,几乎每一流派都从这一'形式主义'传统中得到启示。"①西方于 50 年代开始关注俄国形式主义,60—70 年代这种兴趣持续不断,出版了不少译著和论著。

20 世纪 70 年代末 80 年代初,中国开始接触俄国形式主义。80 年代,随着对结构主义等西方文论的接受,大量的有关俄国形式主义的研究资料被译介过来,国内学界对俄国形式主义有了初步的了解与接受。90 年代,我国对形式主义的研究与认识不断加深,并具体应用于我国的文学批评中,对我国的文学批评产生了重大影响;同时,我国学者对形式主义的意义与局限也形成了较为全面的认识,对形式主义的接受与研究逐步深入。陈厚诚等主编的《西方当代文学批评在中国》②研究了西方文论在中国的接受状况,但它没有将形式主义在中国的接受状况纳入进去,只是在研究新批评时把俄国形式主义作为比照给予了简单介绍。因此,对 20 世纪这样一支具有"革命性"意义的,并对我国文学界产生重大影响的文学批评理论在我国的接受与研究状况加以梳理就显得十分必要。

大约从 70 年代末 80 年代初起,国外各种文学理论纷纷在我国登台亮相。

---

① 佛克马、易布思:《二十世纪文学理论》,林书武等译,第 13 页,三联书店 1988 年版。
② 百花文艺出版社 2000 年版。

应该说,俄国形式主义文论在我国的介绍并不算晚,在 80 年代的"方法论热"中传到中国,并导致一段时间内"文体学"研究、"修辞论美学"、"形式美学"研究的兴起和繁荣。我国对俄国形式主义的介绍始于 1979 年。袁可嘉在该年《世界文学》第 2 期上发表了《结构主义文学理论》一文,其中只是提到了结构主义的先驱是"俄国形式主义"。1980 年,布洛克曼的《结构主义》一书翻译出版,内有专章介绍俄国形式主义。随后,1983 年第 4 期《苏联文学》发表了李辉凡的文章《早期苏联文艺界的形式主义理论》,同年《读书》杂志第 8 期在"现代西方文论略览"专栏中刊登了张隆溪的文章《艺术旗帜上的颜色——俄国形式主义与捷克结构主义》,从此俄国形式主义文论的影响便悄悄地在国内学界蔓延。之所以是悄悄的,是因为与其他外国文论的引进相比,俄国形式主义文论的声势要小得多,声音也要弱得多。

从 80 年代后期开始到 90 年代后期,随着国内对俄国形式主义文论的翻译、介绍逐渐增多、视角的扩大,在对该流派基本理论了解的基础上,研究者从各自的角度出发,或深入阐发,或批评运用,其中不乏独到之处,也有"误解"、"误读"。从总体上看,这一时期国内对该流派的研究呈现一种散兵游勇的态势。2003 年这种情况才有了改观。那年是该学派领袖什克洛夫斯基诞辰 110 周年,而第二年(2004 年)又是其首篇重要论文《词语的复活》发表 90 周年。中国社会科学院外国文学研究所文艺理论室和"文学理论研究中心"以此为契机,在 2003 年 11 月举办了"'俄罗斯形式学派学术研讨会'筹划会暨 20 世纪俄罗斯文论关键词写作讨论会"。在这个讨论会上,"文学理论研究中心"希望即将召开的"俄罗斯形式学派学术研讨会",能有力地推动俄罗斯形式学派在中国的系统译介、评价和与当代中国文论的比较研究,使之成为中国对整个 20 世纪外国文论研究的重要组成部分。

从这一简单的梳理中可以看出,俄国形式主义文论在我国的接受与研究大致分为三个阶段:20 世纪 70 年代末至 80 年代中期的以译介为主的阶段,20 世纪 80 年代后期至 90 年代中期的以研究为主的阶段;20 世纪 90 年代后期至 21 世纪初的研究深入与发展的阶段。

一、20 世纪 70 年代末—80 年代中期以译介为主的阶段

1980 年,布洛克曼的《结构主义》一书由李幼蒸翻译过来。该书从基本学说和历史发展两个方面对结构主义思潮进行了系统介绍。俄国形式主义是结

中国俄苏文学研究史论
История исследования русской и
советской литературы в Китае

构主义发展路程的第一站,因此论著就其学派的人物和精神氛围,俄国形式主义的重要概念程序、异化和形式,以及形式主义与马克思主义的辩论等方面作了详细介绍。应该注意的是其中"异化"一词是后来被学界普遍接受的"陌生化"一词的另一种译法。这也反映了我国对形式主义重要概念"陌生化"最初的理解。

80 年代前半期,俄国形式主义理论在我国虽是初步的零星的介绍,却已显示出了不同的评介倾向。1983 年第 4 期《苏联文学》发表的《早期苏联文艺界的形式主义理论》一文,对俄国形式主义的否定多于肯定,并且是从本身具有的、认为是正确的意识形态的立场出发的,将其视为"形而上学和唯心主义"世界观的反映,定性为"资产阶级的形式主义"而加以反对。尽管如此,该文就俄国形式主义的主要方面都给予了介绍。

首先,文章对形式主义与苏联早期文坛上的"不少资产阶级形式主义文学流派"的关系进行了梳理。文章认为,创立于 1912 年的俄国未来主义及苏维埃时期的未来主义本质上都属于"资产阶级形式主义的一个派别","不论在创作实践上还是在理论上,他们都没有摆脱形式主义的束缚";"列夫"是未来派的后裔,基本上承袭了未来派的观点;意象派不惜"破坏语言的词法和句法"的做法是荒谬的;"谢拉皮翁兄弟"团体中不少作家也是形式主义理论的宣扬者,他们不是把文学作品看做现实的反映,而是看作"风格手段的总和","这个团体在很大程度上是那个时代的形式主义倾向的表达者"。

其次,文章介绍了俄国形式主义学派的专门组织——"诗歌语言研究会"(ОПОЯЗ),提及了其代表人物、主要理论主张和影响。什克洛夫斯基的著名观点"新的形式不是为了表现新的内容,而是为了去取代旧的、失去了自己的艺术性的形式"、"诗歌流派的全部工作在于积累和表现新的排列方式,加工文字材料、特别是排列形象要重于创造形象"、"艺术就是感受事物的制作方法";日尔蒙斯基的"诗歌是言语的艺术,文字的艺术。……诗歌方法的实质在于独特地使用语言的事实"、"诗学的任务就是'系统地记述各种作诗的方法'"的理论;艾亨鲍姆"有意识地回避'文学现象的起源,它与生活、经济、个人心理或作者的生理现象等的联系'"的主张;托马舍夫斯基关于"情节"、"结构"的理论等,但都以一种批判的方式加以呈现。文章也指出了形式主义内部的差异,并进一步探究了形式主义的源头,认为亚历山大·维谢洛夫斯基是"俄国形式主义的老祖宗"。但无论是亚历山大·维谢洛夫斯基的理论,还是"诗歌语言研究会"成员的主张,作者认为都是错误的:"他(指维谢洛夫斯基)那学究式的错误的研究方法却对后人贻害不浅。例如,他在《历史诗学》一书中,曾把艺术史的过程看作是一种内在的发展过程,片面地夸大传统形式的意义,从而为艺术形式的'自在发展'的理论大开了方便之门。'诗语研究会'成员的不少错误观点正是由于承袭了维谢洛夫斯基的错误理论并加以发展而来的。"在文章结尾,作者指出,"诗语研究会"的许多人认识到了这一理论的错误,开始接受马克思主义理论。这种研究视角显然是将形式主义与马克思主义对立了起来,是一种政治式的文艺研究。

此外,文章介绍了形式主义理论从 20 年代中期起在苏联文艺界遭受批评的情况。其中谈到了萨库林、包勃罗夫、柯甘、波梁斯基及卢那察尔斯基、高尔基等对形式主义理论观点的反驳与批判,同时也表达了作者的批判态度:"他(指艾亨鲍姆)企图把形式主义理论同马克思主义调和起来。他完全不懂得或不想懂得,文学并不是自然科学,也不是纯语言现象,而是具有高度党性和阶级性的意识形态和上层建筑,它是不能脱离人类的现实生活的。""我们不反对形式艺术和形式美,却坚决反对资产阶级形式主义。"形式主义"企图在文学研究和文学史中占据垄断地位,因而是早期苏联文艺理论发展中的一块绊脚石。"从作者的这些断言中不难看出当时我国对形式主义的一种接受态度。

值得注意的是,"形式主义"一词在作者那里并不是一个纯学术词语,而是一个含有意识形态意味的政治词语,因为作者指的是"十九世纪下半期以后在西欧形成的现代主义文艺流派,如象征主义、未来主义、表现主义、印象主义、结构主义、立体主义、达达主义、超现实主义等等",并统统斥之为"资产阶级形式主义",而非无产阶级的艺术统统都是"形式主义"的。"形式主义"长期在我国没有好的名声,就是这种从政治的角度对"形式主义"的解释造成的。这种否定评介虽然在我国的研究者中并没形成主流,但对"形式主义"的简单理解显然对以后对该流派艺术主张的真正内涵的接受起了误导的作用。

就在同年第 8 期《读书》杂志上也发表了一篇介绍俄国形式主义的文章《艺术旗帜上的的颜色——俄国形式主义与捷克结构主义》。文章第一部分即介绍俄国形式主义。这里作者捕捉到了该流派的核心概念:俄国形式主义的另一主将罗曼·雅各布森的"文学性"和什克洛夫斯基的"陌生化",以及以"陌生化"为基础的文学史观。另外,作者注意到了什克洛夫斯基提出的又一对影响广泛的重要概念——"故事"(фабула)和"情节"(сюжет),指出正是这些概念和"陌生化"理论的提出,使什克洛夫斯基为现代反传统艺术奠定了理论基础。不仅如此,作者还进一步论述了雅各布森的"文学性"概念是从语言特点上把文学区别于非文学,什克洛夫斯基的"陌生化"概念强调艺术感受和日常生活习惯的格格不入,艺术独立于生活;论述了巴赫金的"复调小说"理论是受到了形式主义理论的影响,因为形式主义者强调把"故事"加以变化的各种手法对于理解小说意义的重要性。巴赫金赋予"复调形式"对于陀思妥耶夫斯基作品的重要意义,即是受此启发。

　　文章的第一部分篇幅不大,但抓住了俄国形式主义文论的关键所在,重要的是文章阐明了形式主义文论的意义在于它希望建立一种科学的文学研究,而不是哲学研究、文化研究、心理研究等。随后文章梳理了俄国形式主义与捷克结构主义(即布拉格学派)、法国结构主义及英美新批评、甚至接受理论的承袭关系,为以后进一步研究 20 世纪西方文论的一大流向——形式结构学派的脉络发展奠定了基础。文章最后重点论述了对形式主义简单的理解——即将其简单地理解为追求超历史的真空里的艺术而导致的误区。作者写道:"形式主义者实际上并不是那么'形式主义',即并非全然抱着超历史、超政治的态度。他们的'文学性'概念不过是强调文学之为文学,不能简单归结为经济、社会或历史因素,而决定于作品本身的形式特征。他们认为,要理解文学,就必须以这些形式特征为研究目标,也正是在这个意义上,他们反对只考虑社会历史因素。"笔者认为,作者比较客观地解读了形式主义强调的"文学性"的内涵。然而,遗憾的是,以后的研究者依然频频进入作者指出的这一误区。作者指出,正是这一误解,使得无论是苏联还是我国的文学批评中庸俗社会学研究大量存在;使得对形式主义大加批判,一谈形式就是资产阶级的唯美主义和形式主义,结果完全无力对作品进行艺术分析。同时,作者辩证地评价了俄国形式主义的意义与局限,肯定了"陌生化"理论正确描述了作品的艺术效果,正确描述了文学形式的变迁史。但是作者认为,"把形式的陌生和困难看成审美标准,似乎越怪诞的作品越有价值,就有很大的片面性";"形式的分析完全有权成为严肃的文学研究的重要部分,但不是全部";"认为一种形式似乎到一定时候自然会老化,新的形式自然会起来,而不考虑每一种新的形式产生的社会历史背景,就难免知其然而不知其所以然"。这些评论比较中肯到位。可以看出,该文较为客观地评介了俄国形式主义理论,突出了该流派的两个核心人物雅各布森和什克洛夫斯基,准确把握了这一理论的重要概念、观点、意义和局限,为以后我国对该流派的进一步研究奠定了良好的基础。

1984年第3期《作品与争鸣》上开辟的专栏"国外现代派简介"，发表了陈圣生、林泰的《俄国形式主义》一文，这也是一篇较早介绍俄国形式主义的论文。文章不仅介绍了其理论，还梳理了这一流派与象征主义的关系，它产生的思想、社会、哲学背景，以及它与苏联符号学的关系。

总体上讲，这一时期接受俄国形式主义的主要形式是通过大量翻译西方学者的著作、撰写有关西方文论的著作、编撰西方文论集而实现对俄国形式主义的认识与接受的。这一时期的翻译著作有：特里·伊格尔顿的《二十世纪西方文学理论》（伍晓明译，1986；王逢振译，1988），在该书的导论"什么是文学"和"结构主义和符号学"一章中都有对俄国形式主义理论思想的论述。特伦斯·霍克斯的《结构主义和符号学》（1987），该书从"结构"的角度介绍了俄国形式主义学派，并有专节论述雅各布森的从语言学的角度阐发的诗歌诗学理论。作者是把艾亨鲍姆、什克洛夫斯基、雅各布森、托马舍夫斯基、特尼亚诺夫、普洛普等人都作为俄国形式主义的成员加以研究的。佛克马、易布思的《二十世纪文学理论》（1988），该书设专章论述俄国形式主义，从形式主义对文学研究科学性的要求，到其对文学技巧的探索，从艾亨鲍姆、什克洛夫斯基、雅各布森、托马舍夫斯基、特尼亚诺夫、普洛普到维诺格拉多夫、布里克、伯恩斯坦，从莫斯科到布拉格再到苏联符号学之间的关系，作者都作了详细的论述。韦勒克的《批评的诸种概念》（1988），作者在讨论文学史上的形式和结构的诸种概念的时候，探讨了俄国形式主义关于形式与内容的内涵。罗伯特·休斯的《文学结构主义》（1988），[①]在该书中作者详细讨论了雅各布森的诗歌诗学和"真正作为一个文学批评流派"的俄国形式主义的成就，并就杰姆逊对形式主义和结构主义的批评的不恰当给予了反驳。该书是比较全面、深入地对俄国形式主义理论进行研究的著作。

这一时期相关的论著与论文集有：辽宁大学中文系编写的《文艺研究的系统方法》文集（1985），该书收有周宪的文章《现代西方文学研究的几种倾向》[②]涉及了西克洛夫斯基（即什克洛夫斯基）的陌生化理论。傅修延、夏汉宁编著的《文学批评方法论基础》（1986）第七章介绍、讨论西方和苏联的形式主义。中国

---

① 该书另有一译名：罗伯特·肖尔斯著：《结构主义与文学》，春风文艺出版社1988年版。
② 该文曾发表于《文艺研究》1984年第5期。

中国俄苏文学研究史论
История исследования русской и
советской литературы в Китае

人民大学中国语言文学系编写的《文艺学方法论讲演集》(1987)收有张秉真的文章《现代西方文学批评的形式主义倾向》,其中有对俄国形式主义批评流派的评介。文化部教育局编写的《西方现代哲学与文艺思潮》(1987)该书在介绍结构主义及其文艺理论时介绍了雅各布森的结构主义诗学。班澜、王晓秦撰写的《外国现代批评方法纵览》(1987)用了较多的篇幅介绍俄国形式主义,并作了比较到位的评述,从三个方面界定其理论特征:"文学自律性的绝对化"、"'新奇'、'惊异'的审美标准"、"从'手法'到'结构'的走向",并有专门一节研究雅各布森的诗歌分析及其许多重要概念,如情感功能、命令功能、意指功能、元语言功能、话语功能等。《马克思主义文艺理论研究》编辑部选编的《美学文艺学方法论》(续集)(1987)收有谢·马申斯基的文章《苏联批评界的文艺学界同形式主义和庸俗社会学的斗争》,谈到了俄国形式主义当时在苏联的状况,并对形式学派各个人物的观点作了评析。张秉真、黄晋凯著述的《结构主义文学批评论》(1987)论及了俄国形式主义。不过,其中大量借鉴了西方学者的论著在我国的译本。我国当时对俄国形式主义的接受主要还是借助于西方学者的视角而实现的。伍蠡甫、胡经之主编的《西方文艺理论名著选编》(1987)和胡经之、张首映主编的《西方二十世纪文论选》(1989)都收录了俄国形式主义者的重要论文。

二、20世纪80年代后期—90年代中期以研究为主的阶段

80年代后期至90年代中期,随着我国文艺界文学观念、文学方法大讨论的展开,人们对俄国形式主义的理论价值开始关注,俄国形式主义从西方文论的大背景中凸现出来,出现了专门的有关俄国形式主义的文选、译著、译文、论文和专著。如,托多罗夫编选、蔡鸿滨翻译的《俄苏形式主义文论选》,维·什克洛夫斯基等著、方珊等翻译的《俄国形式主义文论选》,什克洛夫斯基著、刘宗次翻译的《散文理论》,巴赫金著、李辉凡、张杰翻译的《文艺学中的形式主义方法》等。另外,《外国文学评论》杂志1989年第1期、1993年第2期分别发表了李辉凡翻译的什克洛夫斯基著名论文《艺术即手法》[①]和《词语的复活》,《国外文学》1996年第4期发表了张冰翻译的迪尼亚诺夫的论文《文学事实》。这些俄国形式主义文论的翻译标志着我国对形式主义文论的接受进入了一个新的阶段,它

---

① 该文后由谢天振重译为《作为艺术的手法》,发表于《上海文论》1990年第5期。

们为我国学者进一步研究打下了基础。这时期出现了不少研究成果，一类是以论文为主，进行专题研究；另一类是以著作为主，较全面地研究俄国形式主义。

1. 专题研究

这一时期，在各种期刊上，如《外国文学评论》、《当代外国文学》、《国外文学》、《北京社会科学》、《文艺理论与批评》等发表了不少相关论文。这些研究成果主要从思潮的起源与沉浮、组织和成员、代表人物及学术活动、文学主张及其影响等方面较为全面地进行研究。重点是对其文学理论本身的研究，通过抓住核心概念，深入展开，明确梳理出了俄国形式主义的主要命题。

（1）关于"文学性"的研究

1989 年第 1 期《外国文学评论》以"俄国形式主义"专题，刊登钱佼汝的《"文学性"和"陌生化"——俄国形式主义早期的两大理论支柱》，文章对"文学性"作了专门论述。从文章题目可以看出，我国研究者对俄国形式主义理论的价值有了明确的认识，已经将"文学性"和"陌生化"凸显出来进行专门研究。我国学界后来对俄国形式主义的研究基本上也是定位在"文学性"和"陌生化"这两个核心概念上进一步展开的。

钱佼汝对"文学性"提出之时的真正指向作了这样的描述：它首先是针对俄国当时以别、车、杜为代表的现实的、功利的"文学反映论"，其次是针对秉承"艺术即形象思维"观的象征主义理论。对这两种理论俄国形式主义均持异议。作者指出："俄国形式主义的基本出发点是剔除传统文学研究中非科学的印象主义成分和伪科学的实证主义成分，使文学研究建立在真正'客观'的和'科学'的基础上。""他们指出文学研究不应该再依附于哲学和美学，而应该成为一门独立的、自成一体的科学；不应该再热衷于那些与文学关系不大的有关历史、社会、道德、哲学、心理学或作者生平等方面的讨论，而应该把研究的注意力集中到文学本体，即文学本身上面，着重探讨文学自身的特点和规律。"钱先生进一步指出，雅各布森的"文学性"的具体内容就是指区别文学与非文学的标志，也就是什克洛夫斯基的"艺术即手法"的理论主张。

不过，在肯定"文学性"和"艺术即手法"的合理内容的同时，作者认为，如果把它们推到极限，也是不可取的，俄国形式主义早期的失误正在于此。钱先生对什氏的一段话认为不可理解，也不可接受。什克洛夫斯基说："形式主义方法最了不起的地方就是它并不否认艺术的思想内容，只是把所谓的内容当作形

中国俄苏文学研究史论
История исследования русской и
советской литературы в Китае

式的一个方面罢了。"钱先生认为,"这样,内容就变成了形式的一种功能了。"①
这不仅是钱先生认为费解的地方,也是我国很多研究者认为不能接受的地方。
而笔者认为这恰恰是理解俄国形式主义的关键所在。我们之所以不理解,不接
受,正是"形式"与"内容"两分法在我们的意识里太根深蒂固了,太顽固了。我
们正是抱着两分法的先入之见来接受俄国形式主义"形式"与"内容"的合二为
一的,而且是合一到"形式"之上。"内容就变成了形式的一种功能了"的理解
是准确的,在俄国形式主义的"形式"这一大概念之下,确实"内容"是一种"功
能"。这是其"局限"呢,还是其"发现"? 不正是从这样一个新的角度,我们发
现了一个新的世界;不正是从这样一个角度,巴赫金发现了"复调形式"对理解
陀思妥耶夫斯基的重大意义,从而也发现了一个全新的陀思妥耶夫斯基。其
实,钱先生在其文章中十分准确地把握了俄国形式主义的"革命"性意义:"俄国
形式主义在本世纪初给西方传统的文学理论以一次革命性冲击,开创了现代批
评的新时代,并留下了深远的影响。我们不能把俄国形式主义简单地看成是一
种阅读文学作品和展开文学批评的新方法;它的最终目的是要建立一种'科学
的'、享有独立地位的文学理论,从根本上改变文学批评的性质、任务、方法。"②
这一评述十分到位,只是当时我们还不适应,也不能接受这种革命性的转变。
依本人视野所及,这一时期我国学界不少研究者的立足点,多是基于我们固有
的"形式"概念来对俄国形式主义进行研究的。这样的研究视角带来的错位与
误读,往往使我们无法走进新理论带给我们的新视界。

俄国形式主义"文学性"的提出,其重要理论立足点之一就是区分文学语言
与日常语言。黄家修的《文学语言的诗性结构与审美功能》③虽不是直接研究
"文学性",但文章深入研究了俄国形式主义的主要人物,研究了提出"文学性"
概念的雅各布森的有关文学语言的理论主张,阐发了其关于文学语言的审美功
能理论。对这一理论的了解是理解"文学性"的基础。范玉刚的《论俄国形式主
义》④一文提出了四个问题:"文学性"作为对象何以可能、语言学诗学研究何以
可能、文学作为形式何以可能、文学语言本体论何以可能。而这些问题实质上
都是围绕"文学性"展开的。作者从不同角度,充分论述了俄国形式主义的这一

① 《外国文学评论》,1989 年第 1 期。
② 《外国文学评论》,1989 年第 1 期。
③ 《现代外语》,1995 年第 4 期。
④ 《江海学刊》,1996 年第 1 期。

核心概念。刘万勇的《论俄国形式主义诗学的"文学性"与"陌生化"》①也探讨了俄国形式主义的两个重要概念"文学性"与"陌生化"，认为俄国形式主义诗学所提出的方法论和美学原则给后起的批评流派以深刻的启迪，但与其理论优势共生的缺陷也必须加以重视。

（2）关于"陌生化"的研究

"陌生化"概念是俄国形式主义的另一同等重要的核心概念。这一时期我国学者对其也作了专门性研究。上述钱佼汝的文章《"文学性"和"陌生化"——俄国形式主义早期的两大理论支柱》第三部分即专门论述该问题。作者在阐述了这一概念的基本内涵的基础上，指出它的理论出发点是心理学，这一点对后来的研究者探讨形式主义的理论基础颇有启发。需要指出的是，文章针对形式主义当时被批评为一种"反现实主义"理论，就"典型性"、"真实性"与"陌生化"、"离奇感"加以分析、比较，得出结论："典型性和'陌生化'并不矛盾"。作者似乎想证明，形式主义并不是反现实主义的，反马克思主义文论思想的，依此来反驳卢那察尔斯基对形式主义的批判。这里是否有作者这样一种潜在话语：把形式主义向当时的主流文艺思想靠拢，进而说明对其的批判是不公正的。这样，是否意味着，只有一种理论是标准，符合了这一标准，就都是正确的了。如果是这样的话，可见当时在文艺研究者的无意识之中依然有一个"政治"标准，这是一个"集体无意识"，无形中左右着研究者的倾向。

该文还从另一角度分析了"陌生化"概念，认为它不仅是语言层次上的，而且是结构层次上的。文章不仅注意到了什克洛夫斯基的"故事"与"情节"的区别，而且研究视野扩大到形式主义学派的另一成员托马舍夫斯基，重点以后者的《主题论》来研究形式主义在结构层次上的"陌生化"理论，对"陌生化"概念更丰富的内涵进行了深入的挖掘：语言层次上的"陌生化"是一种纵向选择，是语言的选择和替代问题，使语言变得陌生；结构层次上的"陌生化"是一种横向联合，是一个排列顺序问题，使顺序变得陌生。这两者都通过"陌生化"使语言与结构变为审美对象。

1988年《当代外国文学》第4期发表的《关于"陌生化"理论》一文也对"陌生化"概念作了专门研究。文章虽对该概念没有更深的拓展，不过就"陌生化"一词的来龙去脉，甚至是误印、误传、歧义、翻译的情况都作了梳理。另外，文章

---

① 《山西大学学报》，1997年第2期。

中国俄苏文学研究史论
История исследования русской и
советской литературы в Китае

中值得注意的是,作者关注了"形式主义学派"其他成员与什克洛夫斯基的"陌生化"概念表述不同,但实质属同一序列的概念间的联系。如特尼亚诺夫说:"一部文艺作品中任何一句话,都不是作者个人感情的简单'反映',它必然是一种结构和表现。"又说:"文学作品的特征是素材加上结构因素,在于材料的外形。"文章作者认为,特氏的"结构"就是什氏的"手法";特氏的"表现"就是什氏的"陌生化"后的表现;特氏的"外形"实质是"变形",即"陌生化"后的变形。笔者认为,诸如此类的辨析是十分重要的,因为对形式主义研究的论文、论著中,出现了许多不同的术语,如材料、素材、故事、本事、情节、形式、结构、外形、内容、表现、程序、手法、手段、技巧、风格、体系、功能等等,它们的"能指"与"所指"经常交叉、混合,界限不清,使用含混、随意。这里既有翻译的原因,也有对其概念理解不透的原因;既有个性化的解读,也有吃不准而导致的误读。这种情况是我们接受形式主义理论过程中产生混乱的原因之一。而对这些术语的梳理性研究不够,也是目前研究形式主义理论存在的问题之一。

文章的另一值得注意的是,作者强调了"陌生化"作为艺术的表现手法,不是一成不变的,它恰恰是一个变体;并从"变体"这一视点出发,认为布莱希特、爱森斯坦等人理论思想都可视为"陌生化"理论的变体,强调了"陌生化"理论包含巨大潜能,从诗歌扩展到小说、戏剧、电影,也许还会进一步得到发展。是的,笔者也认为,形式主义理论的力量也许并不在于其多了一种解读文本的方法,而在于"文学性"的提出是一种观念的转变,"陌生化"的提出是一种新理念的建立。在新观念、新理念之下,我们的世界发生了巨大的变化。

前面提到的刘万勇的文章《论俄国形式主义诗学的"文学性"与"陌生化"》则对陌生化原则在诗歌语言、叙事文体及文学史观诸方面的具体运用进行了分析。作者后又撰文《俄国形式主义的"陌生化"与艺术接受》①专门探讨俄国形式主义的"陌生化"原则及其引发的艺术接受问题,指出"陌生化"在追求文学审美可感性的过程中的内在矛盾和局限。

(3)关于形式主义文学史观的研究

在有关俄国形式主义的论文、论著中几乎都注意到了俄国形式主义理论以"陌生化"为基础的文学史观。但对这一文学史观的接受角度却不同。如,李辉凡的文章虽然对形式主义的文学史观还没有一个清晰的描述,但作者认为,形

① 《山西大学学报》(哲学社会科学版),1999年第2期。

式主义者"认为形式变化的原因在于形式本身,在于形式发展的内部规律性,这无疑都是唯心主义观点。"作者还认为,"诗语研究会"成员所承袭的维谢洛夫斯基的"艺术形式'自在发展'的理论"也是错误的理论。这是从意识形态的角度否定了形式主义的文学史观。

张隆溪的文章则认为,"在说明文学发展、文体演变都是推陈出新这一点上,'陌生化'理论正确描述了文学形式的变迁史。"钱佼汝的文章在指出了俄国形式主义的早期"失误"之后,提及了其后期理论的转向。作者认为,他们"把视野从一部作品扩大到作品与作品之间的联系,扩大到文学的发展规律,把技巧的'功能意义这一概念逐渐推到前台',把原来对技巧的看法推向后台',这一切无疑都是形式主义早期那些极端的观点逐步温和化的标志。"不过,作者也认为,"把'陌生化'在一定程度上视为文艺发展的动力也绝非毫无根据,其基本精神就是我们通常所说的'推陈出新'这一道理。"这是从进化论的、发展的角度来接受这一理论主张。不过这样会产生一个问题:如果用"推陈出新"来描述形式主义的文学发展观,那么,是谁"推"? 谁"出"? 如果是形式与形式的矛盾,那么为什么非此一"新",而是彼一"新"? 如果是外在的动力,显然又溢出了俄国形式主义理论主张本身,使其理论本身自相矛盾,也使研究者不能自圆其说。所以,单用"推陈出新"来定位形式主义的文学史观还显单薄、无力。

不过,钱佼汝还从心理学角度看待这一问题,他接着讲道:"从人的审美心理和接受期待的角度来看,这也不难理解。"可惜没有深入展开,从这一角度来研究,应该是一个较为有力的切入点。

进入 90 年代,随着对形式主义理论研究的深入,开始有学者就形式主义的文学史观进行专门研究。1992 年《外国文学评论》第 3 期发表了陶东风的文章《俄国形式主义的文学史观》。如果说以前的研究者注意到了俄国形式主义的一元论文学史观——即文学史自律性,形式本身的矛盾是文学演变的动力,那么陶东风的文章不仅论述了俄国形式主义一元论文学史观,还论述了其文学史的二元论模式——即文学发展动力的自律性和他律性并存,以及多元论文学史观——即在系统和功能视野中的文学发展史观。

陶东风就一元论文学史观作了更为详细的介绍。除了什克洛夫斯基的有关主张外,我们在这里更集中地看到了其他成员对文学史的论述,如艾亨鲍姆、特尼亚诺夫、雅各布森、日尔蒙斯基。特别是文章注意到了什克洛夫斯基著名的文学史轨迹是断续的、曲折的、复杂的"叔侄相传"的文学史发展理论。不过,

中国俄苏文学研究史论
История исследования русской и
советской литературы в Китае

文章对这一理论并没有展开论述。作者用现象学还原法论证了"形式一元论"文学史自律性主张的合理性。同时,从这一方法出发,作者深刻剖析了它的三点局限性:简单的机械循环论,无法解释文学形式与风格替代的具体顺序和时间,形式主义排斥的、而"陌生化"理论却是以其为基础的外部因素——接受心理的自相矛盾。

对文学史的二元论模式理论,陶东风主要是指形式主义后期理论的发展,从日尔蒙斯基主张文学既是艺术事实也是道德事实、托马舍夫斯基认为文学既有不依赖于环境的固定性又有对环境的依赖性出发。文章认为,他们的文学史观是二元论的:文学演变既是自我约定的(自律的),又是受外因影响的(他律的)。他们的问题在于,没有回答自律性和他律性两者之间是否可以沟通,如何沟通。

一直以来,对形式主义的研究多集中在什克洛夫斯基和雅各布森两位核心人物的理论观点上。该文章关注了特尼亚诺夫的重要贡献,以较大的篇幅详细介绍了他提出的"系统"与"功能"两个重要概念,以及以此为核心的文学史观。作者认为特尼亚诺夫通过"体系"与"功能"建构起外部与内部各"要素"间的复杂关系,通过"言语定向"沟通了"自律性"与"他律性"。文学就是在"自律性"与"他律性"的多元"要素"的共同作用下得到演变与发展。这是他的文学史观的主要的和重要的建树。

通过作者的分析,我们看到,似乎俄国形式主义的文学史观经历了从一元到二元再到多元的发展过程而逐步完善起来。不过,在这里,笔者还是要强调,我们这样的研究角度是否依然有一个问题,即我们依然是从我们固有的"形式"概念出发来看待什克洛夫斯基的"形式一元论"的,我们剔除了他的"形式"概念中的"内容"要素,我们忘记了他的"形式"概念是一个变革了的"形式"概念,它包括了"内容","内容"是其中一个"功能";它是一个大概念,此一"形式"非彼之"形式"。如果我们从什氏的"形式"概念出发,我们只能说,什氏没有(或者是我们还没有看到或研究到他的有关论述)更具体地论述"形式"内部的包括"内容"在内的各要素、各功能之间怎样产生矛盾而使文学发生演变。如果从这一角度看,那么自律与他律的二元论也好,体系与功能的多元论也好,都是在什氏的"形式"大概念之下对其理论的发展与完善。正如前面已经提到,什克洛夫斯基说"形式主义方法最了不起的地方就是它并不否认艺术的思想内容,只是把所谓的内容当作形式的一个方面罢了。"① 还有一点应当注意，"形式主义"并非他们自己命名，他们并不承认，而是被强加的，并带有贬义。他们本身所强调"文学性、陌生化"实质为差异性，所以，他们不是"形式主义"者，而是差异论者。再看什氏的"陌生化"主张，研究者引用最多的是什氏的这一段话：艺术之所以存在就在于使我们恢复对生活的感受，使我们感觉到事物，使石头像石头的样子。艺术的目的是表达人们在感知事物而不是认知事物时的感受。艺术的技巧就是要使事物变得"陌生"，使形式变得困难，增加感知的难度和时间的长度，因为感知过程本身就是审美目的，必须把时间拉长。什氏陌生化的目的是要感受生活，表达方式陌生了，因而感受到了新的东西。使人们感到陌生的对象不仅仅是语言外壳，同时这种陌生的语言本身就表达一种新的事物，因此，"陌生化"理论并没有限定陌生化的对象，并不是只让我们所说的"形式"感到新奇，其目的是让我们所说的"内容"也感到陌生，从而能感知到它。"陌生化"并不排斥我们所说的"内容"。"形式"本身创造"内容"。我们还可以举研究者多引用的什氏关于托尔斯泰、普希金的例子，我们从中感受到的既是全新的形式，也是全新的内容，二者合一。因此，什氏的"叔侄相传"过程中的复杂性，其中也包含了我们所说的"内容"要素。而文章的作者在还原什氏的"形式"时，其实已经剔除了"内容"要素，也因此才推理出"形式一元论"的三点局限。其实，它并非简单地机械循环（循环时已经有了内质的变化，包括所谓形式和内容）；文学形式与风格替代的具体顺序和时间取决于一元论"形式"概念内的所有因素；"陌生化"理论既然是以接受心理为基础的，它就没有排除这个所谓的外部因素，而且它那里没有内外之分，它是"一元"的。所以我们说，所谓的二元论和多元论，都是在一元论"形式"概念之内，都是试图沟通各要素间的关系的努力，以完善形式主义一元论的文学史观。

笔者在这里之所以要再次强调什氏的一元论"形式"概念，是因为十几年过去了，到了 90 年代中期依然有研究者撰文批判形式主义的"形式一元论"。1994 年《文艺理论与批评》第 3 期上发表了一篇题为《应该怎样对待形式主义》的文章，开篇就这样写道："客观地说，俄国形式主义的理论信条是如此片面与偏激，以至于我们对于他们研究成果的吸收几乎每一步都必须是批判地、颠覆地进行。同许多论者的观点一样，我们反对形式主义者那种用形式吞没‘内

---

① 转引自《外国文学评论》，1989 年第 1 期。

容'，把艺术看作手法和技巧的总和的观点，也就是说，我们在根本的文艺观上
与形式主义者是根本对立的。这一点，可以说是我们评价其理论的基本前提。"
由此可见我们固有的观念是何等牢固。一个观念的转变，或接受一个观念，也
许并不是时间的问题。

1994年《北京社会科学》第1期上刊登了一篇文章《论俄国形式主义的文
学观》。虽然文章也肯定了什氏的"不是父子相传，而是叔侄相传"的文学发展
观点有一定的合理性，但依然认为"形式主义终究只能从文学内部或者说从文
学表现形式和读者接受之间的关系的角度来说明形式变迁的规律，而不能从更
加广泛的社会背景上来探讨更深广的历史与现实动因。"那么，如果一定要区分
出一个内部与外部的说法的话，读者接受是否属于外部呢？读者接受是否与社
会背景有紧密的联系呢？答案是不言而喻的。

我国对形式主义的研究多注意它的反叛性、革新性。《现代派文学思潮中
的传统维护者 ——艾落特与俄国形式主义者论文学的继承与发展》①一文则在
讨论形式主义的"文学史"观念时指出，托马舍夫斯基强调研究文学应该注重文
学的总体性和统一性，放到总体联系中去研究；指出什克洛夫斯基强调"作家的
传统就是对文学规范的某种方式的依赖"，即是强调文学传统对作家的约束；他
们的"新奇"、"创新"是依赖于传统的创新，强调旧形式是对新形式的促进。这
样一个关注视角反映了我国学者对俄国形式主义较全面的理解。

(4)关于其他问题的研究

除了核心概念、主要命题的研究，我国学者还从其他不同的角度关注了形
式主义。如形式主义的理论基础是什么？逻辑起点在哪里？它在苏联文论中
状况如何？在整个西方文论中又处于什么地位？对我国的文学创作、文学批
评、文艺理论有哪些影响？

1992年第3期《求是学刊》发表了李思孝的文章《俄国形式主义简论》，该
文探讨了俄国形式主义的产生和发展、理论和主张、承前和启后。文章主要依
据的是维克多·厄利奇的著作《俄国形式主义：历史、学说》对俄国形式主义作
了介绍。

1994年《辽宁教育学院学报》第2期刊登《对俄国形式主义文论逻辑起点
的一种理解》。此前，有研究者认为形式主义的理论出发点是心理学。而该文

---

① 《当代外国文学》，1991年第1期。

则特别强调"陌生化"的形式对人类的生理活动、感官感觉的作用，认为该理论的起点是纯粹的生命活动、生理感受，形式主义所讲的艺术感觉"是艺术与生命整体活动的联结点"。这是因为作者将"形式"纯粹理解为言语的音响、节奏等物质媒介。不过，这一点似与文章的另一观点相矛盾。作者指出，"俄国形式主义者的理论可能导致对文学理论的两个不同侧面的建设，一个是由后来结构主义者所发展的文学话语分析，一个是文学形式与人类生命活动的结构性联系。但后者没有被充分注意，在精神分析文论耀眼的强光下，这个侧面则显得可以忽略不计了。"话语分析与精神分析确实是"陌生化"感觉的两个层面。但既是精神的，就不是纯生理的。

张无屐、孙逸行的《差异论模式：意义与局限——俄国形式主义文论研究》[①]一文则将俄国形式主义的整个理论框架视为一种"差异论模式"，从功能和系统的角度强调"文学系列"和其他历史系列的差异。杨金才的《文学的自律性：追寻与建构——俄国形式主义文学批评实质论》[②]将俄国形式主义文学批评视为一种对文学的本质进行终极性的归纳的努力，把"文学的自律性"视为其实质。苏冰的《意义理论：从俄国形式主义到新批评》[③]则从"陌生化"的指向是"意义"的角度论述俄国形式主义并非那个强加给它的含有贬义的、曲解的和误读的传统的"形式主义"的守护者。作者认为，"俄国形式主义（为方便姑且如此称呼）的意义观由两部分组成：一是认为所谓意义实为一种阅读感受，二是认为获得什么感受是由文学手段规定妥当的，有什么手段就有什么样的相应感受。……意义由手段派生，意义是手段的效果"，"他们相信，有什么样的作品就有什么样的感受，有什么样的手段和组织就有什么样的意义。"因此，俄国形式主义是一种"意义的理论"。

这一时期，有的研究者关注俄国形式主义在当代苏联文艺界的状况。周启超的文章《在"结构—功能"探索的航道上——俄国形式主义在当代苏联文艺理论界的渗透》和《俄苏形式主义在当代苏联文艺界的命运》[④]就属此类研究。两篇文章都比较深入地论及了20世纪60年代以后俄国形式主义理论在苏联文艺界重新被发掘、被重视、被研究的状况，它对当代苏联某些学术流派的影响，

① 《学术界》,1995 年第 6 期。
② 《四川外语学院学报》,1995 年第 3 期。
③ 《文艺研究》,1996 年第 5 期。
④ 两文分别刊登在《外国文学评论》,1989 年第 1 期和 1991 年第 3 期上，后一篇署名为"乔雨"。

并梳理出在苏联形成的"语言—文本—结构—符号—功能"的文艺学流向。童庆炳的文章《苏联文论与中国当代文论建设》①虽重在反思 50 年代的苏联文论对中国当代文论的影响(主要是消极影响),但也谈到了当时苏联对"形式主义"压迫之深,从侧面反映了俄国形式主义在苏联的曲折命运。

对俄国形式主义如何评价几乎是每一位研究者要面对的问题。在我国学者的研究论文、论著中几乎都或多或少地对形式主义理论价值和局限性作了分析。1991 年《外国文学评论》第 1 期上,余虹的文章《传统中的"反传统"》从形式批评(俄国形式主义是其开端)是否是反传统的角度反观形式主义。众所周知,对形式主义最高的肯定是它以反传统的姿态开辟了现代反传统批评的先河,引导了整个 20 世纪的一个文学批评流向。余虹的文章从界定"传统"一词的含义入手,剖析出形式批评并没有超脱出"文学是什么?"的传统思维模式的窠臼,没有超越或放弃自柏拉图以来的西方诗学的基本思维模式,即"寻找文学理念"。它只是在这一传统模式之内,对一些"亚传统"的反动。这一反思更加明确了俄国形式主义的诗学品格。陈思红的文章《谈谈俄苏形式主义流派》②在简要介绍了俄国形式主义理论之后也对其价值和局限进行了分析。还有一些学者对整个俄国形式主义进行拓展式的思考。张政文、杜桂萍的文章《形式主义的美学突破与人文困惑》③在肯定了俄国形式主义文论对传统美学、诗学的颠覆和突破的同时,也深刻反思了其由于断绝艺术文本与社会生活的关系、无视作品的历史性、时间性、拒绝文学语言的文化性、对话性而陷入的不可避免的人文困惑。赵宪章的文章《形式主义的困境与形式美学的再生》也同样关注到了形式主义的困惑,文章认为,"形式"历来是文学理论的重要概念,更是 20 世纪文学理论的热点。相对以现实主义为主潮的 19 世纪来说,20 世纪的形式主义对于文学的音韵、语义、修辞、叙事、结构、手法等形式问题,都展开了相当精细的分析,在某些方面甚至达到了很难在短期内超越的水平,延伸了人类观察和理解文学的地平线。但是,由于形式主义将形式推向文学的本体地位,必然导致文学的主体——"人"的失落。这些反思都有助于我们更全面地把握形式主义的理论价值。

俄国文论作为西方文论的重要部分,对结构主义,尤其对结构主义叙事学

---

① 《文艺理论研究》,1994 年第 1 期。
② 《国外文学》,1992 年第 3 期。
③ 《文史哲》,1998 年第 2 期。

产生了重大影响。从 1990 年第 3 期《外国文学评论》发表的一组文章中就可以看出俄国形式主义对叙事学的重要意义。徽周的《叙述学概述》一文认为，现代叙述学的真正起点是从俄国形式主义开始。普洛普、巴赫金做了出色的叙述学理论研究工作，成为当代叙述学一批的开拓者。而申丹的文章《论西方叙述理论中的情节观》则专门研究了叙事学的一个重要概念"情节"。而其基本理论资源即是普洛普的"情节观"与什克洛夫斯基的"情节观"。在此之前的研究并没有仔细甄别不同文论家的"情节"概念的不同内涵，因而往往把它们混淆在一起，造成对不同理论的核心思想的误解和误读。该文深入研究了二者的区别，对此予以厘清。赵炎秋的《20 世纪西方语言论文论的兴起与发展》[①]则从西方语言论文论的发展脉络角度关注了俄国形式主义。作者认为该脉络有两个倾向，一是文学理论内部的形式主义倾向，一是西方哲学与社会科学中的语言论转向。两者的结合导致了语言论文论的产生，其标志是俄国形式主义的出现，其典型代表则是结构主义文论。文章揭示了俄国形式主义对整体西方文论的重要意义。

另外，随着对形式主义理论认识的加深，开始有学者运用俄国形式主义理论对我国的文学创作进行分析。例如，任雍的文章《罗曼·雅各布森的"音素结构"理论及其在中西诗歌中的验证》（《外国文学评论》1989 年第 4 期）从雅氏的理论出发，运用于中西诗歌的分析，颇得新义；骏飞的文章《外国文论和我国近年来小说的文体》（《当代外国文学》1990 年第 2 期）论述了在我国 80 年代小说创作从"写什么"到"怎么写"的革命性转变中，一批先锋色彩浓厚的作品所受到的外国文论的影响，首先提到的即是"陌生化"理论；蔡世连的文章《迷宫世界的模拟与创造——简析形式主义小说家的世界观和艺术模式》（《齐鲁学刊》1994 年第 4 期）同样是分析我国先锋派小说家的创作，虽然关注的是他们的后现代的文化立场和世界观，但探讨的却是这种文化立场和世界观与作家"形式的内容"的艺术模式的关系。文章对俄国形式主义理论的运用不露痕迹，深得其道；香港岭南大学陈炳良的《精读理论，细释文章》一文简略介绍了俄国形式主义和英美新批评在中国文学研究上的运用，意在使其成为文坛的一种自觉的文学批评方法，培养读者个性化解读文学的能力。赖辉的文章《论〈黑暗之心〉

---

① 《湖南师范大学社会科学学报》，1997 年第 4 期。

的叙述者、叙述接受者和"陌生化"》①也以陌生化理论进行了文学个案研究。
这一切都预示着对俄国形式主义理论研究的一个新阶段的到来。

2. 整体研究

除了各种期刊上的专题研究以外,80年代末国内出现的研究西方文论的一
些著作对俄国形式主义作了整体性研究。

首先是胡经之、张首映著述的《西方二十世纪文论史》(中国社会科学出版
社,1988)。这是一部在我国影响广泛的西方文论教科书,书中辟有专章研究俄
国形式主义学派及其理论。另一部影响较大的西方文论教材是胡经之主编的
《西方文艺理论名著教程》(北京大学出版社,1989)。该书下卷两章——"什克
洛夫斯基及其《关于散文理论》"和"雅各布森的语言学诗学观"较为系统地研
究了俄国形式主义。作者将什克洛夫斯基的"文学理论是研究文学的内部规
律"的主张提到艺术本体论的高度,概括出什克洛夫斯基的一个核心思想"文学
自主性"——文学是一门独立、系统的科学,要求文艺研究有自己独立的根基,
有自己的研究方法,要求文艺研究的科学性、系统性。什克洛夫斯基的"文学自
主性"与雅各布森的"文学性"紧密相关。文艺研究的独立的根基是什么?研究
方法又是什么?研究的科学性、系统性在哪里?这就是雅各布森的"文学性"要
回答的问题——"文学研究的对象不是文学而是文学性,即那个使某一作品成
为文学作品的东西"。这就是说,研究文学要根据文学本身的理由,立足于作品
本身,依据作品的语言、技巧、程序、形式、结构等来分析,才有可能真正揭示作
品为何具有艺术性的奥秘,从而使文学真正成为一门科学。作者在"雅各布森
的语言学诗学观"一章中虽然还没有明确地将雅各布森的"文学性"主张突出出
来,但显然已经意识到了这一概念所具有的"革命"性意义。

董学文的研究著作《走向当代形态的文艺学》(高等教育出版社,1989)也值
得重视。作者认为,形式主义、结构主义文学理论的可取之处恰恰是我们以往
文学理论中最薄弱的地方。对形式主义研究的忽略,使我们很大程度上离开了
文学本体。现在是应该回顾和反思的时候了。接着作者研究了俄国形式主义
理论的核心思想"陌生化"和"文学性"。这是我国较早的关注俄国形式主义并
对其理论价值充分肯定的研究著作之一。

90年代,有两部与俄国形式主义密切相关的叙事学著作问世。徐岱的《小

①《外国文学研究》,1999年第2期。

说叙事学》(1992)把以什克洛夫斯基为代表的俄国形式主义作为小说叙事学的发源给予了详细介绍,对什克洛夫斯基、普洛普、雅各布森的理论进行了评述。申丹的《叙述学与小说文体学研究》(1998)是国内第一部探讨叙述学与文体学两种学派之间辩证关系的著作。该书从整个叙述学的角度,区分俄国形式主义和欧美结构主义叙述学的"情节"概念的不同内涵、探讨两者的"功能性"人物观,以及"故事"、"情节"、"话语"、"文体"等概念之间的差别与重合,是一种对形式主义的各"细胞"深入、细致的研究。

　　另外,还有几部西方文论专著都不同程度地研究了俄国形式主义。胡经之、王岳川主编的《文艺学美学方法》(1994)广泛吸收和总结学术界的新成果,评介和研究了在我国流行的各种西方文论,其中对俄国形式主义也作了展示、分析。该书中由方珊撰写的专章"形式研究法",基本代表了我国学界对俄国形式主义的主流观点。朱栋霖主编的《文学新思维》(1996)研究了西方文论及其"中国化"问题。在涉及"叙述学批评及其'中国化'"问题时,该书梳理了叙述学起源,认为叙述学的诞生同时受到了20世纪形式主义文论、语言学理论及结构主义思潮的影响,或者说,它们为叙述学提供了基本概念和方法。书中研究了俄国形式主义文论产生影响的几个重要观念:文学的自足体、素材与情节之分取代形式与内容之分、诗学与语言学研究的结合。作者还提到普洛普颇受叙述学家的推崇,这是另一位受俄国形式主义影响的苏联文艺学家,他的《民间故事形态学》对叙述学有直接影响,其"功能"说是一种研究叙述语法的方法,被其他叙述学家所继承。普洛普的功能与结构的观点首先被列维—斯特劳斯接受,又通过斯特劳斯于60年代传播到法国,给法国结构主义以深刻的启示。文章详细探讨了普洛普理论中确定人物在叙事中的地位的"功能"说。该书在研究"结构主义文学批评及其'中国化'"问题时认为,现代语言学与文学研究的接轨是通过雅各布森的努力实现的,从而也使他成为结构主义诗歌研究的代表人物。文章对雅各布森和什克洛夫斯基的理论作了评述,特别是对雅各布森就波德莱尔的《猫》所作的研究进行了详细分析,以说明雅各布森的结构主义诗歌理论。朱立元主编的《当代西方文艺理论》(1997),郭宏安、章国锋和王逢振著述的《二十世纪西方文论研究》(1997)在西方文论的框架中非常精要地对俄国形式主义作出了评介。

　　90年代有两部涉及苏联文艺学派的研究著作问世。叶水夫主编的《苏联文学史》(三卷本,中国社会科学出版社,1994)的第一卷中探讨了苏联早期文学思

中国俄苏文学研究史论
История исследования русской и
советской литературы в Китае

潮中的形式主义问题。彭克巽主持撰写的《苏联文艺学派》(北京大学出版社,
1999)将形式主义作为苏联文艺学派的开端作了概述。

这一时期我国学者还专门就西方形式美学进行研究,赵宪章主编的《西方
形式美学研究》(上海人民出版社,1996)就西方形式美学的几个主要发展阶段
和基本理论进行了梳理,对俄国形式主义的研究成为其必不可少的重要部分,
该书对此作了详细研究。

这一时期依然有一部分重要译著问世,它们也构成了我国研究俄国形式主
义文论的成果。盛宁翻译的乔纳森·卡勒的《结构主义诗学》(1991),该书研究
了雅各布森的诗学理论,认为他的理论著述和实际分析是俄国形式主义、布拉
格学派和结构主义的基本文本。佟景韩翻译、苏联学者波利亚科夫编选的《结
构–符号学文艺学——方法论体系和论争》(1994),该书选编了雅各布森的《语
言学与诗学》、雅各布森与列维–斯特劳斯合著的《评夏尔·波德莱尔的〈猫〉》
和扬·穆卡洛夫斯基撰写的《什克洛夫斯基〈散文理论〉捷译本序》等重要文
章,译者撰写的长篇序言和该书的原序言也对俄国形式主义作了深入和独到的
分析。史忠义翻译的让–伊夫·塔迪埃的《20 世纪的文学批评》(1998),该书
第一章全面探讨了俄国形式主义的理论主张。

3. 这一时期接受中的主要问题:概念的模糊性

通过上述的梳理,可以看出,俄国形式主义理论,除文学性、陌生化及其文
学史观之外,与此相联系,形式主义理论内部还有许多概念与原则。如《西方文
艺理论名著教程》中"雅各布森的语言学诗学观"一章,张冰的文章《罗曼·雅
各布森和他的语言学诗学》①研究了雅各布森的"诗学与语言学"、"诗功能(即
审美功能)"、"隐语与换喻"、"对等原理"、"语法结构"等理论;郭宏安等著述的
《二十世纪西方文论研究》中研究了雅各布森的"隐语与转喻"理论;申丹在《论
西方叙述理论中的情节观》一文中专门研究了普洛普的"情节"观及与什克洛夫
斯基的"情节"观的区别。除此之外,还有许多概念与原则我国学界梳理研究得
还很不够;有的尽管涉及到了,但与形式主义理论家的同一概念之间的联系与
区别还没有仔细甄别。这些概念的模糊性表明我们在接受俄国形式主义理论
过程中还有许多问题有待澄清。这里有翻译的问题,有理解的问题,也有阐释
的问题。这里把我国学者在研究中分散、零星涉及到的概念汇集起来,以供进

① 《文艺理论与批评》,1997 年第 5 期。

一步探讨。

（1）"情节"与"结构"问题

李辉凡的文章中谈到形式主义的"情节结构"理论。情节的解释是："情节"——把主人公生活中发生的事件的过程称为"情节"，它是作家从生活中或个别作品中借用的材料。作品中事件的总和叫"情节"。情节是真有其事。"结构"的解释是：结构——这些事件的叙述过程称为"结构"。结构是"读者对这件事的了解"。这里"情节"与"结构"相对。李辉凡的文章中还提到托马舍夫斯基的观点："情节结构——是形式手法的总和"。杨岱勤的文章则提到特尼亚诺夫的理论："情节结构——包括两点：一是情节的展开，一是情节与文体结构的联系。"那么，这两种"情节结构"理论是否是一致的内涵？他们的"情节"与"结构"的所指是否一致？需要进一步研究。

（2）"结构"与"表现"、"外形"

杨岱勤的文章中提到特尼亚诺夫的见解："一部文艺作品中任何一句话，都不是作者个人感情的简单'反映'，它必然是一种结构和表现。""文学作品的特征是素材加上结构因素，在于材料的外形。"杨岱勤认为，特氏的"结构"就是什氏的"手法"；特氏的"表现"就是什氏的"陌生化"的表现；特氏的"外形"实质是"变形"，即"陌生化"后的变形。特氏还谈到，"作品的灵魂是结构与形式。"所以，这里"结构"和"形式"又形成一对概念。

（3）"故事"与"情节"问题

张隆溪的文章谈到什克洛夫斯基的"故事"和"情节"概念："故事"——作为素材的一连串事件即"故事"。"情节"——故事经过创造性变形成为小说的"情节"。这里"故事"与"情节"相对。而杨岱勤的文章中使用"生活情节"和"艺术情节"一对概念，应该就是什氏的"故事"和"情节"一对概念。钱佼汝的文章谈到托马舍夫斯基的"故事"和"情节"概念是："故事"——是小主题逻辑、因果、和时间顺序的组合。相当于现实生活中发生的事件，有其发生、发展和结束的自然顺序。"情节"——是小主题在作品中出现的排列和连接的顺序，是艺术加工后的故事。钱佼汝又谈到什克洛夫斯基的"故事"和"情节"概念——"故事实际上只是情节的素材。"而在魏家俊文中和陈思红文中又都使用了"情节"与"本事"一对概念。所以，"故事"与"情节"、"情节"与"本事"各所指为何，也有必要区别。

中国俄苏文学研究史论
История исследования русской и
советской литературы в Китае

（4）"心、手、物"与"内容、技巧、形式"问题

在钱佼汝的文章中分析了国内学界与俄国形式主义者对文学的不同因素的强调,给了内容、技巧、形式另一种说法:心——即内容(国内学界强调的),手——即创作技巧或手法(什氏等强调的),物——即作品形式,特别是构成形式的基本材料——语言(雅氏等强调的)。这样一种对应,显示了国内学界与俄国形式主义者对文学实质理解的错位,也显示出最初国内学界将他们的主张仅仅理解成"一种手法",这也是导致国内学界最初对他们大加批判的原因。

（5）"艺术程序、艺术技巧、艺术手法、艺术手段"问题

"艺术就是程序的总和"(方珊文),"风格手段的总和"(李辉凡文),"形式手段的总和"(李辉凡文),陌生化是"各种技巧的总和"(张隆溪文),文学作品是"所用的一切文体手段的总和"(钱佼汝文),"艺术是多种手段的总和"(杨岱勤文),"文学作品的内容(这里也包括灵魂)等于其修辞手法之和"(魏家俊文),"作品的灵魂是结构与形式"(杨岱勤文)等。这里,"程序、技巧、手法、手段"几个词出自同一俄文词的翻译。翻译的不同,是理解的不同,也是文学理念的不同,更是对同一问题的不同阐释。透过这些翻译,可以看出在接受过程中概念的变异。但这种变异带来的混乱也是应该给予注意的。

（6）"形式"与"内容"问题

国内学界所理解的"形式与内容"应对应于俄国形式主义的哪一概念,这是理解和接受的难点。在国内不同的学者那里,对应点是不同的。方珊的文中"形式—内容"等于"形式—材料",魏家俊的文中"形式—内容"等于"材料—手法",陈思红的文中"形式—内容"等于"材料—结构"等等。对这些概念的理解,也是我们理解俄国形式主义的关键。

（7）"诗歌语言与散文语言"问题

俄国形式主义的一个核心理念,就是文学语言与日常语言是不同的。但在国内学界的接受过程中,扩展成几对概念,即"文学语言与日常语言"、"诗歌语言与实用语言"、"诗歌语言与散文语言"等。这些看似相近的说法,其实有一种研究视阈的潜转移和演进、拓展。我们要理清哪些是原初理论,哪些是我们的拓展,唯此才可以把握其理论精髓。

三、20世纪90年代后期—21世纪初研究的深入与发展

进入90年代后期,依然有少部分译著介绍俄国形式主义。马克·昂热诺、

让·贝西埃、杜沃·佛可马、伊娃·库什纳主编的《问题与观点——20 世纪文学理论综述》由史忠义、田庆生翻译出版①。这是 80 年代末国际比较文学学会酝酿的一部旨在展示国际范围内文学理论领域争鸣和研究现状的著作。这个时期，"文学性"依然是学者关注的问题。书中收录了乔纳森·卡勒的文章《文学性》。文章对俄国形式主义的"文学性"理论进行了有所保留的评述。拉曼·塞尔登主编的《文学批评理论——从柏拉图到现在》由刘象愚、陈永国等翻译出版②。该书是一部西方文论选本，节选了什克洛夫斯基的《作为手法的艺术》和雅各布森的《语言的两个方面》（1956）等重要文章。法国著名学者罗杰·法约尔的著作《批评：方法与历史》由怀宇翻译出版③。该书系统阐述了文学批评在法国从出现到 20 世纪 70 年代各学派和流派的理论与方法的沿革。在第三编第五章第二节中阐述结构分析的诗歌文本分析，主要研究了雅各布森的诗学理论。托多洛夫的重要著作《批评的批评》由王东亮、王晨阳翻译，再次发行④。该书"把形式主义理解成一种历史现象"，"感兴趣的不再是他们的思想内容而是他们的内在逻辑以及在思想史上的地位"。这是一位西方文论大家从一个新的视角对俄国形式主义的研究。

不过，这一时期我国学者自己的研究成果已经成为对俄国形式主义研究的主要成果，通过阐发、对话、沟通等方式，研究走向深入。

标志着我国俄国形式主义研究开始走向成熟的成果是：方珊的专著《形式主义文论》（1999）、张冰的专著《陌生化诗学——俄国形式主义研究》（2000）和张杰和汪介之的著作《20 世纪俄罗斯文学批评史》（2000）。方珊的《形式主义文论》一书将西方 20 世纪形式结构学派作为一个体系来考察，显示出了俄国形式主义的来龙去脉，及对后继者的影响。如果将方珊的前期研究《什克洛夫斯基及其〈关于散文理论〉》和《雅各布森的语言学诗学观》（收入胡经之主编的《西方文艺理论名著教程》下卷中）与此书中对该流派的研究相比较的话，就会发现研究已变得更为精细和深入。张杰和汪介之的著作则在 20 世纪俄罗斯文论的框架中详细评介了该流派，除什克洛夫斯基、雅各布森外，还对艾亨鲍姆作了专门研究。张冰的《陌生化诗学——俄国形式主义研究》最值得重视，这是我

---

① 百花文艺出版社 2000 年版。
② 北京大学出版社 2000 年版。
③ 百花文艺出版社 2002 年版。
④ 三联书店 2002 年版。

国第一部以俄国形式主义为选题的博士论文。专著从该流派的历史文化背景、产生和发展过程、诗歌审美本质探索、审美批评新尝试、陌生化审美特征、陌生化与小说诗学、奥波雅兹的文学史观等诸多角度全面、系统和深入地研究了俄国形式主义的理论思想,并就该流派与西方哲学、美学和文学批评的关系,以及与本国其他文学批评流派的关系作了论述。这本专著是我国接受与研究俄国形式主义的一个缩影,标志着我国对俄国形式主义研究进入了一个新的阶段。

1. 理论层面的继续探讨

进入 90 年代后期,学者们对俄国形式主义理论本身依然继续作探讨。这一探讨可分为三种情况:

其一,依然对俄国形式主义的基本概念进行研究。这一类多属于初涉该领域的研究者,大多是在我国已有的研究资料上形成自己对俄国形式主义的认识,没有阐发出什么新义,甚至有的仍然脱不出对形式主义的片面的或偏激的理解。不过,即便如此,从中可以看出,对该流派进行研究的人数大大增加了,而且视野也开阔了许多。

其二,研究对象虽然仍旧是该理论的一些基本论题,但或是就某个论题深入研究、发现了新的视点;或是对该流派进行深入反思。如《"奇异化"与"时间"——什克洛夫斯基后期思想的两个重要概念》[①]一文对什克洛夫斯基思想进行了深入研究,发现其后期的思想同其前期相比有了很大的变化。"奇异化"与"时间"作为他后期重点探讨的两个概念,集中体现了其后期文艺思想之概观。作者通过其前后期关于"奇异化"、"时间"的不同观点的比较,关注了什克洛夫斯基后期思想的变化。又如,这一时期就形式主义的文学史观的研究也有所拓展。《文学史:形式、体系与功能——俄国形式主义文学演进观述评》[②]一文,在陶东风研究的基础上进一步对该流派文学演进的观念进行全面的、整合性的分析。《试析文学史的自律论模式》[③]一文,将 3 种自律论模式的文学史观——俄国形式主义、结构主义、泛结构主义放在一起进行考察,意在说明每一种文学史线索观都可以从自身体系出发,或多或少地发掘出文学史研究中的一些有价值的东西。这种从特定角度入手的研究虽然有偏狭的可能,却也便于提出独到的见解。

----

① 丁国旗:《黄河科技大学学报》,2002 年第 4 期。
② 高燕:《江西社会科学》,2000 年第 6 期。
③ 张荣翼:《社会科学研究》,2003 年第 1 期。

与前期相比,这一时期更多的学者对形式主义文学观作出了正面评价,匡正了以我们固有的"形式"概念对俄国形式主义的误读。宋建峰在《对俄国形式主义的思考》①一文中指出,"微妙的情形是我们往往接受其具体的诗歌研究成果而本能地拒斥其形式主义的研究方法,这种拒斥与我们这个民族对艺术的悠久的实用功利主义传统有关。"徐岱在《形式主义与批评理论》②一文中认为,人们通常以"排斥内容"对其加以批评,这与形式主义的实际情形不符,人们对其误解多于理解。形式主义文论推出与"材料"相对的"形式"概念,将审美批评引入到了一个新的境地。它对艺术活动的"自治性"的强调,对于把握艺术内容的特殊意义迄今仍给人以启迪。

但是,随着90年代文化研究热潮的兴起,先前走红的"文体"、"形式"研究相对而言处于了边缘。它们在当今意义何在? 李建盛的文章《俄国形式主义诗学的理论视野及历史评价》③对此作了自己的回答:"像俄国形式主义者当时否定性地批判传统文学理论那样,对俄国形式主义诗学做出否定性的批判是容易的,但是,在探讨和重新审视俄国形式主义诗学时,我们如何历史地理解、阐释和评价这一重要理论思潮却困难得多。""就当代文学理论的建设来说,俄国形式主义诗学仍然有其可资借鉴的理论洞见,尤其是在今天这个日益以理论概念替代文本分析,以阅读和解释的无限开放性否定文本的规定性的后现代文化语境中,俄国形式主义者所开创的以文学性为核心的诗学仍然可以在新的理解和阐释中成为重要的理论资源。""在我看来,当代文学理论向阅读、接受、反映和主体解释的重心转变并不意味着要抛弃如何理解文学作品本身的问题,也不仅仅意味着只探讨文学是如何被阅读、接受和解释的问题,而事实上,文学的阅读、接受和解释始终是与文学作品本身的理解和解释密切相关的,因此,俄国形式主义者所重视和做出了重要探讨的以文学性为核心的本体论研究,仍然是当代文学理论应该予以肯定和在新的阐释中可以借鉴的重要内容。从这个角度讲,俄国形式主义诗学的理论视野和思想观点仍然具有当代价值和意义。"这些见解显示出国内学界对俄国形式主义的认识在逐步加深。

其三,研究已不再单纯从材料出发,单纯介绍其核心概念和理论观点,而是从各种理论层面观照俄国形式主义。这与我国这一时期文学批评理论化倾向

---

① 《民族艺术研究》,2000年第3期。
② 《杭州师范学院学报》(社会科学版),2003年第4期。
③ 《俄罗斯文艺》,2003年第1期。

中国俄苏文学研究史论
История исследования русской и
советской литературы в Китае

有关,也是该理论研究进程的必然。此类研究体现了西方各种理论对研究的渗透。研究者或从方法论层面和从美学、哲学层面进行分析,或将其作为意义的理论、语言的理论、差异论模式等进行探讨,仁者见仁,智者见智,使俄国形式主义的研究到达了一个新的境界。

前面提到的李建盛的文章认为,俄国形式主义理论的建立是通过"否定性方法"和"还原性方法"而实现的,将"文学性"视为其诗学的逻辑起点和研究对象,也采用了"否定性分离"和"差异性抽象"的方法而确立的。这些方法在哲学上回应了胡塞尔的现象学哲学思潮。

杜书瀛、张婷婷的文章《关于文学本体论的思考》①不是专门论述俄国形式主义的,而是以整体西方文论为背景,从文学本体论的总体角度出发,探讨了"形式一元论"的方法论根据和哲学前提。文章认为,"形式一元论"是依据哲学本体论而生成的文学本体论,是哲学本体论向文艺学本体论的转换,是将哲学本体论的一元思维方式作为艺术研究的哲学方法论根据,以此探讨艺术和审美的自足和自律的奥秘。文章写道:"从贝尔的'有意味的形式'到什克洛夫斯基的'陌生化技巧',再到英伽登的'意向性的客体'和巴尔特、朗格的结构主义符号学论述,西方形式主义文艺学和文学理论流派经历了一个由内容和形式的二元论到形式一元论以及形式本体的形而上意味的追寻过程。这是一个与艺术的意识形态属性剥离而又与非历史主义及非理性主义结合的过程,艺术研究已不再成为哲学研究的一个分支,艺术形式也不再成为艺术内容的一个仆从,而获得了自主的意义。"

黄克剑的《审美自觉与审美形式——从西方审美意识的嬗演论作为一种价值取向的美》②一文从"作为一种价值取向的美"的角度,视俄国形式主义的"形式"为西方审美意识的第三次"审美自觉",针对的主要是日益陷于逻各斯网罗的"理性"。文章揭示了俄国形式主义的"形式"概念在哲学上、美学上所具有的反叛力量。

陈本益的《俄国形式主义文学批评论的美学基础》③一文从美学角度探讨该理论的基础。作者指出,"俄国形式主义文论主要是文学批评论。这种批评论的主要美学基础,是康德美学与实证主义美学。"由于实证主义的美学基础,俄

①《江海学刊》,2000 年第 1 期。
②《哲学研究》,2000 年第 1 期。
③《东南大学学报》(哲学社科版),2003 年第 3 期。

国形式主义批评就具有了科学实证的特点。作者强调，形式主义的实证批评与传统的实证主义批评不同：前者重在作品的内部（作品自身的形式）的实证，后者则重在作品的外部（种族、环境、时代）的实证。

杨帆的《陌生化，或者不是形式主义——从陌生化理论透视俄国形式主义》①一文，具体分析了俄国形式主义的核心概念"陌生化"所具有的哲学内涵和审美内涵，较为有力地论证了俄国形式主义并非传统概念中带有僵化含义的"形式主义"，而恰恰是深刻的人本主义和充满激情的审美主义，作者从这样一个角度剥离了对俄国形式主义的误读。

这些研究从方法论、美学、哲学及人本主义精神等层面对俄国形式主义的分析，使研究从对概念的理解上升到了理论认识的高度。

这一时期研究的另一大特征是，对俄国形式主义的研究已经融汇在对整个西方文论的研究之中。如，李世涛的《超越语言——20世纪西方诗学的语言追求》②、支宇的《韦勒克文论与结构主义语言学》③、刘月新的《从语言批判到意识形态批判——对现代西方文学的一种分析角度》④、南帆的《文学理论：开放的研究》⑤、祖国颂的《从〈伽利略传〉看"陌生化"的现代主义特征》⑥、程小平的《符号论美学：艺术形式的诗学研究》⑦、江守义的《叙事是一种评价》⑧、赵琨的《形式的自由与危机——试论现代主义的反形式与形式主义之异同》⑨、姚文放的《西方20世纪文学传统论的形式论倾向》⑩、王汶成的《论文学语言的审美特性》⑪、夏德勇的《现代小说文体变迁的形式及其文化语境》⑫、陈浩的《论西方现代小说理论的形态》⑬等论文，从不同的角度研究了形式主义，是俄国形式主义研究成果的一个重要部分。这一时期，在一些西方文论研究专著中，如赵宪章

① 《学术界》，2003年第3期。
② 《北京科技大学学报》（社科版），2000年第2期。
③ 《社会科学研究》，2000年第4期。
④ 《三峡大学学报》（人文社科版），2001年第1期。
⑤ 《东南学术》，2001年第4期。
⑥ 《漳州师范学院学报》（哲学社科版），2001年第4期。
⑦ 《阴山学刊》，2001年12月第4期。
⑧ 《安徽师范大学学报》（人文社科版），2002年第4期。
⑨ 《文艺评论》，2002年第4期。
⑩ 《文艺研究》，2002年第1期。
⑪ 《求是学刊》，2002年第3期。
⑫ 《广州大学学报》（社科版），2003年第3期。
⑬ 《绍兴文理学院学报》，2003年第1期。

中国俄苏文学研究史论
История исследования русской и
советской литературы в Китае

的《文体与形式》①从文体与形式的角度对俄国形式主义进行了详细研究;赵毅衡的《符号学文学论文集》②从符号学的角度,论述了俄国形式主义符号学派的理论建树。

2.俄国形式主义与其他理论之间的关系研究

这一时期的研究学者比较关注形式主义与其他理论之间的对话关系,主要是巴赫金及巴赫金学派与形式主义的关系。《对话:奥波亚兹与巴赫金学派》③从对话的性质、对话的成果和我们从中可以汲取的启示等角度探讨了两个学派间存在的对话关系。《超越形式主义的"文学性"——试析巴赫金对俄国形式主义的批判》④一文指出,巴赫金对形式主义的批评是从其理论立足点——文学是一个封闭自足的系统——出发的。巴赫金认为,正是从这个理论基点出发,形式主义者无论在单个文学作品研究还是在整体文学发展史研究上,都存在着严重的荒谬性。不过,巴赫金也肯定了形式主义在俄国第一个开创了文学形式与技巧的系统研究,将从象征主义者(别雷、勃留索夫)就已开始的诗歌语音结构研究推向了更高的学术水平。他们在作品整体结构、词法、情节等形式因素方面的理论建树,对整个20世纪文学理论都有着重要的开创性意义。

《巴赫金与俄国形式主义的诗学对话》⑤一文认为,巴赫金与形式主义的诗学观点形成了巴赫金所希望的那种对话关系,两者并不是互相排斥,相反,两种理论在对话中交流,交相辉映,共同为诗学理论的发展作出了贡献。尤其是巴赫金针对形式主义的偏颇之处所进行的补充,使得两者至今仍然具有相得益彰的现实价值,目前还没有更完美的理论可以取而代之。

在中国的研究者之间似乎就巴赫金与形式主义之间的关系也展开了一次对话。《在审美与技术之间——巴赫金对形式主义"纯技术(语言)"方法的批评》⑥一文则从"材料美学"的角度指出,巴赫金就这一点批判了形式方法的"纯技术(语言)"的错误:本体化悖谬、审美性缺失、创新性丧失。

由此可见,就巴赫金与形式主义的关系是对话、对立,还是否定的问题还值得继续深入探讨。

----

① 人民文学出版社2004年版。
② 百花文艺出版社2004年版。
③ 张冰:《外国文学评论》,1999年第2期。
④ 董晓:《国外文学》,2000年第2期。
⑤ 黄玫:《俄罗斯文艺》,2001年第2期。
⑥ 曾军:《华中师范大学学报》(人文社科版),2001年第2期。

正如巴赫金所说的那样,形式主义的文学形式与技巧的系统研究,将从象征主义者(别雷、勃留索夫)就已开始的诗歌语音结构研究推向了更高的学术水平。那么究竟形式主义与象征主义之间是怎样的一种关系?《作为语言的诗——从象征主义到形式主义》①一文就此作了研究。文章认为,象征主义是诗关注语言本身的历史转折,标志着西方诗学观念的根本转变。象征主义第一次使语言的能量充分释放出来,象征主义已认为诗是语言对外在现实和内在经验的象征。从此,从语言及其结构来理解诗歌,成为 20 世纪现代诗学的主要视点。文章还以马拉美的名言"诗不是用思想写成的,而是用词语写成的"和瓦雷里的"纯诗"理论为轴心,分析了象征主义怎样直接影响了后来的形式主义理论。文章还指出,诗歌是象征主义和俄国形式主义理论的同一个出发点,他们都关注到语言何以成为艺术的问题。象征主义和形式主义都强调技巧,认为结构艺术是使语言变得有诗性的原因;越是优秀的作品,越能使人感受到一种强有力的结构。诗歌的魅力与诗的整体形式分不开。

我们也注意到,有研究者认为,俄国形式主义理论的提出正是针对象征主义的。那么在什么层面上是对立的? 在什么层面上是承袭的? 这种对立与承袭是如何形成的? 诸如此类的问题还有待于综合起来进行研究,形成对两者关系的全面认识。

周启超的《直面原生态　检视大流脉——二十年代俄罗斯文论格局刍议》②一文则从 20 世纪俄罗斯文论的总体格局的角度,把握俄国形式主义文论与其他文论流派的关系。文章指出,20 世纪俄罗斯文论的基本格局,远非"形式主义"与"庸俗社会学"这"两种思潮"的较量所能全然概括的。重语言艺术形态的"解析",重文化意识形态的"解译",以及穿行于这两者之间的"解读",构成近百年来俄罗斯文论思想发育过程的三大流脉。这三大流脉的对峙与对话,互动与共生,促成俄罗斯文论在视界上的拓展,在范式上的转换,在理念上的更新,营造出学术流派林立、思想争鸣热烈、理论建树丰硕的景观,培育出世界文论中的"这一个"鲜明的创新开拓意识与独特的思想辐射能力。

另外,罗杰鹦的《形式主义与解构主义的关系探析》③从分析两者语言观、文本观入手,探析了形式主义与后现代文论的关系。杨向荣和熊沐清的《陌生与

---

① 李作霖、孙利军:《长沙大学学报》,2001 年第 1 期。
② 《文学评论》,2001 年第 2 期。
③ 《浙江学刊》,2003 年第 6 期。

熟悉——什克洛夫斯基与布莱希特"陌生化"对读》①则指出,什克洛夫斯基和布莱希特分别从不同的角度提出了"陌生化"概念。前者将诗语的"陌生化"上升到文学本体论的高度,视"陌生化"为一纯粹的美学、文学范畴,是文学作品的生命之所在;后者则把"陌生化"作为一个认识论范畴,认为"陌生化"不是目的,而是消除陌生,达到对事物更深刻熟悉的一种手段。文章对他们分别作了分析。曾晓凤的《审美创造与"陌生化"效果》②一文也就什克洛夫斯基和布莱希特提出的"陌生化"理论进行了比较分析,阐述了"陌生化"理论与审美创造的关系。这些都是对俄国形式主义研究的推进。

3. 俄国形式主义与我国文学批评的关系研究

一种理论的成功借鉴,应该是将其与接受者的固有观念、思维方式沟通和融合起来,化为接受者内在的新的创造力,为解决自己的问题找到新的途径。我国对形式主义的接受虽没有达到这样一种炉火纯青的地步,不过研究者正在作出积极的努力。形式主义理论在我国经过一段时间的介绍、研究之后,学者们把视线转向了国内:我们是否也有与形式主义类似的文论? 它们之间有没有关系? 是怎样的关系? 形式主义文论能解决我们文学批评中的哪些问题? 作为一种思想资源给我们带来了哪些新的研究视角和新的价值观? 怎样将它运用到我们的文学批评之中? 学界就此类问题展开了积极的探讨。其主要成果表现在两个方面:一是对中西形式文论的比较研究,一是形式文论对中西文学现象、中西文本的解读。这些研究显示着学界试图沟通两种文论思想和价值观念的努力。

(1) 中西形式文论的比较研究

吕周聚的文章《胡适与俄国形式主义学派文学史理论比较研究》③对 20 世纪初中国出现的以胡适为代表的形式主义文学理论的萌芽和俄国出现的以什克洛夫斯基、日尔蒙斯基等为代表的形式主义文学思潮进行了比较,这两种同时异地的文学思潮之间尽管迄今为止还没有彼此间互相影响的证据,但它们的形式主义文学史理论却表现出某些惊人的相似之处,并且其在 20 年代的结局也基本相同。作者认为,它们之所以有如此相同的历史命运,固然与两国动荡的社会革命形势有一定的联系,但实际上是由于理论本身的缺陷所致。作者还

---

① 《钦州师范高等专科学校学报》,2003 年第 1 期。
② 《安顺师范高等专科学校学报》,2003 年第 3 期。
③ 《山东社会科学》,1998 年第 6 期。

认为,只看到这些理论的相同之处对文学史研究并无多大意义,其价值在于透过他们的文学史理论的前后变化给今天热衷于"重写文学史"的研究者提供了一面镜子——形式主义的路子走不通,传统社会学的方法又不能令人满意,那么文学史究竟应该如何重写,就成了值得我们思考的问题。该文章的价值正在于作者通过自己的研究提出了问题。作者假设,也许从形式与内容、自律与他律的结合来研究文学史,或将形式主义、社会学、传记学的文学史观综合起来研究文学史是一条路子。不过,笔者认为它们之间的动态结合是一个非常复杂的问题,并非"辩证"二字所能轻易解决得了的。怎样解决? 这是作者给文学史家留下的有待解决的研究课题。

张喜洋的文章《中西文学形式论比较研究》①以我国"文艺自觉时代"的魏晋南北朝与俄国形式主义为典型个案,比较论述中西形式论渊源、发展轨迹、优长差异及汇通的可能性,试图沟通双方对话的场域。

刘海波的文章《论闻一多诗学的现代性》②研究了闻一多的诗学,以其1921—1926 年所撰写的《评本学年〈周刊〉里的新诗》、《律诗的研究》、《〈冬夜〉评论》、《泰果尔批评》、《诗的格律》、《戏剧的歧途》,以及演讲大纲《诗歌节奏的研究》等为研究依据,分析了闻一多"区分诗性语与实用语"的现代语言观,"本体论的形式观、一元论的形式观、'有意味'的形式观"的现代的形式观。文章认为,"与同时代及较早一些新文学开创者的文论诗论相比较,同时也与世界文学发展的潮流相对照","闻一多诗学在语言观和形式观上具备了明显的现代品格",闻一多的诗歌理论与俄国形式主义的理论是重合的。不过,文章的欠缺是,并没有分析这种重合的原因,是影响? 接受? 还是不谋而合?

范肖丹的《传统写作学"夙悟先觉"的语言陌生化问题》③一文认为,"尽管中国传统写作学并没有提出陌生化的概念,更谈不上有什么形式主义学派。但是,就像人们能够从形式主义的理论中,找到此前的俄国和西方的古代、近代文论的痕迹那样,我们也可以找到形式主义的语言陌生化理论,和中国传统写作学在一些理论方面的惊人相似之处。"作者注意到很早就有钱锺书在这方面已经做了些比较工作,在谈到宋朝梅尧臣以故为新、以俗为雅的观点时,钱锺书认为梅尧臣"夙悟先觉",走在了俄国形式主义的前面。接着作者顺着钱锺书的思

---

① 《湛江师范学院学报》,1999 年第 3 期。
② 《上海大学学报》(社科版) ,2001 年第 4 期。
③ 《东南亚纵横》,2002 年第 8 期。

路,用陌生化的概念,讨论了中国传统写作学中与语言陌生化理论在本质上相近的论述。这是在研究中国的陌生化理论。

(2)形式文论对中西文本、文学现象的解读与创造力的生成

我国的研究者试图将形式文论运用于对中外古今文本的解读。丁棋的文章《俄国形式主义与中国新诗潮——从朦胧诗到先锋诗的一种解读》[1]运用俄国形式主义提供的新视角分析中国新诗,看到了从朦胧诗到先锋诗是一次次已有文学形式的陌生化,是向以语言为核心的诗本体的回归。

于坚在 20 世纪 80 年代发表了一系列口语化的诗歌,但并未引起诗评界的注意。90 年代其被称为"语言垃圾"的《零档案》发表,令诗评界惊诧莫名,而后则是长久的沉默,因为评论家们面对这首诗不知该使用何种理论来评价。在这样的沉默中,于坚提出了自己的诗学理想:从隐喻后退,回到存在的现场;诗歌是语言的操作。赵玉的文章《俄国形式主义文论对于坚诗学的影响》[2]试图找到于坚诗学思想的来源。作者注意到,于坚用带有粗鄙化倾向与接近生命本真状态的口语进行诗歌创作,表达了向后退的诗学理想。口语化是陌生化的方法之一,从属于陌生化。通过分析,作者认为,于坚诗学在方法论(语言的操作方法)上与俄国形式主义的接近(都试图通过变革语言,在语言中恢复对事物的感觉);在艺术功能上,于坚的文化经验诗论显示出对俄国形式主义自动化诗论的继承和发展。遗憾的是,作者没有找到于坚受俄国形式主义影响的直接证据。不过这也许并不重要。可以说,文章作者受形式主义理论的启发,找到了解读于坚的途径。

赵海菱的文章《杜诗语言的"陌生化"之妙》[3]则以"陌生化"理论分析杜甫诗歌创作,认为杜甫的诗歌创作的某些大胆尝试竟与"陌生化"主张不谋而合。这主要表现在:一是创立新词语或活用普遍词语(如名词用作动词等),造成新奇效果;二是用特别的节奏、韵律等手段从整体上打乱、变换普通语言的常规,从而形成"陌生化"。《从"陌生化"看李清照词的语言创新》[4]—文同样是以"陌生化"理论研究中国古典诗歌。

---

① 《甘肃教育学院学报》,2001 年第 3 期。
② 《广西右江民族师专学报》,2001 年 6 月第 2 期。
③ 《东岳论丛》,2003 年第 1 期。
④ 李秋菊、唐林轩:《湘潭大学社会科学学报》,2003 年 5 月。

李刚的《诗歌语言的陌生化——宋诗话中的语言批评》①则以"陌生化"理论从整体上研究宋诗话，重新整合其中"诗歌语言的陌生化"的内容，发掘其内涵，并在与俄国形式主义理论的比较中，探讨宋诗话中语言批评的价值。该文的主体部分分为三章，分别研究"语词的陌生化"、"白战体"和"以俗为雅"的陌生化理论及"语意的陌生化"。

《狄金森诗歌中的抽象意义——从文学理论"陌生化"视角探讨抽象意象的美学意义》②和《作为艺术手法的"陌生化"在〈老人与海〉中的运用》③两文，从题目便可以看出作者是在解读西方文学文本。《诗歌中的"有我""无我"与"陌生化"》④一文将俄国"陌生化"理论与我国"有我之境""无我之境"的传统文论结合起来，赏析英美诗歌，得到一种新的解读途径。《二元对立形式与莎士比亚的〈李尔王〉》⑤一文试图从格雷马斯结构语义学、俄国形式主义、英美新批评派，以及 E. M. 福斯特人物性格塑造等相关理论出发，揭示莎翁是如何在情节、反讽、人物间及人物自身性格这三个方面成功运用二元对立的结构原则，增强作品的艺术感染力，真实反映现实和深化主题的。

另外，俄国形式主义作为一种思想资源也为研究者带来了新的价值观念。向云驹的文章《陌生：当代少数民族文学的审美价值基础及价值定向》⑥移植和转换了"陌生化"理论的思想方法，重新审视少数民族文学。作者将不同民族之间的文学看成是一种互为陌生的文学，其"手段"是地理的、经济生活的、社会历史的、文化传统的、语言的、心理素质等的不同形成的阻隔。从这一角度看待少数民族的文学独特的审美价值和审美价值的特定内涵，体现了当下族裔文化、弱势文化研究的精神内核。如果说以形式文论阐释中西文本得到的是一种方法的话，那么这种思想方法的移植和转换更是一种内在创造力的生成，是形式文论思想为我改造、变形后的发展。

其实，在接受形式文论的过程中，最大的有意"误读"、"曲解"和改造后为我所用的领域就是文学批评实践和文学创作实践。

80 年代中期，中国文学在审美文论的推动下加快了整体"向内转"的步伐，

---

① 华中师范大学李刚 2002 年 6 月的硕士论文。
② 江玉娇：《贵州医学院学报》（社科版），2000 年第 4 期。
③ 霍明杰：《广州大学学报》（社科版），2003 年第 6 期。
④ 邱涤纯：《湖南师范大学社会科学学报》，2001 年 5 月。
⑤《外语研究》，2003 年第 6 期。
⑥《民族文学研究》，2001 年第 3 期。

一场理论批评"范式"的革命也在悄悄地酝酿当中。从 1984 年开始,一批青年批评家在疏离文学与社会政治的关系的同时,将探求的目光从文学内容转向了所谓"文学性"之所在——"形式"。"形式"作为"实现的内容",作为文学之为文学的东西,得到文论家们的广泛重视,历史的思考和文化的探索被看作是让文学心倦意懒不堪承受的重负令人敬而远之。一位青年文论家发出了这样的质疑:"文学把历史翻来覆去地思考和描述了无数遍之后,发现大家其实对历史都很清楚;而文学自身却在这种思考中被越弄越糊涂了——过去是为政治服务,后来被当作改造社会的武器,现在怎么又成了历史的侍从呢?"文学思考者对于文学本体特性的追问,召唤着中国文学本体论的崛起。于是,俄国形式主义、英美新批评、法国结构主义等形式批评流派的理论便成为中国特定氛围中文学本体论建构的资源。西方形式本体论的"形式即内容"、"形式自身即是目的"成为中国 80 年代后期一种新的批评范式产生的逻辑前提。这里显示了形式理论怎样成为了批评家的内在精神。

潘天强的文章《新时期形式主义文艺思潮的发展轨迹》①对新时期形式主义文学创作状况作了梳理。但要注意的是,这里的形式主义文学创作并非单纯的俄国形式主义、英美新批评、法国结构主义等形式批评流派理论的形式主义,而是指所有这一时期非现实主义的"创作方法",指所有"我们所说"的"创作形式"的探索,其中包括了"陌生化"和"语言崇拜"等原则。这是"形式主义"概念在我们这里的变异,扩大了其内涵。文章这样描述作家思想的裂变过程:从否定文艺的意识形态性开始,用情感取代内容,主张形式大于内容,最后以颠倒内容与形式的主次关系而告终;从否定政治对艺术的吞噬开始,把政治等同于内容,进而在否定政治的同时否定内容,最后以割裂内容与形式的联系而结束。这里我们注意到,作者在分析作家创作观念、创作实践的裂变过程中,依然沿用了我们原有的"形式"概念。也就是说,作家们在遭遇西方形式主义潮流时,是有一个预设的"形式"和"内容"之分的概念的,但在他们的创作实践中却信奉了"形式就是一切"、"形式涵盖内容"或者"形式是有意味的形式",正如前面分析过的,他们后现代的文化立场和世界观已经投射在了他们的艺术形式上。

因此,俄国形式主义等形式流派的思想在我们的批评实践和创作实践中的接受就呈现为如此的状态:如果说前面提到解读只是一种方法上的转变的话,

---

① 《中国人民大学学报》,2004 年第 1 期。

这后面其实有一个文艺思想、批评思想的转变；而创作界思想的转变是直接运用于创作实践的。问题在于，在这种转变过程中，对形式主义思想的吸收，是一个改造的过程，是一个随意根据自己的需要去理解阐释运用的过程。这个过程中，有两个对形式主义的理解并存：一个是以我们原有的形式概念去理解，用以批判传统，将形式从政治、从内容的奴役中解放出来；一个是以"大形式"概念即"形式涵盖内容"去理解，并承认"形式是有意味的形式"。这样，在批评实践和创作实践中什么时候需要用哪一种解释，就将其拿来，两种概念或说两种观念交叉混合运用，以完成批评与创作的超越。

进入新世纪之后，我国对西方文论的接受趋于成熟。这表现在，不再是一股脑儿地拿来，以一种完全肯定的心理进行应用，而是开始反思它们的局限。对形式批评，研究者们也作了同样的反思。曹禧修的文章《二十世纪中国文学形式批评的困境及其对策》[1]认为，20世纪中国文学的形式批评陷于难以有效言说，因而也愈来愈尴尬的困境。其主要原因有二：一是缘于我们自身消费性的阐释思路。这是一种被动消极的研究方法；二则与形式批评理论本身不无关系。其狭隘的研究思路使形式批评的思维空间过于逼仄，致使其话语空间受到限制，无法得到应有的拓展。走出困境的对策也相应有两点，一是需要我们摆脱西方中心主义的思维立场，执行一种生产性的、积极主动且富有主体精神的研究方法。二则需要我们坚持主体性的原则，继续清理形式批评本身的内在思路，并执行"从形式分析进入意义"的阐释方法。作者另在《论"从形式分析进入意义"》[2]一文中认为，文学的研究对象是文学的文学性，但文学性的内涵准确地说并不是文学独特的表达形式，而是文学独特而有"灵性"的表达形式，也即"成为内容"而且也"意味着审美对象"的形式。只有它才是文学性的真正内涵所在。因此，从理论上讲，文学研究只有"从形式分析进入意义"才有可能真正触及文学的内核，抵达文学的本体；既呵护文学的灵性，也揭示出文学的内部规律；既防止纯粹的外在研究规避文学表达形式的特殊性，也防止纯粹的形式批评有意无意地宰割文学的灵性，真正做到把形式的分析与意义的引领有机地结合起来。

研究走向成熟的另一表现是，我国学者对于整体的西方文论有了自己的把

---

[1]《西藏大学学报》，2003年第2期。
[2]《肇庆学院学报》，2003年第2期。

中国俄苏文学研究史论
История исследования русской и
советской литературы в Китае

握,形成了自己的理解体系。如张德明的《批评的视野》①从文本与语言、文本与作者、文本与读者、文本与世界四个视野把握西方文论。可贵的是作者把复杂的西方文论线索转换成自己理解的模式,并通俗地讲解出来,真正成为一种内在的接受。专著对形式主义进行的就是这样的研究。

统观俄国形式主义在我国的接受、研究过程,我们发现,对俄国形式主义由不知到知之,到研究,到为我所用,经历了一个较长的过程。其中,有不同思想的交锋,有不同观点的论争与对话,有沟通彼此的努力。我们的"形式"观念在这个过程中不断地裂变着,但始终存在着两种"形式"观的对立和碰撞,交叉和混合。我们对俄国形式主义的研究已经取得了一定的成就,也依然存在着一些问题。一是翻译的不足,包括整个学派的所有成员的论著和单个成员的所有重要论著的翻译。二是对核心成员什克洛夫斯基和雅各布森研究相对较多,对其他成员的研究相对较少,不够系统。三是人物译名不同,这虽不是大问题,但可能造成不便。② 四是术语的翻译问题,翻译的准确与否会影响到对理论的理解,如 приём 一词分别译为程序、手段、技巧、方法。这些词在汉语中可不可以互通,可不可以达到俄语词的所指,这都会带来相应的问题。与此相关的是,不同成员对相同内涵概念的不同命名或不同内涵概念的相同命名也给翻译带来困难,国内对此还研究不够。五是对俄国形式主义内部的一些问题依然需要进一步研究、澄清和拓展。如俄国形式主义的源头问题。研究者认为维谢洛夫斯基是其源头,但对其吸收了什么却互相矛盾。又如俄国形式主义与当时的各流派的关系研究还不到位等,都有待深入探讨。

[相关研究成果要目]

1. 袁可嘉:《结构主义文学理论》,《世界文学》,1979 年第 2 期。

2. 布洛克曼:《结构主义》,李幼蒸译,商务印书馆 1980 年版。

3. 李辉凡:《早期苏联文艺界的形式主义理论》,《苏联文学》,1983 年第 4 期。

4. 张隆溪:《艺术旗帜上的颜色——俄国形式主义与捷克结构主义》,《读

---

① 上海社会科学院出版社 2004 年版。
② 人物均有多种译法,如什克洛夫斯基——斯克洛夫斯基、施克洛夫斯基;雅各布森——雅可布森、雅科勃松、雅科布松、雅各布逊;艾亨鲍姆——埃亨鲍姆、艾亨巴乌姆;特尼亚诺夫——蒂尼亚诺夫、迪尼亚诺夫、特尼亚洛夫、梯里亚诺夫等。为不致混乱,本文一律采用了前者。

书》,1983 年第 8 期。

5. 陈圣生、林泰:《俄国形式主义》,《作品与争鸣》,1984 年第 3 期。

6. 辽宁大学中文系编:《文艺研究的系统方法》(文集),辽宁大学出版社
1985 年版。

7. 傅修延、夏汉宁编著:《文学批评方法论基础》,江西人民出版社 1986 年
版。

8. 张隆溪:《二十世纪西方文论述评》,三联书店 1986 年版。

9. 特伦斯·霍克斯:《结构主义和符号学》,瞿钱鹏译,上海译文出版社
1987 年版。

10. 中国人民大学中国语言文学系编:《文艺学方法论讲演集》,中国人民大
学出版社 1987 年版。

11. 文化部教育局编:《西方现代哲学与文艺思潮》,上海文艺出版社 1987
年版。

12. 张秉真、黄晋凯:《结构主义文学批评论》,辽宁大学出版社 1987 年版。

13. 班澜、王晓秦:《外国现代批评方法纵览》,花城出版社 1987 年版。

14. 伍蠡甫、胡经之主编:《西方文艺理论名著选编》,北京大学出版社 1987
年版。

15.《马克思主义文艺理论研究》编辑部选编:《美学文艺学方法论》(续
集),文化艺术出版社 1987 年版。

16. 佛克马、易布思:《二十世纪文学理论》,林书武等译,三联书店 1988 年
版。

17. 胡经之、张首映:《西方二十世纪文论史》,中国社会科学出版社 1988 年
版。

18. 韦勒克:《批评的诸种概念》,丁泓等译,四川文艺出版社 1988 年版。

19. 特里·伊格尔顿:《当代西方文学理论》,王逢振译,中国社会科学出版
社 1988 年版。

20. 罗伯特·休斯:《文学结构主义》,刘豫译,三联书店 1988 年版。

21. 杨岱勤:《关于"陌生化"的理论》,《当代外国文学》,1988 年第 4 期。

22. 钱佼汝:《"文学性"和"陌生化"》,《外国文学评论》,1989 年第 1 期。

23. 什克洛夫斯基:《艺术即手法》,李辉凡译,《外国文学评论》,1989 年第 1
期。

24. 巴赫金：《文艺学中的形式主义方法》，李辉凡、张杰译，漓江出版社1989年版。

25. 托多罗夫编选：《俄苏形式主义文论选》，蔡鸿滨译，中国社会科学出版社1989年版。

26. 维·什克洛夫斯基等著：《俄国形式主义文论选》，方珊等译，三联书店1989年版。

27. 胡经之、张首映主编：《西方二十世纪文论选》，中国社会科学出版社1989年版。

28. 董学文：《走向当代形态的文艺学》，高等教育出版社1989年版。

29. 胡经之主编：《西方文艺理论名著教程》，北京大学出版社1989年版。

30. 周启超：《在"结构—功能"探索的航道上——俄国形式主义在当代苏联文艺理论界的渗透》，《外国文学评论》，1989年第1期。

31. 任雍：《雅各布森的"音素结构"理论及其在中西诗歌中的验证》，《外国文学评论》，1989年第4期。

32. 骏飞：《外国文论和我国近年来小说的文体》，《当代外国文学》，1990年第2期。

33. 微周：《叙述学概述》，《外国文学评论》，1990年第4期。

34. 申丹：《论西方叙述理论中的情节观》，《外国文学评论》，1990年第4期。

35. 余虹：《传统中的"反传统"》，《外国文学评论》，1991年第1期。

36. 乔雨：《俄苏形式主义在当代苏联文艺学界的命运》，《外国文学评论》，1991年第3期。

37. 乔纳森·卡勒：《结构主义诗学》，盛宁译，中国社会科学出版社1991年版。

38. 陈思红：《谈谈俄苏形式主义流派》，《国外文学》，1992年第3期。

39. 李思孝：《俄国形式主义简论》，《求是学刊》，1992年第3期。

40. 徐岱：《小说叙事学》，中国社会科学出版社1992年版。

41. 陶东风：《俄国形式主义的文学史观》，《外国文学评论》，1992年第3期。

42. 什克洛夫斯基：《词语的复活》，李辉凡译，《外国文学评论》，1993年第2期。

43. 什克洛夫斯基：《散文理论》，刘宗次译，百花洲文艺出版社1994年版。

44. 童庆炳：《苏联文论与中国当代文论建设》，《文艺理论研究》，1994年第1期。

45. 魏家俊：《论俄国形式主义的文学观》，《北京社会科学》，1994年第1期。

46. 崔凤琦：《对俄国形式主义文论逻辑起点的一种理解》，《辽宁教育学院学报》，1994年第3期。

47. 苏宏斌：《应该怎样对待俄国形式主义》，《文艺理论与批评》，1994年第3期。

48. 波利亚科夫编：《结构—符号学文艺学——方法论体系和论争》，佟景韩译，文化文艺出版社1994年版。

49. 胡经之、王岳川主编：《文艺学美学方法论》，北京大学出版社1994年版。

50. 叶水夫主编：《苏联文学史》（第3卷），中国社会科学出版社1994年版。

51. 蔡世连：《迷宫世界的模拟与创造》，《齐鲁学刊》，1994年第4期。

52. 陈炳良：《精读理论，细释文章》，《汕头大学学报》，1994年第4期。

53. 刘海涛：《一部研究俄国形式主义的系统作——评赵志军的〈俄国形式主义诗学研究〉》，《湛江师范学院学报》，1995年第1期。

54. 赵宪章：《形式主义的困境与形式美学的再生》，《江海学刊》，1995年第2期。

55. 寒萍：《作品中心的意义理论》，《延安大学学报》（社科版），1995年第2期。

56. 杨金才：《文学的自律性：追寻与建构——俄国形式主义文学批评实质论》，《四川外语学院学报》，1995年第3期。

57. 黄家修：《文学语言的诗性结构与审美功能》，《现代外语》，1995年第4期。

58. 张无展等：《差异论模式：意义与局限——俄国形式主义文论研究》，《学术界》，1995年第6期。

59. 朱栋霖主编：《文学新思维》（卷2），江苏教育出版社1996年版。

60. 范玉刚：《论俄国形式主义》，《江海学刊》，1996年第1期。

61. 赵宪章主编：《西方形式美学研究》，上海人民出版社1996年版。

中国俄苏文学研究史论
История исследования русской и
советской литературы в Китае

62. 迪尼亚诺夫:《文学事实》,张冰译,《国外文学》,1996 年第 4 期。

63. 苏冰:《意义理论:从俄国形式主义到新批评》,《文艺研究》,1996 年第 5 期。

64. 刘万勇:《论俄国形式主义诗学的"文学性"与"陌生化"》,《山西大学学报》,1997 年第 2 期。

65. 朱立元主编:《当代西方文艺理论》,华东师范大学出版社 1997 年版。

66. 郭宏安、张国锋、王逢振:《二十世纪西方文论研究》,中国社会科学出版社 1997 年版。

67. 赵炎秋:《20 世纪西方语言论文论的兴起与发展》,《湖南师范大学社会科学学报》,1997 年第 4 期。

68. 张政文、杜桂萍:《形式主义的美学突破与人文困惑》,《文史哲》,1998 年第 2 期。

69. 申丹:《叙述学与小说文体学研究》,北京大学出版社 1998 年版。

70. 让－伊夫·塔迪埃:《20 世纪的文学批评》,百花文艺出版社 1998 年版。

71. 吕周聚:《胡适与俄国形式主义学派文学史理论比较研究》,《山东社会科学》,1998 年第 6 期。

72. 方珊:《形式主义文论》,山东教育出版社 1999 年版。

73. 彭克巽:《苏联文艺学派》,北京大学出版社 1999 年版。

74. 刘万勇:《俄国形式主义的"陌生化"与艺术接受》,《山西大学学报》(哲学社会科学版),1999 年第 2 期。

75. 赖辉:《论〈黑暗之心〉的叙述者、叙述接受者和"陌生化"》,《外国文学研究》,1999 年第 2 期。

76. 张喜洋:《中西文学形式论比较研究》,《湛江师范学院学报》,1999 年第 3 期。

77. 张冰:《对话:奥波雅兹与巴赫金学派》,《外国文学评论》,1999 年第 3 期。

78. 马克·昂热诺、让·贝西埃、杜沃·佛可马、伊娃·库什纳主编:《问题与观点——20 世纪文学理论综述》,史忠义、田庆生译,百花文艺出版社 2000 年版。

79. 黄克剑:《审美自觉与审美形式——从西方审美意识的嬗演论作为一种价值取向的美》,《哲学研究》,2000 年第 1 期。

80. 杜书瀛、张婷婷：《关于文学本体论的思考》，《江海学刊》，2000 年第 1 期。

81. 董晓：《超越形式主义的"文学性"——试析巴赫金对俄国形式主义的批判》，《国外文学》，2000 年第 2 期。

82. 李世涛：《超越语言——20 世纪西方诗学的语言追求》，《北京科技大学学报》，2000 年第 2 期。

83. 宋建峰：《对俄国形式主义的思考》，《民族艺术研究》，2000 年第 3 期。

84. 拉曼·塞尔登编：《文学批评理论——从柏拉图到现在》，刘象愚、陈永国等译，北京大学出版社 2000 年版。

85. 丁国旗：《走出形式主义的牢笼——什克洛夫斯基后期文艺思想探讨》，《黄河科技大学学报》，2000 年第 4 期。

86. 张杰、汪介之：《20 世纪俄罗斯文学批评史》，译林出版社 2000 年版。

87. 陈厚诚、刘宁：《西方当代文学批评在中国》，百花文艺出版社 2000 年版。

88. 江玉娇：《狄金森诗歌中的抽象意义——从文学理论"陌生化"视角探讨抽象意象的美学意义》，《贵州医学院学报》（社科版），2000 年第 4 期。

89. 毕研韬、周永秀：《解读什克洛夫斯基的批评理论》，《沈阳农业大学学报》，2000 年第 4 期。

90. 支宇：《韦勒克文论与结构主义语言学》，《社会科学研究》，2000 年第 4 期。

91. 高燕：《文学史：形式、体系与功能——俄国形式主义文学演进观述评》，《江西社会科学》，2000 年第 6 期。

92. 张冰：《陌生化诗学》，北京大学出版社 2000 年版。

93. 李作霖、孙利军：《作为语言的诗——从象征主义到形式主义》，《长沙大学学报》，2001 年第 1 期。

94. 吴晓棠、曹晓丽：《形式主义文学批评散论》，《伊犁教育学院学报》，2001 年第 1 期。

95. 刘月新：《从语言批判到意识形态批判——对现代西方文学的一种分析角度》，《三峡大学学报》（人文社科版），2001 年第 1 期。

96. 黄玫：《巴赫金与俄国形式主义的诗学对话》，《俄罗斯文艺》，2001 年第 2 期。

中国俄苏文学研究史论
История исследования русской и
советской литературы в Китае

97. 曾军:《在审美与技术之间——巴赫金对形式主义"纯技术(语言)"方法的批评》,《华中师范大学学报》(人文社科版),2001 年第 2 期。

98. 赵玉:《俄国形式主义文论对于坚诗学的影响》,《广西右江民族师专学报》,2001 年第 2 期。

99. 周启超:《直面原生态　检视大流脉——二十年代俄罗斯文论格局刍议》,《文学评论》,2001 年第 2 期。

100. 什克洛夫斯基:《个人价值的危机》,陆肇明译,《俄罗斯文艺》,2001 年第 3 期。

101. 丁棋:《俄国形式主义与中国新诗潮——从朦胧诗到先锋诗的一种解读》,《甘肃教育学院学报》,2001 年第 3 期。

102. 向云驹:《陌生:当代少数民族文学的审美价值基础及价值定向》,《民族文学研究》,2001 年第 3 期。

103. 罗杰·法约尔:《批评:方法与历史》,怀宇译,百花文艺出版社 2002 年版。

104. 祖国颂:《从〈伽利略传〉看"陌生化"的现代主义特征》,《漳州师范学院学报》(哲学社科版),2001 年第 4 期。

105. 卢亚林:《论俄罗斯形式主义的文学形式观》,《盐城师范学院学报》,2001 年第 4 期。

106. 南帆:《文学理论:开放的研究》,《东南学术》,2001 年第 4 期。

107. 邱涤纯:《诗歌中的"有我""无我"与"陌生化"》,《湖南师范大学社会科学学报》,2001 年 5 月第 30 卷。

108. 刘海波:《论闻一多诗学的现代性》,《上海大学学报》(社科版),2001 年第 4 期。

109. 程小平:《符号论美学:艺术形式的诗学研究》,《阴山学刊》,2001 年第 4 期。

110. 姚文放:《西方 20 世纪文学传统论的形式论倾向》,《文艺研究》,2002 年第 1 期。

111. 托多罗夫:《批评的批评》,王东亮、王晨阳译,三联书店 2002 年版。

112. 董希文:《俄国形式主义文论的文学观》,《青岛海洋大学学报》,2002 年第 3 期。

113. 王汶成:《论文学语言的审美特性》,《求是学刊》,2002 年第 3 期。

114.赵琨:《形式的自由与危机——试论现代主义的反形式与形式主义之异同》,《文艺评论》,2002年第4期。

115.江守义:《叙事是一种评价》,《安徽师范大学学报》(人文社科版),2002年第4期。

116.丁国旗:《"奇异化"与"时间"——什克洛夫斯基后期思想的两个重要概念》,《黄河科技大学学报》,2002年第4期。

117.杨冬:《试论雷纳·韦勒克的批评史研究》,《吉林大学社会科学学报》,2002年第4期。

118.范肖丹:《传统写作学"夙悟先觉"的语言陌生化问题》,《东南亚纵横》,2002年第8期。

119.杨向荣、熊沐清:《陌生与熟悉——什克洛夫斯基与布莱希特"陌生化"对读》,《钦州师范高等专科学校学报》,2003年第1期。

120.李建盛:《俄国形式主义诗学的理论视野及历史评价》,《俄罗斯文艺》,2003年第1期。

121.赵海菱:《杜诗语言的"陌生化"之妙》,《东岳论丛》,2003年第1期。

122.张荣翼:《试析文学史的自律论模式》,《社会科学研究》,2003年第1期。

123.陈浩:《论西方现代小说理论的形态》,《绍兴文理学院学报》,2003年第1期。

124.辛禄高:《对俄国形式主义及其陌生化理论的再评价》,《抚州师专学报》,2003年第2期。

125.曹禧修:《二十世纪中国文学形式批评的困境及其对策》,《西藏大学学报》,2003年第2期。

126.曹禧修:《论"从形式分析进入意义"》,《肇庆学院学报》,2003年第2期。

127.陈本益:《俄国形式主义文学批评论的美学基础》,《东南大学学报》,2003年第3期。

128.杨帆:《陌生化,或者不是形式主义——从陌生化理论透视俄国形式主义》,《学术界》,2003年第3期。

129.曾晓凤:《审美创造与"陌生化"效果》,《安顺师范高等专科学校学报》,2003年第3期。

中国俄苏文学研究史论
История исследования русской и
советской литературы в Китае

130. 徐岱:《形式主义与批评理论》,《杭州师范学院学报》(社科版),2003 年第 4 期。

131. 夏德勇:《现代小说文体变迁的形式及其文化语境》,《广州大学学报》(社科版),2003 年第 3 期。

132. 王腊宝:《20 世纪形式批评与短篇小说》,《解放军外国语学院学报》,2003 年第 4 期。

133. 左进:《俄国形式主义短篇小说观》,《淮阴工学院学报》,2003 年第 4 期。

134. 李秋菊等:《从"陌生化"看李清照词的语言创新》,《湘潭大学社会科学学报》,2003 年第 5 期。

135. 霍明杰:《作为艺术手法的"陌生化"在〈老人与海〉中的运用》,《广州大学学报》(社科版),2003 年第 6 期。

136. 罗杰鹦:《形式主义与解构主义的关系探析》,《浙江学刊》,2003 年第 6 期。

137. 华泉坤、张浩:《二元对立形式与莎士比亚的〈李尔王〉》,《外语研究》,2003 年第 6 期。

138. 潘天强:《新时期形式主义文艺思潮的发展轨迹》,《中国人民大学学报》,2004 年第 1 期。

139. 黄玫:《语言分析方法的倡导者——俄国形式派诗学方法一题》,《俄罗斯文艺》,2004 年第 2 期。

140. 张德明:《批评的视野》,上海社会科学院出版社 2004 年版。

141. 赵宪章:《文体与形式》,人民文学出版社 2004 年版。

142. 赵毅衡编选:《符号学文学论文集》,百花文艺出版社 2004 年版。

第十八章
新时期俄苏历史诗学研究

　　以维谢洛夫斯基为源头的俄国历史诗学学派,也被称为历史比较文艺学或比较文艺学。自维谢洛夫斯基开创历史诗学研究以来,它逐渐成为俄苏文艺学中"最主要、最有价值的科研方向之一",并在国内外产生了广泛和深远的影响,文艺学中的许多思想和原理,东西方许多常说常新、争论不休的问题都源自维谢洛夫斯基及其历史诗学。在其理论本土,20 世纪在历史诗学的众多领域取得了举世瞩目的成就。苏联 60 年代历史比较诗学复兴,直至当代在该领域中还不断涌现出新的研究成果。

　　我国自 80 年代以来开始关注俄苏的历史诗学理论。理论界,特别是俄苏文学研究界在该领域作了大量工作。1995 年 2 月,中国社科院外国文学研究所主持召开"俄苏文学的研究现状与发展趋势"调查会。在谈到理论问题的研究时,学者们再次提出,对维谢洛夫斯基的历史比较诗学的研究应予以重视。2002 年底,首都师范大学文学院主办了"俄国文学研究前沿问题与学科建设"全国学术研讨会。刘宁从俄国文学理论变革历史入手,提出研究维谢洛夫斯基历史诗学的重要性问题。他指出,产生于 19 世纪末的维谢洛夫斯基历史诗学是想切实地把历史的和美学的批评结合起来,这不是从西方的既定概念出发的结合,也有别于西方那种依据古典文本构筑的诗学理念体系,而是对具体民族的审美和文艺发展的形式问题进行实证性的实际研究,因而在方法论上对 20 世纪俄国和世界诗学理论的发展产生了重大影响,诸如形式主义和诗学研究的语言学转向是深受维谢洛夫斯基历史诗学影响的结果。因此,我们要清楚地研究当代西方文论,就无法不正本清源地追溯到维谢洛夫斯基历史诗学概念。2002 年 11 月,《外国文学研究》编辑部邀请吴元迈、夏仲翼、吴泽霖、张杰等进行了一次以"俄苏文学研究"为主题的访谈。学者们都一致认为,应加强对维谢洛夫斯基、巴赫金、日尔蒙斯基、洛特曼、普洛普等理论思想的研究。他们指出,俄苏各种文艺学派乃至宗教美学,以及这些学派的代表人物的理论成果,都属

中国俄苏文学研究史论
История исследования русской и
советской литературы в Китае

于"前沿性课题",尽管在时间上它们似乎已离开我们很远。不对这些成果进行深入研究,就无法深刻地认识俄国当代文学。20多年来,我国学者在俄国历史诗学的介绍、研究,以及将其作为我国比较文学学科建设和古代文论现代转型的理论资源等方面,都取得了可喜的成就。本章主要就维谢洛夫斯基及其后继者日尔蒙斯基的理论在我国的研究与接受状况作一梳理。

从纵向上来说,对历史诗学的研究大致可以分为两个阶段。第一阶段从20世纪80年代初起到90年代中期。这一时期的研究以介绍为主,成果相对较少,关注度相对不够。从90年代中期以后至21世纪初为第二阶段。这一时期的研究比较活跃,重要研究成果相继问世,同时研究呈现出多方位的态势:既有对理论的深入研究,也有对理论的具体运用,包括将其作为理论资源的借鉴与思考。

从横向上来说,对历史诗学的研究可以分为三大板块或三种类型:1)对理论本身的研究;2)应用型研究;3)作为理论资源在比较文学理论建构和古代文论现代转型中的借鉴型研究。本文以时间先后为基本顺序、以三种类型的研究为架构把握20世纪80年代以来我国对历史诗学的研究状况。

一、对理论本身的研究

1.作为比较文学理论的历史诗学

80年代以来,我国对俄苏历史诗学的关注与研究应该说是与比较文学在我国的复兴同步发展起来的。1979年,钱锺书的《管锥篇》的出版是中国比较文学复兴的标志。80年代初期,在《读书》等刊物上出现了不少比较文学研究方法的文章。《外国文学研究》1981年第4期发表的陆永昌的《比较文学在苏联》一文介绍了比较文学在苏联的境遇及苏联学者的比较文学理论主张,首先将维谢洛夫斯基引入了我们的视野,虽然文章还没有涉及这一学派的具体理论主张。

随后,在一批比较文学著作中,对作为比较文学俄国学派的核心思想的历史诗学及苏联历史诗学的代表人物日尔蒙斯基的论著作了介绍和翻译。这些著作是卢康华和孙景尧的《比较文学导论》①、干永昌等编译的《比较文学研究

① 黑龙江人民出版社1984年版。

译文集》①、北京师范大学中文系编的《比较文学研究资料》②、乐黛云主编的《中西比较文学教程》③和她撰写的《比较文学原理》④以及方珊等译的《俄国形式主义文论选》⑤等。另外,80 年代后期和 90 年代初,还有一些文章对俄苏历史诗学派作了较为详细的介绍,如《评俄国历史文化学派》⑥、《苏联的比较文学研究及其理论探索》⑦、《比较文艺学理论家:日尔蒙斯基》⑧、《苏联的历史比较文艺学》⑨等。当然,这一时期的著述主要还是介绍性的。所以,1995 年在北京外国语大学召开的俄苏文学学科研究现状与发展趋势调查会上,学者们仍在强调应当拓宽研究范围,加强对维谢洛夫斯基的历史比较文艺学的研究。

从 1997 年起对历史诗学理论的研究进入活跃期。1997 年第 6 期《世界文学》上发表了刘宁翻译的维谢洛夫斯基的文章《文学史作为一门学科的方法和任务》和刘宁的长篇论文《维谢洛夫斯基的历史诗学研究》。两文的发表标志着我国对历史诗学的研究进入了一个更高的层面。刘宁的文章分 3 个部分对维谢洛夫斯基的历史诗学作了全面的阐述:1)维谢洛夫斯基的学术生涯;2)作为一门学科的文学史的任务与方法的提出;3)历史诗学的理论体系与诗学范畴。该文为我国历史诗学研究的进一步展开奠定了坚实的基础。

同年,《外国文学研究》第 2 期发表了赵宁的文章《维谢洛夫斯基与苏联比较文学》,《中国比较文学》第 3 期上刊登了周启超的文章《类型学研究:定位与背景》。赵文着重从维氏的"多源说"、"借用"、"汇流"、"类型学"和"个别阶段论"等重要理论学说及苏联比较文艺学的代表日尔蒙斯基对维氏理论的承袭与发展的角度探讨了历史诗学的相关问题。周文则着重论述了"历史诗学"所推重的"类型学"研究,并详细论述了这一理论对日尔蒙斯基、康拉德、阿列克谢耶夫、赫拉普钦科、普洛普 、巴赫金、叶列津斯基、洛特曼的深远影响,从而揭示了历史诗学从"经典形态"到"当代形态"的演变。高等教育出版社出版的陈惇等人主编的《比较文学》将周启超先生的"类型学"研究作为专章纳入比较文学的

① 上海译文出版社 1985 年版。
② 北京师范大学出版社 1986 年版。
③ 高等教育出版社 1988 年版。
④ 湖南文艺出版社 1988 年版。
⑤ 三联书店 1989 年版。
⑥ 白嗣宏:《俄苏文学》,1987 年第 4 期。
⑦ 李辉凡:《苏联文学》,1988 年第 1 期。
⑧ 陆嘉玉译,《国外文学》,1988 年第 3 期。
⑨ 吴泽霖:《苏联文学》(联刊),1991 年第 3 期。

整体框架中,作为比较文学不可或缺的研究方法加以介绍。

学者们开始将历史诗学纳入世界比较文学的格局中加以考察。《世界比较文学格局中的俄国学派》①一文不仅论述了维谢洛夫斯基提出的比较文学的两个重要论点"借用说"和"多源说"等理论对俄国比较文学的发展的深远影响,日尔蒙斯基、赫拉普钦科对其理论的继承与发展,更强调了以这些理论为基础形成的与法美鼎足而立的独具特色的比较文学俄国学派对打破比较文学"欧洲中心论"的意义。吴泽霖的文章《俄苏历史比较文艺学的特征》②从俄苏历史比较文艺学的历史类型学等五个方面详细论述了俄苏历史比较文艺学的特征。作者指出,"俄苏历史比较文艺学在当今比较文学的研究中应当予以足够的重视。它的历史类型学思想、文学影响的规律性的思想、总体文学建构的思想和跨学科研究的思想都有着有别于西方比较文学思想的独特视角和观点","在当今比较文学学科建设中,对于完善比较文学的跨文化、跨学科的发展走向,对于彻底摆脱西方中心主义局限的阴影,对于总体文学研究体系的建构,俄苏历史比较文艺学中的许多思想,是具有积极的借鉴意义的。"

林精华的文章《俄国比较文学百余年发展历程与俄罗斯民族认同》③则从文化研究的角度提出了这样的见解:俄国百余年来研究俄国文学的方法一直是一种以历史诗学为理论基础的比较的方法,这种方法的内在驱动力是对民族性的诉求。吴泽霖的《维·马·日尔蒙斯基的历史比较文艺学研究》④一文对维谢洛夫斯基诗学的后继者日尔蒙斯基的历史类型学的观点、国际间文学相互影响的观点和民间文学方面的历史比较研究,都作了详细和深入的探讨。

2. 作为俄罗斯文论、西方文论一支的历史诗学

作为 19 世纪后半期俄国文艺学学院派中的一个学派的历史诗学(或称比较历史学派),在其后半个世纪里曾经相当活跃,其影响也相当持久。

刘宁主编的《俄国文学批评史》⑤将比较历史学派放在 19 世纪俄罗斯文论的整体框架中,探讨了它与俄罗斯其他文论流派的关系,特别是与学院派的神话学派、文化历史学派、心理学派的既联系又区别的关系。论著中阐述了维谢

① 温哲仙:《国外文学》,1999 年第 2 期。
②《北京师范大学学报》(人文社科版),2000 年第 3 期。
③《外国文学评论》,2003 年第 4 期。
④《俄语语言文学研究》,2004 年第 1 期。
⑤ 上海译文出版社 1999 年版。

洛夫斯基诗学方法论的哲学的艺术的理论内涵,方法论的两大支柱,以及其理论的主要领域:内容与形式的关系问题的研究,对文艺及其样式起源的研究,情节史和修饰语史的研究,总体文学的研究。同时论著介绍了另一位比较历史学专家亚·维谢洛夫斯基的弟弟阿·维谢洛夫斯基及其理论主张。该书不仅是我国新时期以来第一部系统介绍俄国文艺理论的论著,同时也是新时期以来较早地系统介绍历史诗学的论著。

彭克巽主编《苏联文艺学派》①将日尔蒙斯基的诗学纳入苏联文艺学的体系进行了详细考察。作者从日尔蒙斯基诗学的基本论点、他对具体诗歌作品研究、对形式主义的观点的批评等方面对日尔蒙斯基进行了专题研究,既分析了他的早期理论与形式主义理论的紧密关系,又指出其对形式主义理论的超越;既有对日尔蒙斯基基本理论观点的叙述,又有对其具体诗歌作品研究的分析,该书的论述深入到位。周启超的《直面原生态 检视大流脉——二十年代俄罗斯文论格局刍议》②一文在检视 20 世纪 20 年代俄罗斯文论格局时,具体辨析了以日尔蒙斯基为主要成员的"艺术史研究院"诗学研究集群与形式主义的"诗语研究会"或"莫斯科语言学小组"在立场上的分野。作者指出:"日尔蒙斯基与维诺格拉多夫善于将历史的维度与美学的维度'兼容'起来,这乃是对什克洛夫斯基与雅各布森的偏激立场的某种矫正。这种矫正意识,使得艺术史研究院里的这群文艺学家与'形式学派'保持一定的距离。日尔蒙斯基之所以能在 1923年写出《论"形式化方法"问题》一文,及时地提出运用'形式化方法'的界限问题,便是这种自觉的矫正意识的一个例证。""这里的研究对象,乃是在其历史发展之中的那些艺术的(在这个场合便是诗的)手法。"这里已经明确阐释了日尔蒙斯基诗学的历史诗学因素。林精华在《俄国文学到苏联文学的诗学转换》③一文中涉及到了日尔蒙斯基的具体文学批评。作者认为,日尔蒙斯基一系列有关歌德的论文或著作很见学术功底,诸如《歌德与俄罗斯诗歌》、《歌德阶级自觉意识的问题》、《歌德的生活与创作》和《歌德与俄罗斯文学》等。这些著述普遍重视社会学批评,这表明 30 年代之后苏联对歌德的接受已经从白银时代突出歌德的神秘主义、非理性主义和象征主义转向社会学意义,并且这种情形持续到70 年代末,且影响到比较文学和文学史。他的《拜伦与普希金:普希金与西方文

---

① 北京大学出版社 1999 年版。
② 《文学评论》,2001 年第 2 期。
③ 《国外文学》,2002 年第 1 期。

中国俄苏文学研究史论
История исследования русской и
советской литературы в Китае

学》(1978)、《比较文艺学：西方与东方》(1979)和《西欧文学史》(1981)等，无不贯穿着社会学批评式的阅读，这些具体的批评无不渗透着日尔蒙斯基的历史诗学思想。作者通过对日尔蒙斯基诗学的个案分析，明晰了俄国文学怎样实现了向苏联文学的诗学转换，连接了俄国文论与苏联文论。

作为整体西方文论资源的组成部分，在学者对现代小说文体变迁的研究中，日尔蒙斯基的历史诗学也得到关注。夏德勇的《现代小说文体变迁的形式及其文化语境》①一文认为，"导致某个时代的大多数作家对传统文体采取继承的态度还是变革的态度，原因是相当复杂的，这有文体内部的要求，如某种文体被长期模仿，确实容易成为自动化的，读者的审美心理中容易产生变革的要求，就此而言，形式主义的陌生化——自动化理论有其合理性；也有意识形态及时代的处世态度的影响。这一点，同属于俄国形式主义阵营的维克托·日尔蒙斯基也看到了：'作为艺术表现手法或者程序的统一风格之进化，与审美经验和审美鉴赏力之变化是紧密相关联的。但也与时代的整个处世态度的变化紧密相关联，从这个意义来看，艺术中重大的、根本性的进展（例如：文艺复兴和巴洛克式建筑、古典主义与浪漫主义）都同时涉及所有的艺术，而且被精神文化的普遍进展所决定。'他所以能够把风格进化与艺术的外部因素联系起来，乃是基于他对艺术本质的看法，在他看来，艺术并不就只是手法和程序，艺术领域中包含认识、道德、宗教等成分，因此，艺术的发展就不会只是其内部次序新与旧的交替，也与外部的诸种因素紧密相关。当小说文体还能与整个时代的处世态度和精神文化和谐共振时，文体的承继性将占上风；当它们互相悖谬时，变异将越来越突出。"

陈浩的一篇题为《论西方现代小说理论的形态》②的文章就维谢洛夫斯基的历史诗学理论对现代西方小说理论的意义进行了阐发。文章对现代西方小说理论中的形式学派和社会学派的研究方法的形成过程及原因作了描述和探讨，并对两大学派在形式研究上的差异面和交融的趋势进行了分析。在谈到形式学派时，作者指出，"几乎与福楼拜、詹姆斯同时，俄国的维谢洛夫斯基在语言学理论的启发下也形成了侧重形式研究的'历史诗学'。维谢洛夫斯基虽然不是专门研究小说理论，但他的形式化研究范式和视文学形式是仪式、民俗沉积物

---

① 《广州大学学报》(社科版)，2003 年第 3 期。
② 《绍兴文理学院学报》，2003 年第 1 期。

的观点,开了20世纪的弗莱原型理论的先声,并对俄国形式主义的小说研究有很大影响。从形式化的研究范式出发,维谢洛夫斯基认为:'在小说家笔下流通的有趣情节为数并不多,可以轻而易举地把它们归纳成数量更少、更为一般的几种类型。'……很显然,维谢洛夫斯基的这种形式观念和研究范式,对后来的俄国'形式主义'产生了潜在的影响。"作者进一步分析维氏的"历史诗学"与"结构—原型理论"的关系:"形式学派对形式生成的各种解释虽然观点未必一致,但基本都与人类学、民俗学尤其是语言学的观念相关,原始的仪典与神话往往被认为是各种文学形式的源头和原型,甚至被认为在一定程度上可以囊括整个文学史的各种形式变化。"这是一种非历史的、平面化的研究方法,"形式学派企图在各种形式的分析中考辨和提炼出原型或基型的欲望,决定了这种研究方法必然将形式与某种先在结构联系起来,从而在研究中有意或无意地降低、排除历史和文学内容因素对文学形式影响的重要性。这种消除历史、内容影响的做法,即使在号称'历史诗学'的维谢洛夫斯基理论中也非常突出。维谢洛夫斯基认为:'我们并不创造新的语言,我们接受的完全是生来如此、未经变更的语言,而历史上形成的一些实际变化并不能掩盖语言的原始形式……'借助这一语言学理论,维谢洛夫斯基很自然地认为形式是一种早就存在的东西,而不是历史的产物,所以他在谈到各种文学体裁形式时说:'这些形式是思想的自然表现,它们为了得到表现,无需等待历史。'"作者的分析,使我们看到了维氏的历史诗学强大的思想活力,剥离出了历史诗学中的形式因素,打开了历史诗学到俄国形式主义—新批评—结构主义—弗莱原型批评等现代形式学派文论的一条通道。

3. 历史诗学对其他学者和学科的影响研究

维谢洛夫斯基的学术活动贯穿19世纪下半期至20世纪初,是此期活跃于俄国文艺学界的学院派的杰出代表之一。他所构建的以历史比较方法为依据、以建立科学的世界总体文学史为目的的历史诗学体系博大精深,以其强大的思想潜力对后世产生了多方面的深远影响。他影响了一批学者,如巴赫金、普洛普、康拉德、阿列克谢耶夫、赫拉普钦科、弗雷连堡、利哈乔夫、梅列津斯基等,影响了当代俄罗斯文论的建设,影响了诸如翻译理论等其他学科理论的建设。我国学者从90年代中期以后开始对这些影响予以关注和研究。

《外语研究》1995年第3期、第4期连载的袁莜一、许钧的文章《"翻译诗学"辨》讨论法国著名文论家亨利·梅肖尼克的翻译诗学。作者大段引用日尔

中国俄苏文学研究史论
История исследования русской и
советской литературы в Китае

蒙斯基的文字,为的是"要弄明白梅肖尼克的一切的理论基础。"并论证了亨利·梅肖尼克的"翻译诗学"的理论基础正是日尔蒙斯基关于内容与形式关系的论述。谢天振在《前苏联及东欧诸国的文学翻译及其理论》①一文中也注意到日尔蒙斯基有关翻译的理论,其核心正是一种历史诗学的思想。作者写道:"1937年出版的日尔蒙斯基的鸿篇巨著《俄罗斯文学中的歌德》,不仅如书名所示,全面考察了德国文学巨匠歌德在俄国的译介、流传与影响,更弥足珍贵地提出了有关翻译文学的精辟见解。他说:'文学作品的翻译,尤其是语言大师、作家,而不是职业翻译家翻译的作品总是为了迎合某一文学——社会集团在特定历史阶段的意识形态的需要而译的。其实,对打算翻译的作家或作品的选择的本身就是一个很有意义的事实,反映了特定历史阶段的艺术趣味,反映了特定的存在。就像对文学楷模的比较松散、比较自由的模仿一样,任何翻译都跟建立在译者本人风格基础上的创造性思考、跟译者本人的再创造有关,至少它提出了、强化了、揭示了原作中为译者所感悟、所接受的一面。这样的创造性译作已经有机地融入了译者所属的文学中,融入了该文学不断发展的进程之中,并且在其中占据了与它在其本国文学中所占地位不尽一致的地位……数量众多的译作正是世界文学发展的一个实质性的标志。'可以看出,在日尔蒙斯基的翻译理念中,依然强调的是译品与社会—文化的联系。

《俄罗斯文艺》2000年第2期上发表了一篇贾放的译文《普洛普:传说与真实》,其中谈到"普洛普受影响最大的是俄国历史诗学学派的代表、学贯东西的大学者维谢洛夫斯基。维谢洛夫斯基在《历史诗学》一书中曾两次谈及创立'故事形态学'的必要性,后来普洛普使用这一术语时对它的理解与维谢洛夫斯基十分接近。至于维谢洛夫斯基为故事情节、母题等重要概念所下定义及对其相互关系的论证,更是被普洛普接受并加以发展,这在《故事形态学》中有明确的论述。"

贾放在《普洛普故事学思想与维谢洛夫斯基的"历史诗学"》②中深入研究了普洛普对维谢洛夫斯基的继承关系,是一篇研究普洛普与维谢洛夫斯基关系的力作。作者认为"普洛普的故事学理论直接继承和发展了维谢洛夫斯基'历史诗学'的某些重要思想",并从三个方面梳理总结了二者的学术渊源关系:

---

① 《中国比较文学》,1997年第4期。
② 《北京师范大学学报》(人文社科版),2000年第6期。

1）维谢洛夫斯基的"情节诗学"与普洛普的故事结构功能研究；2）维谢洛夫斯基的历史起源学研究与普洛普的"民族志主义"；3）方法论："归纳诗学"与历史主义。

作者指出，维谢洛夫斯基的"情节诗学"的贡献首先在于他对叙事文本进行切分，划分出了"情节"与"母题"两个量级的结构要素。普洛普在对维谢洛夫斯基提出的一般性原则给予高度评价的同时，也指出维谢洛夫斯基对"母题"的解释现在已无法接受。因为母题依然可以再分解成若干要素，每个要素可以有不同的变体，而最小单位不应是个逻辑整体。不过普洛普并未在同一层面上继续切分下去，而是提出了一个新的概括性的结构成分单位——"功能"，"角色的功能是可以替代维谢洛夫斯基的'母题'的那种组成成分"。维谢洛夫斯基的"情节诗学"有十分丰富的内涵，它对于叙事研究的意义，在于这一取向开启了进入作品内部结构的大门。普洛普作为一位有胆识的后继者，继续深入"迷宫"，以自己的探索辟出了一片更为新奇的天地。

在有关历史起源学研究与民族志主义方面，作者指出，普洛普在《故事形态学》中完成了对故事的内部结构分析，即回答了"故事是什么"的问题之后，按他的计划转向了下一个课题——探讨故事的历史起源。在故事起源问题上，维谢洛夫斯基认同英国人类学派泰勒、兰格、哈尔特兰德、弗雷泽的"遗留物"说，普洛普称他的学说是"真正意义上的历史诗学"。普洛普循着弗雷泽、维谢洛夫斯基等开辟的道路，将"仪式说"运用于神奇故事这一体裁的具体研究，并做了淋漓尽致的发挥，且有所补。梅列金斯基认为，注意到神话是故事的来源之一是普洛普胜过维谢洛夫斯基的地方。接着作者论述到，普洛普专题论述了民间文学与民族志学的关系，他认为只研究文本的方法是有缺陷的方法，民族志学对于我们进行民间文学现象的起源学研究尤为重要。民族志学在此构成了民间文学研究的基础，没有这个基础它便成了空中楼阁。有研究者认为，在20世纪30—50年代的俄罗斯民间文艺学界，当运用民族志学材料研究民间文学的方法迫于文艺学、纯语文学方法论的压力而被削弱的情况下，"普洛普不仅是这一传统的少数几个捍卫者和继承者之一，而且还为其注入了新鲜血液。他以独具一格的思想丰富了它，形成了当代民间文学现象历史起源研究的方法，这可称之为民族志主义的方法。"

就"归纳诗学"与历史主义，作者指出了两者的相似处。就整体而言，19世纪的俄国学院派推崇实证主义精神。维谢洛夫斯基是其中突出的代表。他所

中国俄苏文学研究史论
История исследования русской и
советской литературы в Китае

倡导的历史比较法正是以实证为基础的。他强调注重事实材料、注重从对事实的归纳概括中发现事物发展的内在规律性和因果联系。这种"归纳的诗学"在普洛普的故事学研究和一般理论阐述中都有充分的体现。《故事形态学》中神奇故事的结构要素与结构模式是通过对大量故事材料的比较分析而概括归纳出来的。普洛普对故事的研究又是历史式的。通过对普洛普故事学理论渊源的梳理和对其民间文艺观的整体观照,可以看出,许多人心目中仅作为《故事形态学》作者的普洛普,与作为一个整体的学者普洛普是有距离的。尽管他因故事结构功能分析的理论创新被后起的结构主义者们引为同道,但他从来不是一个"纯粹的"结构主义者,也不存在所谓40年代"转向"的问题,对故事结构的历史根基的看法,在他是"从一开始就明确的"和一以贯之的,他始终在历史的新旧更替这样一个动态过程中考察民间文学与现实的关系,"历史主义始终处于他学术兴趣的中心地位。"而这正是结构主义者们不屑一顾的态度与方法。应该说,普洛普是不多见的能将故事的结构研究与历史研究、共时研究与历时研究结合得较好的学者之一。

通过这样具体的比较分析,文章作者认为,普洛普对维谢洛夫斯基历史诗学理论持的是一种富于革新精神的扬弃态度,在充分评价维氏的意义、充分汲取其精髓的同时,又有自己的发展创新。该文对普洛普理论与维谢洛夫斯基历史诗学理论之间关系研究相当细致与深入。

凌建侯的文章《巴赫金言语体裁理论评介》①不是专门研究维氏的理论影响的,但在对巴赫金言语体裁思想作评析时,间接提到了维氏的体裁分类,以及"从词语到体裁的整个过程应该成为诗学研究的对象"的思想对形式主义和巴赫金的启示。陈浩的文章《论巴赫金"狂欢化"诗学中的"原形"观念》②研究了巴赫金"狂欢化"诗学中的"原形"观念,文中涉及到巴赫金对维氏的《巨人传》研究的评价。文章指出,"巴赫金虽然称赞维谢洛夫斯基的《巨人传》研究'对于他那个时代而言,具有绝对的学术意义',但因为维谢洛夫斯基没有完全贯彻'原型'批评模式,而是在历史实证阐释与'原型'阐释之间游移不定,所以巴赫金又批评其'完全忽略了欢笑的中世纪'以及'对民间诙谐文化数千年的传统评价不足'"。这从一个侧面表明了巴赫金对维氏理论的既承袭又超越的关系,也

---

① 《中国俄语教学》,2000年第3期。
② 《俄罗斯文艺》,2003年第6期。

显示出维氏理论对后世理论生长点的启示作用。

4. 历史诗学对当代俄罗斯文论的影响研究

有的学者从对当代俄罗斯文论重建的资源价值的角度探讨了历史诗学。如林精华的《后殖民主义语境下的民族主义——关于 20—21 世纪之交俄罗斯重建文艺学的问题研究》①一文。通过该文的研究可以看到，在西方普遍解构历史本体及其对本体认识的意义时，俄罗斯文艺学界却在不断认真挖掘、采用和研读俄国文学艺术和审美的历史文献，维谢洛夫斯基的比较历史学研究以及 18 世纪以来的斯拉夫主义理论、神话学、文化历史学、心理学等方面的成果得到极大尊重，并成为当下文艺学建设引用率比较高的资源。在具体的审美问题上，通过还原俄国对此认识的原貌，恢复民族主义文艺学传统的生命力。例如，艺术语言问题在 20 世纪西方文艺学中得到空前重视，俄罗斯文艺学界也回应了这一潮流。但俄国在语言诗学建构资源上，除了重视亚里士多德的《诗学》、《修辞术》和布瓦洛的《诗艺》之外，几乎全部来自俄国文艺学遗产，包括维谢洛夫斯基的《历史诗学》中有关"修辞学史"和"诗学风格反映中的心理伴随现象及其形式"在内的一大批经典著作的有关章节。

作者认为，这种立足于本土文艺学和文学艺术资源、参照西方经典文艺学成就，使得俄国文艺学和批评保持独立姿态，而没有出现欧美学术界的文学理论的社会批评化、文学批评的理论化趋势。文艺学运作的这种机制，不只是在术语和概念上显得与西方有差别，而是在本质上为俄国力图在重建文艺学过程中追求民族主义理念进行了深刻有效的辩护，同时使西方主流文化思潮不能大规模殃及到俄国文艺学领域、不能干扰俄国重建文艺学工作，因而能够以自己特有的民族经验回应西方文艺学呼声。俄国文艺学这种重建直接影响到当代文学批评界，当下俄罗斯活跃的批评家安德列·涅穆泽尔也回到传统诗学批评，所操用的概念主要是形式主义流派常用的术语"故事"和"情节"（фабула 和 сюжет）、语言"（условность）、"隐喻"（метафоричность）、"神话"（мифианекдот）、"碎片与整体"（фрагмент и целое），而且更多的是文本诗学分析。很显然，这既有别于西方操作性极强的技术化分析的叙事学，又有别于西方当下失去文艺学学科特性的社会批评，也不同于苏联时期的社会学批评。这么做的意义在于，它抵御了西方后殖民主义思潮的侵略，以特有的方式回应

---

① 《文艺理论研究》，2001 年第 6 期。

后殖民主义的民族主义批评实践,从而使俄国文艺学继续不从属于西方,没有出现所谓失语症的现象。这种抵御性力量是通过恢复俄国诗学传统来完成的。

作者对俄国国内文艺学重建问题的关注,与下文即将讨论的我国文艺学重建问题的探讨形成了呼应与对照,颇具启发意义。

二、应用型研究

相对于对历史诗学的专门研究,还存在一种非专门的研究,即应用其理论原理对中国文学、俄国文学进行阐述;而且这一类研究与我国对历史诗学理论研究的活跃、深入期几乎是同步进展的。从这一类研究中我们可以发现,历史诗学理论的影响与渗透可以说是方方面面,宏观到诗学体系的建立,微观到文学研究的深层与细部。

1995 年第 4 期《伊犁师范学院学报》上发表一篇《女性:朱自清文学创作的一个母题》的文章,以维谢洛夫斯基的母题概念为核心研究了朱自清的创作。随后的几年中不断有学者运用维谢洛夫斯基的母题概念进行研究,郎樱的《史诗的母题研究》[①]、王桂荣的《孙犁小说的女性母题与民族文化本体的重塑》[②]、胡润森的《戏剧主题论》[③]、李大健的《20 世纪中国文学女性母题略论》[④]等文章,在史诗、戏剧、20 世纪中国文学、个体作家等不同领域的研究中都运用了维谢洛夫斯基关于"母题"的理论。

普希金的"南方叙事诗"由于受到拜伦的"东方叙事诗"的影响,被公认为"拜伦式长诗"。然而,"南方叙事诗"究竟具有哪些"拜伦式"的特点,分析论证的并不多。《国外文学》1997 年第 3 期的《论"拜伦式"的"南方叙事诗"》一文,以日尔蒙斯基的理论来逐一解剖"南方叙事诗"本体,探求拜伦创作对它影响的印记。作者指出,日尔蒙斯基的"东方叙事诗"的情节图示是:1) 主人公("放逐者"或"受迫害者");2) 他的恋人("东方美人"或"美丽的女基督徒");3) 他的敌人。主人公处在情节的中心,所有的外部情节都是由于他的体验或行动决定的"。文章作者以日尔蒙斯基的这一"东方诗"的情节图示为依据,以"南方诗"的《俘虏》和"东方诗"的《海盗》为比较对应体,仔细检视它们的情节脉络的相

---

① 《民族文学研究》,1999 年第 4 期。
② 《辽宁师范大学学报》(社科版),1999 年第 6 期。
③ 《烟台大学学报》(哲学社科版),2000 年第 2 期。
④ 《广东教育学院学报》,2000 年第 4 期。

似程度。同时得出结论,普希金在师承和借鉴拜伦创作时,不断发展自我,超越对方,即使在受到拜伦强烈影响的"南方诗"中,已显示出殊异于他所崇拜的英国诗人。"普希金直到灵魂深处都是一个俄国人","没有比他再民族化的了,同时也是外国人所了解的"第一个俄罗斯作家。

"在世界范围内的文学史研究中,迄今许多文学史家都认为,散文的产生晚于诗歌;诗歌是文学中最早出现的样式。这种观点在中国不仅极为流行,而且向无异议。中国近代以来的文学史著述,凡谈及这一问题,几乎无一例外地遵守着这条法则式的成说,它似乎已成为一条不可移易的公理。建国后出版的影响甚大、流传颇广的中国文学史著述,也都笃信不疑地贯彻着这种观点。"杨庆存在其文章《散文发生与散文概念新论》(1997 年第 1 期《中国社会科学》)中这样写道。针对学界长期流行的"散文晚于诗歌"论、"散文概念源于西方"或"始于南宋罗大经"说,文章以逻辑推理与历史实证的方法,重作考论,提出了一反旧说的新观点、新结论,论证了散文的产生并不晚于诗。维谢洛夫斯基《历史诗学》首章"远古诗歌的混合性和文学种类分化的开始","只把有韵律的口头歌谣作品作为自己的观察对象和作结论的根据,故意不提所有古代的口头散文作品(神话、民间故事、民间传说等)"。作者认为"散文的产生晚于诗歌"论者与维谢洛夫斯基使用的方法是同一套路数。作者在研究中既以维谢洛夫斯基的方法为参照,又在自己的研究中超越了旧说。

林精华在文章《苏俄 60 年代以来对"俄国白银时代小说"研究综述》①中探讨了苏俄对"白银时代小说"诗学问题的研究。作者指出,虽然 60 年代以来,苏联文艺界产生了探讨方法论的热潮,出现了系统分析、类型学研究、历史职能分析、历史比较、语言学、符号学和心理学等新理论,并且把这些新方法论运用到俄国小说文体分析中去。可是,传统的维谢洛夫斯基历史诗学、正在兴起的洛特曼符号学,同巴赫金对话理论、形式主义诗学理论、西方叙事学理论一样,却没有运用到白银时代小说文体研究上来。而作者在其另一篇文章《从俄国文学到苏联文学的中介——如何认识白银时代小说诗学(一种方法论研究)》②中,在解决"如何通过把握白银时代小说诗学本质,诠释俄国文学发展的阶段性与连续性问题,解释白银时代文学的中介性作用"这一当代国际斯拉夫文化研究

---

① 《俄罗斯文艺》,1998 年第 1 期。
② 《首都师范大学学报》(社科版),1999 年第 5 期。

中国俄苏文学研究史论
История исследования русской и
советской литературы в Китае

领域的热点与难点之一时,采用了现代叙事学角度来考察白银时代小说诗学,并且指出这种方法的可行性在于,表面上叙事学理论所依据的对象最主要的是西方小说,或者是在西欧各种思潮影响下形成的文本,然而白银时代小说同西方现当代文学或现代主义思潮之关系极其密切,白银时代小说既与俄国当时的语言学革命相关,又立足于俄国经典作家的小说,因而给形式主义—叙事学产生发展提供了实践的机会。因此,把白银时代小说置于现代叙事学视野中来考察,无疑是一种可行的尝试。这样做,一方面可避免苏俄和西方关于白银时代小说研究的各种局限性,另一方面可以直接从整体上触及这时期小说诗学的特征,通过使用叙事时间和叙事空间、叙述视点和话语模式等现代叙事学概念,来描述白银时代小说诗学形态的变化,明确透视出它在哪些方面延续—继承了传统俄国文学的特点,又给苏联文学发展开拓了空间。

重要的是,作者注意到,用它来研究白银时代文学,不仅吻合当时强调叙述策略的实际背景,而且有深刻的历史渊源:叙事学在理论起源上同俄国民俗学家和小说理论家普洛普的力作《民间故事形态学》是分不开的,普洛普的理论又直接继承了俄国文学史家谢洛夫斯基的民间文化学理论;而白银时代小说之形成,在一定程度上是对俄国传统叙事文学的转化。这里,作者已经是在自觉地运用传统的维谢洛夫斯基历史诗学、形式主义诗学理论、西方叙事学理论于白银时代小说文体的研究。

在应用型的研究中还有一类运用历史诗学的"类型学"理论对作品进行分析的。张婉瑜的文章《〈安娜·卡列宁娜〉和〈红楼梦〉人物形象之类型学比较初探》①依据"类型学"原理——"我们可以而且应该把在社会历史过程的同一阶段上发生的类似文学现象进行比较,不必取决于这些现象之间要存在着直接的相互关系",通过对《安娜·卡列宁娜》和《红楼梦》的人物形象的对照分析,得出结论:"尽管他们分属于不同的时空,但是由于所处时代背景与人生经历的相近,他们笔下的人物出现了类型学上的相似。这种类型学的相似为类型学的研究提供了可能,同时类型学比较方法又使我们得以更为深入地揭示托尔斯泰和曹雪芹的文学创作中内在的共同特征。"杨雪的文章《卡捷琳娜与刘兰芝爱情悲剧论》②对《孔雀东南飞》和《大雷雨》作了类型学比较。作者认为,虽然这两

---

① 《北京大学学报》(哲学社科版),1999 年第 1 期。
② 《松辽学刊》(人文社科版),2001 年第 2 期。

个女性形象来自不同的国度,产生于不同的年代,有着各自不尽相同的性格,但是她们有极其相似的生活和悲剧命运。从时间上看,《孔雀东南飞》的问世要比《大雷雨》早16个世纪,从空间上看两者也相去甚远。苏联日尔蒙斯基认为"文学事实相同,一方面可能出于社会和各民族文化发展相同,另一方面则可能出于民族间文化的接触"。正因如此,在中国的3世纪和俄国的19世纪才可能产生这样两位为追求爱情、获取自由同赴滔滔河水之中以求得灵魂永恒的不朽的女性形象。虽然《安娜·卡列宁娜》和《红楼梦》、卡捷琳娜与刘兰芝等诸如此类的比较是否是类型学的比较,这样的类型选择是否恰当还有待商榷,但作者已经是在有意识地运用类型学的理论进行作品分析,应该是运用历史诗学理论解决我们的问题的有益尝试。

　　唐小林的文章《论卢梭对郁达夫人文精神的塑造》[①]运用类型学理论论述了卢梭对郁达夫人文精神塑造之可能性。卢梭成为郁达夫人文精神导师的历史和逻辑的原因何在? 作者认为,这首先是历史文化语境的相似和现实的迫切期待。作者分别分析了两者所处的历史文化语境的相似,以及情感、心理、性格和生命形态的相近。这种相似与相近使得卢梭思想进入郁达夫文化心理结构时既"同化"又"异化",是"和而不同"的关系。外在历史境遇的相似,所带来的是不同时代文化精神的内在相通。卢梭的人文精神通过郁达夫等人相传,成为历史境遇相似的中国现代人文精神传统的内在组成部分。这是五四时期启蒙主义思潮中,包括郁达夫在内的中国现代知识分子接纳卢梭人文思想的普泛性原因。作者的这种分析正是运用了日尔蒙斯基"历史类型的类似和文学的相互影响是辩证的相互联系的"的观点。文章《〈红楼梦〉与魔幻现实主义——〈红楼梦〉与〈百年孤独〉比较》[②]也是一篇运用类型学理论进行研究的文章。该文在对《红楼梦》的创作手法与魔幻现实主义及《百年孤独》进行比较的时候,认为它们有很多相似的特征,其论证根据之一就是日尔蒙斯基所提出的平行回现论。因为作者认为,《红楼梦》所表现出的中国文化的多元性与魔幻现实主义所表现出的拉丁美洲多元文化的特征有一定的类似和重合。在《红楼梦》中有着明显的佛教、道教、满族的萨满教宗教烙印和汉文化、满文化的特点以及中国神秘文化的渊源,也有中国最原始的巫文化(占卜、巫术)和远古丰富的神话传说

----

① 《天津师范大学学报》(社会科学版),2001年第4期。
② 《内蒙古大学学报》(人文社科版),2003年第4期。

的痕迹。魔幻现实主义有加勒比海岸的神话传说、东方文化、阿拉伯神话,基督教和印第安宗教信仰以及拉丁美洲土著文化的烙印,和吉卜赛人的占卜、巫术。这类似是以原始的共同心态为依据的,类似的心态触发类似的想象。这种类同的现象的产生,正如日尔蒙斯基所说,"在社会历史发展过程中,在相似的历史文化环境里,不同民族的文学会出现重合与类似现象。这样的重合与类似是自成系统的,不必考虑作品的起源、地域、年代及影响,只要注意文学发展中个别阶段的类似就可以了。"这种类型学的比较,使得200年前的中国的《红楼梦》的经典价值从另一个角度得以展现。

我国学者除了对日尔蒙斯基的历史诗学理论的运用,还在格律问题的探讨,诗的音乐性、吟唱性、旋律性的探讨,诗性意义、诗歌翻译、诗歌评论的研究等方面以日尔蒙斯基的诗歌理论作参照,如《论闻一多早期诗歌评论》[①]、《尼采的酒神艺术与俄国的象征主义》[②]、《论诗性意义》[③]、《论闻一多诗学的现代性》[④]、《论纵向语言诗学》[⑤]、《自由诗的自由与法度——论艾青中后期诗歌的格律化倾向》[⑥]、《汉诗英译中的"借形传神"及变通》[⑦]、《浅谈诗歌翻译中的几个问题》[⑧]、《"梦一样站立"的歌吟者——浅谈扶桑诗歌的艺术风格》[⑨]等。这样的以日尔蒙斯基的诗歌理论为依据作研究的为数不少,足以见出这一理论对我们研究者的影响。

三、在比较文学理论建构和古代文论现代转型中的借鉴型研究

1. 我国比较文学研究、学科理论建构的理论探讨

进入 21 世纪,我国比较文学研究者集中探讨了我国比较文学研究和学科建设中的一些重要问题。

首先,在我国的比较文学研究中,中外文学关系研究一直都是一个重要领域。在厘清中外文学相互关系的研究工作中,"20 世纪中国文学的世界性因

---

① 王烨:《荆州师范学院学报》(社科版),1999 年第 6 期。
② 王彦:《俄罗斯文艺》,2000 年第 1 期。
③ 余松:《云南师范大学学报》(哲学社科版),2000 年第 1 期。
④ 刘海波:《上海大学学报》(社科版),2001 年第 4 期。
⑤ 李震:《文艺理论研究》,2001 年第 2 期。
⑥ 谢向红:《镇江师专学报》(社科版),2001 年第 2 期。
⑦ 卓振英:《福建外语》,2002 年第 1 期。
⑧ 郭欣航:《延安大学学报》(社科版),2003 年第 5 期。
⑨ 刘小微:《北方论丛》,2003 年第 2 期。

素"命题的提出就是试图在这个研究领域作出新突破,发掘新的学术生长点。然而这一命题的提出是否具有合理性,有无偏颇之处? 查明建在 2000 年第 2 期《中国比较文学》上发表文章《从互文性角度重新审视 20 世纪中外文学关系——兼论影响研究》,对这些问题进行了论证,并在日尔蒙斯基的历史诗学思想中找到了支持。

作者指出,我国 20 年来中外文学关系的研究在很大程度上还是延续了法国学派的思维方式和研究方法,因而形成了 20 世纪中国文学中出现的"新"的东西都是"本国文学传统和它本身发展无法解释的",是外国文学的影响的结果的认识,这样就遮蔽了 20 世纪中国文学中自发性的成分。针对这种状况,作者认为"世界性因素"命题的提出对影响研究有矫正偏失的作用,并援引日尔蒙斯基的论述对此作出论证:"国际性文学流派有规律的类似,不能把它们解释成偶尔发生的多局部'影响'的简单总和。这种规律性帮助我们想到,整个艺术体系的统一的有规律的发展,想到总的发展过程中思想和艺术的制约性。"因此 "20 世纪中国文学中世界性因素" 这一命题强调了中国文学的主体性和创造性成分。

不过作者接着指出,"20 世纪中国文学的世界性因素"基本上是站在中国文学自身立场来审视文学关系,研究视角仍显得狭窄,不能整体观照 20 世纪中外文学关系复杂的现象,命题仍有偏颇之处。毕竟 20 世纪中外文学间有着复杂的接受影响关系,关键是怎样看待它。作者同样是从日尔蒙斯基的理论中寻找支持:"在探讨接受影响发生的文化机制和动因方面,苏联著名学者日尔蒙斯基从社会文化发展过程角度对影响的发生、接受影响民族自身原因和接受的方式作了比较精辟的论述:……任何影响或借用必然伴随着被借用模式的创造性改变,以适应所借用文学的传统,适应它的民族的和社会历史的特点,也同样要适应借鉴者个人的创作特点。接受研究突出了接受者的对外来影响的主动性,接受者总是根据自身的文学文化需求对外来文学进行剔除、选择、消化、改造,将其融入自己的创作之中。"这里作者借日氏的理论阐述了影响与接受间的互动关系,强调任何文学影响和接受的发生都不是偶然的,都与接受主体所处的文学环境和作家自身的审美倾向有很大关系;影响并不否认民族文学自身发展的内在机制和动因。相反,正是因为这些因素的内在作用才使得文学接受成为可能。

文章以日尔蒙斯基的理论为参照,解决我们在中外文学关系研究中的偏颇,既不能忽视民族文学的自主性与独创性,也不能否定对外来影响的接受与整合。这样的自觉意识无疑对我国比较文学研究的发展不无裨益。

在我们的比较文学研究中还有一些问题也一直困扰着我们,例如,可比性问题。在对这一问题的探讨中,怎样建立无亲缘联系和因果联系的文学现象之间的可比性,陈惇在其文章《论可比性——比较文学的一个重要理论问题》①中从日尔蒙斯基的理论中得到了启发,表达了自己的见解。作者指出:"一般来讲,无亲缘关系和因果联系的文学现象之间的可比性,并不是很容易辨认,更不是很容易掌握的,俄罗斯学者日尔蒙斯基曾经考察了世界文学史上,主要是欧洲文学史上出现的许多类似的文学现象,把它们称为'历史类型学的相似或者契合',而且指出,产生这样的相似现象的原因,就是由于各民族在同一历史时期发展各别文学时具有相同的社会关系。由此,他认为:'人类的社会历史发展的共同过程具有一致性和规律性的思想,是历史比较研究各民族文学的基本前提'。日尔蒙斯基从文学发展与社会发展的关系来确定不同民族的文学的可比性,为比较文学研究开辟了一条很有意义的思路。例如,为什么各民族的先民都有自己的神话?为什么神话中都有创世、洪水一类的故事?为什么在各种文学形式的发生史上,各国都是诗歌在先、散文滞后,小说更晚?这一类问题如果不从社会与人类历史的共同性、规律性的角度来认识,是无法得到深刻的具有根本意义的解决的。当然,日尔蒙斯基主要是从文学史的意义上来说明类型学现象的可比性,有一定的局限。我们不可能也不需要把所有具有可比性的文学现象都与社会发展的共同性和规律性挂钩,不过,日尔蒙斯基的基本思想对我们解决可比性问题却是很有启发的。"

就在同一期《北京师范大学学报》上还刊有吴泽霖的文章《俄苏历史比较文艺学的特征》。作者认为,俄苏历史比较文艺学在当今比较文学的研究中应当予以足够的重视。它的历史类型学思想、文学影响的规律性的思想、总体文学建构的思想和跨学科研究的思想都有着有别于西方比较文学思想的独特视角和观点,这些视角和观点对于我国比较文学学科建设具有很大的启示和影响。文章从这四个方面详细阐述了俄苏历史诗学理论主张,最后强调,在总体文学的思想、跨文化的比较研究思想日益成为比较文学研究的基础的当今时代,应该注意到俄苏历史比较文艺学反对西方中心主义,致力于在世界历史文化发展

①《北京师范大学学报》(人文社科版),2000 年第 3 期。

的系统中对东西方文化的跨文化比较研究这一重要特征;注意到俄苏历史比较文艺学既强调东方文化、文学的主体地位、独特性及其在世界文化发展中的重要作用,又指出东西方文化从根本上的统一性的思想。这些思想对于当今比较文学学科建设极具启发意义。作者还强调,由于俄苏历史比较文艺学的基本思想是把文学作为一种社会的意识形态而将其置于整个社会文化历史背景下进行研究,这为比较文学跨学科研究、为各种社会学科、人文学科研究方法广泛地跻身比较文学其间奠定了基础,使跨学科研究不再是一种人为的、偶然性、随意性的外在连接,而是洞视文学—文化现象更本质、更深层的联系的必由之路。总之,在当今比较文学学科建设的跨文化、跨学科、建构总体文学的发展走向等各个问题上,俄苏历史比较文艺学都从自己的社会历史研究的独特视角进行着对话。文章的叙述点是俄苏历史诗学,落脚点却是我们目前比较文学学科建设的热点难点问题。为我们究竟应该怎样进行学科建设提出了自己的看法。

王祖龙的《世纪之交的比较文学走向》①也是一篇探讨学科建设的文章,从"世界文学"建构之可能性、比较文学的跨文化走向、比较文学的学科整合这三个视界展开。其中对比较文学跨文化研究走向进行分析时,作者认为这一走向并不是偶然的,有着深刻的历史渊源,而俄国的历史比较学派代表维谢洛夫斯基则是文化研究理论的始作俑者,他首先确定了文学与文化研究的关系,把民族文学置于世界总体文学基础之上进行研究,认为文学史实际是文化史(社会思想史),由此他奠定了比较文学研究文化的理论基础。这里作者同样是以历史诗学的理论为比较文学的跨文化研究寻找理论基础。

近几年比较文学学科建设讨论较为热烈、集中,也许是学人深感所谓比较文学学科的"危机",因此也是在积极地为比较文学学科寻找"出路"。刘象愚《关于比较文学学科基本理论的再思考》②即是对此所作的深层思考。作者认为,比较文学的危机是学科理论的危机,比较文学亟待对自身做出明晰界定。文章深入分析了包括苏联学派在内的比较文学各派的主张,认为,"前苏联学派"的理论看起来独特,其实从维谢洛夫斯基、日尔蒙斯基等元老再到阿西莫夫、库列绍夫等后起之秀,苏联人关注的焦点始终是不同民族文学现象和类型的相似与社会发展历史阶段的对应关系,这种被称作"历史比较文艺学"的理

---

① 《荆门职业技术学院学报》,2000 年第 4 期。
② 《北京师范大学学报》(社科版),2003 年第 6 期。

论,虽然在方法论上有一个特定的角度,但实质上并没有超越从社会历史的角度研究文学的传统文学研究方法。至于他们看重的"文学联系和影响",也并没有超出所谓"法国学派"的视野;而他们拈出的"文学类型学"则没有超出美国学派的范畴。接着作者剖析了跨民族、跨语言、跨学科、跨文化等各个概念之间的交叉和混乱,力主从各种"跨"的窠臼中跳出来,只保留比较文学最核心的学科范畴,即跨越民族与语言的文学现象,以自觉的比较意识对其加以研究。作者为比较文学学科作了积极有建设意义的思考。

近几年我国学者或以历史诗学为资源、或以历史诗学为参照,积极解决我国比较文学研究和学科建设的各种问题,取得了可喜的成绩。

2. 在我国古代文论现代转型中的借鉴型研究

与中国研究历史诗学、建构比较文学学科并行,在中国古代文论现代转换的探讨中,不少学者注意到了对俄苏历史诗学理论资源的借鉴与吸收。李春青的文章《一种走向主体论的文化诗学》[1]认为,在中国古代诗学研究中,在主体论文化诗学的建构中,应借鉴维氏的"历史诗学"对文化语境的关注视角。文章认为维氏的基本观点是"将文学史视为包括各种学术观念的综合性文化发展史,并以对诸文化观念的研究来切入文学史研究",这一观点对中国古代文论的现代阐释具有启发意义。

1996 年 10 月在西安举行的"中国古代文论的现代转换"学术研讨会上,就什么是"转换"、"转换"的基础、难点、关键、方案、条件、前景等问题展开了热烈的讨论。其中就"如何转换"的问题学者提出了多种具体方案。李春青又提出更具体的设想,他认为适合于中国传统文论吸收的外国文论,其中之一是维谢洛夫斯基开创的"历史(比较)诗学",二是前苏联巴赫金的"社会学诗学"[2]。虽然这里并没有展开论述,但已见出随着学界对历史诗学的了解和研究的深入,它对我国文论各个领域的渗透与影响也在加大。

通过以上梳理可以看出,20 世纪 80 年代以来,我国学者对俄苏历史诗学从不同的角度进行了研究与探讨,并将其作为一种理论资源运用于我国的文学批评实践之中,运用于我国的学科理论建设和传统文论的现代转型之中,形成了一种积极的、蕴涵着极强的主体意识的内化式接受。这一接受的过程既显示了

①《文艺争鸣》,1996 年第 4 期。
② 见杨军:《"中国古代文论的现代转换"学术研讨会评述》,《陕西师范大学学报》(哲学社科版),1997 年第 1 期。

历史诗学本身的理论力量,更显示了接受主体的选择、融会与贯通。历史诗学能为学界接受,说明在众多的外来理论思想资源中,它所具有的强大的思想活力。

[相关研究成果要目]

1. 陆永昌:《比较文学在苏联》,《外国文学研究》,1981 年第 4 期。

2. 干永昌等:《比较文学研究译文集》,上海译文出版社 1985 年版。

3. 北京师范大学中文系编:《比较文学研究资料》,北京师范大学出版社 1986 年版。

4. 杨周瀚、乐黛云主编:《中国比较文学年鉴:1986》,北京大学出版社 1987 年版。

5. 白嗣宏:《评俄国历史文化学派》,《俄苏文学》,1987 年第 4 期。

6. 李辉凡:《苏联的比较文学研究及其理论探索》,《苏联文学》,1988 年第 1 期。

7. 陆嘉玉译:《比较文艺学理论家:日尔蒙斯基》,《国外文学》,1988 年第 3 期。

8. 吴泽霖:《苏联的历史比较文艺学》,《苏联文学联刊》,1991 年第 3 期。

9. 卢康华、孙景尧:《比较文学导论》,黑龙江人民出版社 1984 年版。

10. 刘介民编:《比较文学译文选》,湖南人民出版社 1984 年版。

11. 朱维之、方平等:《比较文学论文集》,南开大学出版社 1984 年版。

12. 乐黛云主编:《中西比较文学教程》,高等教育出版社 1988 年版。

13. 乐黛云:《比较文学原理》,湖南文艺出版社 1988 年版。

14. 什克洛夫斯基等:《俄国形式主义文论选》,方珊等译,三联书店 1989 年版。

15. 梅列金斯基:《神话的诗学》,魏庆征译,商务印书馆 1990 年版。

16. 袁莜一、许钧:《"翻译诗学"辨》,《外语研究》,1995 年第 3 期、1995 年第 4 期。

17. 火明:《俄苏文学研究现状与发展》,《俄罗斯文艺》,1995 年第 3 期。

18. 沈爱明:《女性:朱自清文学创作的一个母题》,《伊犁师范学院学报》,1995 年第 4 期。

19. 李春青:《一种走向主体论的文化诗学》,《文艺争鸣》,1996 年第 4 期。

20. 陈惇、孙景尧、谢天振主编:《比较文学》,高等教育出版社 1997 年版。

21. 杨军:《"中国古代文论的现代转换"学术研讨会评述》,《陕西师范大学学报》,1997 年第 1 期。

22. 王元镶:《试论古代文论的"现代转换"》,《学术研究》,1997 年第 1 期。

23. 杨庆存:《散文发生与散文概念新论》,《中国社会科学》,1997 年第 1 期。

24. 赵宁:《维谢洛夫斯基与苏联比较文学》,《外国文学研究》,1997 年第 2 期。

25. 周启超:《类型学研究:定位与背景》,《中国比较文学》,1997 年第 3 期。

26. 张伟:《论"拜伦式"的"南方叙事诗"》,《国外文学》,1997 年第 3 期。

27. 张铁夫:《俄苏普希金学述评》,《湘潭大学学报》(哲学社科版),1997 年第 4 期。

28. 维谢洛夫斯基:《文学史作为一门学科的方法和任务》,刘宁译,《世界文学》,1997 年第 6 期。

29. 刘宁:《维谢洛夫斯基的历史诗学研究》,《世界文学》,1997 年第 6 期。

30. 林精华:《苏俄 60 年代以来对"俄国白银时代小说"研究综述》,《俄罗斯文艺》,1998 年第 1 期。

31. 周平远:《文艺社会学:结合部与生长点》,《文学评论》,1998 年第 6 期。

32. 吕周聚:《胡适与俄国形式主义学派文学史理论比较研究》,《山东社会科学》,1998 年第 6 期。

33. 张婉瑜:《〈安娜·卡列宁娜〉和〈红楼梦〉人物形象之类型学比较初探》,《北京大学学报》(哲学社科版),1999 年第 1 期。

34. 温哲仙:《世界比较文学格局中的俄国学派》,《国外文学》,1999 年第 2 期。

35. 郎樱:《史诗的母题研究》,《民族文学研究》,1999 年第 4 期。

36. 林精华:《从俄国文学到苏联文学的中介——如何认识白银时代小说诗学》,《首都师范大学学报》(社科版),1999 年第 5 期。

37. 王烨:《论闻一多早期诗歌评论》,《荆州师范学院学报》(社会科学版),1999 年第 6 期。

38. 王桂荣:《孙犁小说的女性母题与民族文化本体的重塑》,《辽宁师范大学学报》,1999 年第 6 期。

39. 刘宁主编:《俄国文学批评史》,上海译文出版社1999年版。

40. 彭克巽主编:《苏联文艺学派》,北京大学出版社1999年版。

41. 王彦秋:《尼采的酒神艺术与俄国的象征主义》,《俄罗斯文艺》,2000年第1期。

42. 余松:《论诗性意义》,《云南师范大学学报》(哲学社科版),2000年第1期。

43. 胡润森:《戏剧主题论》,《烟台大学学报》(哲学社科版),2000年第2期。

44. 普洛普:《传说与真实》,贾放译,《俄罗斯文艺》,2000年第2期。

45. 普洛普:《在1965年春天纪念会上的讲话》,索尼亚节译,《俄罗斯文艺》,2000年第2期。

46. 查明建:《从互文性角度重新审视20世纪中外文学关系——兼论影响研究》,《中国比较文学》,2000年第2期。

47. 吴泽霖:《俄苏历史比较文艺学的特征》,《北京师范大学学报》(人文社科版),2000年第3期。

48. 凌建侯:《巴赫金言语体裁理论评介》,《中国俄语教学》,2000年第3期。

49. 夏忠宪:《俄罗斯著名汉学家李福清访谈录》,《俄罗斯文艺》,2000年第3期。

50. 陈惇:《论可比性——比较文学的一个重要理论问题》,《北京师范大学学报》(人文社科版),2000年第3期。

51. 王祖龙:《世纪之交的比较文学走向》,《荆门职业技术学院学报》,2000年第4期。

52. 李大健:《20世纪中国文学女性母题略论》,《广东教育学院学报》,2000年第4期。

53. 贾放:《普洛普故事学思想与维谢洛夫斯基的"历史诗学"》,《北京师范大学学报》(人文社科版)2000年第6期。

54. 夏德勇:《小说文体的特殊性与小说史的分期》,《广州师院学报》(社会科学版),2000年第9期。

55. 林精华:《后殖民主义语境下的民族主义——关于20—21世纪之交俄罗斯重建文艺学的问题研究》,《文艺理论研究》,2001年第6期。

56. 周启超:《直面原生态,检视大流脉——二十年代俄罗斯文论格局刍议》,《文学评论》,2001 年第 2 期。

57. 谢向红:《自由诗的自由与法度——论艾青中后期诗歌的格律化倾向》,《镇江师专学报》(社会科学版),2001 年第 2 期。

58. 杨雪:《卡捷琳娜与刘兰芝爱情悲剧论》,《松辽学刊》(人文社科版),2001 年第 2 期。

59. 李震:《论纵向语言诗学》,《文艺理论研究》,2001 年第 2 期。

60. 唐小林:《论卢梭对郁达夫人文精神的塑造》,《天津师范大学学报》(社会科学版),2001 年第 4 期。

61. 刘海波:《论闻一多诗学的现代性》,《上海大学学报》(社会科学版),2001 年第 4 期。

62. 林精华:《文艺学的问题研究》,《文艺理论研究》,2001 年第 6 期。

63. 林精华:《俄国文学到苏联文学的诗学转换——关于歌德对白银时代文学影响问题的研究》,《国外文学》,2002 年第 1 期。

64. 卓振英:《汉诗英译中的"借形传神"及变通》,《福建外语》,2002 年第 1 期。

65. 闫吉青:《维谢洛夫斯基〈历史诗学〉中的诗学观》,《河南大学学报》(社科版),2002 年第 3 期。

66. 晏红:《论比较文学的定义与实质》,《贵州师范大学学报》(社科版),2002 年第 4 期。

67. 林精华:《全球化语境下的民族精神危机与再生——关于俄国哲学困境及重建问题的研究》,《社会科学战线》,2002 年第 4 期。

68. 李逸津:《改旗易帜后的俄罗斯文艺学》,《天津师范大学学报》,2002 年第 2 期。

69. 杨乃乔主编:《比较文学概论》,北京大学出版社 2002 年版。

70. 刘宁:《亚·尼·维谢洛夫斯基的历史诗学研究述评》,载《历史诗学》(维谢洛夫斯基著,刘宁译),天津百花文艺出版社 2003 年版。

71. 乐黛云:《比较文学简明教程》,北京大学出版社 2003 年版。

72. 陈浩:《论西方现代小说理论的形态》,《绍兴文理学院学报》,2003 年第 1 期。

73. 夏忠宪:《俄罗斯巴赫金研究新探》,《中国俄语教学》,2003 年第 1 期。

74. 周启超:《开放中有所恪守 对话中有所建构——关于文学理论学科建设的一点思索》,《湖南师范大学社会科学学报》,2003 年第 3 期。

75. 李安:《俄苏文学是我国外国文学研究领域的一方宝地——"俄苏文学研究"访谈录》,《外国文学研究》,2003 年第 3 期。

76. 夏德勇:《现代小说文体变迁的形式及其文化语境》,《广州大学学报》(社会科学版),2003 年第 3 期。

77. 林精华:《俄国比较文学百余年发展历程与俄罗斯民族认同》,《外国文学评论》,2003 年第 4 期。

78. 张进:《历史的叙事性与叙事的历史性——海登·怀特的历史诗学》,《甘肃广播电视大学学报》,2003 年第 4 期。

79. 郭欣航:《浅谈诗歌翻译中的几个问题》,《延安大学学报》(社会科学版),2003 年第 5 期。

80. 刘象愚:《关于比较文学学科基本理论的再思考》,《北京师范大学学报》,2003 年第 6 期。

81. 陈浩:《论巴赫金"狂欢化"诗学中的"原形"观念》,《俄罗斯文艺》,2003 年第 6 期。

82. 吴泽霖:《维·马·日尔蒙斯基的历史比较文艺学研究》,《俄语语言文学研究》,2004 年第 1 期。

第十九章
新时期普洛普故事学研究

俄国民俗学家弗拉基米尔·雅科夫列维奇·普洛普(В. Я. Пропп,1895—1970)在1928年写出了重要著作《故事形态学》,该书奠定了其学术思想的基本方向,围绕着民间故事从不同层面进行研究。此后,他又完成了专著《神奇故事的历史根源》(1939)。两本著作构成了普洛普对民间故事的"形式的"和"历史的"两个纬度的研究框架,形成其故事学理论的全貌。普洛普的理论一度在其祖国被指责为"形式主义"。但《故事形态学》的英译本1958年出版后,结构主义者则惊异地发现:自己尚在摸索的东西,这位俄国学者在四分之一世纪前就已经有了如此成型的论述。从此,普洛普的理论在西方,尤其在结构主义—符号学领域备受关注。尽管《故事形态学》中采用的术语系统与结构主义—符号学有所不同,其方法实质上是契合的,可在时间上则早了30年。因此,普洛普的理论被奉为结构主义研究的先驱,对其后诸如列维–斯特劳斯、格雷玛斯、布雷蒙、托多洛夫、邓德斯等结构主义—符号学大家都产生了重要的启示与影响。他的著作在世界许多国家都有译本①,他在国内外有了众多的同道者和追随者,而且远不限于故事学领域,他的名字和民间文学论著为众多民间文学家、文艺学家、语言学家和民族志学家所熟知和引用。也许因为是结构主义者发掘了普洛普的价值,西方对普洛普的研究一直处于结构主义的框架之中,而忽视普洛普思想中的"历史性"因素。

普洛普在中国的接受始于1956年,那年王智量翻译的普洛普的重要论文《英雄叙事诗研究中的一些方法论问题》发表在《民间文学》第1、2月号上。但是,由于众所周知的原因,普洛普的名字在中国刚露面就随之消失了20多年,直到80年代以后才重新为中国文艺学界和民间文学界所知,他的理论思想是

---

① 据李福清先生介绍,《故事形态学》一书在美国、法国各有两种译本,在韩国有四种译本,另外在日本等国也都有译本。

伴随着结构主义大潮的流行进入中国的。但是在此后将近 20 年的时间,国内译介和研究的内容大都局限于"结构主义的先驱者和卓有贡献者之一"的角度,仅仅谈论他的处女作《故事形态学》如何运用结构形态分析的方法,找到了故事叙事的"元结构"等,很少涉猎他包括故事、史诗、民俗、民间文艺理论和美学等诸多方面的丰富的理论思想。我国对普洛普理论较全面的研究是在进入新世纪之后,从理论本身到理论的运用都取得了可喜的进展。但是就普洛普的整体理论研究而言,依然有许多工作要做。

一、结构主义背景中的"功能论"——"雾里看花"的 10 年初步接受阶段

我国 80 年代对普洛普理论的认识主要是通过二手的甚至三手的结构主义研究材料而实现的①,而且主要是集中在普洛普的《故事形态学》一书中人物的"功能论"及其对法国结构主义叙事学的影响上展开的。其理论面貌就处在这样一种模糊的云雾笼罩之中。因而,我们称之为"雾里看花"的 10 年初步接受阶段。

新时期以来,我国对普洛普理论的了解较早应该始于 1979 年第 2 期《世界文学》上发表的袁可嘉的文章《结构主义文学理论》。在该文中,作者介绍了作为结构主义通常应用的批评方法,其中谈到了普洛普的《故事形态学》及其基本理论。文章认为,该书英译本 1958 年的问世标志着散文文学结构主义分析的开端,并具体阐述了普洛普的"功能论"——俄国童话中人物的 31 种功能。不过,作者认为,"这种研究方法是一种形式主义的方法,它往往脱离具体作品的思想意义和艺术特点。它在结构形态方面可能提供一些有用的见解,但对了解具体作品很难有什么益处。"作者还认为,"他(指普洛普)对童话的分析确有一些是可以得到印证的,但关键的问题是作为文学理论,这对阐明童话这个体裁反映生活的特殊方式,它对儿童所起的特殊作用以及它所采用的特殊艺术手段又有什么作用呢? 他的分析与其说是文学理论,不如说是童话程式的模拟。"从该文的评价来看,我们最初对这一理论的接受还脱不开注重研究文学的"思想意义和艺术特点",以及其社会作用的思维"定势"。

J. M. 布洛克曼的《结构主义:莫斯科—布拉格—巴黎》1980 年由李幼蒸翻

---

① 正因为这一特点,所以本节在介绍中国对普洛普理论接受的状况时,将同时展示中国学者的著述与相关的译著。

译出版。在"俄国形式主义"一节中论述其重要因素之一"程序"时,该书提到,普洛普"是这类程序分析的典范。按照他的看法,无论是童话的主体还是主题都不能解释它的特殊的同一性。相反,它们是整体结构里的能够互相转变的成分,成分的地位和功能都时时由不变的结构原则决定着"。这里只是将普洛普作为对形式主义理论的"程序"概念的印证略加提及,对其具体理论并未展开论述。

1981 年第 2 期《外国文学研究》上发表了王泰来的文章《关于结构主义文艺批评》。文章分析了结构主义批评的两个方向:用现代语言学概念进行研究和用"行为模式"表示作品结构。文章认为,第二个方向即是俄国形式主义批评家普洛普开创的,并简明介绍了普洛普理论著作《故事形态学》中"七个人物功能"论。文章还指出,普洛普之后不断有人以"行为模式"的分析方法进行研究,如艾蒂安·苏里奥的《戏剧形势二十万例》、米肖的《作品及技巧》、格雷玛斯的《结构语义》、杜朗的《想象世界的方法论》、布沙的《小说中的诗学》、巴维的《戏剧符号学问题》等。作者认为,他们都重点研究抽象的结构,而忽视了社会、历史条件和作者生活、思想对作品的影响,表现了形式主义倾向。从作者的评述看来,我们一时还不能完全认同这种文学批评。

1983 年《读书》杂志开辟"现代西方文论略览"专栏,发表了张隆溪的一系列文章①。其中第 11 期上《故事下面的故事 ——论结构主义叙事学》一文中对普洛普的重要著作《故事形态学》及其结构叙事学思想作了具体介绍:"四条原则"、"三十一种功能"、"七个行动范围"。作者指出,"普洛普的理论超出表面的经验范畴,着眼于功能、人物与角色之间的关系","从各个具体作品中抽象出一套基本规则,这套规则有助于把变化多端的文学现象简化为容易把握的基本结构","在结构主义叙事学的发展中具有重要意义"。这里对普洛普的理论在结构主义叙事学中的奠基作用给予了充分的肯定。

江西师大中文系等单位 1985 年编选了一本《外国现代文学批评方法论》,其中收有罗朗·巴特的文章《叙事作品结构分析导论》。该文在第三部分研究叙事的情节时,首先对"人物的结构地位"进行了研究,认为"从一开始结构分析极不愿意把人物当做一种本质来处理,即使仅仅为了分类的目的。托马舍夫斯基甚至否认人物对叙述有任何意义,他后来修正了自己的观点。普洛普没有把

---

① 1986 年 7 月这些文章集结成册,由北京三联书店出版,名为《二十世纪西方文论评述》。

人物完全排除在分析之外，而是把人物简化成一种简单的类型学，这种类型学的基础不是心理学，而是叙述给予人物的情节统一性。"文章虽不是详细研究普洛普，但它引导读者去发掘普洛普。同年，冯汉津翻译的福克马（一译佛克马）撰写的《法国结构主义》①一文将结构主义分为三个倾向进行了详细论述。在第二个倾向"结构主义叙述法"的论述中，该文梳理了普洛普与结构主义叙事学各人物的学理的关系，将普洛普与列维—斯特劳斯、格雷玛斯、布雷蒙、托多洛夫、邓德斯等人的研究加以比较，进行了融会贯通的分析，勾勒出了结构主义叙事学的理论图谱，充分显示出普洛普在结构主义叙事学中的重要作用。这是一篇研究普洛普及其叙事学的重要文章，为后来我国学者研究普洛普与法国结构主义的关系提供了重要的参照。

1986 年，袁可嘉在文章《西方结构主义文论的成就与局限》②（该文后被研究者频繁引用）中认为，普洛普关于俄国童话结构的探讨，在其规定的范围内是有益的，"说明了童话这一体裁的普遍的结构形态"，但"对人物、性格和主题思想等决定作品质量的主要条件忽视"，使得"对童话艺术的实质并无重大阐明"。

特里·伊格尔顿的《当代西方文学理论》在 1986 年由中国社会科学出版社翻译出版，在"结构主义和符号学"一章中提到了普洛普的《故事形态学》及其理论。傅修延、夏汉宁在同年编著的《文学批评方法论基础》一书在介绍和评述结构主义批评的基本理论时认为，除巴特等人的理论外，还有一个重要流派，即主张建立"行为模式"的图表对作品进行分析的"行为模式"派。作者认为，他们深受俄国形式主义批评家普洛普的影响。普洛普在《故事形态学》中通过分析大量民间故事，发现它们有着共同的规律：七种人物，七种功能。结构主义批评中的"行为模式"派继承了普洛普的观点，但同时也作出了一些修正。

同年，赖干坚编著了《西方文学批评方法评介》一书。该书除系统介绍和评价西方传统的和现代的各主要文学批评流派外，还附有各流派对具体作品的评论实例。其中，"结构主义叙事学"一节以普洛普的《故事形态学》为依据，详细介绍了他的"功能论"及其对俄国民间故事的结构分析。由于附有 L·M·O' Toole（欧吐乐）以"功能"分析方法对小说《萨塞克斯的吸血鬼》的结构分析，使得对该理论的分析清晰透彻。

----

① 《外国文学报道》，1985 年第 5 期，选自佛克马、易布思：《二十世纪文学理论》一书。
② 《文艺研究》，1986 年第 4 期。

中国俄苏文学研究史论
История исследования русской и
советской литературы в Китае

    杰姆逊著作《后现代主义与文化理论》1986 年由陕西师范大学出版社出版,该书第四章"文化研究—叙事分析"涉及了普洛普的故事研究。杰姆逊指出,普洛普发现传统研究童话的方法是"主题索引"式的而不满意这种研究方法;他研究了大量俄罗斯童话,发现许多不同的人物起同样的作用,即具有同样的功能,并以功能研究的方法写出了《故事形态学》。50 年代雅各布森把该书翻译成英文,后来立陶宛词汇学家格雷玛斯发现普洛普的英译本中有很多交叉文化性的翻译。后来他在自己的研究中发明了他的叙事分析。杰姆逊说:"也就是说,他重写了普洛普的书。"杰姆逊是从文化的角度研究叙事分析,他落实到格雷马斯的"符号矩形",神话研究的文化意蕴上,普洛普在这里只是他进入正题的一个"引子"。但从另一个角度讲,他却引出了普洛普—雅各布森—格雷玛斯—列维—斯特劳斯等人这样一条线索,为想穷其究竟的人开辟了一个空间。

    1987 年又有几部译著、论著和编著连续问世[①]。特伦斯·霍克斯的《结构主义和符号学》在介绍俄国形式主义学派时认为,"普洛普的《民间故事的形态研究》至今仍然是形式主义学派的重大贡献之一,他向适合于小说艺术的'诗学'迈出了一大步。事实上,普洛普所关注的恰好是叙事结构得以发挥作用的'标准',它要处理的那些'内容'的单位,他试图对这些加以分类的做法至今仍有很高的结构价值,因为,就如神话一样,童话是任何叙述的重要原型。"《结构主义批评论》在追溯结构主义文学批评的缘起时,将普洛普作为文学体裁结构形态研究的首创者给予介绍,同样集中介绍了他的《故事形态学》一书,指出普洛普对了解不同类型的文学作品的普遍规律具有启发意义。《西方现代哲学与文艺思潮》在"结构主义及其文艺理论"一章论述索绪尔的结构主义语言学和列维–斯特劳斯的结构主义人类学。作为对列维–斯特劳斯神话问题研究的印证,文中介绍了俄国形式主义者普洛普的《故事形态学》一书及其"三十一种功能"论。《外国现代批评方法纵览》在第二章"俄国形式主义"阐述俄国形式主义者对结构功能的研究时,提及了普洛普的俄国童话、神话研究和他的"三十一种功能"论。《美学文艺学方法论》编入了结构主义的重要代表人物和我国学者

---

① 瞿钱鹏翻译的特伦斯·霍克斯的《结构主义和符号学》由上海译文出版社出版;张秉真和黄晋凯著述的《结构主义批评论》由辽宁大学出版社出版;文化部教育局主编的《西方现代哲学与文艺思潮》由上海文艺出版社出版;《马克思主义文艺理论研究》编辑部选编了《美学文艺学方法论》(续集),由文化艺术出版社出版。班澜、王晓秦的《外国现代批评方法纵览》由花城出版社出版。

有关结构主义的文章，其中再次收入了佛克马的《法国的结构主义》一文。《结构主义叙事学探讨》一文专门就叙事学进行研究，是对国外叙事学研究作出的回应。文章同样把普洛普视为结构主义叙事学的先驱，强调了他的重要贡献在于确立了故事中十分重要的基本因素——功能，为叙事体结构和要素分析开掘了一条新路。另外，当年年初，胡亚敏在《外国文学研究》第 1 期上发表文章《结构主义叙事学探讨》，也介绍了普洛普的理论。

1988 年我国出版了佛克马、易布思著述的《二十世纪文学理论》。该书第二章对俄国形式主义的"母题"概念进行分析，涉及了什克洛夫斯基和普洛普对维谢洛夫斯基的"母题"的不同理解，从"母题"的角度分析了普洛普"三十一种人物功能"次序的合理性与局限。第三章即是上面佛克马的《法国的结构主义》一文的内容。同时，中国社会科学出版社出版了胡经之、张首映著述的《西方二十世纪文论史》，该书作者也是把普洛普放在形式主义一章里进行讨论，并且认为比放在结构主义中探讨更合适；因而书中着重分析了普洛普《故事形态学》一书"三十一种功能"理论对"母题分析"的重要性。

同年 4 月出版的俞建章、叶舒宪著述的《符号：语言与艺术》一书则从符号学的角度，把普洛普的理论作为探索文学生成性的一种方法进行了详细研究，认为"普洛普为俄国童话故事找出了深层结构和转换规则"，"不仅后来的结构主义叙事学深受普洛普的影响，弗莱也承认他所主张的原型批评不过是要把民间文学研究中的形态方法扩大到整个文学研究中去"，"到了六十年代的法国结构主义格雷马斯那里，普洛普的'形态学'得到了进一步的发展，成为描述作品转换生成规则的所谓'情节的语法'"。特里·伊格尔顿的《当代西方文学理论》这一年由王逢振重译，再次由中国社会科学出版社出版。其中关于普洛普的论述也成为我国学者引证的重要来源。

这一年，北京三联书店出版了刘豫翻译的罗斯特·休斯的《文学结构主义》。该书认为，"尽管结构小说研究的传统要追溯至亚里斯多德，但结构主义小说研究则几乎可以说是从普洛普的俄国神话故事研究开始的"。作者详细列出了普洛普的"四条原则"、"三十一种功能"、"七个行动范围"与拉格兰勋爵的二十二条英雄模式，并加以对比，"探讨了普洛普与列维－斯特劳斯在简单叙事研究上的分歧"。作者指出，"普洛普就叙事文学的性质教给我们大家一些基本的东西。他教我们在分析情节功能和人物角色时注意它们之间的精确的和细致的相互关系。因此，他的研究已成为后来的一批理论家——尤其是格雷玛

中国俄苏文学研究史论
История исследования русской и
советской литературы в Китае

斯、布雷蒙、托多洛夫——的一个出发点。"同时,作者非常具体地阐述了他们怎样研究、继承,并拓展了普洛普的理论。该书是译著中较为详细研究普洛普的著作之一。

而徐贲的《小说叙述学研究概观》①则从"形式"与"意义"两个方面研究了叙述学。文章认为,"叙述学的'纯形式分析'的基本法则模式早在弗拉蒂米尔·普洛泼(即普洛普)1928年出版的《故事形态学》一书中已具雏形"。文章进一步指出,托马舍夫斯基和普洛普的叙述研究同样产生于俄国形式主义的理论背景,但在研究倾向上却迥然不同,普洛普的叙述分析是在作为深层次的"故事"上进行,托马舍夫斯基则是在作为表层次的"情节"上进行。该文的着重点是将两者进行比较,从而凸显了普洛普理论的意义。

普洛普理论的接受与研究在我国走过了10年的历程之后,在80年代的最后一年显示出一种突破的迹象。这一年,除了像前述的一般性的介绍外②,列维-斯特劳斯的《结构人类学》在我国翻译出版具有重要意义。该书收有列维-斯特劳斯《结构与形式——关于弗拉基米尔·普洛普一书的思考》一文。此文使普洛普从此在西方受到关注,并引发斯特劳斯与普洛普之间的论争及其他一系列学理问题的探讨。在我国这是第一篇以普洛普为题专门研究普洛普的文章(尽管它是外国学者的研究,而非我国学者直接的研究成果)。它的出现,使我们不仅仅通过普洛普对结构主义的影响从肯定的角度接受他的故事理论;而且通过列维-斯特劳斯对普洛普对话、审视式的研究,引发我们一种批判式的思考。这一年还有一个标志式的成果,即托多罗夫编选的《俄苏形式主义文论选》经蔡鸿滨翻译,由中国社会科学出版社出版。其中收有普洛普的《神奇故事的转化》一文。这是普洛普的著作新时期以来第一次在我国翻译出版。这两个"第一"的出现,预示着研究普洛普的一种突破。

港台地区接受结构主义要比大陆早,到了80年代末期,港台学界对普洛普的理论已相当熟悉,如,1988年国立高雄师范大学学生林姿如完成一篇硕士论文《锺理和文学研究》。透过该论文即可窥见其接受与研究状况。在论文提要中作者写到:"第四章与第五章,则是本论文的重点之二。叙事学是由20世纪

① 《文艺研究》,1988年第4期。
② 如董学文的《走向当代形态的文艺学》认为普洛普是一位地道的结构主义文论家,他为以后的结构主义文学研究开了先河,还介绍了他的童话"四条原则"、"三十一种功能"、"六个阶段"、"七个行动范围"等。

中许多层迭起伏的文学批评相互影响之下，所产生的新批评，它经过了俄国形式主义、英美新批评、结构主义、解构主义，甚而是接受美学及符号学的洗礼，兼采各说，有机地与现代语言学、俄国形式主义及民俗学家弗拉基米尔·普洛普的功能论、结构主义、接受美学、小说理论等相结合，成为专门研究叙事文学的科学。对于叙事文学的研究，提出了更为全面且详细的科学分析方法，作为叙事形式的深层探讨，其作用是极大的。……在第四章叙述分析部分，以视角、叙述者、叙事时间分析、话语模式等子类作为研究探讨的项目。在第五章故事分析部分，以文学中的故事中的情节类型、人物、环境（叙事空间）等子类作为探讨，以期能对锺理和文学的叙事技巧作一全面的研究观照，藉以得出其文学叙事风格及艺术美感。"通过简短的提要可以看出，这一时期，港台地区对叙事学及普洛普理论已经相当娴熟，硕士层面的接受已经到了运用其理论解决理论批评的实际问题的阶段。

从这些资料可以看出，我国对普洛普故事学理论的接受是伴随着对西方文论，特别是结构主义批评理论的接受而实现的。到80年代后期，国内学界主要通过译著，部分通过中国学人的介绍，对普洛普理论的认知已从最初的描述阶段进入研究阶段。这一时期，普洛普的著作还基本没有译本，这成为透彻理解普洛普的障碍。对普洛普理论所依据的材料到底是什么，是童话、是民间故事、是神话，多有理解上的差异。同一本著作竟有如此多的译名：《童话形态学》、《童话故事形态学》、《民间故事的形态研究》、《俄罗斯民间故事形态研究》、《民间故事的结构形态》、《俄罗斯民间故事形态》、《民间故事形态》、《俄国神话故事研究》等①。翻译的不同，不仅是一个对其研究对象的界定问题，还有一个对其方法是"形态"还是"结构"的认识问题（这些也是在后来的研究中才明了的）。这都反映了接受的初期阶段对其理论认知的模糊性。另外，对普洛普的身份定位也不统一：有的称其为俄国形式主义批评家，主张把他放入俄国形式主义之中来讨论；有的称其为结构主义文论家，认为放入结构主义之中讨论更合适；有的认为结构主义批评本身就有两个方向，其中之一"行为模式"派就是普洛普开创的。而列维－斯特劳斯的文章《结构与形式》提出的恰恰也是这个问题，旨在甄别"结构"与"形式"的不同，他与普洛普的论争也多是基于这一

---

① 这些译名系各种文字的版本译名。它们是否抓住了普洛普研究对象的核心是值得推敲的。当然，问题并不全在翻译，而在于该书在出版时就被修改了书名。这些问题在以后的研究中才得以澄清（中文版译名为《故事形态学》，中华书局2006年出版，贾放译。——编者注）。

点。我国学者对这个问题的探讨,这一时期刚刚起步。

二、基本理论命题的深入探讨——"亦真亦幻"的又 10 年艰难探索阶段

进入 90 年代,对普洛普的研究,在前 10 年对其理论初步了解的基础上,开始进入细部问题的探讨,并理清一些模糊的问题,因为一些细节问题已经逐渐凸显出来,亟待学者进一步探讨解决。当然,这个深入的过程也是与结构主义在我国的深入研究相伴的,主要涉及基本概念问题,普洛普身份认定和归属问题,我国叙事学理论建构问题,学理运用问题。但由于依据的材料依然是俄译的二手材料(也为数不多)或英译的三手材料(占绝大多数),而且也只触及了普洛普理论的某个方面,所以对普洛普的认识仍然显得似乎得了"真经",但尤未识其"真面"。因而我们称之为"亦真亦幻"的又 10 年艰难探索阶段。

1990 年第 3 期《外国文学评论》发表一组叙述学研究的文章。徽周的《叙述学概述》提到了现代叙述学的真正起点是从俄国形式主义开始。普洛普、巴赫金做了出色的叙述学理论研究工作,成为当代叙述学一支的开拓者。而申丹的文章《论西方叙述理论中的情节观》中则专门研究了普洛普的"情节观",以及它与什克洛夫斯基的"情节观"的区别。"情节"是叙事学的一个重要概念,在此之前的研究并没有仔细甄别不同文论家的"情节"概念的不同内涵,因而往往把它们混淆在一起,造成对不同理论的核心思想的误解和误读。申丹的文章指出,普氏的"情节观"与什氏的"情节观"之间有本质的差异,但一直被忽视或被掩盖,结果造成一种混乱。作者通过自己的研究,试图对此加以解说。

1990 年 10 月由商务印书馆出版了梅列金斯基的《神话的诗学》。在第一编中,作者考察了列维－斯特劳斯从逻辑角度对神话加以探索,研究神话的语义纵聚合结构。之后,作者指出,列维－斯特劳斯对反映题材的时间扩展的横组合范畴关注不够;对叙事横组合结构的极为深刻的探讨见诸于普洛普的《民间故事的形态学》。作者认为,这种探讨开了结构主义之先河,列维－斯特劳斯指责普洛普囿于形式主义失之偏颇。同时,作者还指出,普洛普之后类似的研究不乏其人。艾·丹德斯(邓德斯)在其《北美印第安人民间故事的形态学》一书中,就将普洛普的方法直接用于北美印第安人的神话和民间故事研究,并将普洛普对俄罗斯民间故事的分析结果同印第安人神幻故事的分析结果进行比较研究,这是将它们置于同列维－斯特劳斯的方法相对立的地位。梅列金斯基在这里是从语义纵聚合结构和叙事横组合结构对比的角度探讨了普洛普的理

论,并指出普洛普对格雷玛斯同样具有启示作用,使其能够对"纵聚合"和"横组合"加以综合,进行神话的"综合性"诠释。另外,作者在第一编最后一个专题"俄国与苏联学术界论神话创作"中研究苏联学术界"神话诗学"理论时认为,研究有两个方向:1)职业民族志学家的"宗教学领域"研究,这里神话只是作为诗体叙事的初始"内核"的问题间接有所涉猎。2)古典语文学家所从事的研究,这里神话在诗歌沿革中的作用问题被明确提出。从事语义学研究的语言家在探讨有关古代语义学和文化理论某些问题时,对文学中的神话成分有所关注。梅列金斯基认为普洛普介于两者之间,即民族志学者和古典语文学者之间。因为,他在其第一部论著《故事形态学》中,开结构民间文艺学之先河,提出魔幻故事总题材横组合模式;而在《神奇故事的历史根源》一书中,他借助于民间文学和民族志学资料,并诉诸神幻故事情节同神话意象、原始仪礼和习俗的对比,将这一模式置于历史一起源基础之上,并揭示了一系列"死之观念"在神幻故事中的广泛反映。梅列金斯基认为,这一著作中的方法在一定程度上可同维谢洛夫斯基的《历史的诗学》中的原理相比拟,特别是与保·圣伊夫有关佩罗童话之作相比拟。可以看出,梅列金斯基的研究更为深入普洛普理论的内核——它是与列维－斯特劳斯的"语义纵聚合结构"相对的"叙事横组合结构"研究。同时,梅列金斯基为我们引出了一部我们不曾注意到的普洛普的另一部著作《神奇故事的历史根源》,这对认识普洛普意义重大。

1991 年 10 月,乔纳森·卡勒的《结构主义诗学》由盛宁翻译,中国社会科学出版社出版。这是一本在我国结构主义接受史上影响较大、被引用较多的著作之一。该书第九章"小说的诗学"在研究"情节"这一要素时认为,"弗·普洛普的开风气之先的著作《民间童话形态学》,是结构主义情节研究的出发点"。卡勒的论述进一步印证了普洛普的情节研究对结构主义之重要,也说明"情节"概念是普洛普理论核心之一,对其需要一种确切的把握。接着,卡勒对普氏的理论进行了分析,并展开了他与其他结构主义理论家的理论关系的探讨。

结构主义叙事学对我们的启示之一,就是引导我国学者建立自己的叙事学理论,徐岱的著作《小说叙事学》①即是这样一种尝试。该书首先考察了中国古代叙事思想,接着把西方叙事学分为俄国形式主义、法国结构主义、英美修辞学派三部分进行梳理。作者把普洛普作为除什克洛夫斯基之外俄国形式主义的

① 中国社会科学出版社 1992 年版。

中国俄苏文学研究史论
История исследования русской и
советской литературы в Китае

另一位代表人物加以介绍。不过作者也已经明确注意到了普洛普的归属之争：一种以列维斯特劳斯为代表，将普洛普视作俄国形式主义的主要领袖之一；另一种以佛克马和易布思为代表，认为普洛普只不过是活跃在俄国那个时代，但其理论思想已超越了俄国形式主义的藩篱。作者认为后者不无道理，但作者"将普洛普作为一个形式主义文论家来介绍，主要是因为普洛普在方法论基础上同俄国形式主义学派并无二致"。因此，作者介绍普洛普的理论主要是把他放在他与什克洛夫斯基都是受到了维谢洛夫斯基"母题"理论的影响，只是对"母题"的理解与运用不同。作者进而比较了两者的差别，认为普洛普的理解更接近于维氏，而且他从维氏思考的终点又作了进一步的拓进。所以作者对于普洛普理论的介绍，主要就是从这一点出发，引出其"拓进"的"功能理论"。作者认为，与其他俄国形式主义者的理论主张相比，他的"功能理论"更倾向于"整体把握"。这是他常被视为结构主义者的原因。而事实上，他确也为后来的结构主义叙事学开辟了道路。作者还认为，普洛普的主要意义在于他寻找与叙事过程"陌生化"相对的"熟悉的"的常规，寻找叙事结构得以发挥作用的"标准"，论证了叙述结构从根本上说是横向的组合。这就为小说叙事模式的形成机制的研究开了先河，而这正是形式主义叙事学的一个重要内容。因此，作者认为，将普洛普列入俄国形式主义叙事理论阵营不无根据。

到了90年代中期，我国叙事学研究依然方兴未艾。1994年又有胡亚敏的《叙事学》和傅修延的《叙事与策略》①两部叙事学著作面世。《叙事学》一书博采各种叙事理论，并结合我国的批评理论与创作实践搭建起叙事学的架构。因此，该书对普洛普的研究是将其理论分散在几个部分进行的。从导论的叙事学起源与发生，到叙事学的核心部分之一"故事"的各个构成成分，作者论述了普洛普的《故事形态学》的奠基作用，普洛普关于"故事"各要素的主要理论观点："情节"之"序列论"、"人物"之"角色论"、"叙事"之"功能论"。作者切分了普洛普的叙事理论，用于建构自己的理论框架，这已经是"为我所用"式的研究了。《叙事与策略》一书不是对普洛普作直接的研究，但普洛普的思想已经内化为作者的一种思维方式。作者在预测21世纪的文学叙事时讲道："目前流行的电子游戏节目已经带有一些故事色彩，游戏者的操作也不无叙事意味。故事由事件组成，事件又来自人物的行动。游戏者既然可以让屏幕上的人物行动起来，这

---

① 分别由华中师范大学出版社和江西高校出版社出版。

说明游戏者已经有了一定的叙述故事的自由。俄国学者弗·普洛普用'英雄'、'对手'、'战斗'、'胜利'等功能概括出来的故事形态在一些游戏节目中已可初步看到。"也就是说，在怎样分析越来越占去阅读空间的非文字电子文本时，作者运用普洛普的功能理论读出了其中的隐性叙事。普洛普的理论已经潜在地影响了接受者分析问题的角度。同年，胡经之、王岳川主编的《文艺学美学方法论》也涉及了普洛普理论的重要影响与贡献。在我国学者探讨结构主义的兴起与发展时，鲜有不提及普洛普的"叙述学研究"的。

随着我国对普洛普研究的深入，对其理论的接受也呈现出一种积极的态势。学界尤其是民间文学研究领域已不满足于单纯对其理论进行描述与探讨，而是要运用这一操作性很强的理论进行我国的民间文学研究。1996 年汕头大学出版社出版的李扬所著《中国民间故事形态研究》即是这样一次积极的尝试。该书主要运用普洛普创立的"民间故事形态分析"理论对中国民间故事的形态结构进行初步探讨。在第一部分理论篇中，作者首先简要介绍普洛普的故事形态理论，接着概述了中国民间故事研究的状况，以阐明运用普洛普理论的意义。这一部分还介绍了普洛普的生平和著述概况，以及普洛普本人对已有故事研究方法的批评，并且就苏联国内外对普洛普理论的评价进行了略述。在第二部分应用篇中，作者将普洛普功能论详细列举成表，依据其功能理论体系并沿用其术语符号，对中国部分民间故事的功能进行划分和分析，以此对普氏的功能理论加以验证与修正。该书是运用普洛普的理论体系对中国民间故事所作的大胆的尝试研究，也是新时期以来我国第一部较详细介绍普洛普生平和著述概况并具体应用其理论的论著。由此也可以看出，普洛普的理论已经深刻影响了我国学者研究民间故事的方法和视角。

我国学者非常善于将外来理论"中国化"，上述李扬的著作就是一个很好的例子。朱栋霖主编的《文学新思维》[①]将各种西方文论"中国化"的过程记录了下来。该书第 2 卷第二部分导论在追述叙述学起源时讲道，"另一位受俄国形式主义影响的苏联文艺学家普洛普也颇受叙述学家的推崇，他的《民间故事形态学》对叙述学有直接影响，其'功能'说是一种研究叙述语法的方法，被其他叙述学家所继承。普洛普的功能与结构的观点首先被列维－斯特劳斯接受，又通过斯特劳斯于 60 年代传播到法国，给法国结构主义以深刻的启示"。该部分导

① 江苏教育出版社 1996 年版，共 3 卷。

中国俄苏文学研究史论
История исследования русской и
советской литературы в Китае

论着重探讨了普洛普理论中确定人物在叙事中的地位的"功能"说。第三部分导论在探讨结构主义文学批评及其"中国化"时认为,普洛普对民间故事的"简单形式"的研究可以说对结构主义文学批评方法在叙事作品研究中的运用发生了重大影响,普洛普的一百个故事、三十一种功能 、七个角色等,可以说为童话归纳出了一种语法。什克洛夫斯基所说的"故事"和"情节"是不同的概念,到了普洛普那里已经变成了具体的实践,且更加系统化了。林岗的《建立小说的形式批评框架——西方叙事理论研究述评》一文,同样注意到了"20 年代俄国形式主义者普洛普应用索绪尔的观点和方法研究俄国民间故事著成的《民间故事形态学》一书"①以及列维 - 斯特劳斯对该书的介绍和在法国文评界产生的影响。文章认为,巴特所称"功能"、托多洛夫所称"句法形态"研究,都十分类似于普洛普在《民间故事形态学》所作的研究。这些介绍虽然多有重复,但在接受一种理论的过程中,它们起到了不断强化的作用。

1997 年出版的郭宏安等著述的《二十世纪西方文论研究》②在对结构主义进行论述时,对结构主义叙事学作了专题研究。其中首先把"俄国形式主义者普洛普的神话故事理论"作为"结构主义叙事学的先驱"予以了介绍,认为"其发展源于一些基本的语言学类比"。不过,"普洛普的神话故事理论"这一提法依然比较模糊。

申丹 1998 年 7 月出版的《叙述学与小说文体学研究》是国内第一部探讨叙述学与文体学两种学派之间辩证关系的著作。在此之前,作者曾发表文章专门论述过普洛普的"情节观"及与什克洛夫斯基的"情节观"之间有本质的差异。该书继续推进这一研究,从整个叙述学的角度,区分俄国形式主义和欧美结构主义叙述学的"情节"概念的不同内涵,探讨两者的"功能性"人物观。作者在吸收了前人研究普洛普叙事理论成果的基础上指出,普洛普的理论在某种程度上是俄国形式主义和欧美结构主义叙述学之间的桥梁。这是在对普洛普的理论与其他理论对比、分析,仔细辨析三者的区别和联系之后得出的结论。这一看法比简单地把普洛普归为俄国形式主义或法国结构主义更为妥当。这显示了我国学者对普洛普的理论已经深得精要,并以此来解决我们的叙事学理论问题。

----

① 《文学评论》,1996 年第 3 期。
② 中国社会科学出版社 1997 年版。

在此之前的研究，多是把普洛普、格雷玛斯放在结构主义叙事学中加以讨论。而 1998 年由百花文艺出版社出版的史忠义翻译的让－伊夫·塔迪埃著述的《20 世纪的文学批评》却给我们呈现出另一个角度。该书将普洛普、格雷玛斯放入符号学之中进行研究。结构主义叙事学的普洛普、格雷玛斯与符号学的普洛普、格雷玛斯之间有何区别，不是这里探讨的问题。我们只是关注一下符号学接受视角下的普洛普。作者认为，"如果不首先介绍一下苏联学者弗·普洛普的《童话形态学》，我们就无法理解格雷玛斯的符号学的意义和重要性。普洛普推出了一部关于童话的形式研究（从这个角度而言，他亦可以出现在我们关于记叙文分析的章节里）①。其实，他的分析的主要特点还是对意义的分类。就意义分类这一点来说，它宣告了符号学的诞生"。作者的这一论断，对于我们接受普洛普的意义，至少是又给出了一个领域。

接受普洛普已经近 20 年，遗憾的是他的著作却一直没有译本。只是到了 1998 年，他的一本一直落在研究者视线之外的著作倒是有了译本，即由杜书瀛等翻译的《滑稽与笑的问题》。这是作者晚年从事文学中喜剧问题研究的成果，也是作者最后的著作。但是即便是翻译出来了，也没有受到多少重视与研究。所以，要从整体上真正把握普洛普，我们还有许多工作要做。

1999 年朱立元主编的《当代西方文艺理论》②也是从"文学叙事的模式"这一角度切入，对普洛普的理论作了扼要的介绍。它再一次强化着基础层面研究者对普洛普的接受。同年，在法国结构主义接受、改造普洛普理论中起了重要作用的格雷马斯的《结构语义学》③出版。阅读该书，特别是"对行动元模型的思考"、"对转换模型的探索"两章，可以了解格雷玛斯怎样改造了普洛普的理论，也就是如杰姆逊所说，"重写了普洛普的书"。

在读书界影响较大的两份杂志《文艺理论研究》和《读书》在 1999 年第 4 期和第 9 期上分别发表了许子东题为《契合大众审美趣味与宣泄需求的"灾难故事"——文革小说叙事研究之一》和《叙述文革》的两篇文章。它们均来源于作者的一部专著《叙述文革》。该书在"导论"中写道："本书在研究方法上，受到普洛普分析俄国民间故事的方法的启发。普洛普在研究俄国民间故事的分类和组织时，曾在 100 个魔术童话中概括出 31 种顺序不变的功能及 7 个人物角

---

① 这是指普洛普可以放在叙事学中进行分析，也就是说，二者是有区别的。
② 华东师范大学出版社 1999 年出版。这是一部教材式的理论著述，有着广泛的影响。
③ 该书由吴泓缈翻译，北京三联书店 1999 年出版；2001 年又经蒋梓骅翻译，百花文艺出版社出版。

中国俄苏文学研究史论
История исследования русской и
советской литературы в Китае

色。……本书在考察 50 篇作品的基础上,也在'文革小说'千奇百怪变化多端的灾难故事中列出 29 个有一定秩序的'情节功能'与 4 个基本叙事阶段。……在讨论上述叙事模式的排列组合规则的同时,本书也将分析五种主要人物角色在'文革叙述'中的不同功能。诚如罗伯特·休斯所言,普洛普的研究'教我们在分析情节功能和人物角色时注意它们之间的精确的和细致的相互联系。'而笔者在这本小书中想要做的事,也正是探究'文革叙述'中情节模式与角色功能之间的复杂关系,进而讨论小说形式的'文革集体记忆'的若干书写规则。换言之,即讨论'文革叙述'的特殊'语法和句法'。"

普洛普"在 100 个魔术童话中概括出 31 种顺序不变的功能"、7 个人物角色、6 个发展阶段,许子东在 50 篇作品中列出 29 个有一定秩序的情节功能,5 种人物角色,4 个基本叙事阶段。作者已经是在自觉而不着痕迹地运用普洛普的理论模式,但作者同样不是为了模仿而模仿。笔者认为,作者抓住了普洛普理论的一个关键之处,即为什么普洛普要分出"功能"和"角色"? 他是要分析"它们之间的精确的和细致的相互联系"。这一点一直没有被学者突出和注意到。许子东从这一点切入,加以发挥和运用,探究"文革叙述"中情节模式与角色功能之间的复杂关系,进而讨论小说形式的"文革集体记忆"的若干书写规则;观察小说形式的"文革叙述",如何参与和体现了有关"文革"的"集体记忆"的书写创造过程。这是一个令人激动的研究角度。

在此之前,运用普洛普的理论进行较大型的、深入的研究的,上面已经提到的青年学人李扬,也是选取 50 个具有代表性的中国民间幻想故事,对它的叙事形态作尝试性的剖析。从剖析中看出,中国民间故事功能顺序与普洛普的功能顺序有吻合之处,这反映了一种共通性。作者也发现了中国民间故事叙事形态的独特之处。尽管 6 个功能就可组成一个完整的民间故事,但作者所选 50 个中国故事的平均功能数量是 19 个,最多的达到 55 个,"功能数目越多,故事的篇幅越长,包容量更大,显示出多数中国民间故事已有较强的叙事能力。"又如故事的四大基本类型(考验、难题、战斗、违禁)中,大量"违禁"充当中国民间故事核心功能的现象,表明违禁型很可能是一种独特的区域类型。作者借用普洛普的方法也获得了有益的结论。

从他们的研究中可以看出,我国学者到了 90 年代末,经过了近 20 年对普洛普理论的认识、了解、研究、揣摩,已经将这样一种理论方法内化为一种自身的思维方式,解决我们对复杂的文学现象的认识问题。可以说,经过近 20 年的研究层面与应用层面的努力,对普洛普的"故事理论"或曰"叙事理论"的接受与研究已经进入一个比较成熟的时期。

三、完整独立的理论架构的呈现——"云开雾散"的新世纪的新拓展阶段

从前面的梳理中可以看出,学界对普洛普的研究淹没在对结构主义和叙事学的研究之中,专门以"普洛普"为论题的研究几乎不见,而且翻译多于研究,论著中的片断多于专门文章的论述①。新世纪以来(这种阶段的划分也许纯属巧合),一些学者以第一手俄文材料为依据,开始深入研究普洛普的理论,一些似是而非的认识得以澄清,一些"盲区"得以展现,对其理论的运用也更加灵活自如,普洛普的理论已经进入我国文学研究之中。这里首推《俄罗斯文艺》杂志和学者贾放的努力。

2000 年第 2 期《俄罗斯文艺》为纪念普洛普逝世 30 周年刊登 3 篇有关普洛普的文章:普洛普的《在 1965 年春天纪念会上的讲话》、贾放节译的 A. H. 玛尔登诺娃的《回忆弗·雅·普罗普》、贾放的专论《普罗普:传说与真实》。同时,贾放在北京师范大学学报(人文社科版)2000 年第 6 期上发表论文《普罗普故事学思想与维谢洛夫斯基的"历史诗学"》,在《民间文化》2000 年第 7 期上发表论文《普罗普的〈神奇故事的历史根源〉与故事的历史比较研究》。同年,有关的文章还有:夏忠宪的《俄罗斯著名汉学家李福清访谈录》、彭宣维的《话语、故事和情节——从系统功能语言学看叙事学的相关基本范畴》、刘守华的《世纪之交的中国民间故事学》②。

我国有关普洛普的专著翻译得很少,他的其他文字和有关他的文字也很少见。普洛普的《在 1965 年春天纪念会上的讲话》和《回忆弗·雅·普洛普》是十分宝贵的资料。透过普洛普自己的讲述和他的学生的回忆,我们多少了解了他的学术道路和他本人的风格。这份资料的出现,显示着我国学者对普洛普的研究从单纯的对其部分理论的关注进入到对其人及理论的整体关注。

贾放的专论《普罗普:传说与真实》就是这样一个开端。该文虽不是探讨普

---

① 即便是像陈厚诚、王宁主编的《西方当代文学批评在中国》(百花文艺出版社,2000)这样带有总结意味的文论接受史著作,对普洛普的理论也仅是在"结构主义批评在中国"一章的"结构主义批评在欧洲"一节中略有提及。

② 分别发表在:《俄罗斯文艺》2000 年第 3 期,《外国语》2000 年第 6 期,《华中师范大学学报》(人文社科版),2000 年第 1 期。

中国俄苏文学研究史论
История исследования русской и
советской литературы в Китае

洛普学术思想的具体内容及其成败得失,但作者发现了国内在接受普洛普的过程中的问题和偏颇,并对此作了一些清理工作。这一清理工作对学界准确认识普洛普十分重要,甚至可以改变我们的一些介入视角,走出单一的从众多的结构主义文论家的评介中所得到的印象。

文章首先指出,80年代以后享有国际声誉的普洛普名字基本上一直靠英译和法译的"转口"、或靠对"转口"的转述而进入中国学者的学术视野的。就所看到的译介内容,大都是从结构主义这一国际性理论思潮的框架出发,将普洛普定位于该流派的先驱者和卓有贡献者之一,对他的谈论仅限于他早年出版的处女作《故事形态学》——他如何运用结构形态分析的方法,从100个俄罗斯神奇故事中提取出31种功能要素,找到了故事叙事的"元结构"等等,除此以外便言之寥寥了。作者认为,就这种"转口"介绍的结果来做一番观察,便会发现可做的工作还很多,在片断的第二手乃至第三手材料与这位学者完整的真实面貌之间显然还有不小的距离,一些似是而非的说法还确有甄别的必要。作者作了以下几项工作:

首先,拓宽了普洛普研究的学术领域。文章指出,普洛普的贡献远不止一本《故事形态学》,他一生留下了6部专著和一本论文集,内容广涉故事、史诗、民俗、民间文艺理论和美学,研究方法和观点屡出新意。除故事理论外,他对史诗、节日民俗的研究专著至今仍是该领域的扛鼎之作。除研究论著外,普洛普校订注释的大量各类体裁的俄罗斯民间文学作品选集,已成为经典选注本。同时,他执教40年,开设民间文学讲座,"在他的羽翼下走出了一大批如今在俄国民间文艺学界举足轻重的专家",形成了颇具实力的"普洛普流派"。

第二,对普洛普学术思想的源起,思想形成的学术背景和氛围作了分析。对德国学者布莱依梅耶尔的"德国学术思想的影响"说、俄罗斯民间文艺学家契斯托夫的"法国影响"说和"维谢洛夫斯基影响"说都作了介绍。同时,作者介绍了20年代整个俄国故事学界的研究状况,指出涉足故事形态研究的并非普洛普一人。1924年,沃尔科夫出版了专著《故事:民间故事情节构成研究》。另一位民间文艺学家尼基弗罗夫的《论民间故事形态学研究问题》一文于1926年写成,两年后与《故事形态学》及普洛普的另一篇重要论文《神奇故事的转换》同年面世。另外,当时在捷克斯洛伐克的鲍加狄诺夫和雅各布森于1929年用德文发表的《民间文学作为特殊的创作形式》一文,同样提出了对民间文学的结构功能研究方法。普洛普思想形成与形式主义流派也有显而易见的亲缘关系,

《故事形态学》写完后，希望听到专家的评价，他选择的第一位学者不是别人，正是鲍·艾亨巴乌姆———俄国形式主义学派的中坚人物。

第三，介绍了普洛普的学术命运。他几十年间始终不间断地出版著作和发表论文，为他写过书评的有别列特茨、肖尔、泽连宁、日尔蒙斯基这样一些学界泰斗；早在 40 年代中期以前，普洛普在教科书和历史文献概述类著作中被作为民间文艺学界形式主义流派的代表；他的作品曾一度在其祖国受到批判和指责；他的理论在西方理论界具有重要影响等。

第四，把人们的视线引向了普洛普的另一重要著作《神奇故事的历史起源》（1946）。引用普洛普自己的论述阐明了这本著作与《故事形态学》之间在学术思想上的有机联系，匡正了只依据结构主义学家对普洛普思想的阐述而得到的片面理解。如果说《故事形态学》是从共时性研究的角度对"神奇故事"做"形式提纯"，那么普洛普的第二本专著《神奇故事的历史起源》则展开了另一个向度的研究——它着重从历时性研究的角度分析神奇故事与仪式、神话、原始思维观念的关系，探讨作为一个整体的神奇故事及具体的故事母题的历史起源。这一学术转向的动因不是如列维－斯特劳斯所认为的，是因为《故事形态学》出版后受到官方批判，因而放弃了结构主义方法，被迫转向了传统的历史研究；或是因为形式主义固有的局限性使普洛普在选择故事作为研究素材时产生了无法克服的自相矛盾，使他放弃前者而转到后者，而是普洛普从一开始就明确，要"尽可能有条不紊和循序渐进地从对现象与事实的科学描述进入对其历史原因的解释"。

可以看出，作者所涉及的几方面对认识普洛普的学术思想至关重要，也是学界跳出结构主义的圈子重新接受普洛普的开端。同年，贾放在《民间文化》2000 年第 7 期上发表了的《普洛普〈神奇故事的历史根源〉与故事的历史比较研究》，是对普洛普的这部重要著作所作的深入研究。

文章首先关注到了普洛普本人从两个向度"形态的"与"历史的"来建构自己的故事研究体系的整体构想，这也就是《神奇故事的历史根源》一书的写作动机。普洛普在为《故事形态学》的意大利语译本所作的前言《神奇故事的结构研究与历史研究》中写道："《神奇故事的历史根源》一书是从在《形态学》中展开的那些论点的叙述开始的。神奇故事的定义不是通过它的情节，而是通过它的结构得出的。在确定了神奇故事结构的单一性之后，我应该思考这种单一性的原因。原因并未隐藏在形式的内部规律里，而是存在于早期历史的范围中，

中国俄苏文学研究史论
История исследования русской и
советской литературы в Китае

……对我来说这从一开始就是明确的。……《形态学》和《历史根源》是一部大型著作的两个部分或两卷。第二本直接出自第一本,第一本是第二本的前提。我尽可能有条不紊和循序渐进地从对现象与事实的科学描述进入对其历史原因的解释。"

贾放的文章把普洛普的这一思想明晰出来,是纠正对其《故事形态学》原有的错误认识。明确普洛普的《故事形态学》不是为"形态"而"形态",而是"在阐明故事从何而来这个问题之前,必须先回答它是什么的问题",是"没有正确的形态分析,便不会有正确的历史分析"的思想的产物。这篇文章的主要特点还在于:

第一,展示普洛普本人的学术思想。文章通过分析列维-斯特劳斯对普洛普的评价和普洛普的回应,指出,普洛普一是拒不接受将他划入"形式主义者"的归类和指责,他用了很多笔墨来证明对形式的研究不等于形式主义;二是不承认"放弃"说,他在《神奇故事的历史根源》及更晚出版的《俄罗斯的农事节日》(1963)中依然运用了结构分析的方法;三是阐述了自己故事研究的整体思路,即第二本著作与第一本的内在联系。将普洛普关于本人的学术思想的界定呈现出来是非常重要的,为我们认识其思想提供一个参照。

第二,发掘普洛普在《神奇故事的历史根源》一书的理论贡献。

一是探索"故事母题的根源"。普洛普得出两个重要前提:1)神奇故事的任何一个情节离开别的情节都无法进行研究;2)神奇故事的任何一个问题离开其与整体的关系亦无法进行研究。凭借这两个前提研究工作踏上了一条全新的道路。如此进行的分析便有可能解答单个母题或情节分析所不能解答的故事起源问题。

二是破译"历史往昔"这一概念,使之准确化、具体化。故事所对应的并不是直接的生产形式,而是与之相适应的社会制度。普洛普在分别考察了故事与仪式、神话、原始思维的关系之后,得出结论,原始民族的成年礼仪式和关于死亡的观念是神奇故事的远古基础,"这两个系列产生了母题的绝大多数。除此外,若干母题有着另外的起源。"

三是研究"故事母题与仪式之间的对应关系"。普洛普将其划分为三种类型:1)直接对应型,即仪式、习俗与故事之间完全吻合。2)重解型,即故事对仪式的重新解读。3)转化型,即在故事中所保留的仪式痕迹与仪式本来的内涵或解释意义相反,这是重解型的特例。

四是确定"神话与故事的关系"。神话与故事的区别不在其形式，而在其社会功能。

五是运用"广泛材料的历史比较"方法。进行尽可能广泛的历史比较，将不同民族的民族志深层的原初模式放在一起就有可能借助此系统填补彼系统的"空白点"。

六是提出"材料的重复性和规律性"。民间文学材料是重复性和规律性的，普洛普将材料分为"应当解释的"、"能提供解释的"，"可控制使用的"三类。民间文学研究者不必陷于材料的汪洋大海，而重在逐渐摸索出规律，"如果规律是可靠的，那么它在所有的材料中都将是可靠的。"这样的说法在 30 年代的苏联民间文学界可谓惊世骇俗，"当时民间文艺学家们的基本前提是以穷尽全部材料为目的的"，但"时间证明了普罗普当时提出而难以被人接受的方法论宗旨的正确性"。

作者还注意到了《神奇故事的历史根源》的出版引起的不同反响。通过贾放对普洛普这一著作的具体深入的研究，我国对普洛普思想的认识也为之改观。

贾放对普洛普的研究并没有就此止步。应该说，2000 年是贾放也是我国学界研究普洛普取得较大成就的一年。贾放在《普罗普：传说与真实》一文中曾介绍了关于普洛普学术思想源起的几种说法。那么作者是怎么看待这一问题的呢？《北京师范大学学报》（人文社科版）2000 年第 6 期上刊登的《普罗普故事学思想与维谢洛夫斯基的"历史诗学"》就是贾放对这一问题展开的深入探讨。作者认为，普洛普的故事学理论直接继承发展了维谢洛夫斯基"历史诗学"的某些重要思想，并从三个方面梳理了二者的学术渊源关系：

其一，维谢洛夫斯基的"情节诗学"与普洛普的故事结构功能研究。

普洛普在《故事形态学》中，将自己这本书的任务定位于"从本质上描述"故事。论及前人在这方面的研究，他首先提到了维谢洛夫斯基的情节诗学理论。他认为维谢洛夫斯基专谈这一问题的言论虽然不多，但却有重大的意义。维谢洛夫斯基在此问题上的理论贡献首先在于他对叙事文本进行切分，划分出了"情节"与"母题"两个量级的结构要素。普洛普在对维谢洛夫斯基提出的一般性原则给予高度评价的同时，也指出维谢洛夫斯基对"母题"的解释现在已无法接受。他提出了一个新的概括性的结构成分单位——"功能"。他还提出与维氏的"母题组合顺序偶然"说相左的"事件要素排列顺序严格、规律"说。维

中国俄苏文学研究史论
История исследования русской и
советской литературы в Китае

谢洛夫斯基的"情节诗学"有十分丰富的内涵,它对于叙事研究的意义,首先在于这一取向开启了进入作品内部结构的大门。普洛普作为一位有胆识的后继者,继续深入"迷宫",以自己的探索辟出了一片更为新奇的天地。

其二,维谢洛夫斯基的历史起源学研究与普洛普的"民族志主义"。

在故事的历史起源问题上,维谢洛夫斯基认同"遗留物"说,认为叙事类作品的情节内容反映了古老的风习和制度及一些历史事件,这里所说的历史不是按照纪年,而是按照文明的发展程度来划分的。普洛普称他的学说是"真正意义上的历史诗学"。普洛普在《故事形态学》中回答了"故事是什么"的问题之后,转向了探讨故事的历史起源问题,即第二本专著《神奇故事的历史根源》探讨的问题。这本书旁征博引世界范围内的民族志材料、通过具体的分析比较来说明神奇故事作为一个整体及各个母题的历史源头是这本书的突出特点。普洛普循着弗雷泽、维谢洛夫斯基等开辟的道路,将"仪式说"运用于神奇故事这一体裁的具体研究,并做了淋漓尽致的发挥,且有所补充。在故事与神话的关系上,普洛普坚持"神话作为一个历史范畴要比故事古老"。梅列金斯基认为,注意到神话是故事的来源之一是普洛普胜过维谢洛夫斯基的地方。除了成年礼仪式与神话起源外,普洛普还提出了"故事形象还起源于原始思维"说。普洛普强调"故事结构的单一性并非隐藏在人类心理的某些特点中,也不是在艺术创作的特殊性里,它隐藏在往昔的历史现实中。"这一贯穿始终的主导思想,使他判然有别于那些从文本到文本的理论家们。

在写于1946年的《民间文学的特性》一文中,普洛普专题论述了民间文学与民族志学的关系,他认为只研究文本的方法是有缺陷的方法,"民族志学对于我们进行民间文学现象的起源学研究尤为重要。在此民族志学构成了民间文学研究的基础,没有这个基础它便成了空中楼阁。"在30—50年代的俄民间文艺学界,当运用民族志学材料研究民间文学的方法迫于文艺学、纯语文学方法论的压力而被削弱的情况下,"普罗普不仅是这一传统的少数几个捍卫者和继承者之一,而且还为其注入了新鲜血液。他以独具一格的思想丰富了它,形成了当代民间文学现象历史起源研究的方法,这可称之为民族志主义的方法。"

其三,方法论:"归纳诗学"与历史主义。

就整体而言,19世纪的俄国学院派推崇实证主义精神。维谢洛夫斯基是其中突出的代表。他所倡导的历史比较法正是以实证为基础的。他强调注重事实材料、注重从对事实的归纳概括中发现事物发展的内在规律性和因果联系。

这种"归纳的诗学"在普洛普的故事学研究和一般理论阐述中都有充分的体现。《故事形态学》中神奇故事的结构要素与结构模式是通过对大量故事材料的比较分析而概括归纳出来的。

普洛普对故事的研究又是历史式的。通过对普洛普故事学理论渊源的梳理和对其民间文艺观的整体观照，可以看出，许多人心目中仅作为《故事形态学》作者的普洛普，与学者普洛普本身是有距离的。尽管他因故事结构功能分析的理论创新被后起的结构主义者们引为同道，但他从来不是一个"纯粹的"结构主义者，也不存在所谓40年代"转向"的问题，对故事结构的历史根基的看法，在他是"从一开始就明确的"和一以贯之的，他始终在历史的新旧更替这样一个动态过程中考察民间文学与现实的关系，"历史主义始终处于他学术兴趣的中心地位"。而这正是结构主义者们不屑一顾的态度与方法。应该说，普洛普是不多见的能将故事的结构研究与历史研究、共时研究与历时研究结合得较好的学者之一。

通过这样具体的比较分析，文章作者认为，普洛普对维谢洛夫斯基历史诗学理论持的是一种富于革新精神的扬弃态度，在充分评价维氏的意义、充分汲取其精髓的同时，又有自己的发展创新。

夏忠宪对俄国著名汉学家李福清的访谈也很有价值。李福清是普洛普的学生，他的副博士论文答辩时普洛普是评阅人，他的博士论文又以专著形式与普洛普的《民间故事形态学》一起收入"东方民间文学和神话研究"丛书，于1970年在俄出版。李福清这样回答如何评价普洛普及其理论的问题："他的《民间故事形态学》是结构主义研究先驱，在世界许多国家皆有翻译出版（如美国有两种译本、法国有两种，韩国有四种译本，另外在日本等国也都有译本）。很遗憾中国没有单独出版的译本。普罗普20年代写的这本书曾遭到批判，被指责为'形式主义'。实际上，在这本书里，他研究神奇故事结构。现在有许多误解，以为他研究所有的故事，不注意故事的内容及发展，其实不然，他研究的只是神奇故事。很多人不知道他的第二本书《神奇故事的历史根源》（Исторические корни волшебной сказки）（1946），这本书主要讲述内容起源，用比较法表现出许多故事母题情节与原始仪式等。普罗普教授自己每次都强调这两本书是有连贯性的，代表了他的神奇民间故事研究的两个方面。这些著作对研究中国民间故事极为重要。我的著作《从神话到鬼话——台湾原住民神话故事比较研究》就是献给我的先师普罗普教授的。"

从李福清的回答中我们可以得到一些重要的信息:普洛普的著作在其他国家的出版情况表明他在许多国家都被关注;普洛普研究神奇故事结构而不是所有故事,现在有许多误解;很多人不知道他的第二本书《神奇故事的历史根源》,普洛普本人强调这两本书有连贯性,代表了他的神奇民间故事研究的两个方面。

这些信息与贾放的研究相呼应,也进一步印证了单从结构主义的角度接受普洛普思想的片面性。

彭宣维的文章《话语、故事和情节——从系统功能语言学看叙事学的相关基本范畴》做的是对普洛普理论的一些具体范畴的甄别工作。结构主义叙事学是从语言学中走出去的,作者把叙事学的情节、故事和话语等基本范畴重新放回语言学中进行探讨。因为作者认为,叙事学家在采用语言学手段分析叙事作品时已远远偏离了语言学相关概念的本来面目。把它们重新放回语言学中进行探讨,有了新的发现。如普洛普等学者认为,"情节"是由故事中的"行为功能"构成的,因而情节是故事的一部分。这一点与典型的传统情节观有区别,后者指构成故事的具体事件,或情节就是故事。显然从语言学的角度看,普洛普等人的情节实则是话语/篇章的语义内容的一部分。另一方面,什克洛夫斯基等人把情节和故事对立起来:"情节"指对故事事件的"艺术处理和形式上的加工",还"特别指大的篇章结构上的叙述技巧,尤指叙述者在时间上对故事事件的重新安排"。按照这一看法,情节应该属于语用学这一层次。"普洛普等人的情节概念是故事内容的一部分,因而是语义结构性的,什克洛夫斯基等人的情节范畴则属于语用学。"作者的这一结论具有意义:它从语言学的角度道出了普洛普与俄国形式主义理论出发点的区别,也道出了为什么普洛普还会走向"历史根源"的探讨,拒不承认列维－斯特劳斯将其归入俄国形式主义的行列。

中国学派故事学的垦荒者刘守华的《世纪之交的中国民间故事学》一文,在回顾一个世纪以来的中国民间故事研究时指出:新时期以来,故事研究以方法的多样化引人注目:从进化论人类学到文化功能主义,从心理分析到结构主义,从流传学派到历史地理学派,均有学人尝试。"俄罗斯著名学者普罗普的《民间故事形态学》,不仅是世界故事学中的力作,还被西方学界推崇为结构主义方法的奠基石。……青年学人李扬借用它以'功能'为核心的研究方法,……发现了中国民间故事叙事形态的独特之处……他的尝试却表明,故事学中的结构主义方法,在进行比较时是可以借用而获得有益结论的。"这说明,普洛普的理论在我国民间故事研究中的运用也得到了肯定。

步入 2001 年，又有四篇论文、两部著作与普洛普研究有关。周福岩在该年度第 1 期《周口师范高等专科学校学报》和第 3 期《社会科学辑刊》分别发表了《普罗普的故事形态学及列维·斯特劳斯的批评》和《民间故事研究的方法论》两篇论文。前者研究了列维·斯特劳斯那篇使普洛普在西方受到关注的文章，基本上是将列维·斯特劳斯对普洛普的研究作了一种"内化"式的论述；后者从学科史上有关"民间故事的研究方法"的角度，将普洛普的民间故事研究作为方法之一给予了介绍。两文使用的材料相同，角度不同。

该年第 2 期《乌鲁木齐职业大学学报》刊登了一篇译文，即美国学者戴维·佩斯的一篇文章《超越形态学：列维 – 斯特劳斯与民间故事分析》①。文章作者旨在对美国民俗学家邓迪斯把普洛普和列维 – 斯特劳斯都归入结构主义范畴的作法提出质疑。这篇文章其实涉及的还是普洛普的归类问题。不过，这个表面的"归类"背后是对"形式"与"结构"的不同解释。文章作者仔细甄别了两者的不同：普洛普是"对特定故事的抽象形式进行更好的理解"，列维 – 斯特劳斯是"对故事所牢固根植的特定社会背景进行分析"；"从普洛普那里，我们获得了相对封闭的和阐释性的研究方法，而从列维 – 斯特劳斯那里，我们则懂得了一种将民间故事向外部世界开放的分析方法"。我国学者注意到美国学者的这一研究文章，表明了不满足于普洛普与法国结构主义者的含混关系，希望能澄清这一问题。

贾放的论文《俄罗斯民间故事研究的"双重风貌"》②把普洛普的理论放在俄罗斯民间故事研究的历史之中，放在世界故事学研究和结构主义潮流之中加以观照。从文中我们了解了俄罗斯的民间故事研究传统，历史上曾经形成过"故事讲述人研究"理论的高峰，这一理论被视为俄国民间文艺学的传统特色。对故事讲述人的研究，是从故事的创作主体的角度对民间文学的传统与创新、稳定因素与变异因素、个性因素与集体因素的相互关系这些本质问题进行的探究，是将民间文学看成一个"活着的、不断完成的过程，而非机械再现的僵死传统"而进行的研究，并从这一角度推进了人们对民间文学本质的认识。不过，就在"讲述人研究"理论如日中天之时，出现了不同的声音，这就是普洛普的故事

---

① 后在 2002 年第 1 期《民俗研究》再次刊登。
② 《北京师范大学学报》（人文社科版），2001 年第 6 期。

文本结构形态研究理论。贾放就是把普洛普的理论放在这一背景下考察的。在文中其实还有另一背景,作者指出,"世界民间故事的'类同性'问题几乎可以说是故事学研究中的'哥德巴赫猜想',以往的各大流派或者从起源,或者从流传,或者从人类心理需要或生活条件的一致上来做出自己的解释,大多属于外部研究。普洛普的理论创新在于他第一个试图从故事情节结构的内部找出规律性的解答,见前人所未见,并加以系统的论述,有极其重大的方法论意义"。

这样,普洛普的理论就既呈现在与俄罗斯学术传统的比照之中,又呈现在与世界潮流的互动之中,因而更显现出普洛普理论的意义。也许作者并没有明确意识到,普洛普的故事文本结构形态研究理论的出现,正体现了俄国故事学研究从外部研究到内部研究的转向,也契合着世界文论的大潮。

文章还有一点值得注意的是,作者指出了,"普罗普对自己的研究对象有严格的限制:他从阿法那西耶夫编纂的故事集中选取的100个(第51—150号)故事是他单列为一类的神奇故事,他所进行的是局部的专项研究,神奇故事的31项功能及其排列顺序本身对其他类的故事并不具有普适性,具有普遍意义的是这种共时结构分析的方法论价值。"是的,普洛普理论的价值正在于其方法论的意义,后来对托多洛夫、格雷玛斯等人的启示也正在于其方法论。而一些学者则认为普洛普是在研究故事分类,去指责分类的不当或没有什么突破意义,有点"不得要领"。

普洛普的理论进入我国已20余年。其间的接受与研究有何得失,格雷玛斯为尤瑟夫·库尔泰的《叙述与话语符号学》写的长篇序言《成果与设想》①对符号学领域状况的分析,倒是颇道出些包括我国在内的对普洛普理论接受与研究的得失。文章指出,有关叙事性的思考,曾经是普洛普在《故事形态学》中部分地探讨过的内容,这种思考后来导致产生了诸如"叙述学"这样的独立学科的设想,也导致出现了匆忙建立的叙述"语法"和叙述"逻辑"。法国符号学家希望在普洛普的作品中看到一种模式,这种模式能更好地帮助人理解叙述话语在其总体上的组成原理。但对于组成叙述活动的普遍形式的存在性的假设,在启发了多种探索的同时,它也引起了一些不无遗憾的误解,如将普洛普模式或是其粗俗的派生模式机械地运用于具有复杂性的文学文本上。这种实践通常只

---

① 天津社会科学院出版社于2001年7月开始出版一套"符号学译丛",托多罗夫先生本人做丛书的名誉主编。丛书之一是格雷玛斯的学生尤瑟夫·库尔泰的《叙述与话语符号学》。书前有格雷玛斯的长篇序言《成果与设想》。

能证实符号学所提供的方法是无效的。原因在于，他们没有考虑话语的有组织的，但潜在于普洛普的表层叙述活动中的深层结构的存在，也忽略了线型的叙述展开与被表现的文本之间的巨大距离。对于一篇文学文本的阅读，由于被缩减为它的表层叙述维面，所以，最终只能是贫瘠乏味的。从普洛普那里借用和多少修订过的叙述模式，越来越不适宜阐述在结构上日趋复杂的对象。这是对接受与研究普洛普理论过程的反思。接着，文章进一步对普洛普的《故事形态学》本身也作了批判性审视。

这篇序言的出现，不仅仅是把我们的视角引向了反思接受与研究普洛普理论的得失，也标志着我国学者借此开始了对我们接受、研究与应用过程中的偏颇与弊病的反思。在走过了 20 多年的接受与研究过程之后，这种反思是及时而必要的。

在 1989 年我国出版的《俄苏形式主义文论选》中有《神奇故事的转化》一文，但没有被学者所关注。2001 年在大陆出版的李福清的《神话与鬼话——台湾原住民神话故事比较研究》①一书的导言，在论述"民间文学母题的研究方法"时强调，"研究神话、传说、民间故事也要注意故事情节的转化"。作者指出："根据普洛普的研究，在故事转化中发现了简化、扩展、变形、强化与削弱、内在替换、现实的替换、告解式的替换。"因为文章有中译，作者没有再作详细论述。不过，当时李福清说的"中译"是指台湾版的《神仙故事里的转化》②。作者指出，把神奇故事译为神仙故事是误译，是深受道教思想的影响所致。这是在大陆出版的研究资料中不多的一次讨论普洛普的著述《神奇故事的转化》。另外在导论中作者还评价了普洛普在故事结构研究领域的贡献，认为普洛普开民间故事结构研究之先河。作者着重指出，普洛普研究的只是神奇故事结构，他的《故事形态学》原本书名为《神奇故事形态学》，但主编把"神奇"二字删去了，所以常有误会。作者还指出，作者的第二本书《神奇故事的历史根源》可以说是第一本书的延续。在第一本书中研究神奇故事结构，而在第二本书中主要是讲述内容起源，用比较法表现出许多故事母题、情节与原始仪式，特别是与成年礼的关系。西方许多学者以前只看到《民间故事形态学》，常常产生误解，不知其后尚有第二本书，所以以为普洛普教授不注意故事的内容与发展。第二本书大约

---

① 2001 年 12 月社会科学文献出版社根据台湾晨星出版社 1998 年版增订出版。
② 台北东大图书公司 1990 年出版的《神话即文学》中收有由李小良先生翻译的此文。

80 年代方开始译成外文。普洛普每次都强调这两本书是有连贯性的,代表了他的神奇故事研究的两个方面。美国在 1984 年才出版了较全面的普洛普教授论文集英文版,包括了《神奇故事的历史根源》中的两篇文章。1984 年列宁格勒大学出版了普洛普的第三本与民间故事有关的书《俄罗斯民间故事》,是整理普洛普讲义稿而成。李福清表示,各国学者都在用普洛普的理论研究各国的民间故事,他本人也企图利用普洛普的观念与研究方法来分析台湾原住民的神话故事。

2002 年继续有在结构主义研究中涉及普洛普理论的著作出现。罗杰·法约尔的著作《批评:方法与历史》[①]在阐述结构分析的叙事文分析时认为,结构分析的戏剧性发展是由于在法国介绍了 20 世纪 20 年代俄国形式主义者们的研究成果引起的。作者在法国结构主义发展的链条中介绍普洛普及其对格雷玛斯、布雷蒙、托多洛夫、热奈特的启示性影响。同年,贾放译出了普洛普为反驳列维–斯特劳斯而撰写的文章《神奇故事的结构研究与历史研究》[②],这是普洛普接受与研究史上非常重要的文章。此前,我国学界因列维–斯特劳斯的文章《结构与形式——关于弗拉基米尔·普洛普一书的思考》(附录提到了普洛普与他的论争),也因贾放等学者的研究文章而间接地了解这一论争的存在,但并没有见到普洛普反驳文章的全貌。该译文的发表使得一些含混的问题得以明朗,也使得读者对于学者们的研究得以检视,因而具有重要的学术价值。

这一年还有一件普洛普研究史上的重要事件,即我国第一篇以普洛普为研究对象的博士学位论文通过了答辩。它是由北京师范大学中文系民俗学专业钟敬文教授和董晓萍教授指导的博士生贾放完成的。答辩委员会认为,贾放的《普洛普故事学思想研究》是在直接阅读普氏原著的基础上的理解性研究,让国人第一次看到了普洛普学说的全貌和他的令世人仰慕的成就。应该说,贾放的博士论文极大地推进了我国普洛普的研究工作,标志着我国普洛普研究进入了更高的阶段。

我国的普洛普研究除了在西方文论这一领域进行外,另一领域就是我国民间故事学研究领域。近年来他们也较多关注普洛普理论。除李扬所著《中国民

---

① 法国著名学者、巴黎高等师范学院文学教授罗杰·法约尔的著作《批评:方法与历史》由怀宇翻译,2002 年 5 月百花文艺出版社出版。该书系统阐述了文学批评自在法国出现到 20 世纪 70 年代各学派和流派的理论与方法的沿革。

② 《民俗研究》,2002 年第 3 期。

间故事形态研究》直接运用普洛普创立的民间故事形态分析理论体系对中国民间故事的形态结构进行初步探讨外，有学者注意到了普洛普的另一著作《神奇故事的历史根源》提供的思想资源，而这也正是我们在接受普洛普过程中有所忽视的地方。前面我们曾经提到，贾放在《普洛普〈神奇故事的历史根源〉与故事的历史比较研究》一文中指出了普洛普在《神奇故事的历史根源》一书的理论贡献，其一就是"故事母题与仪式之间的对应关系"。刘守华在《神奇母题的历史根源①》一文中探讨了中国神奇幻想故事的母题与原始习俗、信仰的关系。他指出，"按照俄罗斯著名学者普罗普对神奇故事历史根源所作的研究，故事母题同古代原始习俗、信仰之间的关联有如下三种情况：一是直接对应，二是重新解读，三是从相反的意义上转化。他不是笼统地肯定或否定神奇故事同古代原始习俗、信仰之间的联系，而是历史地、辩证地区分为几种不同的情况，对我们研究这一问题极有启发性。"接着，作者指出，就中国民间故事实际状况而言，"直接对应"的实例最为常见。许多故事中的正面主人公陷入困境，或在建功立业过程中遭遇危难，常有神、佛、仙、道相助，就是受佛教道教长期熏染，与其信仰直接对应所造成的。关于"重新解读"，作者以《蛇郎》、《狗耕田》、《田螺姑娘》为例，说明人们对故事母题中蕴涵的原始文化成分，保留古朴的叙述形态，给以新的合理解释，却丰富和拓宽了它的实际内涵。对于"转化型"，作者以《李寄斩蛇》中的蛇（由对"蛇神"的崇拜转化成视为祸害的"蛇妖"）、民间信仰中的神圣偶像②等为例，说明这些都是神奇幻想角色和母题随时空变换向其反面转化。作者在对中国神奇幻想故事的母题与原始习俗、信仰的关系的分析方面，充分运用了普洛普的思想资源。如果说，李扬、李福清、许子东成功地运用《故事形态学》的理论资源，分析了我国的民间故事、台湾原住民神话故事、"文革"故事的叙事结构的话；那么，刘守华是运用《神奇母题的历史根源》的理论资源，透彻地分析了我国民间故事的历史根源，填补了研究我国民间故事的空白。刘守华对普洛普理论的运用，是建立在对其理论的坚实的研究之上的，黑龙江人民出版社2003年出版的刘守华的专著《比较故事学论考》中就有专门介绍普洛普理论的章节。

----

① 《西北民族研究》,2002 年第 2 期。

② 玉皇大帝、灶王爷、如来佛、张天师等在故事中扮演可憎可笑的反面角色；而被视为祸害人类的鬼狐形象，却被口头文学家作为可亲可爱的"蛇仙"、"狐仙"来称颂；还有"龙王龙女"、"煮海宝"、"生死棒"等，在近现代生活故事中，却转化成了机智人物哄骗财主的精致谎言。

　　我国普洛普理论的研究与运用之所以能稳步地取得进展,与学人孜孜不倦的努力分不开。2003 年和 2004 年,依然有学者们从不同的角度研究普洛普理论的成果面世。刘登阁的文章《小说人物形象的文化透视》①从叙事学和文化学的角度研究小说人物形象,指出小说人物形象理论可分为功能性人物观和心理性人物观两大派,在人物描写上则存在着反英雄化、向内转、反典型化和反人性化趋势。而作者研究的理论基础之一就是普洛普的叙事理论。陈浩的《论西方现代小说理论的形态》②从整个小说理论的角度看普洛普等人的理论的得失。作者指出,形式学派在解释形式生成时都与人类学、民俗学尤其是语言学的观念相关,但也有两个倾向:一是倾向于原型和基型观念的理论——主要是普洛普、弗莱及结构主义叙事学理论,一是与此相对的、带有“间性”观念的理论——什克洛夫斯基的“陌生化”理论。前者遗失了审美和价值意义,或是在探究文学本体的过程中失落了原先的研究目的;后者保留了“文学性”和审美意义的同时,却缺少理论的彻底性,因为“间性”观念无法解释形式的最早起源,而只能部分解释形式在历史中为何变迁的原因。所以,形式学派在发展后期逐渐萌生了把历史、社会因素引入形式分析的愿望,以便更为全面地解释形式生成的原因。似乎要与上文一辩,赵宪章的《文体与形式》③一书在“‘结构’及其消解”一章中指出,一些学者将结构主义叙事学分为两派:1)以普洛普为代表的功能派;2)以弗莱为代表的原型派。作者认为这种分法不妥,普洛普的“功能”理论概念确为结构主义叙事学在法国的兴盛提供了最有价值的参照,格雷玛斯的“符号方阵”、托多洛夫的“叙事句法”、热奈特的《叙事话语》等都缘起于普洛普。但弗莱的“原型”有自身独特的意义,并且是与自然、社会相联系的文化原型,因此尚算不上“正宗”的结构主义者,尽管他的文学活动与结构主义有关,并影响了结构主义的兴盛。作者在这里涉及了一个问题,即普洛普的“功能”理论与弗莱的“原型”理论之间到底是怎样一个关系?穆馨、张凤安的文章《普洛普民间创作问题研究》④虽没有更深的拓展,但在材料上却与此前的研究形成了一种补充。

　　除了专题的研究外,还有一些学者撰写了面向本科生和研究生教学的、涉及普洛普理论的著作。如胡经之、张首映撰写的《西方二十世纪文论史》和朱立

----

① 《济南大学学报》,2004 年第 4 期。
② 《绍兴文理学院学报》,2003 年第 1 期。
③ 人民文学出版社 2004 年版。
④ 《俄罗斯文艺》,2004 年第 2 期。

元主编的《当代西方文艺理论》两部教材在高等院校影响广泛。2004 年 3 月上海社会科学院出版社出版的张德明的《批评的视野》也是一部为研究生准备的讲稿。该书中一个普洛普的研究,不在于对理论的新解,而在于十分连贯、逻辑、融会贯通地讲解了普洛普的理论,没有生分疏离之感,成为一种内在真正接受。据笔者所知,他的讲稿深刻影响了他的一批学生。

与这种"内化了"式的接受类似,近几年普洛普的理论在我国的接受还呈现出一个特点:在许多文评中会随时出现运用普洛普理论中的某个概念进行的点评,似乎是信手拈来。如 2002 年在甘肃的一次"长篇小说《蝶乱》研讨会"上,一位与会者说道:"按俄国形式主义代表人物普洛普的说法,姬瑶担任了一个'送信人'的角色。她像一个影子,或一根似有似无的绳子,以自己的特殊影响力,将每一相对独立的个体串连为一个整体。"又如,在对风靡全球的《哈利·波特》进行点评时,一位儿童文学作家写道:"如果用普洛普的《民间故事形态学》中的分析方法及格雷马斯的结构主义语义学、分析学方法进行分析,会发现'哈利·波特'系列故事中,蕴涵了两位结构主义大师所提到的全部'功能'、'行动素模式'、'结构'"。还有,对我国的传统艺术京剧的"生、旦、净、末、丑"角色的研究、对《西游记》、《水浒》等的叙事研究中,都可以见到普洛普的影子。甚至对数量庞大的卡通作品的研究中,有的分析更是非常娴熟地运用了普洛普的理论,而且运用中非常清楚地辨析了普洛普理论的不足。洋洋洒洒写了 10 万多字的《卡通叙事学》的作者写道:"在卡通作品中,是否存在着一个恒定不变的人物分配结构呢? 普洛普在研究俄国童话时,曾根据人物执行动作的情况将童话中的人物分成七种角色……这一原理,同样可以移植到卡通人物的研究中。……普洛普和苏瑞奥角色分类的准确性和涵盖性并不完整与准确。在他们角色分类理论的基础上,叙事学家格雷马斯提出了更为系统化的行动元模式理论。……普洛普、苏瑞奥和格雷马斯的理论使我们对人物的理解上升到一个更为抽象、理性和科学的高度。但是,分类并非是这些理论的主要目标,分析各种要素的功能,才是理论探索者们的追求。……普洛普的功能分析法对于童话、民间故事及较简单的叙事作品,能够进行行之有效的分析,但是,对于具有更复杂叙事结构的叙事作品,普洛普的办法就显得有些力不从心了。另外,普洛普的 31 种功能从符号分析的角度来看也太啰嗦。虽然普洛普的学说为叙事语法研究揭开了一个新篇章,但是,他的方法必须改进和简化。于是,在普洛普的基础上,托多洛夫又提出了层次说。……"可以看出,作者对于普洛普的理论是相当熟悉,而且运用自如。而这位作者是近年来在中国 1000 多家少儿刊物发表作品 500 多万字的科幻作品的作家。可见普洛普理论对我国文学创作某一层面影响之深刻。而且可以见出,普洛普的理论已经深刻影响了我国对不同叙事体裁的分析研究。

最后,要遗憾地指出,虽然 80 年代初,钱锺书就指出,把"另一部为结构主义开路的普洛普的《民间故事形态学》"翻译出来应"是当务之急"。而二十余年已过,该书依然不见踪影,这不能不是学界的一件憾事。到目前为止,仅有刘象愚等译的一部西方文论选本《文学批评理论——从柏拉图到现在》①中节选了普洛普的《民间故事形态学》。

好在有消息说,普洛普的《魔法故事的历史起源》由贾放翻译,即将由中华书局出版;《民间故事形态学》由刘魁立翻译②,也将很快面世。让我们翘首以待吧。

[相关研究成果要目]

1. 袁可嘉:《结构主义文学理论》,《世界文学》,1979 年第 2 期。

2. 布洛克曼:《结构主义:莫斯科—布拉格—巴黎》,李幼蒸译,商务印书馆 1980 年版。

3. 王泰来:《关于结构主义文艺批评》,《外国文学研究》,1981 年第 2 期。

4. 江西师大中文系等编:《外国现代文学批评方法论》,江西人民出版社 1985 年版。

5. 福克马(一译佛克马):《法国结构主义》,冯汉津译,《外国文学报道》,1985 年 5 月。

6. 袁可嘉:《西方结构主义文论的成就与局限》,《文艺研究》,1986 年第 4 期。

7. 傅修延、夏汉宁编著:《文学批评方法论基础》,江西人民出版社 1986 年版。

8. 赖干坚编著:《西方文学批评方法评介》,厦门大学出版社 1986 年版。

9. 张隆溪:《二十世纪西方文论评述》,三联书店 1986 年版。

----

① 北京大学出版社 2000 年版。

② 译著后将附上 100 则俄罗斯民间故事,刘魁立认为不读故事则很难理解普洛普的理论。

10. 特里·伊格尔顿:《二十世纪西方文学理论》,伍晓明译,陕西师范大学出版社1986年版。

11. 杰姆逊:《后现代主义与文化理论》,唐小兵译,陕西师范大学出版社1986年版。

12. 胡亚敏:《结构主义叙事学探讨》,《外国文学研究》,1987年第1期。

13. 特伦斯·霍克斯:《结构主义和符号学》,瞿钱鹏译,上海译文出版社1987年版。

14. 文化部教育局编:《西方现代哲学与文艺思潮》,上海文艺出版社1987年版。

15. 张秉真、黄晋凯:《结构主义文学批评论》,辽宁大学出版社1987年版。

16. 班澜、王晓秦:《外国现代批评方法纵览》,花城出版社1987年版。

17.《马克思主义文艺理论研究》编辑部选编:《美学文艺学方法论》(续集),文化艺术出版社1987年版。

18. 佛克马、易布思:《二十世纪文学理论》,林书武等译,三联书店1988年版。

19. 胡经之、张首映:《西方二十世纪文论史》,中国社会科学出版社1988年版。

20. 俞建章、叶舒宪:《符号:语言与艺术》,上海人民出版社1988年版。

21. 特里·伊格尔顿:《当代西方文学理论》,王逢振译,中国社会科学出版社1988年版。

22. 罗伯特·休斯:《文学结构主义》,刘豫译,三联书店1988年版。(该书另译:罗伯特·肖尔斯著:《结构主义与文学》,春风文艺出版社1988年版。)

23. 徐贲:《小说叙事学研究概观》,《文艺研究》,1988年第4期。

24. 林姿如:《锺理和文学研究》,高雄师范大学硕士论文,1988年版。

25. 董学文:《走向当代形态的文艺学》,高等教育出版社1989年版。

26. 列维-斯特劳斯:《结构人类学》,陆晓禾、黄锡光等译,文化艺术出版社1989年版。

27. [法]托多罗夫编选:《俄苏形式主义文论选》,蔡鸿滨译,中国社会科学出版社1989年版。

28. 徽周:《叙述学概述》,《外国文学评论》,1990年第4期。

29. 申丹:《论西方叙述理论中的情节观》,《外国文学评论》,1990年第4

期。

30. 梅列金斯基:《神话的诗学》,魏庆征译,商务印书馆1990年版。

31. 乔纳森·卡勒:《结构主义诗学》,盛宁译,中国社会科学出版社1991年版。

32. 徐岱:《小说叙事学》,中国社会科学出版社1992年版。

33. 胡经之、王岳川主编:《文艺学美学方法论》,北京大学出版社1994年版。

34. 胡亚敏:《叙事学》,华中师范大学出版社1994年版。

35. 傅修延:《叙事与策略》,江西高校出版社1994年版。

36. 李扬:《中国民间故事形态研究》,汕头大学出版社1996年版。

37. 朱栋霖主编:《文学新思维》(卷2),江苏教育出版社1996年版。

38. 郭宏安、章国锋、王逢振:《二十世纪西方文论研究》,中国社会科学出版社1997年版。

39. 普洛普:《滑稽与笑的问题》,杜书瀛等译,辽宁教育出版社1998年版。

40. 申丹:《叙述学与小说文体学研究》,北京大学出版社1998年版。

41. 让-伊夫·塔迪埃:《20世纪的文学批评》,史忠义译,百花文艺出版社1998年版。

42. 朱立元主编:《当代西方文艺理论》,华东师范大学出版社1999年版。

43. 许子东:《契合大众审美趣味与宣泄需求的"灾难故事"——文革小说叙事研究之一》,《文艺理论研究》1999年第4期。

44. 许子东:《叙述文革》,《读书》,1999年第9期。

45. 刘守华:《世纪之交的中国民间故事学》,《华中师范大学学报》(人文社科版),2000年第1期。

46. В. Я. 普洛普:《在1965年春天纪念会上的讲话》,索尼娅节译,《俄罗斯文艺》2000年第2期。

47. А. Н. 玛尔登诺娃:《回忆弗·雅·普罗普》,贾放节译,《俄罗斯文艺》,2000年第2期。

48. 贾放:《普罗普:传说与真实》,《俄罗斯文艺》,2000年第2期。

49. 贾放:《普罗普〈神奇故事的历史根源〉与故事的历史比较研究》,《民间文化》,2000年第7期。

50. 夏忠宪:《俄罗斯著名汉学家李福清访谈录》,《俄罗斯文艺》,2000年第

3 期。

51.贾放:《普罗普故事学思想与维谢洛夫斯基的"历史诗学"》,《北京师范大学学报》(人文社科版),2000 年第 6 期。

52.彭宣维:《话语、故事和情节——从系统功能语言学看叙事学的相关基本范畴》,《外国语》,2000 年第 6 期

53.陈厚诚、刘宁:《西方当代文学批评在中国》,百花文艺出版社 2000 年版。

54.贾放:《俄罗斯民间故事研究的"双重风貌"》,《北京师范大学学报》(人文社科版),2001 年第 6 期。

55.周福岩:《普罗普的故事形态学及列维－斯特劳斯的批评》,《周口师范高等专科学校学报》,2001 年第 1 期。

56.周福岩:《民间故事研究的方法论》,《社会科学辑刊》,2001 年第 3 期。

57.尤瑟夫·库尔泰:《叙述与话语符号学》,怀于译,天津社会科学院出版社 2001 年版。

58.李福清:《神话与鬼话——台湾原住民神话故事比较研究》(增订本),社会科学文献出版社 2001 年版。

59.戴维·佩斯:《超越形态学:列维－斯特劳斯与民间故事分析》,杨树喆译,《民俗研究》,2002 年第 1 期。

60.弗·雅·普洛普著:《神奇故事的结构研究与历史研究》,贾放译,《民俗研究》,2002 年第 3 期。

61.罗杰·法约尔:《批评:方法与历史》,怀宇译,百花文艺出版社 2002 年版。

62.刘守华:《神奇母题的历史根源》,《西北民族研究》,2002 年第 2 期。

63.杨鹏:《卡通叙事学》,湖北少年儿童出版社 2003 年版。

64.刘守华:《比较故事学论考》,黑龙江人民出版社 2003 年版。

65.杨鹏、陈晓明:《结构主义和后结构主义在中国》,首都师范大学出版社 2003 年版。

66.陈浩:《论西方现代小说理论的形态》,《绍兴文理学院学报》,2003 年第 1 期。

67.刘登阁:《小说人物形象的文化透视》,《济南大学学报》,2004 年第 4 期。

中国俄苏文学研究史论
История исследования русской и
советской литературы в Китае

68. 赵宪章:《文体与形式》,人民文学出版社 2004 年版。

69. 张德明:《批评的视野》,上海社会科学院出版社 2004 年版。

70. 穆馨、张凤安:《普洛普民间创作问题研究》,《俄罗斯文艺》,2004 年第 2 期。

中国对普洛普著作的翻译

71.《英雄叙事诗研究中的一些方法论问题》,王智量译,载《民间文学》1956 年 1、2 月号。

72.《神奇故事的转化》,蔡鸿滨译,载《俄苏形式主义文论选》,中国社会科学出版社 1989 年版。

73.《滑稽与笑的问题》,杜书瀛等译,辽宁教育出版社 1998 年版。

74.《神奇故事的结构研究与历史研究》,贾放译,载《民俗研究》2000 年第 3 期。

75.《民间故事形态学》(节选),载拉曼·塞尔登编《文学批评理论——从柏拉图到现在》,刘象愚、陈永国等译,北京大学出版社 2000 年版。

第二十章
新时期洛特曼符号学研究

尤·洛特曼(Ю. М. Лотман,1922—1993)是苏联著名的文艺学家、文化学家、国际符号学研究协会副主席。从 20 世纪 60 年代初起,洛特曼以结构主义语言学和符号学为方法,以爱沙尼亚塔尔图大学为中心进行学术研究,形成了苏联的"塔尔图学派"结构主义诗学和文艺符号学。70、80 年代他开始把结构主义符号学的方法运用于更广泛的符号系统研究,对文化符号进行结构性描写,从而形成了其以文学研究为中心,向电影、绘画等其他艺术门类延伸,渗透到文化学和历史学研究的文化符号,并对苏联学术界产生广泛影响。1993 年洛特曼辞世之后,学术出版界和研究界开始对其理论遗产进行整理和研究,出版了一系列著作,研究成果不断问世。"塔尔图学派"是一个具有国际影响的文论学派。早在 1977 年,英国牛津大学的安·舒克曼教授就出版《文学与符号学:尤·洛特曼著作研究》一书。在英美学界有关"苏联符号学"或"苏联结构主义"的论述中,洛特曼与"塔尔图学派"是评论重点。著名意大利符号学家恩贝托·埃柯曾为洛特曼的一部文化符号学论文集的英译本(1990)作序。德国一所大学建立了一个以洛特曼命名的研究所。在荷兰出版的《俄罗斯文学》多次推出洛特曼研究专号。近些年来,以洛特曼遗产为主题的国际学术研讨会相继在法国、意大利、英国、芬兰、俄罗斯等国的大学里举行。1999 年 10 月,美国密歇根大学举办了以"跨学科语境中的洛特曼的著作"为题的研讨会。"塔尔图学派"已被公认为又一支重要的俄罗斯文论学派。

我国 80 年代以来,哲学界、文艺理论界和语言学界开始介绍西方符号学理论,并把它们应用到具体的学术研究中。在此过程中,对在世界符号学中占有重要地位的苏联符号学也开始关注,不过研究工作相对薄弱,对洛特曼符号学在我国的整体接受状况更是缺乏研究。有学者在类似《中国符号学研究 20

年》①这样的接受史研究中,基本上只关注了如索绪尔、巴特、皮尔斯、莫里斯、埃柯、巴赫金等人的理论在我国的研究状况。因此,有必要明晰洛特曼符号学在我国的接受与研究现状,以便进一步深入研究这一具有世界性影响的理论。

我国的接受与研究大致分为两个时期,从 80 年代中期开始至 90 年代中期为初步译介阶段。90 年代中期以后至今(材料选取至 2004 年底),进入较为深入的研究阶段。

一、初步译介阶段

进入 80 年代,我国开始大量翻译和介绍国外各种文艺理论。在 1986 年出版的傅修延、夏汉宁编著的《文学批评方法论基础》第七章"国外文学批评方法的演变:西方和苏联的批评方法"中,提到了 60 年代以来符号学在苏联批评中得到广泛的运用,仅 1964—1968 年间就举行了三次符号学会议。作者认为,这一符号学"表面看是新方法,实际是俄国形式主义的继承者"。作者在分析了符号学对于当时苏联的意义时指出,对符号学的重视并不意味着为形式主义翻案。苏联学者仍不认为作品思想内容不重要,他们只是认为"语义学态度及其语言分析的具体方法对于理解作品具有重要意义"但并不夸大这种意义。这是我国较早的对苏联符号学的介绍。

1987 年 3 月中国人民大学中国语言文学系编撰出版《文艺学方法论讲演集》②。该书收录了吴元迈的文章《苏联文艺学的历史功能研究和结构符号探讨》。文章指出,差不多与当代法国结构主义兴起同时,苏联文艺学界就结构分析、符号分析等问题也作了广泛探讨,而且这种探讨具有他们独特的角度和方法、层面和内容。接着,作者就符号学在苏联于 60 年代重新兴起的状况及洛特曼的理论思想作了长篇论述,并就符号学在苏联引起的论争作了分析。这是我国接受与研究洛特曼理论过程中的一篇重要文章。

同年,花城出版社出版《外国方法纵览》③一书。该书也是一本较早较全面地评介具有较大影响的外国现代批评模式的著作。书中最后一章"文学密码的破译——符号学",以专节"洛特曼与苏联符号学"介绍了洛特曼的符号学理论。文中写道,30 年代初俄国形式主义突然夭折,其潜流在 30 年后涌出地面,这就

---

① 王铭玉、宋尧:《外国语》,2003 年第 1 期。
② 中国人民大学出版社 1987 年版。
③ 班澜、王晓秦:《外国方法纵览》,花城出版社 1987 年版。

是苏联符号学。作者认为,俄国形式主义、捷克结构主义、苏联符号学是一脉相承的。作者分析了苏联符号学产生的社会氛围,认为它的出现得益于苏联整个文化领域在 50 年代末期的"解冻"。苏联文艺理论较为开放的局面,使控制论、信息论、系统论等新方法开始引进,庸俗社会学的批评受到抑制。在这种情况下,俄国形式主义的著作重新出版发行,符号学由此开始在苏联现代结构主义中发挥核心的作用。作者介绍了洛特曼符号学成长的学术土壤,并依据洛特曼的两部重要著作《艺术文本的结构》(1970)和《诗歌文本分析》(1972),具体介绍了他的符号学理论。作者认为,洛特曼的符号学方法从文学文本的内在结构出发,运用图像原理说明了表现与意义内在联系的原则,说明了文学与社会—文化之间的外在联系,从而弥补了文艺社会学、接受美学与形式主义批评流派之间的裂隙,与法国结构主义的符号学相比,具有新的开拓意义。作者是将以洛特曼为代表苏联符号学与捷克结构主义批评、法国巴尔特的符号学批评、德国卡西尔和美国苏珊·朗格的符号学放在同等重要的地位加以评介的,并涉及了 60 年代苏联的一场"结构—符号学文艺学问题的论争"。从文中可以看出,作者对洛特曼的符号学已经有了较为全面的认识。

1988 年《外国文学报道》第 1 期在"当代文论"专栏中刊登了五篇有关洛特曼的文章,这里有我国学者的评述,也有洛特曼的理论文章和具体文本分析。其中 1 篇是施用勤的论文《文艺结构符号的探索者——尤·米·洛特曼及其文艺学思想》,四篇是洛特曼论文的翻译:《〈模式系统行列中的艺术〉课题提纲》、《文本的类型学课题》,《论艺术文本中"结尾"和"开端"的模式意义》、《〈我们已经分手,但你的小影……〉结构分析》。洛特曼已受我国文论界重视。

80 年代有两部译著值得重视。佛克马、易布思的《二十世纪文学理论》(1986)①对洛特曼的理论作了全面的研究,并比较了与俄国形式主义学派的不同。该书对我国接受研究洛特曼起了重要影响。特里·伊格尔顿的《当代西方文学理论》(1988)②在"结构主义和符号学"一章中考察了洛特曼的两部重要著作《艺术原文的结构》(即《艺术文本的结构》)和《诗原文之分析》(即《诗歌文本分析》),具体深入地论述了洛特曼的结构诗学理论。

----

① 佛克马、易布思:《二十世纪文学理论》,林书武等译,三联书店 1988 年版。
② 有三种译本:《二十世纪西方文学理论》,伍晓明译,陕西师范大学出版社 1986 年版;《文学原理引论》,刘峰等译,文化艺术出版社 1987 年版;《当代西方文学理论》,王逢振译,中国社会科学出版社 1988 年版。

中国俄苏文学研究史论
История исследования русской и
советской литературы в Китае

1989 年出版的胡经之、张首映主编的《西方二十世纪文论选》①收录了洛特曼的重要著作《艺术文本的结构》。不过,编者不是把它放到符号学一编,而是把它放到结构主义一编。由此可以见出我国初期对洛特曼理论属性的定位,关注的是洛特曼的结构诗学理论。

董学文的《走向当代形态的文艺学》(1989)②对作为美学、文艺学研究方法论的符号学在苏联的状况给予了介绍。作者虽然没有突出洛特曼的符号学理论,但作者提到了苏联有一批学者从事符号学研究,他们是爱森斯坦、普洛普、博加得列夫、巴赫金、弗列依登贝格、伊凡诺夫、波利亚科夫、赫拉普钦科等。洛特曼的符号学理论在苏联不是孤立的现象,而是有着丰厚的学术土壤。凌继尧先生 80 年代出版的两部著作《苏联当代美学》(1986)和《美学和文化学——记苏联著名的 16 位美学家》(1990)都对洛特曼的理论给予了介绍。

1990 年第 4 期《外国文学评论》发表一组叙述学研究的文章。徽周的文章《叙述学概述》从现代叙述的符号学角度提及洛特曼的符号学研究。张冰在《苏联文学联刊》1991 年第 2 期上发表的《苏联结构诗学》全面介绍了苏联的结构诗学研究,其中对洛特曼的理论给予了较为详细的介绍。

从现有的资料看,这一时期我国学者从结构诗学、符号学、叙事学、美学、文化学等不同角度,关注了洛特曼的理论研究,并给予了基本的介绍,但尚缺乏全面深入的研究,有些介绍甚至是片面的。当然,这与洛特曼的后期理论和思想还没有介绍到国内有关。不过,所有这一切既为以后的研究奠定了基础,又提供了空间。

二、深入研究阶段

1993 年 10 月,尤·洛特曼逝世。俄罗斯国内学术出版界和研究界对其理论遗产高度重视,我国学者及时注意到了这一动态。1994 年第 1 期《外国文学评论》发表了周启超的简述《"塔尔图学派"进入总结时期》。文章概括了以洛特曼的名字为标志的"塔尔图学派"的成就和学术成果。作者敏锐地指出,"塔尔图学派"不仅在文学、文艺学、诗学研究方面有所发展,而且也开始由文学符号学向其他相关学科扩展,涉及语言、神话、文学、电影、绘画诸领域,尤其是这

① 中国社会科学出版社 1989 年版。
② 高等教育出版社 1989 年版。

些学科的交叉区域。而且,这一学派的思想已经成为国际学术界研究的课题,其视野早已投射到历史学、民间文学、语言学、文艺学、哲学、人类学、民族学、心理学、文化学等诸多学科。此文标志着我国学者开始注意到洛特曼的"文化符号学"思想,也预示着我国对洛特曼的研究不仅在"文学符号学"上深入,而且将向"文化符号学"扩展。

从总体上看,90年代中期以后,我国对洛特曼的理论已经有了相当的重视。国家社科规划基金委分别于1997年和2001年两次批准就洛特曼的理论予以立项研究①。我国学界也从各个角度和层面展开了深入的研究与探讨,研究主要从几个方面展开:1)文艺符号学;2)文化符号学;3)与相邻理论的关系;4)在西方文论史上的意义;5)在俄罗斯本土的状况;6)我国学界对洛特曼理论资源的运用等。这些层面的研究并行不悖,成果交叉出现,相得益彰,构成对洛特曼理论的立体研究图景。

1. 文艺符号学

在洛特曼早期学术研究中占重要地位的是结构主义诗学,即对艺术语言和艺术结构的研究。他研究过诗歌、散文、绘画、戏剧、建筑和电影等许多文学艺术范畴。洛特曼在结构主义语言学和符号学的基础上,吸取了莫斯科学派以往对符号学的研究经验以及俄国形式主义诗学理论精髓,在苏联率先创立了结构主义诗学和文艺符号学理论,从符号学角度阐释文学作品(艺术文本)的结构,主张从"功能"和"关系"角度研究艺术文本。他关于结构诗学的研究,他对俄罗斯文学(如对普希金及其他著名作家)的研究等,都是他对前苏联及当代俄罗斯乃至世界文艺符号学的重大贡献。这一时期,我国学者在初步译介的基础上,继续就其结构诗学展开深入研究。1994年第1期《外国文学评论》上登载张冰的文章《尤·米·洛特曼和他的结构诗学》。这是作者在其《苏联结构诗学》研究的基础上对洛特曼所作的专门探讨。文中,作者较为详细地介绍了洛特曼的结构诗学的理论基础和其理论创新,深入分析了洛特曼在诗歌语义学上引入的二分法——词形变化轴和句形变化轴,以及洛特曼运用其理论在诗歌研究方面的成就。

《文艺理论研究》1995年第4期刊登了王坤翻译的洛特曼的《艺术文本的

---

① 1997年项目:《洛特曼及其艺术符号学研究》,张杰,南京师范大学。2001年项目:《洛特曼符号学理论的研究》,白春仁,北京外国语大学。

结构》的第二章,并自定题目为"艺术文本的意义及其产生与确定"。这其实反映了译者对该文的理解:洛特曼探讨的是艺术文本的意义何在,怎样产生,怎样确定。确实,作为符号学家的洛特曼并不是不关心意义,洛特曼认为"以研究符号为其动因的方法是不可能忽视意义的","正是符号和符号系统的概念才和意义问题密切地联结在一起",那种认为"对文学作品的结构研究、符号学研究会忽视其内容、意义、社会学价值、伦理学价值"是以"误解为基础的"。将这样一种符号学引入我国文论界,为我们寻求"意义"打开了又一个视界。该译文的前面还简要介绍了洛特曼的生平,并提及了他的其他著作如《结构主义诗学讲义》(1964)、《文化类型学论文集》(第一册,1970;第二册,1973)、《电影符号学和电影美学问题》(1973)、《诗歌文本分析:诗歌结构》(1972),为我国进一步研究洛特曼提供了线索。

在 1999 年出版的《苏联文艺学学派》一书中,孙静云撰写了"洛特曼的结构文艺学"专章。在充分利用所掌握的大量材料的基础上,作者对洛特曼的结构文艺学理论、产生的哲学和历史渊源作了严谨而又深入的研究,是我国洛特曼理论研究的重要成果。

洛特曼不仅是结构诗学理论研究者,而且把自己的理论大量运用于文学作品的研究。对他的具体文本研究,我国学者也给予了重视。洛特曼的理论探索与对普希金作品的研究密不可分,他选取《叶甫盖尼·奥涅金》作为重点研究的对象,大胆地对已经固定下来的有关该作品的各种看法进行了重新的考察,提出了一系列独到而有价值的观点。我国研究者就洛特曼对《叶甫盖尼·奥涅金》的文本研究,从不同层面进行了再分析。《试析洛特曼对〈叶甫盖尼·奥涅金〉的研究》一文[1]旨在认识洛特曼的理论对具体文学体裁和作品分析的指导意义,了解洛特曼把形式主义批评与社会历史批评相结合以探索文学研究和批评的新途径。《结构与效果:艺术的复杂性与生活的本然性》[2]一文详细分析了洛特曼对《叶甫盖尼·奥涅金》的本文建构特征。《叙事文本的"间离":陌生化与生活化之间》[3]则从叙事文本的"间离"效果的角度探讨了洛特曼的《叶甫盖尼·奥涅金》研究。

《外语学刊》2002 年第 1 期刊登的《莫斯科—塔尔图符号学派》提供了该学

---

① 康澄:《外国文学研究》,2002 年第 4 期。
② 康澄:《俄罗斯文艺》,2003 年第 1 期。
③ 张杰、康澄:《外国文学研究》,2003 年第 6 期。

派产生的详细史料，并简述了它的研究方向和宗旨、主要学术思想、对俄语学乃至世界语言学产生的影响。穆馨的《洛特曼的生活和创作》一文①对洛特曼的生活和创作作了详细考察。这些史料性研究都为国内学界深入了解和把握洛特曼理论提供了条件。2002 年 4 月南京师范大学通过一篇硕士学位论文《洛特曼的结构文艺符号学研究》。本文将洛特曼的结构文艺符号学置于俄罗斯和西方文艺理论发展的坐标系中，在细读《结构诗学讲义》和《艺术文本的结构》等主要理论论著的基础上，以他对艺术语言这个重要问题的重新认识为切入点，对其理论内核进行了阐释和分析。这表明我国青年学子对洛特曼理论的关注。

随着对洛特曼文艺符号学研究的深入，研究者还关注到了洛特曼关于文艺符号接受问题的理论思想。《符号学研究中的接受与认知问题》②一文就是从洛特曼的艺术符号学研究中的几个常见问题——作者/文本/读者间创作与接受的关系、文本的内在结构与外部联系的依赖关系、文本接受的审美机制——出发，探讨了洛特曼的艺术符号接受美学的理论成果。2004 年第 2 期《当代语言学》发表的《俄罗斯符号学研究的历史流变》则是在考察整个俄罗斯符号学的历史流变当中，探讨了洛特曼的语言符号学及文学文本理论，以及后洛特曼时期俄罗斯学界对其理论的研究。

2. 文化符号学

洛特曼的研究领域并不局限于结构诗学，他的研究视野经历了从结构诗学到更广阔的文化符号学的过渡，涉及到文化、历史、哲学等更广意义上的符号领域。他的每一步研究都伴随着对宏观文化范畴的深刻思考。可以说，洛特曼晚期的广泛的文化符号学研究正是从早期的结构诗学发展起来的。我国学者随着对洛特曼理论思想研究的不断加深，从 90 年代中期起也开始关注到其文化符号学理论，并展开了梳理与探讨。

《外国文学评论》1996 年第 3 期发表的徐贲《尤里·洛特曼的电影符号学和曼纽埃尔·普伊格的〈蜘蛛女之吻〉》研究了洛特曼的电影符号学。作者认为"由于深受前苏联批评家巴赫金的影响，在洛特曼的电影符号学里，我们发现他对结构分析的兴趣其实远不如他对社会和文化的意义的关切来得浓厚，因此他的一些主要见解也就体现为对意义的本质、产生和转换的条件和形式等方面的

---

① 《洛特曼的生活和创作》是黑龙江教育厅资助的"洛特曼结构诗学和文艺符号学研究"项目的研究成果，《齐齐哈尔大学学报》，2003 年 7 月。

② 赵晓彬：《外语学刊》，2004 年第 2 期。

阐述。洛特曼的符号学把对语言功能的分析和研究扩展到对语言和表述的社会文化意义的分析,加强了功能分析和文化批评这二者间的联系,使得符号学研究从纯技术性的操作分析中解脱出来,并进一步成为对社会观点和行为的批判分析。"文章运用洛特曼电影符号学涉及的个别见解,借以说明社会文化行为符号的几个基本特征;并以此为理论依据,深入分析了电影《蜘蛛女之吻》的社会文化行为符号意义。

1999 年,《理论符号学导论》①一书在"苏联文化符号学:文化和思想形式研究"一章对洛特曼的文化符号学给予了评介。2002 年,文章《洛特曼文化符号学思想发展概述》②除对洛特曼理论的研究方法、对象、方向、理论依据进行论述之外,对洛特曼的文化符号学思想给予了详细介绍,涉及了许多洛特曼文化符号学理论的著作,如《论俄罗斯中世纪文本中的地理空间》(1965)、《基辅时期世俗文本中"荣誉—光荣"的对立》(1967)、《论文化机制中"羞耻"与"恐惧"的符号意义》(1970)、《普希金的长诗〈安杰罗〉的思想结构》(1973)、《思维世界》(1990 年英文版,1999 年俄文版)等,拓宽了我国对洛特曼的研究范围。《洛特曼文化符号学理论的演变与发展》③一文简略地论述了洛特曼的早期结构诗学研究之后,重点论述了洛特曼晚期符号学理论的演变与发展。作者指出,洛特曼的后期学术著作涉及文学研究、艺术学研究、历史学研究(从对法国革命到俄国若干世纪的历史问题的关注等),但所有这些研究都提到文化问题和符号学理论,涵盖范围十分广泛,从对 18—19 世纪的文化的具体研究到具有概括性的宏观文化符号学研究。作者认为,最能反映洛特曼晚期文化符号学理论的代表著作就是《在意义世界里》(1990,1996),《文化与断裂》(1992)以及包含前两部内容的合订本《符号场》(2000)等。文章对前两部著作的主要理论精髓,诸如"二元系统"与"非对称"问题、"符号场"问题、"对话机制"问题、"界限"问题、艺术"情节"问题、"象征"问题、部分与整体问题、文化与断裂问题(关于"断裂"概念、"三元系统"问题、死亡论说)等进行了简明的阐述,以此探讨了洛特曼晚期文化符号学理论的演变和发展。

《中国俄语教学》2004 年第 3 期发表的《文化 文本 认知——洛特曼符号学中的文化与人工智能问题》主要关注洛特曼符号研究中的文化与人工智能

---

① 李幼蒸:《理论符号学导论》,社会科学文献出版社 1999 年版。
② 李肃:《解放军外国语学院学报》,2002 年第 2 期。
③ 《外国语》,2003 年第 1 期。

问题,具体着眼于他对文化与文本、智能类型和结构、思维结构、意识与智能、人脑结构与语言转换、元语言与文本认知等问题的研究,打开了洛特曼文化符号学的又一领域。

总的来讲,国内对洛特曼的文化符号学的研究还处在起步阶段,即便是在当下文化研究热的背景下,这一理论的价值也还没有得到充分的认识和运用,对我国的文化研究也还没有产生足够的影响,至于借鉴其理论来解决我们文化研究中的问题,还有待继续努力。

3. 洛特曼的符号学与相邻理论的关系

洛特曼的早期理论主要是结构诗学,是在我国结构主义引进的大潮中被认识的,但洛特曼的理论的兴起与法国的结构主义是否相同? 是否是同一思想脉络? 其独特的理论价值何在? 与法国结构主义的关系如何? 洛特曼的理论与本国的形式主义文论、巴赫金的诗学关系如何? 等等,我国研究者对这些问题也进行了思考。

黄玫的文章《洛特曼的结构主义诗学观》①将洛特曼定位为“俄国结构主义”的领袖人物,并强调指出,之所以命名为“俄国结构主义”,“是因为它与60年代法国兴起继而席卷整个欧洲和美国的结构主义思潮不尽相同,是比较具有俄国特色的结构文化研究方法。”“欧美的结构主义所强调的是封闭的文本结构,其主要来源是索绪尔的结构主义语言学、俄国形式主义以及布拉格小组和雅各布森的结构思想。”而“洛特曼反对将形式主义视为其结构主义的重要来源,更反对将形式主义和结构主义混为一谈。他认为,俄国结构主义的思想来源不仅有形式主义,而且也包括与其对立的学派。洛特曼将巴赫金、普洛普、古科夫斯基、利哈乔夫、基皮乌斯、别雷等人的思想和著作也列为结构主义的来源,指出结构主义与形式主义的区别是:形式主义只研究文本的结构,而结构主义研究更广泛的结构,包括文本以外的文化、时代、国家、历史等等。”因此,作者认为,洛特曼自称的“结构符号文艺学”更能概括其诗学特点。“洛特曼的诗学是建构在信息交际理论基础上,对洛特曼而言,文学篇章是符号交际系统中两种交际模式之一的代表”。作者以洛特曼的重要著作《文学篇章的结构》为依据,深入研究了洛特曼建构在信息交际理论基础上的文学篇章的结构理论,认为洛特曼关于诗篇结构原则的思想是对雅各布森诗功能原理的继承和发展。

---

① 《中国俄语教学》,2000 年第 1 期。

但洛特曼更为关注的是诗歌的语义问题。他探讨诗歌结构的出发点是：篇幅短小的诗何以会有如此丰富的信息？所以，在洛特曼的研究中结构层次和结构方式语义变化的关系得到更多的关注，篇章外的因素也纳入了研究视野。作者的研究使读者初步明晰了洛特曼的理论思想与法国结构主义、俄国形式主义及其他学派的关系，注意到了洛特曼的信息交际理论的研究视角，正是这一视角使洛特曼的理论有可能成为更具宽容性和兼容性的文化理论。

进入新世纪，"塔尔图学派"理论对于我国学术界来说已不陌生，然而这种研究主要集中在该学派创始人洛特曼的身上，而对该学派的另一位领袖式人物鲍里斯·安德烈耶维奇·乌斯宾斯基则研究较少，更缺乏对他们之间的比较研究，对该学派理论与西方结构主义符号学的关系也涉猎很少。2000 年，张杰的《走向体系研究的艺术符号学与文化符号学——塔尔图莫斯科符号学理论探索》①一文，主要对以洛特曼为首的塔尔图艺术符号学派与以鲍·安·乌斯宾斯基为代表的莫斯科文化符号学派进行了较为深入的比较，并在此基础上比较了塔尔图—莫斯科符号学理论与西方结构主义符号学理论的区别，进而指出塔尔图—莫斯科符号学派在诗学探索与文化追溯方面所取得的成就，挖掘了该理论学派在研究方法上的创新。该文显示出我国对洛特曼的研究已经涉及其周边的学术语境。

2002 年，张杰的文章《符号学王国的构建：语言的超越与超越的语言——巴赫金与洛特曼的符号学理论研究》②，探讨了构成苏联符号学王国的两根重要理论支柱"巴赫金的社会符号学"和"洛特曼的结构文艺符号学"间的关系。作者认为，我国学界对他们的关注主要是对他们理论的分别研究，尚未比较他们之间的理论特色和方法论特征。因此作者从比较两者的研究方法出发，探索他们如何从语言学和超语言学的不同途径，共同走向社会文化系统研究；揭示他们怎样打破二元对立的思维模式，构建多元共生的批评模式，从而指出他们对符号学乃至整个人文社会科学研究的贡献。需要指出的是，该文对洛特曼及其领导的塔尔图符号学派由结构文艺符号学向社会文化符号学的转向也给予了较为详细的论述。我们注意到洛特曼把艺术符号系统看做是一种与科学模式、道德模式、宗教模式、哲学模式、游戏模式等并存共生的独特模式进行考察，正是

----

① 《外国语》，2000 年第 6 期。
② 《南京师大学报》，2002 年第 4 期。

这一文化转向使得洛特曼的符号学理论更具理论活力,也使得该学派产生出丰厚的研究成果。如:乌斯宾斯基选集《历史符号学 文化符号学》(第 1 卷)、《语言与文化》(第 2 卷)、乌斯宾斯基的《俄罗斯文学语言史概要(11—19 世纪)》、托波罗夫的《俄罗斯宗教文化中的神秘性和圣徒》、雅可夫列娃的《世界的俄罗斯语言图画片断(空间、时间和接受模式)》等。

另外,赵晓彬的文章《洛特曼与巴赫金》①也对两位大师的理论进行了对比。不过,作者的比较视角是两者在世界观(主要是宗教和哲学思想)和符号学理论(主要是符号学研究中较为典型的"时空"论和"对话"论两个方面)研究上的差别,探讨洛特曼符号学派对巴赫金理论的继承和发展,以及洛特曼与巴赫金的相通性。文章强调"对话理论"也是洛特曼在研究中常常涉及到的一个问题,在他的《在思维世界里》一书中辟专章讨论"对话的机制"。洛特曼认为巴赫金的"对话"概念是宏观的、不确定的,有时甚至是隐喻性的。洛特曼从符号学角度给"对话"下的定义是:这是一种对新的、在对话关系之前尚未有的信息的加工机制。"对话"意味着对称,对称首先是通过对话参与者之间的(语言)符号构造之别来表示,其次是通过交际的轮流指向来实现。洛特曼强调,"对话理论"是莫斯科—塔尔图学派的基本原则,是一种文化以两种或两种以上的语言相互补充的必然规律,该对话原则是由两种或两种以上的语言和代码所构成的对话交际。这样,洛特曼就从符号学范畴强调了对话的动态过程。他的新的"对话"定义也是根据这个动态公设(即新的信息产生过程)而获得动态性质的。所以,洛特曼符号学的意义并不在于对信息进行准确的、机械的变更,而在于形成不断参与对话的新的信息。他在阐释文化的符号特性时,尤其强调了文化符号系统始终处在运动状态这个特征,认为变化是文化符号存在的规律。洛特曼关于"对话"的阐释,表明了莫斯科—塔尔图学派对巴赫金对话思想的继承和发展。

4.洛特曼的符号学在西方文论史上意义

洛特曼的符号学在西方文论史上具有重大意义。1994 年第 6 期《文学评论》上发表王一川的文章《从理性中心到语言中心》。作者注意到 20 世纪语言成为种种诗学流派共同关注的中心。作者不仅尝试从哲学、语言学、诗学、意识形态冲突和物质生产等方面,综合阐明语言怎样取代理性而成为 20 世纪诗学中心,而且对 20 世纪西方语言论诗学的几种主要模式(无意识语言模式、象征

———

① 《外国文学评论》,2003 年第 1 期。

中国俄苏文学研究史论
История исследования русской и
советской литературы в Китае

模式、阐释模式、符号学模式、文化模式)进行了分析。作者指出,符号学家洛特曼、克里丝蒂娃及其他学者看到了无意识语言模式、象征模式、阐释模式、符号学模式诸种语言论诗学模式各自的局限,转而倾向于把语言问题放到更大的文化视界上作综合研究,建立文学的文化阐释模式。作者认为,文化模式虽然仍以语言问题为中心,但把语言问题视为更大和更为复杂的文化问题。20世纪语言论诗学进展到文化模式,既表明了早期单纯倚重语言学模型的偏颇,又展示了走出语言学而进入更宽阔的文化视界的必要性和实际努力。这是从宏观上对洛特曼等人的符号文化学研究给予了肯定的评价。

　　洛特曼的符号学在美学及艺术独立论的发展史中也具有重要意义,王坤先后三次撰文从不同的角度论述了这一意义。他在2002年第6期《中山大学学报》(社科版)上发表的《西方现代美学与艺术独立理论》一文,论述了西方现代美学的发展线索:从黑格尔美学体系中的哲学取代艺术,到克罗齐的"度的理论"对艺术的独立地位的确立,最后到洛特曼将生物学理论引入美学研究,把艺术当作独立的生命存在,并提出"美就是信息",艺术独立问题由此得到彻底解决。作者由此高度评价了洛特曼的理论思想在艺术独立论上的重要意义。作者认为洛特曼将艺术独立理论发展到一个全新的高度,从而结束了一个漫长的过程,并为新阶段提供了良好的开端。作者的另一篇文章《西方现代美学的终结——塔尔图学派与洛特曼美学思想的价值与意义》[1]指出,艺术从属论与艺术独立论,是西方古典美学与现代美学各自的主要标记之一,现代美学中的外部研究与内部研究之间的鸿沟即由此而来。洛特曼的"美就是信息"的美学思想,通过"外文本"和"文化链"的形式,将艺术与外部世界紧密地连在一起,从而既真正解决了艺术独立问题,又成功填平了外部研究与内部研究之间的鸿沟。西方美学上自古希腊以来就一直存在的艺术与哲学之间的争论,从此告一段落。这也正是西方后现代美学文化转向的内在原因。2003年作者发表的《现代中西方文艺理论学科基点研究》[2]一文,从西方现代文艺理论学科基点的角度,再次阐述了洛特曼以生物学理论和"外文本"概念为基石的"美就是信息"的理论,形成了成熟的独立型的文艺理论学科的基点。文章高度评价洛特曼,称其为"文艺研究中的哥白尼"。

---

① 《北京科技大学学报》(社科版),2003年第1期。
② 《学术研究》,2003年第5期。

5.洛特曼的符号学在俄罗斯本土状况

2000年,周启超发表于《外国文学评论》第4期的《"塔尔图学派"备受青睐》是作者再一次对"塔尔图学派"在当代俄罗斯及国际学术界的状况给予的关注。作者介绍了俄罗斯学术界对洛特曼的理论遗产加以整理和研究所进行的工作;还介绍了国际学术界对洛特曼的研究状况。文章显示了我国学者关注洛特曼研究的视野进一步扩大。

2002年第4期《新疆大学学报》(社科版)发表的周启超的文章《"解构"与"建构","开放"与"恪守"》探讨的是苏联解体以来俄罗斯文论的建设状况。作者指出,苏联解体以来俄罗斯文论的建设是承继了50—60年代解冻时期始有的开放氛围。洛特曼的《结构诗学讲稿》(1964),以及巴赫金和莉·金兹堡等人的著作的面世,标志着俄罗斯文艺学界开始从社会学反映论单一的框架中走出来,进入多声部自由争鸣、多取向并存共生的新格局。而最近10年里,俄罗斯文论建设正承受结构性调整,首先是"兼容并蓄"本土富于理论原创性但探索取向大相径庭的大学者(其中也包括洛特曼)的理论资源。1993年以后,"塔尔图学派"成为历史。彼得堡、莫斯科有多家出版社竞相推出洛特曼文集。彼得堡的"艺术出版社"目前已出版七大卷。彼·尼古拉耶夫编写的莫斯科大学语文系1996年度《文艺学引论》课程教学大纲列出的"选读书目"中尤·洛特曼、鲍·乌斯宾斯基、米·加斯帕罗夫的著作已跻身其中。

吴晓都的《新俄国文论的走向概评——兼论文化诗学的基础构建》①是另一篇研究新俄罗斯文论的文章。作者指出,新俄罗斯复兴以来,文论界的文化学研究十分盛行,对传统文艺理论的冲击非常明显。一方面文艺学研究领域大量引进欧美当代新潮文艺理论,深入研究,展开对话。另一方面,继续发掘俄罗斯本民族历史文化的精髓,从俄罗斯民族文化中汲取理论养分,刻意突出俄罗斯文论经典大师的诗学观念及其对世界文艺理论和文化学的影响与贡献,其中就包括洛特曼。作者还特别指出,巴赫金"文化诗学"的诞生使苏联"塔尔图—莫斯科学派"奠基人洛特曼的符号学上升到"文化诗学"的高度,而洛特曼超越结构主义的"结构诗学"对美国的"新历史主义"文论产生了间接的影响。这些都说明洛特曼及"塔尔图学派"的理论在其本土已经成为俄罗斯文论建设的重要资源之一。

---

① 吴晓都:《学习与探索》,2004年第2期。

中国俄苏文学研究史论
История исследования русской и
советской литературы в Китае

《俄罗斯文艺》2003 年第 3 期发表了王希悦、赵晓彬翻译的 М. Л. 加斯帕罗夫的文章《苏联 60 至 90 年代的结构主义诗学研究——关于洛特曼的〈诗歌文本的分析〉一书》。文章指出了洛特曼诗歌文本分析的四个有别于其他结构主义试验的显著特点：结构性、动态性、历史性、科学性。另外，塔尔马钦科与金元浦"关于'俄罗斯当代文艺理论与中国文论研究'的对话"①中也涉及了一些洛特曼的理论在俄罗斯本土状况。

这些研究为中国学界了解洛特曼在俄罗斯国内的影响与贡献提供了十分有用的材料。

6. 我国学界对洛特曼理论资源的运用

孙静云是我国较早研究洛特曼理论的学者,早在 1994 年就成功地运用洛特曼的诗学分析方法分析了高尔基的小说《忏悔》②。该小说问世近一个世纪以来,无论是在俄罗斯还是在我国,一直褒贬不一,而且认为小说为失败之作者居多。孙静云通过对《忏悔》的艺术本文结构的具体分析,还作品以本来的艺术面目,使小说中"人性复活"的主题得到正确评价,确认了该部小说在高尔基创作中的地位。之所以说作者是运用了洛特曼的诗学理论,是因为在整篇分析文章中处处可见洛特曼的诗学分析框架。作者首先讲"探讨艺术本文各层次的关系有助于把握作品的实质与特色",接着作者又从以下几个方面进行了分析：1）"小说的头尾形成一种对立关系";2）"《忏悔》艺术本文的空间模式在小说情节的发展过程中实现了由横向模式向纵向空间模式的转换";3）小说"空间模式的封闭性和开放性";4）"单式与复式艺术空间视角"的分析;5）"小说的情节与艺术空间的关系"——"小说《忏悔》属于那种概率小（即含信息量大）、情节性高的艺术本文类型","小说的片段情节对无情节本文的否定的二元反向关系";6）小说展现的群像"是本文结构功能的横向运动","各层次之间的关系根据基本结构对比的排列而变动";"小说的活动主人公同其周围的语义场之间处于一定的关系系统之中";7）小说的两条线索构成了"小说的两个主要系统的对立、交错与转换,形成了带有不同子系统的统一结构";8）小说中人物处于不同的空间层次时形成鲜明的对照关系,从而成为其性格构成。透过这些分析可知,作者对于洛特曼的结构诗学分析娴熟于心、运用自如。

① 人大复印资料《文艺理论》,2004 年第 12 期。
② 孙静云：《高尔基的小说〈忏悔〉艺术本文结构分析》,《国外文学》,1994 年第 2 期。

另外,谭学纯、唐跃的文章《小说语言体验的五种》①从修辞学、符号学、结构主义、解构主义和精神分析五个角度,描述五种不同类型的语言体验。其中从结构主义角度所作的描述主要是依据洛特曼对"模式系统行列中的艺术"的论述。还有班澜的《诗歌语言的张力建构》②一文运用尤·洛特曼等人的理论探讨了诗歌之为诗歌的原因。

除此之外,我国学者在对加缪的研究,对布尔加科夫艺术世界的结构探讨,对雅各布森和他的语言诗学的考察,对普希金的研究,以及在论海德格尔、论勃洛茨基、论巴赫金及翻译学的研究,叙事学"篇章"概念阐释中,都有大量对洛特曼理论的运用,显示了洛特曼理论对我国文学和文论研究的影响,也显示着我国对洛特曼理论的接受与研究已经达到了一定的高度。

不过,纵观洛特曼理论在我国的接受与研究的全貌,其理论著作的翻译显然还远远不足,翻译的质量也有待提高。特别是同一著作的翻译,译名与内容的翻译不同(包括一些细节问题,如某一著作的出版时间等,在国内不同学者那里往往有不同的说法)给接受者造成极大的不便和理解上的偏差。国内对洛特曼的文艺符号学研究较为深入,而对其文化符号学的研究则处于起步阶段。我们期待学界更全面更深入地研究洛特曼的理论,以促进和繁荣我们的文化事业。

［相关研究成果要目］

1. 傅修延、夏汉宁编著:《文学批评方法论基础》,江西人民出版社 1986 年版。

2. 凌继尧:《苏联当代美学》,黑龙江人民出版社 1986 年版。

3. 中国人民大学中国语言文学系编:《文艺学方法论讲演集》,中国人民大学出版社 1987 年版。

4. 班澜、王晓秦:《外国方法纵览》,花城出版社 1987 年版。

5. 施用勤:《文艺结构符号的探索者——尤·米·洛特曼及其文艺学思想》,《外国文学报道》,1988 年第 1 期。

6. 尤·米·洛特曼:《"模式系统行列中的艺术"课题提纲》(肖用译)、《文

---

① 《南方文坛》,1995 年第 2 期。
② 《内蒙古社会科学》(汉文版),1999 年第 1 期。

中国俄苏文学研究史论
История исследования русской и
советской литературы в Китае

本的类型学课题》(晓思译)、《论艺术文本中"结尾"和"开端"的模式意义》(方人译)、《〈我们已经分手,但你的小影······〉结构分析》(秦勤译),《外国文学报道》,1988 年第 1 期。

7. 佛克马、易布思:《二十世纪文学理论》,林书武等译,三联书店 1988 年版。

8. 特里·伊格尔顿:《当代西方文学理论》,王逢振译,中国社会科学出版社 1988 年版。

9. 胡经之、张首映主编:《西方二十世纪文论选》,中国社会科学出版社 1989 年版。

10. 董学文:《走向当代形态的文艺学》,高等教育出版社 1989 年版。

11. 凌继尧:《美学与文化学》,上海人民出版社 1990 年版。

12. 徽周:《叙述学概述》,《外国文学评论》,1990 年第 3 期。

13. 张冰:《苏联结构诗学》,《苏联文学联刊》,1991 年第 2 期。

14. 张冰:《尤·米·洛特曼和他的结构诗学》,《外国文学评论》,1994 年第 1 期。

15. 孙静云:《高尔基的小说〈忏悔〉艺术本文结构分析》,《国外文学》,1994 年第 2 期。

16. 王一川:《从理性中心到语言中心》,《文学评论》,1994 年第 6 期。

17. 洛特曼:《艺术文本的意义及其产生与确定》,王坤译,《文艺理论研究》,1995 年第 4 期。

18. 谭学纯、唐跃:《小说语言体验的五种》,《南方文坛》,1995 年第 2 期。

19. 徐贲:《尤里·洛特曼的电影符号学和曼纽埃尔·普伊格的〈蜘蛛女之吻〉》,《外国文学评论》,1996 年第 3 期。

20. 李幼蒸:《理论符号学导论》,社会科学文献出版社 1999 年版。

21. 彭克巽:《苏联文艺学派》,北京大学出版社 1999 年版。

22. 班澜:《诗歌语言的张力建构》,《内蒙古社会科学》(汉文版),1999 年第 1 期。

23. 黄玫:《洛特曼的结构主义诗学观》,《中国俄语教学》,2000 年第 1 期。

24. 张杰:《走向体系研究的艺术符号学与文化符号学——塔尔图莫斯科符号学理论探索》,《外国语》,2000 年第 6 期。

25. 周启超:《"塔尔图学派"备受青睐》,《外国文学评论》,2000 年第 4 期。

26. 杜桂枝:《莫斯科—塔尔图符号学派》,《外语学刊》,2002 年第 1 期。

27. 李肃:《洛特曼文化符号学思想发展概述》,《解放军外国语学院学报》,2002 年第 2 期。

28. 康澄:《洛特曼的结构文艺符号学研究》,硕士论文,南京师范大学 2002 年 4 月。

29. 张杰:《符号学王国的构建:语言的超越与超越的语言——巴赫金与洛特曼的符号学理论研究》,《南京师大学报》(社科版),2002 年第 4 期。

30. 康澄:《试析洛特曼对〈叶甫盖尼·奥涅金〉的研究》,《外国文学研究》,2002 年第 4 期。

31. 王坤:《西方现代美学与艺术独立理论》,《中山大学学报》(社科版),2002 年第 6 期。

32. 周启超:《"解构"与"建构","开放"与"恪守"——苏联解体以来俄罗斯文论建设的基本表征》,《新疆大学学报》(社会科学版),2002 年第 4 期。

33. 王铭玉、宋尧:《中国符号学研究 20 年》,《外国语》,2003 年第 1 期。

34. 王坤:《西方现代美学的终结——塔尔图学派与洛特曼美学思想的价值与意义》,《北京科技大学学报》(社会科学版),2003 年第 1 期。

35. 赵晓彬:《洛特曼与巴赫金》,《外国文学评论》,2003 年第 1 期。

36. 康澄:《结构与效果:艺术的复杂性与生活的本然性——洛特曼论〈叶甫盖尼·奥涅金〉的本文建构特征》,《俄罗斯文艺》,2003 年第 1 期。

37. 尤·鲍列夫:《论 20 世纪艺术创作的特征》,周启超译,《外国文学》,2003 年第 3 期。

38. МЛ. 加斯帕罗夫:《苏联 60 至 90 年代的结构主义诗学研究》,王希悦、赵晓彬译,《俄罗斯文艺》,2003 年第 3 期。

39. 赵晓彬:《洛特曼文化符号学理论的演变与发展》,《俄罗斯文艺》,2003 年第 3 期。

40. 王坤:《现代中西方文艺理论学科基点研究》,《学术研究》,2003 年第 5 期。

41. 张杰、康澄:《叙事文本的"间离":陌生化与生活化之间——析洛特曼对〈叶甫盖尼·奥涅金〉的研究》,《外国文学研究》,2003 年第 6 期。

42. 穆馨:《洛特曼的生活和创作》,《齐齐哈尔大学学报》,2003 年 7 月。

43. 吴晓都:《新俄国文论的走向概评——兼论文化诗学的基础构建》,《学习与探索》,2004 年第 2 期。

44. 赵晓彬:《符号学研究中的接受与认知问题》,《外语学刊》,2004 年第 2 期。

45. 王铭玉、陈勇:《俄罗斯符号学理论的历史流变》,《当代语言学》,2004 年第 2 期。

46. 赵晓彬:《文化 文本 认知——洛特曼符号学中的文化与人工智能问题》,《中国俄语教学》,2004 年第 3 期。

47. 塔尔马钦科、金元浦:《关于"俄罗斯当代文艺理论与中国文论研究"的对话》,《文艺理论》(人大复印资料),2004 年第 12 期。

48. 张杰等:《结构文艺符号学》,外语教学与研究出版社,2004 年 12 月版。